Margret Hellmann

# Die Kirschen blühen immer noch

Impressum



Sirona Verlag Inge Bieg
Brunnenstrasse 17
73666 Baltmannsweiler
Tel. 071 53 / 481 50

eMail: Bieg-Hellmann@gmx.de
www.sirona-verlag.de

Foto: Inge Bieg
Gestaltung: xlibri.de
Druck: AZ-Druck Kempten/Allgäu

ISBN 3-935977-42-5

Margret Hellmann

# Die Kirschen blühen immer noch

Sirona Verlag

Eine Ehe mit Albert Roloff würde zwar alle Probleme lösen, aber ich wollte keinen Mann heiraten, in den ich nicht verliebt war. Ich fragte mich, warum gerade ich heiraten sollte und nicht meine ältere Schwester. Es war nicht schicklich, dass die jüngere Schwester vor der älteren heiratete.

Unsere Mutter erklärte mir, Herr Roloff hätte sich nicht in meine Schwester, sondern in mich verliebt. Deshalb wolle er nicht Maria, sondern mich heiraten, und es wäre sehr freundlich von ihm, dass er auch meine Schwester in sein Haus aufnehmen wolle. Außerdem wäre Maria über das Heiratsalter längst hinaus. Herr Roloff wolle keine Dreißigjährige heiraten, sondern ein Mädchen, das im Alter zu ihm passe. Es gefiel mir nicht, wie sie über Maria sprach. Ich liebte meine Schwester. Sie war immer mein Vorbild gewesen, und nur weil sie zehn Jahre älter war, sollte sie jetzt weniger wert sein als ich? Es hatte noch einen anderen Grund, dass unsere Mutter nicht viel von Maria hielt, aber darüber sprach sie nur selten und nie in meiner Gegenwart. Was ich darüber wusste, hatte ich von Maria erfahren.

Wegen dieser leidigen Heiratsgeschichte fragte ich meine Schwester um Rat. Bisher hatte ich immer gedacht, man müsste einen Menschen lieben, um ihn zu heiraten. Unsere Mutter war da anderer Meinung. „Man muss einen Mann nicht lieben, um ihn zu heiraten“, sagte sie. „Bei einer Heirat kommt es auf andere Dinge an.“

„Auf welche Dinge?“ hatte ich gefragt, und sie hatte geantwortet: „Es kommt darauf an, dass man den Mann achtet und respektiert, dass die Familien zusammen passen und dass eine wirtschaftliche Grundlage da ist.“ Maria sagte: „Ich verstehe dich. Es ist schwer, aber du wirst es tun müssen.“

„Mutter hat gesagt, man müsste Achtung und Respekt vor seinem Ehemann haben. Beides habe ich aber nicht, weil er so ein alberner Mensch ist. Also kann ich ihn nicht heiraten“, widersprach ich.

Darauf ging Maria nicht ein, sondern sagte: „Ich glaube nicht, dass Mutter dir erlaubt, seinen Antrag abzulehnen. Sie wünscht sich, dass wir beide versorgt sind und wird sich so eine Gelegenheit nicht entgehen lassen.“

*

Zuerst sollte ich den Herrn Roloff einmal näher kennen lernen. Frühling war es, ein herrlicher Frühling. Es regnete fast nie, und alles blühte. Herr Roloff, der das Auto seines Vaters benutzen konnte, wollte mit mir in die Kirschblüte fahren. Maria sollte uns als Anstandsdame begleiten, weil wir noch nicht verlobt waren. Die Baumwiesen mit den Kirschbäumen waren für einen Spaziergang zu weit von der Stadt entfernt. Manche Leute machten eine Wanderung dorthin, wenn die Bäume blühten, aber wir gehörten nicht zu den Menschen, die gerne wanderten. Seit Vater tot war, hatten wir es nicht mehr getan. Ich hatte die Kirschblüte noch nie erlebt.
Die Eltern von Herrn Roloff besaßen schon seit Jahren ein Automobil. Das war damals noch eine Seltenheit. Im Gegensatz zu uns waren sie sehr wohlhabend. Der alte Herr Roloff hatte eine Textilfabrik und war mit Damenbekleidung reich geworden. Er hatte schon das zweite Automobil. Ich war noch nie mit einem gefahren. Am Tag unseres Ausfluges komplimentierte Albert Roloff Maria auf den Rücksitz, und ich nahm vorne neben ihm Platz. Neben Maria stand ein Korb mit einer Flasche und Gläsern. Er würde uns doch nicht betrunken machen wollen, um dann zudringlich zu werden? Ich hatte gehört, dass Männer das gerne taten. Zum Glück kannte ich mich in diesen Dingen aus. Meine Mutter hatte mir zwar nichts darüber gesagt, weil sie dachte, es gehöre sich nicht, darüber zu sprechen, aber ich hatte mir ein Buch gekauft und hatte es Wort für Wort gelesen, was mir manchmal ziemlich peinlich gewesen war. Wir hatten damals noch eine ganz unnatürliche Einstellung zu diesen Dingen.

Doch ich dachte, man müsste als Mädchen Bescheid wissen, damit man auf sich Acht geben könnte.
Vor Mutter und vor Maria hatte ich das Buch immer gut versteckt, weil ich mich geschämt hätte, wenn es ihnen unter die Augen gekommen wäre. Mutter war der Meinung, es gehöre sich nicht, so etwas zu lesen. Aber ich war vor meiner Ehe ziemlich neugierig, weshalb unsere Mutter mich manchmal ein „Lausmädle“ nannte.
Die Autofahrt gefiel mir gut, ich konnte mir plötzlich vorstellen, dass es Vorteile hatte, einen reichen Mann zu heiraten, auch wenn er kleiner war und sich läppisch benahm. In dem großen Auto kam ich mir wie eine vornehme Dame vor. Weil Mutter es nicht sah, schlug ich die Beine übereinander, was ich sonst nicht durfte, und machte ein hochmütiges Gesicht. Es gefiel mir, wenn mich Bekannte in dem eleganten Auto sitzen sahen. Leider waren wir bald aus der Stadt heraus und begegneten keinem Menschen mehr.
Wir sprachen unterwegs wenig. Maria und ich sagten überhaupt nichts. Auch Herr Roloff war verlegen. Ein paar Mal versuchte er, ein Gespräch anzufangen. Das Wetter gab nicht viel her. Dann erzählte er, dass er sich später einen Dackel kaufen würde. Seit seiner Kindheit hätte er sich einen gewünscht, aber seine Mutter hätte etwas gegen Hunde. Mir gefielen sie. Sie durften nur nicht so viel Dreck ins Haus bringen und nicht die ganze Zeit bellen.
Als wir bei den ersten Baumwiesen angekommen waren, fuhr Herr Roloff in einen Seitenweg und hielt an. Zuerst öffnete er Maria, dann mir die Autotür und half uns beim Aussteigen. Wir gingen auf einer Wiese unter blühenden Bäumen. So schön hatte ich mir die Baumblüte nicht vorgestellt. Ich hatte bisher nur einzelne blühende Bäume gesehen, und die hatte ich auch immer sehr schön gefunden. Aber was wir hier sahen, war überwältigend. Wie weiße Wolken schwammen die blühenden Zweige über uns. Bei jedem Windhauch schneite es weiße Blütenblätter. Ein Vogel sang, das heißt, Gesang konnte man sein Tschilpen ei-

gentlich nicht nennen, aber es passte so gut in die Stimmung. Die Wiesen waren von den gelben Tupfen der Löwenzahnblüten übersät. Blühenden Löwenzahn sah ich sonst nie. In unserem Garten wurde er ausgestochen, bevor er blühte. Mutter mochte keine Löwenzahnblüten, weil aus ihnen Pusteblumen wurden, die überall ihren Samen verstreuten. Ich verstand nicht, dass man etwas gegen die schönen gelben Blumen haben konnte.
Auf einer von ihnen saß ein einzelner Schmetterling und klappte mit den Flügeln. Vielleicht hatte er sich in den Frühling verirrt, weil er gedacht hatte, es wäre schon Sommer, oder ich hatte mich getäuscht. Das Wetter war erstaunlich mild für die Jahreszeit. Aber auf die Schmetterlinge würde ich wohl noch ein paar Monate warten müssen. Ich liebte sie so sehr. Als Kind hatte ich sie immer meine kleinen bunten Vögele genannt. Kürzlich hatte ich gelesen, dass, wenn wir stürben, unsere Seele als Schmetterling davonflöge. Daran musste ich immer denken, wenn ich Schmetterlinge sah.
Bisher war ich selten draußen in der freien Natur gewesen, höchstens einmal bei einem Schulausflug. Alles was ich jetzt sah, war so überwältigend, dass ich am liebsten immer weiter über die Baumwiesen gelaufen wäre, sogar mit Herrn Roloff. Ich wurde auch traurig von all der Schönheit. Es war eine ganz andere, als die gewöhnliche Traurigkeit, die ich kannte. Vieles in meinem Leben war traurig gewesen, angefangen beim Tod unseres Vaters. Niemand hatte etwas Böses geahnt, und dann hatte er eines Morgens tot in seinem Bett gelegen. Er war im Schlaf gestorben. Sein Herz war einfach stehen geblieben. Er war mein allerliebster Vater und ich seine allerliebste Tochter. Ich hatte immer gedacht, dass ich nur einen Mann heiraten könnte, der so wäre wie er, so groß, so schön und so klug, und nun sollte ich Albert Roloff heiraten, der nichts von alledem war. Meine Mutter sagte, es würde sicher gut gehen, und es wäre das Beste für mich, aber ich glaubte ihr nicht.

Er wäre ein Mann, den eine kluge Frau lenken könnte, meinte meine Mutter. Eine kluge Frau wollte ich zwar werden, aber dass es mir gelingen würde, diesen Herrn Roloff zu lenken, bezweifelte ich. Ich wollte es gleich einmal ausprobieren. Müde sollte er werden, damit er uns nicht zu nahe treten konnte. Als er sagte, dass wir schon weit gelaufen wären und uns jetzt ausruhen müssten, behauptete ich, Maria und ich wären noch gar nicht müde und würden gern noch eine Viertelstunde weiter gehen. Achselzuckend setzte er sich wieder in Bewegung.

Maria und ich waren wirklich noch nicht müde, wir schlugen sogar eine raschere Gangart ein. Gesprochen hatte ich mit Maria nicht, doch wir verstanden uns ohne Worte. Unser Begleiter fragte alle fünf Minuten, ob es immer noch nicht genug wäre. Nach zwanzig Minuten, als er zum vierten Mal fragte, gab ich nach. Wir waren im Kreis gelaufen und nicht mehr weit vom Auto entfernt, was die beiden Anderen aber nicht bemerkt hatten.

Herr Roloff meinte, er würde jetzt zum Auto zurückgehen, um eine Wolldecke zu holen, damit wir darauf sitzen könnten. Auch eine kleine Erfrischung hätte er vorbereitet, aber es würde ein bisschen dauern. Maria sagte mitleidig: „Aber das ist doch viel zu anstrengend, wenn Sie noch zweimal den weiten Weg machen und dann noch ein drittes Mal, wenn wir alle zum Auto zurück müssen."

Jetzt endlich gestand ich, dass wir im Kreis gelaufen waren und das Auto ganz in der Nähe abgestellt war. Maria seufzte erleichtert, und Albert Roloffs Gesicht hellte sich auf. Er warf seine Jacke mit einem eleganten Schwung über die Schulter und marschierte los. Als er zurückkam, trug er eine zusammengerollte Wolldecke unter dem Arm. Auch den Korb mit der Flasche hatte er mitgebracht. Er breitete die Decke für uns im Gras aus und nahm selbst auf einem Baumstamm Platz. Mit einem lauten Knall öffnete er die Flasche. Maria und ich fuhren erschrocken zusammen. Ich

sagte spottend: „Ein guter Oberkellner wären Sie aber nicht geworden. Der hätte eine Dame nicht so erschreckt."
Er entschuldigte sich und bot uns dann ein Glas mit dem perlenden Getränk an. „Champagner", er machte eine Pause, damit wir dachten, es wäre welcher, „ist es leider nicht, aber es schmeckt trotzdem gut, und es perlt so schön."
Wir hielten unsere Gläser und warteten verlegen, was nun passieren würde. Er rückte damit heraus, dass er mit uns Brüderschaft trinken wollte. Maria lehnte für ihre Person ab, dafür wäre später noch Zeit. Aber Herr Roloff und ich sollten nur ruhig zum Du übergehen. „Verräterin", dachte ich. Nicht nur, dass sie mich im Stich ließ, sie warf mich ihm förmlich in den Rachen. Er schlug die Hacken zusammen, machte eine zackige Verbeugung, die bei ihm albern wirkte, weil sie nicht zu seinem Wesen passte, und sagte: „Ich werde Sie daran erinnern, wenn wir erst einmal verwandt sind."
Jetzt kam ich mir erst recht verraten und verkauft vor. Alle schienen sich gegen mich verschworen zu haben. Er wollte, dass ich meinen Arm mit dem Glas anwinkelte und mit seinem ebenfalls angewinkelten Arm verhakte, was ich reichlich albern fand. Wir versuchten in dieser Stellung zu trinken, wobei ich mir den Sekt über die Bluse schüttete. Dann wollte er mich auch noch küssen. Zuerst drehte ich den Kopf zur Seite. Dann nahm er mein Gesicht in seine beiden Hände und berührte mit seinen Lippen die meinen. Das tat er so vorsichtig, dass ich ihm noch nicht einmal böse sein konnte. Von jetzt an redeten wir uns mit Katharina und Albert an. Später brachte er uns nach Hause und lieferte uns bei unserer Mutter ab, die ihn, wie ich fand, übertrieben liebenswürdig verabschiedete.

*

Vierzehn Tage hörte ich nichts von ihm und hatte ihn schon fast wieder vergessen, als ich ein Briefchen von seiner Mutter bekam. Sie lud mich am kommenden Sonntag

zum Kaffee ein, weil sie mich gern kennen lernen wollte. Sie würde sich auch freuen, wenn meine Mutter und Schwester Zeit hätten, mich zu begleiteten. Aber ich schien die Hauptperson zu sein.
Mutter sagte, natürlich würden wir hingehen. Sie achtete darauf, dass ich mich am Sonntag sehr sorgfältig anzog. Ich wisse nicht, was das solle, sagte ich. Warum musste ich mich für diese Frau Roloff, die ich überhaupt nicht kannte, so schön anziehen? Das altrosa Seidenkleid war mein bestes. Ich zog es sonst nur zu Weihnachten und am Geburtstag an. Hatte am nächsten Sonntag etwa jemand Geburtstag? Dass Mutter mich so herausputzte, nur um mich an den Mann zu bringen, machte mich wütend. Wenn sie mich in einem einfachen Kleid nicht wollten, dann sollten sie es doch bleiben lassen. Mir wäre es gerade recht.
Am Anfang fand ich seine Mutter ganz nett, jedenfalls netter als ihren Sohn. Das änderte sich allerdings im Laufe des Nachmittags. Sie war ungefähr so alt wie unsere Mutter, aber nicht so hübsch wie sie. Zuerst wurden wir ins Esszimmer gebeten, wo wir auf hochlehnigen Stühlen um den gedeckten Kaffeetisch saßen. Das Kaffeegeschirr war altmodisch und die weiße Tischdecke steif gestärkt. Es sah hübsch aus und gefiel mir gut. So wollte ich später auch einmal meinen Kaffeetisch decken, wenn ich Besuch bekommen würde. Mutters Kaffeetisch sah auch immer hübsch aus, doch hier wirkte alles kostbarer als bei uns zu Hause.
Der Kaffeebesuch entwickelte sich mehr und mehr zu einer Art Prüfung in Anwesenheit der ganzen Familie Roloff. Ich bemühte mich, alle Fragen korrekt zu beantworten, aber am liebsten hätte ich die schöne Damastserviette genommen und sie der Fragerin ins Gesicht geschmissen. Ich stellte mir vor, wie ich die Tür hinter mir zuknallte, dass das schöne altmodische Geschirr auf der gestärkten Tischdecke schepperte.

„Was geht Ihnen durch den Kopf, Kind?“ fragte Frau Roloff, die mir gegenüber saß und mich ununterbrochen ansah. „Sie schauen ja so angestrengt.“
„Wenn du wüsstest“, dachte ich. Die ganze Prüfung wäre mit einem Schlag vorbei, weil eine Schwiegertochter, die mit Servietten schmiss, auf keinen Fall in dieses feine Haus passte. Meine Mutter, die neben mir saß und sah, dass ich im Schoß meine Hand zur Faust geballt hatte, strich mir beschwichtigend über den Arm. Ich entspannte mich wieder und beantwortete die nächsten Fragen. „Ihre Mutter hat sicher auf einer guten Schulbildung bestanden, das habe ich bei meinen Kindern auch getan, obwohl meine Buben ziemlich unwillig waren. Mädchen sind da ganz anders, viel fleißiger und gewissenhafter“, stellte sie fest.
„Was haben Sie denn für Interessen, Kind? Ach ja, Lesen ist so ein schönes Steckenpferd, und es bildet. Das sollten Sie auf jeden Fall beibehalten. Auch feine Handarbeiten werden Ihnen sicher Freude machen. Nein? Das ist schade. Man kann so hübsche Sachen herstellen, und die Nachkommen haben noch nach langer Zeit Freude daran. Ich habe die hübschesten Stickarbeiten von meiner Großmutter.“
Dann befragte sie mich noch über Weihnachtsgutsle und welche Sorten ich backen könnte. Diese schöne schwäbische Sitte müsse erhalten werden. Über meine Einstellung zu Kindern und meine Bereitschaft, mich einem Mann unterzuordnen, wollte sie etwas wissen. „Wenn ich einen Mann achten und respektieren kann, dann will ich mich ihm gern unterordnen“, sagte ich.
Frau Roloff verzog kaum merklich das Gesicht. Meine Antwort schien ihr nicht gefallen zu haben. Auch meine Mutter hatte hörbar die Luft eingezogen. Dabei hatte ich doch nur über Achtung und Respekt gesprochen, die ich meinem Mann entgegenbringen wollte. Das könnte man von einer Frau schließlich verlangen. Sollte etwa Frau Roloff selbst ihren Sohn nicht für achtbar und respektabel halten und meinen, ich dürfte es nicht bemerken? War er vielleicht eine

Art Ladenhüter, den sie an mich loswerden wollte? Möglicherweise wurden die vielen guten Eigenschaften, die sie von mir verlangte, dazu gebraucht, dass es mit ihm kein böses Ende nahm? Ich hatte ja schon immer gedacht, dass er ein unreifer Mensch wäre.

Es wurde einer der längsten Nachmittage meines bisherigen Lebens. Tatsächlich dauerte er zwei Stunden. In der letzten halben Stunde wurden wir in das Zimmer neben dem Esszimmer geführt, wo es ein Sofa und bequeme Sessel gab. Dort wurde noch Likör angeboten. Weil er unter seiner Süße auch ganz heimlich scharf war, musste ich husten, was Frau Roloff mit einem leisen Lächeln zur Kenntnis nahm, wahrscheinlich, weil es ihr zeigte, dass ich nicht an Alkohol gewöhnt war.

Meine Mutter klopfte mir dezent auf den Rücken, damit ich wieder aufhören konnte zu husten. Endlich verabschiedeten wir uns. Ich war ziemlich erschöpft von diesem Besuch.

*

Nachdem Alberts Familie mich kennen gelernt hatte, nahmen die Dinge ihren Lauf. Ich spürte, dass ich es eigentlich nicht wollte und dass es für mich auch nicht richtig war, nicht das Leben, das ich mir immer gewünscht hatte. Aber ich widersprach nicht, als mich Frau Roloff aufforderte, sie bei Besorgungen zu begleiten, und auch nicht, als sie mich wiederholt zu kleinen Spaziergängen aufforderte. Mich von Albert in dem eleganten Auto herumfahren zu lassen, machte mir wenigstens Spaß.

Eine Zeit lang wehrte ich mich noch gegen seine Zärtlichkeiten, dann gab ich es auf. Die Verlobung war für den Spätsommer geplant, und zu Weihnachten sollte geheiratet werden. Mutter fand, dass es höchste Zeit wäre, sich um meine Aussteuer zu kümmern. Wenn wir etwas nicht am Ort erledigen konnten, fuhren wir mit dem Zug nach Stuttgart.

Wenn wir schwer zu tragen hatten, mussten wir Bescheid sagen. Dann beförderte uns Albert mit dem Auto.
Mein Vater hatte für jede seiner Töchter eine Aussteuerversicherung abgeschlossen. Kurz nach meinem achtzehnten Geburtstag hatte ich eine hübsche Summe von der Versicherung bekommen, die seither auf der Bank gelegen hatte. Das Geld stand uns jetzt für unsere Einkäufe zur Verfügung. Zuerst hatte unsere älteste Schwester die Versicherungssumme ausgezahlt bekommen. Wiede war ein Jahr älter als Maria und hatte vor sieben Jahren geheiratet, einen Studienrat, der später Oberstudienrat und noch später Schuldirektor werden sollte.
Sie bewohnten ein schönes Haus mit einem romantischen Garten in einer Stuttgarter Höhenlage. Zwei Kinder hatten sie, ein Mädchen und einen Buben. Das Leben, das sie führten, gefiel mir, wenn mir der Herr Studienrat Ackermann auch manchmal ziemlich streng vorkam. Auch ich hätte gern in Stuttgart gewohnt, um ins Theater oder ins Konzert gehen zu können. Andere Vergnügungen hätte meine Mutter mir nicht erlaubt.
Wenn ich nun Albert Roloff heiraten müsste, würde ich auch noch den Rest meines Lebens in meiner Geburtsstadt verbringen. Jetzt lernte ich Stuttgart wenigstens einmal als Einkaufsstadt kennen. Es machte Spaß, die vielen hübschen Dinge auszusuchen, die alle mir gehören sollten. Dass ich den falschen Mann heiraten musste, war schließlich kein Grund, sich über nichts mehr zu freuen. Am meisten liebte ich die schöne weiße Wäsche: Bettwäsche, Tischwäsche und Leibwäsche. „Du musst darauf achten, dass sie immer so weiß bleibt", sagte Mutter, „an deiner Wäsche kann man erkennen, ob du eine gute Hausfrau bist."
Wir kauften auch Geschirr, Gläser und Besteck. Die winzigen Schnapsgläschen mit dem Goldrand, aus denen die Männer Hochprozentiges trinken würden, gefielen mir am besten. Sie sahen genauso aus wie die Weingläser, nur etliche

Nummern kleiner. Mutter lachte: „Etwas Kleines, das Kinder freut."

Das war mir aber egal. Die Hauptsache war doch, dass ich mich freute. Das Tafelgeschirr wählten wir in einem schlichten Weiß. Das wäre am vornehmsten, sagte meine Mutter, an ein Tafelservice gehöre keine Farbe, und auch ein Goldrand wäre aufdringlich. Das Kaffeegeschirr müsse nicht so streng sein. Ich durfte ein sechseckiges mit goldenen Rändern und Strichen an den Kanten entlang aussuchen. Das hätte meine Mutter unter anderen Umständen auch zu aufdringlich gefunden, aber weil es ein altes, berühmtes Muster war, machte sie eine Ausnahme.

Wir mussten oft nach Stuttgart fahren, bis wir alle Dinge, die man in einem Haushalt braucht, zusammenhatten. Im Stillen dankte ich meinem Vater, der so umsichtig gewesen war, für seine Töchter Aussteuerversicherungen abzuschließen. Ich nahm mir vor, ihm Ehre zu machen. Eine gute Frau wollte ich werden, auch wenn ich einen Mann heiraten musste, den ich nicht liebte.

An ihrer blütenreinen Wäsche, hatte meine Mutter gesagt, erkenne man eine gute Hausfrau. Ich war aber keine gute Hausfrau, ich war überhaupt keine Hausfrau. Mit den wenigen Fertigkeiten, die ich mit geringem Interesse von meiner Mutter gelernt hatte, konnte ich keinen Haushalt führen.

Die Liebe zu einem Mann würde es mich ganz gewiss lehren, hatte ich gedacht. Aber wenn ich meinen zukünftigen Mann auch nicht liebte, wollte ich doch meine Pflicht erfüllen. Das war ich mir selbst und unserem Vater schuldig. Als ich mit Mutter über meine Sorgen sprach, schlug sie mir vor, erst einmal einen Kochkurs zu machen. Dann würden wir weiter sehen.

In unserer Stadt gab es eine Haushaltsschule, in der ich an den Vormittagen am Kochunterricht teilnehmen konnte. Ich schabte Spätzle, machte Knöpfle und Bubenspitzle, auch Braten, gute Saucen und Gemüse. Sogar Kartoffelgerichte zu kochen lernte ich, was mich als Schwäbin etwas hart ankam.

Mehr Spaß machte es mir, gute Kuchen zu backen. Kartoffeln akzeptierte ich nur als Kartoffelsalat oder im Gaisburger Marsch. In diesem schwäbischen Gericht existierten Kartoffeln und Spätzle gleichberechtigt nebeneinander. Im Übrigen wollte ich nicht so eng sein, sondern im wahrsten Sinne des Wortes über den eigenen Tellerrand hinaussehen.
Neben dem, was ich in der Haushaltsschule lernte, zeigte mir Mutter noch verschiedene Arbeiten. Die Wohnung sauber halten und bügeln konnte ich schon, aber Mutter verriet mir noch einige Finessen, und langsam fühlte ich mich sicherer. Auch ein ungeliebter Mann hatte ein Recht auf eine ordentliche Haushaltsführung.

*

Im September feierten wir unsere Verlobung. Für mich war es kein Freudenfest, weil ich immer daran denken musste, dass ich bald mit diesem Mann zusammenleben und in seinem Bett schlafen würde. Ich wusste schon, was dann geschah, aber noch nie hatte ich es mir so konkret vorgestellt wie an diesem Tag. Am vergnügtesten waren unsere beiden Mütter. Frau Roloff war lebhaft und geschäftig. Meine Mutter lächelte die ganze Zeit stumm vor sich hin. Albert benahm sich, wie es seine Art war, albern und machte ziemlich dumme Witze. Sein jüngerer Bruder war auch nicht gerade ein vernünftiger Mensch.
Nur den alten Roloff mochte ich gern. Er war ein gemütlicher Mann, der sich in breitem Schwäbisch mit uns unterhielt. Von unserer Mutter waren wir immer dazu angehalten worden, hochdeutsch zu sprechen, damit wir uns auch mit Menschen verständigen könnten, die aus anderen Gegenden stammten. Außerdem wirke es auf Menschen, die hochdeutsch redeten, ungebildet, wenn man nur schwäbisch sprechen könne.
Trotzdem wurde es mir warm ums Herz, wenn der alte Roloff mich ansprach. Ich wunderte mich, dass seine Söhne so

wenig von ihm zu haben schienen. So konnte ich nur hoffen, dass der Vater meinem Verlobten doch einiges beigebracht hatte, das würde sich vielleicht erst später herausstellen. So schlecht würde diese Ehe vielleicht gar nicht werden. Wenn man den guten Willen hatte, konnte man aus allem etwas machen. Wichtig war, dass ich immer Haltung bewahrte, desto mehr, je alberner sich mein Mann benehmen würde.

Wenn wir eines Tages Kinder hätten, wollte wenigstens ich ihnen ein Beispiel geben, wenn Albert sich bis dahin nicht ändern würde. Auch er könnte noch ein ernsthafter Mensch werden. Man sollte nie die Hoffnung aufgeben. Jeder musste seine Chance bekommen, auch Albert. Der alte Roloff versuchte, mich zu einem Glas Wein zu überreden, damit meine Stimmung besser würde. Es täte ihm doch in der Seele weh, mein trauriges Gesicht zu sehen. „Ein hübsches Mädle wie du muss lachen und nicht traurig sein“, sagte er. „Pass nur auf, das wird schon, das wird schon, so vernünftig wie du bist. Da wirst du schon dafür sorgen, dass es mit euch recht wird, mit euch und euren Kindern.“

„Mit uns und unseren Kindern“, bestätigte ich niedergeschlagen.

Er legte seine große warme Hand auf meine kalten Hände, die ich auf dem Tisch gefaltet hatte.

Später holte Alberts Bruder Karl-Friedrich, genannt Karle, das Grammophon und einige schwarze Schellackscheiben. Bald darauf ertönte fröhliche Musik. Frau Roloff rollte mit Alberts Hilfe hastig den Teppich zusammen. Dann tanzte Albert mit mir einen Walzer, und alle anderen klatschten im Takt. Es war mir peinlich. Ich schätzte es nicht, so im Mittelpunkt zu stehen und war erleichtert, als endlich Alberts Bruder meine Schwester aufforderte. So mussten wir wenigstens nicht mehr als einziges Paar vor allen Leuten tanzen. Albert machte es nichts aus, sich so zu produzieren. Er alberte beim Tanzen herum und machte es dadurch für mich noch peinlicher.

Der Verlobungsring, den er mir schenkte, war mir etwas zu aufdringlich, weil er stark glänzte. Da hätte ich mir ja gleich ein Schild um den Hals hängen können, auf dem gestanden hätte, dass ich verlobt wäre. Mutter sagte, das Glänzen würde mit der Zeit nachlassen. Am Ende würde es ein schlichter, unauffälliger Ring sein.
Ich musste mir in der nächsten Zeit eingestehen, dass ich trotz allem stolz war einen Verlobungsring zu tragen. Es war für eine Frau der richtige Weg, sich zu verloben, zu heiraten und Kinder zu bekommen. Das war sogar wichtiger, als glücklich zu sein, obwohl ich es wirklich sehr gern gewesen wäre. Es war wohl meiner Jugend zuzuschreiben. Noch war ich ein romantischer Backfisch. Später würde mir die Romantik schon vergehen. Ich würde einsehen, dass die Bestimmung wichtiger ist als das Glück. An diesem Tag dachte ich es zwar, aber fühlen konnte ich es nicht. Auch Maria hatte mir gesagt, dass ich froh sein müsste, meiner Bestimmung folgen zu können. „Mir war es leider nicht vergönnt", seufzte sie.
Maria hatte Recht, die Frauen, die nicht von einem Mann gewählt wurden, waren zu bedauern. Sie waren ja auch nicht schlechter, als die Frauen, die heiraten konnten. Man hatte als Mädchen überhaupt keinen Einfluss darauf, ob man ausgesucht wurde oder nicht, und ein anständiges Mädchen durfte die Männer noch nicht einmal auf sich aufmerksam machen. Einmal hatte ich unsere Mutter gefragt, warum denn gerade ich gewählt worden wäre und Maria nicht, die doch so ein nettes und hübsches Mädchen gewesen wäre. Mutter hatte darauf auch keine Antwort gewusst.
Erst wenn ein Mädchen geheiratet hatte, durfte man sagen, dass es eine hübsche oder sogar eine schöne Frau wäre. Mich für ein schönes Mädchen zu halten, wäre mir nie eingefallen, und ich erschrak fast, als Mutter mir auf meine Frage antwortete: „Er hat sich in dich verliebt, weil du ein besonders hübsches Mädchen bist und einmal eine sehr schöne Frau sein und schöne Kinder bekommen wirst."

In den folgenden Monaten machte mir Albert öfter hübsche Geschenke, ein seidenes Tuch, ein Parfüm oder ein kleines Armband. Ich durfte alles annehmen und mich darüber freuen, denn wir waren verlobt. Verlobt zu sein, war eigentlich ein angenehmer Zustand. Ich war freier und musste mir nicht mehr bei allem, was ich tat, überlegen, was die Leute dazu sagten. Natürlich musste ich mich jetzt zurückhaltend benehmen, um meinen Verlobten nicht zu blamieren, aber das fiel mir nicht schwer, weil ich sowieso zurückhaltend war.

Albert wollte am liebsten zu Weihnachten heiraten. Meine Mutter sagte, wenn es mir zu schnell wäre, könnte ich schon sagen, dass ich lieber im Frühjahr heiraten würde. Aber ich wollte das nicht, weil ich dachte, wenn wir zu Weihnachten heiraten würden, dann wäre im Frühjahr schon das Schlimmste vorbei. Ich wollte es nicht immer noch vor mir haben. „Was ist denn das Schlimmste?" fragte meine Mutter.

„Was mich in der Hochzeitsnacht erwartet", sagte ich verlegen. Mit seiner Mutter konnte man ruhig darüber sprechen.

„Armes Kind, das ist doch erst der Anfang. Die Männer verlangen nicht nur in der Hochzeitsnacht, dass man zur Verfügung steht", sagte sie.

„Natürlich muss man es öfter tun, wenn man mehrere Kinder will", sagte ich schnippisch und kam mir sehr aufgeklärt vor. Meine Mutter sollte nur nicht glauben, dass ich nicht Bescheid wüsste. „Nicht nur dann, wenn du mehrere Kinder willst", behauptete sie, aber ich glaubte ihr nicht. Das würden wir ja sehen. Ich sah überhaupt nicht ein, was das für einen Sinn haben sollte.

In der nächsten Zeit beschäftigten wir uns vor allem mit meinem Hochzeitskleid. Meine Mutter war in ihrem Element. Den Brautstaat einer Tochter auszuwählen macht wahrscheinlich allen Müttern Spaß. Zuerst kümmerten wir uns um die Machart. Leider waren die anmutigen Kleider mit den weiten Röcken ganz aus der Mode gekommen. Wir mussten uns für ein eng anliegendes entscheiden, wie man

sie jetzt trug. „Sei nicht traurig, du wirst auch in einem engen Kleid eine wunderschöne Braut sein“, sagte unsere Mutter. „Da kommen wenigstens deine Größe und deine schlanke Figur zur Geltung.“
„Und Albert so klein und nicht gerade schlank. Das passt“, erwiderte ich schnippisch.
„Kind, Kind“, sagte meine Mutter, „du wirst es noch schwer haben. So kritisch darfst du nicht sein."
Einen duftigen Stoff, wie ich es mir seit meiner Kindheit erträumt hatte, konnte ich also nicht auswählen, weil meine Figur in einem engen Kleid zur Geltung kommen musste. „Nicht nur deshalb“, beschwichtigte mich meine Mutter. „Man muss doch auch auf die Mode Rücksicht nehmen.“
Das taten wir, indem wir einen weißen Rips für ein schmales Kleid aussuchten. Mutter hatte dafür einen Schnitt mit einem geraden Rock und einem Jäckchen vorgeschlagen. Zuerst gefiel es mir nicht besonders, aber dann gewöhnte ich mich daran, fing sogar an, mich auf den großen Tag zu freuen. Die Hochzeit sollte am zweiundzwanzigsten Dezember neunzehnhundertdreiundzwanzig stattfinden.
Die Wochen bis zur Hochzeit vergingen schnell, weil wir bis zuletzt mit den Vorbereitungen beschäftigt waren. So hatte ich wenig Zeit, über alles nachzudenken und Angst zu bekommen. Ehe ich mich versah, war der zweiundzwanzigste Dezember gekommen. Ich musste schon früh aufstehen, um mich zu richten, im Unterrock eine Tasse Kaffee zu trinken und ein Weckle zu essen. Mutter meinte, ich sollte auch noch eine Butterbrezel essen, damit ich für den Vormittag genügend Kraft hätte. Ich war aber so nervös, dass ich nichts mehr herunterbringen konnte. Mutter wickelte die Brezel in Pergamentpapier, für den Fall, dass ich zwischen Standesamt und Kirche Hunger bekommen würde. Um neun Uhr mussten wir auf dem Standesamt sein. Unsere Trauzeugen waren Alberts Bruder, den ich nicht besonders schätzte, und Maria. Um elf Uhr sollte die kirchliche Trauung anfangen.

Auf dem Standesamt waren wir sieben Personen, außer Albert und mir nur noch meine Mutter, Alberts Eltern und die beiden Trauzeugen. Der Standesbeamte hielt eine kurze Rede. Sie sollte feierlich wirken, tat es aber nicht. Er hatte sie wohl schon zu oft gehalten. Dann wurden die Ringe gewechselt, was ja ganz falsch ausgedrückt ist. Wir hatten die Ringe vorher noch nicht getragen und wechselten sie nicht, sondern sie befanden sich in einem Etui, das Albert aus seiner Jackentasche zog. Der Beamte sagte abschließend: „Sie dürfen die Braut jetzt küssen."
Ich wusste schon, dass das der vorgeschriebene Ablauf der Trauzeremonie war, aber wie kam diese Zeremonie dazu, einem Mann zu erlauben, mich zu küssen? Das konnte doch eigentlich nur ich selber tun. Ich hätte es aber in diesem Augenblick nicht getan, weil ich überhaupt keine Lust hatte, Albert Roloff zu küssen. Dass er gerade nach dem Gesetz mein Ehemann geworden war, das war für mich kein Grund. Er hatte mich noch nie küssen dürfen, und jetzt nutzte er natürlich die Gelegenheit. Automatisch drehte ich den Kopf weg. Als der Standesbeamte sich räusperte, wandte ich mich Albert wieder zu, der sich sofort an meinen Lippen festsaugte. „Wie ein Blutegel", dachte ich. Es war ausgesprochen indezent, wie er sich benahm, und mir war es so peinlich, dass ich gar nicht merkte, wie sehr es mich grauste.
Wenn ich einen Mann hätte heiraten dürfen, den ich geliebt hätte, wäre das alles ganz anders gewesen. Noch liebte ich zwar niemand, aber das hätte ja noch kommen können. In den Monaten vor der Hochzeit hatte ich manchmal davon geträumt. Nun musste es so sein, wie es war. Als Ehefrau durfte ich nicht mehr von anderen Männern träumen und schon gar nicht davon, dass ich sie liebte. So etwas durfte ich mir als die verheiratete Frau, die ich nun war, gar nicht mehr einbilden. Wieder dachte ich daran, dass ich meinem toten Vater versprochen hatte, einmal einem Mann eine gute Frau zu sein, und ein Versprechen musste man halten.

Da ich keinen Vater mehr hatte, wollte mich mein Patenonkel in der Kirche dem Albert geben. Er wusste nicht, was er tat, und wenn er es gewusst hätte, wäre es ihm vielleicht auch egal gewesen. Männer nahmen ja meistens nur wenig Rücksicht auf Gefühle. Nur die Männer in den Romanen taten das. Ich wusste auch nicht, was sich die Romanschreiber dachten. Außerdem hatte der Onkel sich sowieso nie um mich gekümmert. Bei uns überließen es die Paten meistens ihren Ehefrauen, sich um die Patenkinder zu kümmern. Trotzdem hatte Mutter, seit unser Vater tot war, bei wichtigen Entscheidungen Onkel Fritz um Rat gefragt. Das wäre schließlich der Sinn einer Patenschaft, hatte sie gesagt, und außerdem wäre er der Bruder unseres Vaters.
Mein Patenonkel führte mich also zum Altar, wo Albert, der schon seit einer dreiviertel Stunde mein gesetzlicher Ehemann war, mich erwartete. Onkel Fritz war ein stattlicher Mann. An seinem Arm zwischen den gut besetzten Bankreihen hindurchzugehen fühlte sich gut an. Es war das erste und vermutlich das letzte Mal, dass ich am Arm eines stattlichen Mannes ging. Albert war leider keiner. In diesem Augenblick fühlte ich erst so richtig, wie gern ich einen stattlichen Mann gehabt hätte, und wie viele meiner Wünsche durch diese Heirat nicht erfüllt wurden.
Die Trauung war feierlich, aber ich merkte nicht viel davon. Schon seit dem Standesamt hieß ich Frau Roloff, Katharina Roloff. In der Kirche hatte ich noch einmal für kurze Zeit meinen Mädchennamen. Doch von jetzt an würde Katharina Roloff mein Name sein. Er klang gut, besser als mein Mädchenname. Die alte Frau Roloff hatte eine Sängerin mit einer wunderschönen Sopranstimme und einen Geiger für unsere Trauung engagiert. Damit hatte sie mir eine große Freude gemacht, obwohl sie es vermutlich nicht aus diesem Grund getan hatte.
Ich liebte die Musik und hatte schon seit langem Klavierunterricht. Jetzt musste ich leider damit aufhören. Albert hatte zwar nichts dagegen, wenn ich weiter Klavierstunden nahm,

aber er hatte zur Bedingung gemacht, dass ich bei meinem Klavierlehrer aufhörte und mir eine Lehrerin suchte. Dann hatten aber unsere beiden Mütter gesagt, dass es für eine verheiratete Frau nicht passend wäre, Klavierstunden zu nehmen. Das wäre nur etwas für junge Mädchen, und wenn erst einmal ein kleines Kind im Haus wäre, dann würde ich sowieso nicht mehr auf dem Klavier herumklimpern. Ich war nicht dieser Meinung, aber ich widersprach nicht.

Als die Sängerin intonierte „Ich weiß, dass mein Erlöser lebt", kamen mir die Tränen und hörten bis zum Ende der Trauung nicht mehr auf zu fließen. In diesem wunderbaren Musikstück kamen die beiden Dinge zusammen, die mich schon immer am meisten bewegt hatten, die Musik und die Religion. Noch etwas anderes ließ meine Tränen immer wieder fließen. Ich dachte, dass ich in der Ehe, die gerade geschlossen wurde, vielleicht bald doppelt erlösungsbedürftig sein würde und dass dann offenbar einer da sein würde, der mich erlösen könnte.

Der Pfarrer, der über die Liebe und die Treue sprach, bat Gott, dass er unsere Ehe bald mit Kindern segnen möge. Er konnte zwar davon ausgehen, dass ich mir Kinder wünschte, aber ob ich schon bald welche haben wollte, konnte er nicht wissen. Ich war einundzwanzig Jahre alt und musste mich erst einmal an die Ehe gewöhnen. Heute schienen alle zu glauben, sie könnten über mich bestimmen. War es das, was ich mir durch diese Heirat antat, dass alle Leute über mich bestimmen wollten? Die alten Roloffs freilich warteten ungeduldig auf einen Stammhalter, und ich sollte ihn zur Welt bringen. Aber jetzt wollte ich doch erst einmal in Ruhe gelassen werden und mich daran gewöhnen, eine verheiratete Frau zu sein. Man musste doch einen Schritt nach dem anderen tun.

Der Pfarrer in seinem schwarzen Kittel wollte nur den alten Roloffs nach dem Munde reden. Sie waren angesehene Leute in der Stadt und wurden von vielen Menschen hofiert, sicher auch von diesem Pfarrer. Aber an diesem Tag war doch ich die Hauptperson, und er hätte besser etwas gesagt, was mir gefiel. Stattdessen schaute er mitleidig in mein verweintes, trotziges Gesicht. „Das scheint auch nicht die große Liebe zu sein“, mag er gedacht haben, „wenn das nur gut geht!“

Dann mussten wir zum zweiten Mal an diesem Tag so tun, als ob wir die Ringe tauschten, die Albert nach der standesamtlichen Trauung wieder im Etui verstaut hatte. Auch bekamen wir zum zweiten Mal eine offizielle Genehmigung, uns zu küssen. Meine Bereitschaft dazu war nicht größer als beim ersten Mal. Ich hoffte, dass Albert sich diesmal ordentlich verhielte. Zum Glück benahm er sich nicht so daneben wie auf dem Standesamt. Vor den vielen Menschen hätte ich das nicht ertragen können. Als wir bei Orgelklang durch den Mittelgang hinausmarschierten, musste ich noch einmal heftig weinen. Danach weinte ich den ganzen Tag nicht mehr. Bis zum Abend beherrschte ich mich, wie man es mich gelehrt hatte.

*

Alberts Freunde bereiteten uns vor der Kirchentür einen großen Bahnhof, wie Albert es nannte. Sie bestreuten uns mit Blumen. Jemand überreichte mir ein paar Babyschühchen in der Farbe hellblau. „Hellblau für den Stammhalter“, dachte ich. Was die sich alle einbildeten! Ich wusste nicht, was ich mit den Dingern machen sollte, weil ich ja auch noch meinen Brautstrauß halten musste, der mir schon die ganze Zeit lästig gewesen war. Er war zwar sehr hübsch, aber trotzdem störte er. Albert hatte weiße Rosen und Schleierkraut dafür ausgesucht. Maria kam mir zu Hilfe und nahm mir wenigstens die anzüglichen Babyschühchen ab.

Eigentlich hätte ich den Brautstrauß in die Menge werfen müssen. Das tat man so. Doch ich wollte ihn lieber behalten. Trocknen wollte ich ihn und in Seidenpapier gehüllt aufheben, wie meine Mutter es getan hatte. Sie sah ihren Braut-

strauß heute noch manchmal an, und strich vorsichtig mit den Fingerspitzen über die vertrockneten Blüten. Als Kind hatte ich sie dabei heimlich beobachtet.
Was nach der Kirche geschah, im weiteren Verlauf des Tages, war mir eigentlich alles zu viel. So eine Hochzeit war schon eine anstrengende Unternehmung. Das Hochzeitsessen hatte viele Gänge und dauerte ewig. Die meisten Gäste waren Leute, denen die Roloffs verpflichtet waren, die ich aber kaum kannte. Es gelang mir leider nicht, ihren Erwartungen zu entsprechen und glücklich auszusehen, obwohl ich mich redlich bemühte.
Am Abend spielte eine Kapelle, drei Musiker in glänzend weißen Anzügen, und es wurde getanzt. Es fing genau so an, wie es bei der Verlobung gewesen war. Albert und ich tanzten einen Walzer, und die Gäste standen im Kreis um uns herum und klatschten im Takt. Diesmal waren sie viel zahlreicher, und es war mir noch peinlicher. Danach tanzte die Hochzeitsgesellschaft stundenlang modernere Tänze.
Weil Albert sich mit seinen Freunden zurückgezogen hatte, saß ich mit Maria am Tisch und hatte schon lange aufgehört, mich für die vielen Menschen, die mich umgaben, zu interessieren. Dafür war ich viel zu müde. Von Zeit zu Zeit wurde ich gefragt, wo denn mein Bräutigam wäre, und jedes Mal sagte ich wahrheitsgemäß, ich wüsste es nicht. Eine der Fragerinnen sah mich kopfschüttelnd an, und ich ahnte, dass ich mich eigentlich für Albert, der nun mein Ehemann war, verantwortlich fühlen sollte. Im Augenblick war es mir noch gleichgültig, was er tat, aber es würde eine Zeit kommen, in der es mich beunruhigen würde, nicht zu wissen, wo er sich aufhielt.
Erst am späten Abend kündigte sich seine Rückkehr durch ein großes Getöse an. Albert und seine Freunde waren wieder da. Er taumelte als zweiter in den Festsaal, nachdem sein Vordermann gestrauchelt und auf den Bauch gefallen war. Albert wäre um ein Haar auf ihn gestürzt. Er stoppte abrupt und konnte sich nur mit Mühe auf den Beinen halten. Dann

torkelte er über die leere Tanzfläche und ließ sich rülpsend auf den Stuhl an meiner Seite fallen, den die Festgäste bisher taktvoll freigehalten hatten. „Für uns ist das Fest zu Ende“, sagte er mit schwerer Zunge. „Lass sie weiter feiern, Katharina! Wir gehen jetzt nach Hause.“
Ich hatte gehört, dass Männer sich vor der Hochzeit noch einmal mit ihren Freunden betranken, dass manche es auch am Tag der Hochzeit taten, war mir neu. Wir hatten in einem Restaurant vor der Stadt gefeiert und konnten nicht zu Fuß nach Hause gehen, weil es zu weit gewesen wäre. Albert aber war viel zu betrunken, um noch Auto fahren zu können. Was sollte ich tun? Am liebsten wäre ich wieder dorthin gegangen, wo noch immer mein Zuhause war und hätte meinen betrunkenen Bräutigam seiner Familie und seinem Schicksal überlassen. Frau Roloff, die sich ganz im Gegensatz zu mir für Albert verantwortlich fühlte, mischte sich ein. Sie nahm Albert den Autoschlüssel aus der Hand. Zu mir sagte sie: „Verabschiede dich jetzt von deiner Mutter, mein Kind, und dann lass uns dieses Ärgernis fortschaffen!“
Mit dem Ärgernis meinte sie offensichtlich ihren Sohn. Ich verabschiedete mich von Mutter und Maria und folgte den alten Roloffs, die meinen Bräutigam stützten, hinaus. Mir war kalt, und ich zog meinen Schal, den Mutter zum Glück für mich mitgenommen hatte, fester um mich.
Die Eltern meines Mannes hatten uns ihre Wohnung überlassen. Sie lag auf dem Gelände der Fabrik, aus welcher der alte Roloff demnächst ausscheiden wollte. Sie hatten bereits ein kleines Haus in einer ruhigen Straße bezogen. Jetzt brachten sie ihren betrunkenen Sohn die Treppe hinauf und legten ihn im Schlafzimmer auf das Bett, das von jetzt an auch das meine sein würde. Mit vereinten Kräften zogen sie ihm den schwarzen Anzug aus und lockerten seinen Hemdkragen. Ich wandte mich taktvoll ab und sah erst wieder auf, als meine neuen Schwiegereltern mir eine gute Nacht wünschten.

Albert war bereits in tiefen Schlaf gesunken, aber er bewegte sich und brachte seine Wäsche in Unordnung. Mit entblößtem Unterkörper kam er schließlich zur Ruhe und lag schnarchend auf dem Rücken. Weil die fremde Wohnung mich einschüchterte, wagte ich nicht, mir in einem anderen Zimmer ein Bett zu suchen. Ich zog mein Hochzeitskleid aus und fand in dem großen Schrank meine Nachtwäsche und ein sauberes Taschentuch.
Meine Mutter hatte mit Frau Roloffs Hilfe meine Wäsche eingeräumt. Ich empfand das duftende Taschentuch wie eine Liebkosung, als ich die Nase hineinsteckte. Schließlich legte ich mich möglichst weit von Albert entfernt in das Ehebett. Neben meinem schnarchenden, röchelnden Ehemann lag ich wach bis zum Morgen. Als draußen schon die Vögel erwacht waren, fiel ich in einen unruhigen Schlaf, aus dem ich nach zwei Stunden erschöpft erwachte.

*

Am ersten Morgen meiner Ehe frühstückte ich allein. Ich brühte mir nur einen Kaffee auf. Essen konnte ich noch nichts. Die Nacht neben meinem Mann, der seinen Rausch ausschlief und ausdünstete, hatte mir den Appetit verdorben. Ich setzte mich an den Tisch in meiner neuen Küche und wärmte mir die kalten Hände an der Kaffeetasse. Frau Roloff hatte mir in der Wohnung alles gezeigt und besondere Sorgfalt darauf verwendet, mir die Küche zu erklären. So hatte ich schnell gefunden, was ich zum Kaffeekochen brauchte. Ich trank das heiße Getränk in kleinen Schlucken und merkte, dass mein armer verwirrter Kopf langsam etwas klarer wurde.
Dann stellte ich die Tasse auf den Spültisch und versuchte, mich mit der Wohnung, in der ich noch viele Male aufwachen würde, vertraut zu machen. Bis auf ein paar Möbelstücke aus meinem Elternhaus war alles fremd. Ein großer Teil der Einrichtung stammte von Alberts Eltern, die es in ihrem

neuen kleineren Haus einfacher und bequemer haben wollten. Das Esszimmer mit den hochlehnigen Stühlen und der ausladenden Anrichte hatten wir übernommen. Albert war daran gewöhnt, aber zu mir passten diese Möbel nicht.
Die Polstermöbel im Wohnzimmer hatte ich für uns ausgewählt. Sie gefielen mir ganz gut, obwohl ich beim Aussuchen Alberts Geschmack sehr entgegengekommen war. Das Schlafzimmer war neu. Noch niemand hatte vor uns darin geschlafen, zum Glück. Ich hätte ungern meine Ehe im Ehebett meiner Schwiegereltern begonnen.
Für den Hausherrn gab es ein Herrenzimmer mit einem schweren Schreibtisch, einem alten Ledersessel und einem Bücherschrank. Einige Bücher standen hinter Glas, ein Lexikon, ein paar Reisebeschreibungen, eine Bibel. Die drei Möbelstücke stammten wieder aus dem Besitz seiner Eltern. Neben dem Sessel stand ein kleiner runder Tisch, ein sogenannter Rauchtisch. Weil die Herren in ihren Herrenzimmern meistens nichts anderes taten als rauchen, war dies ein wichtiger Einrichtungsgegenstand.
Für mich gab es zwei Räume auf der Etage, ein Näh- und Bügelzimmer und ein kleines Zimmer, das nur für mich bestimmt war. Voller Freude entdeckte ich meinen kleinen Schreibtisch, den meine Mutter als Überraschung für mich hatte herbringen lassen. Auch die übrigen Möbel in diesem Zimmer verrieten ihre Handschrift.
Seufzend ließ ich mich an meinem Schreibtisch nieder, zog die Schubladen heraus und stellte fest, dass alles an seinem Platz war. So nahm ich einen Briefbogen heraus und fing an, meine Eindrücke zu notieren. Damit kam ich aber nicht sehr weit, weil ich mit meinen Gedanken woanders war. Ich hatte gehofft, sie auf diese Weise ordnen zu können.
Lange konnte ich die Ruhe in meinem Zimmer nicht genießen. Draußen auf dem Flur hörte ich Geräusche und musste nach dem Rechten sehen. Ich hatte jetzt die Verantwortung für das, was in diesem Haus geschah, wenn mir die neue Aufgabe auch noch sehr fremd war. Auf dem Flur begegnete

ich meinem Mann. Er war unrasiert und unfrisiert. Auch sein alter Bademantel war nicht sehr kleidsam. Die Ausschweifungen des vergangenen Abends waren ihm ins Gesicht geschrieben. Als er mich erblickte, sagte er grinsend: „Guten Morgen, Frau Roloff!"
Er küsste mich. Weil mich sein Mundgeruch ekelte, verzog ich das Gesicht. Albert beschwerte sich, weil er eine freundlichere Begrüßung erwartet hatte. Ich wäre ja auch bereit gewesen, ihn freundlich zu begrüßen, sogar bei seinem Anblick Freude zu empfinden. Aber sein Anblick war nun einmal keine Freude. Er sah am ersten Tag unserer Ehe so verwüstet aus, dass ich nur hoffen konnte, seine Erscheinung wäre kein negatives Omen für unser gemeinsames Leben. Ich versuchte, mit einem kurzen Gruß an ihm vorbeizukommen, aber er fing mich ein wie ein störrisches Tier. Seine Arme legten sich wie ein Schraubstock um meine Schultern, und sein Gesicht war plötzlich so dicht vor dem meinen, dass ich seinem stinkenden Atem nicht mehr ausweichen konnte. Er küsste mich mit offenem Mund und drückte seine Zunge zwischen meine Zähne. Ich wurde fast ohnmächtig vor Ekel.
Nur mit Mühe erreichte ich die Toilette, bevor ich mich erbrach. Ich blieb lange in dem kleinen Raum, spülte meinen Mund und kühlte mein Gesicht. Es tat mir gut, das eiskalte Wasser über meine Pulsadern laufen zu lassen. Als ich mich genügend erfrischt fühlte, um die Toilette wieder zu verlassen, erwartete mein Mann mich vor der Tür. Mit wutverzerrtem Gesicht packte er mich am Arm und schrie: „Ich will dich lehren, zu kotzen, wenn dein Mann dich küsst."
Er holte aus und schlug mir ins Gesicht. Ich riss mich los, rannte die Treppe hinunter und wartete in der Nähe der Haustür, bis er das Haus verließ, um in sein Büro zu gehen. Erschrocken stellte ich fest, dass ich noch nicht entkommen war, denn ich musste auf ihn warten. „Gib mir bitte den Schlüssel, damit ich wieder ins Haus komme!" sagte ich. Er

hielt ihn mir ohne eine Antwort hin. Als ob nichts gewesen wäre, sagte er: „Um halb eins komme ich zum Mittagessen." Damit drehte er sich um, rückte seinen Mantelkragen zurecht und ging davon. Ich atmete erleichtert auf. Jetzt hatte ich Zeit, meine Fassung wieder zu gewinnen und mir zu überlegen, was ich tun sollte.

Am liebsten wäre ich, so schnell ich konnte, nach Hause gerannt, hätte mich in die Arme meiner Mutter gestürzt und sie um Rat gefragt. Doch das kam nicht in Frage, weil ich mich zu sehr geschämt hätte. Eine frisch verheiratete Frau, die am ersten Morgen weinend zu ihrer Mutter lief, war lächerlich und geschmacklos. Lieber ging ich ins Haus zurück, holte meinen Geldbeutel und die Einkaufstasche, damit ich für das Mittagessen einkaufen konnte. Ich entschloss mich, zum Metzger und zum Kolonialwarenhändler zu gehen.

Beide kannten die Familie meines Mannes und wussten, dass wir gerade geheiratet hatten. Sie beglückwünschten mich und machten mir Komplimente. Ihre freundlichen Worte taten mir gut. Beherrscht nahm ich die Glückwünsche entgegen und bedankte mich. Mich zu beherrschen, hatte ich von meiner Mutter gelernt. Sie hatte sich in ihrem Leben auch oft beherrschen müssen und war mir in dieser Hinsicht ein gutes Vorbild gewesen, wenn sie auch nicht von unserem Vater, ihrem Ehemann, geprügelt worden war.

Während ich kochte, kam ich auf andere Gedanken. Kochen hatte ich ja gelernt, und es gelang mir, bis halb eins eine schmackhafte Mahlzeit herzustellen. Ich deckte den Tisch besonders sorgfältig, band meine Schürze ab, richtete meine Frisur und erwartete meinen flegelhaften Gatten. Es sah so aus, als ob in der neu gegründeten Familie ich für die Erhaltung der guten Sitten zuständig wäre. Doch ich sollte eine Überraschung erleben.

Albert kam pünktlich um halb eins zum Essen. Ich erkannte in dem Mann, der am Mittag zu mir zurückkehrte, kaum noch den Mann, der mich am Morgen verlassen hatte. Natürlich hatte er noch Toilette gemacht, bevor er ins Büro gegangen war. Sein Haar war sorgfältig gekämmt und fiel in einer weichen Welle in seine Stirn. Ein feiner Duft von Rasierwasser umgab ihn, und sein Atem war wieder rein. Zerknirscht fragte er, ob ich wohl bereit wäre, ihm einen Versöhnungskuss zu geben. Ich nickte, und er küsste mich zart und rücksichtsvoll.

Als ich den Blumenstrauß sah, den er mir mitgebracht hatte, war ich schon fast versöhnt. Er hatte kein prächtiges Gebinde gekauft, sondern einige schlichte Gartenrosen, die ich wegen ihres Duftes besonders liebte. Er sagte: „Ich war ein Depp, Katharina. Verzeih mir, wenn du kannst! Ich verspreche dir, dass es nicht mehr vorkommen wird. Ich bin doch kein Säufer. Glaubst du, dass wir es miteinander schaffen können? Ich habe es mir so schön mit dir vorgestellt."

Ich nickte und versprach, mich zu bemühen, so sehr ich konnte. Albert lobte mein Essen, Sonst sprachen wir wenig bei Tisch. Als er sich noch ein bisschen ausgeruht hatte und wieder in sein Büro gegangen war, dachte ich über alles nach. Wie gut, dass ich nicht in der ersten Verzweiflung zu meiner Mutter gelaufen war! Jetzt war ich entschlossen, diese Ehe als Aufgabe anzunehmen, die mir gestellt war, und diese Aufgabe zu lösen so gut ich konnte. Gewiss, ich hatte mich nicht weich gebettet, jetzt musste ich hart liegen.

Ich hatte mir diese Ehe nicht selber ausgesucht, aber ich hatte mich auch nicht wirklich dagegen gewehrt. Jetzt wollte ich das Beste daraus machen. Das war ich mir und meinem Ehemann schuldig. Auch unseren späteren Kindern war ich es schuldig. So wollte ich dieses Leben auf mich nehmen und tun, was meine Pflicht war.

An diesem Nachmittag weinte ich viel. Alles war so endgültig, so unabänderlich. Das Schicksal hatte mich auf einen Weg gestellt, auf dem ich nur noch vorwärts gehen konnte. Es würde an diesem Weg, so schwer er sein würde, auch Blumen geben. Eine Mutter von Kindern würde ich sein, wie ich es mir immer gewünscht hatte.

Unsere verspätete Hochzeitsnacht war, ein schlimmes Erlebnis voller Schmerzen, Blut und Tränen. Ich hatte zwar gewusst, was sie mir bringen würde, aber so schlimm hatte ich es mir nicht vorgestellt. Albert war fast so unerfahren wie ich, ungeschickt und ohne Einfühlungsvermögen. Er konnte es mir nicht leichter machen. In den folgenden Nächten war es dann nicht mehr so quälend, auch deshalb, weil ich etwas entgegenkommender war.

Mein Mann fand leider Spaß an der Sache. Wenn wir allein waren, benahm er sich manchmal ziemlich dumm. Für ihn war diese ernste Sache ein Scherz und er forderte mich immer wieder auf, sie auch als einen Scherz zu betrachten. Das wollte ich schon deshalb nicht, weil es mir zu frivol gewesen wäre. Im Gegensatz zu meinem Mann tat ich es nicht zum Spaß, sondern weil man mir gesagt hatte, dass es meine Pflicht wäre, und weil ich wusste, dass man dadurch Kinder bekommen konnte. Ich hoffte, schon bald schwanger zu werden. Das wäre dann mein Lohn dafür, dass ich es ausgehalten hatte. Der Wunsch, ein Kind zu haben, hatte sich bald nach der ersten Nacht eingestellt. Ich hatte mir nur von diesem Pfarrer nicht schon bei der Trauung eine größere Kinderschar verordnen lassen wollen.

Leider konnte ich über diese Dinge mit niemand sprechen, weil es sich nicht gehörte, über Intimitäten zu reden. Man musste sich schon sehr gut kennen, um das zu tun. Mit Maria hätte ich vielleicht darüber gesprochen, zu ihr hatte ich Vertrauen. Aber ich unterließ es, weil es sie verletzt hätte. Sie hatte selber keine Erfahrung damit und wäre sicher erschrocken.

Nach drei Monaten merkte ich, dass sich mein Körper veränderte. Ich fragte unseren Arzt, und als ich sicher war, erzählte ich denen, die mir nahe standen, dass ich ein Kind erwartete. Obwohl ich es mir gewünscht hatte, war es mir peinlich, darüber zu sprechen. Mutter und Maria freuten sich mit mir. Roloffs waren erleichtert, denn wenn ich unfruchtbar gewesen wäre, hätte der Nachfolger für die Leitung des

Unternehmens gefehlt. Wenn mein Kind ein Junge sein würde, dann würde es schon als Baby ein zukünftiger Unternehmer sein. Das hätte ich ihm gern erspart, und wollte Acht geben, dass er nicht zu viel davon merkte.
Nun war ich nicht mehr so mutlos und verzweifelt, wie ich es seit meiner Heirat oft gewesen war. Ich freute mich auf das Kind. Außerdem war Albert viel rücksichtsvoller, seit er wusste, dass ich schwanger war. Nachts ließ er mich in Ruhe, denn wir hatten beide Angst, dass es dem Kind schaden könnte. Am liebsten wäre ich immer in anderen Umständen gewesen, denn Monate lang meine Ruhe zu haben, das war unbezahlbar.

*

Ich fragte Maria nach dem Buch, in dem ich sie häufig lesen sah und das sie vor unserer Mutter versteckte. Es schien ihr Trost zu geben, wenn sie Schwierigkeiten hatte oder traurig war. Sie antwortete auf meine Bitte:„Ich könnte mir vorstellen, dass du in deinem Zustand viel darüber nachdenkst, was du an deinem Leben verändern kannst, auch im Interesse deines Kindes."
Ich stimmte ihr zu. Da erzählte sie mir von dem Mann, der dieses Buch geschrieben hatte. Er wäre das, was man einen unruhigen Geist nenne. Deshalb wäre er viel auf Reisen gewesen, im Orient und in Amerika. In England wäre er vom Ausbruch des Krieges überrascht worden. Er wäre jahrelang interniert gewesen. Vor ein paar Jahren hätten sie ihn aus der Gefangenschaft entlassen und jetzt schriebe er wieder ein Buch. Es bestehe aus Vorträgen und solle erst der Anfang eines großen Werkes aus vielen Vorträgen sein. „Woher hast du diese Vorträge bekommen, kennst du ihn?" fragte ich.
„Ich kenne ihn noch nicht, aber ich hoffe, ihn einmal kennen zu lernen."
„Und woher bekommst du diese Vorträge?"

„Er hat vorher schon andere Bücher geschrieben, Reisebeschreibungen und so, und dann hat mir auf dem Berg jemand von diesen Vorträgen erzählt. Dort kann man sie kaufen. Du weißt ja, wie viel ich lese."
„Wovon handeln die Vorträge?" fragte ich. „Interessieren sich viele Leute dafür?"
„Es werden immer mehr", versicherte Maria.
„Und was ist daran so besonders? Sagt er so interessante Sachen?"
„Das will ich erst noch herausfinden. Wenn du es niemand erzählst, sage ich dir, woran es liegt, dass sie seine Bücher lesen: Er sagt, dass er Gottes Sohn ist."
„Aber das ist doch Jesus."
„In Jesus ist zum ersten Mal ein Teil Gottes auf die Welt gekommen, sagt er."
„Und in ihm zum zweiten Mal? Warum sollte Gott zweimal einen Teil von sich auf die Erde schicken? Wir sind doch schon von Jesus erlöst worden."
„Jesus ist wieder in Gott zurückgekehrt, heißt es in einem Vortrag."
„Und dieser Mann kehrt auch zurück, wenn er tot ist? Kommt dann wieder einer und immer ein neuer?"
„Nein, er ist ein Teil Gottes, der ewig, nicht nur vorübergehend mit den Menschen in der Schöpfung verbunden bleiben wird, sagt er."
„Warum ist das so? Gefällt es ihm so gut bei den Menschen?"
„Das kann ich mir nicht vorstellen", sagte Maria. „Es ist ein Opfer für ihn. Er erzählt den Menschen immer wieder, wo es lang geht."
„Und warum hat er diesen komischen orientalischen Namen? Hat er auch einen richtigen?"
„Natürlich, einen ganz normalen deutschen Namen, Oskar, glaube ich."

„Da hätten sie sich ja auch was Besseres einfallen lassen können, seine Eltern. Oder gefällt denen Oskar? Die müssen ja so was wie Maria und Joseph sein. “
„Den Menschen, die seine Eltern waren, hat Oskar bestimmt gefallen. Sonst hätten sie ihr Kind nicht so genannt.“
„Wenn ich ein Mann wäre und Oskar hieße, dann würde ich mir auch einen anderen Namen aussuchen“, sagte ich. „Weißt du übrigens, warum er sich ausgerechnet etwas Orientalisches ausgesucht hat? So heißt doch niemand.“
„Vielleicht hat es ihm gefallen, so als Künstlername. Aber, es kann auch sein, dass er früher einmal so geheißen hat.“
„Wieso früher. Da hat er doch auch Oskar geheißen oder nicht?“
„Noch früher. Er sagt, dass wir öfter auf die Welt kommen.“
„Du meinst Wiedergeburt?“
„Ja, er geht davon aus, dass wir öfter geboren werden. Wahrscheinlich hat er einmal im Orient gelebt und hat diesen Namen gehabt. Er ist doch auch immer in den Orient gereist.“
Das wurde ja immer spannender. Wenn man öfter geboren würde, dann wäre es doch gar nicht so schlimm, dass ich mit einem Mann verheiratet wäre, den ich nicht liebte. Dann wäre es eine Aufgabe, die ich lösen musste, und im nächsten Leben dürfte ich mich vielleicht verlieben. Wenn es das einzige Leben wäre, das ich hätte, dann wäre es doch zum Verzweifeln. Es wäre zu ungerecht, wenn ich nur diese eine Chance hätte. Jetzt fühlte ich am eigenen Leib, dass Marias Bücher einen trösten konnten. Vielleicht würden sie auch für mich einmal Bedeutung bekommen, später. Jetzt musste ich erst einmal mit meiner Ehe zurechtkommen.

*

Abends hatte Albert oft Sorgenfalten auf der Stirn. Nach dem Essen rauchte er im Herrenzimmer eine Zigarre. Eigentlich mochte er lieber Zigaretten, aber er glaubte wohl, dass zum Herrenzimmer eine Zigarre gehörte. Ich mochte Zigarrenrauch auch lieber als Zigarettenrauch. Wenn er nach dem Rauchen ins Wohnzimmer herüberkam, war er besserer Laune und trank ein Glas Wein, nur eins. Er war eigentlich ein sehr maßvoller Mensch. Dass er sich bei unserer Hochzeit so betrunken hatte, war eine einmalige Entgleisung gewesen.

Wenn wir abends zusammensaßen, strickte ich oder las in einem Buch. Es gab nicht viel, worüber wir uns unterhalten konnten. Diese ruhigen Abende hatte ich gern. Ich konnte tun, was mir gefiel und war doch nicht ganz allein. An einem Abend waren die Sorgenfalten auf seiner Stirn besonders tief, und er seufzte von Zeit zu Zeit. Ich fragte ihn, was es denn gäbe, dass er so seufzen müsse. Er atmete noch einmal tief ein und aus und sagte: „Die Wirtschaftslage macht mir zu schaffen. Ich weiß nicht, ob ich die Firma halten kann. Eigentlich wollte ich dir gar nichts erzählen, damit du dich nicht aufregst. Du sollst keine Angst haben, es wird schon alles werden."

Ich versicherte ihm, dass ich keine Angst hätte, aber das war eine Lüge. Angst hatte ich vor allem seinetwegen. Was sollte aus ihm werden, wenn er seine Firma nicht mehr hatte? Sie gab ihm Halt und seinem Leben einen Sinn. Aber ich ermutigte ihn und sagte, er würde es schon schaffen, davon wäre ich fest überzeugt. „Bist ein tapferes Mädle", sagte er und erzählte mir, wie sie sich im Krieg und in den Jahren der Inflation durchgeschlagen hatten, manchmal am Rande der Legalität, und wie jetzt die neue Rentenmark, die es seit einem Jahr gab, seine letzten Reserven verschlang. Nur wegen des guten Namens, den er seinem Vater verdanke, habe ihm die Bank noch einmal einen größeren Kredit eingeräumt. Um den zurückzuzahlen, müsse er in den kommenden Jahren arbeiten wie ein Tier.

Er wollte trotz der schwierigen Wirtschaftslage keine Mitarbeiter entlassen. Die meisten von ihnen waren schon lange in der Firma. Die wüssten dann nicht, wie sie ihre Familien

durchbringen sollten. Wenn er Mitarbeitern kündigen wollte, würde auch sein Vater nicht mitmachen. Nur von einem jungen Handelsvertreter wolle er sich trennen. Der sei sowieso nicht besonders zuverlässig, und Albert wäre nicht mit ihm zufrieden. Der junge Mann hätte auch noch keine Familie zu versorgen. Da könnte noch nicht einmal der Senior etwas dagegen haben. Er nannte seinen Vater immer den Senior.
Wenn er den Handelsreisenden entlasse, müsse er wieder selber auf Reisen gehen, wie er es schon als junger Mann getan habe, als er in der Firma seines Vaters angefangen hatte. Für uns würde eine schwere Zeit kommen. Meinetwegen täte es ihm leid. Er hätte sich das auch anders gedacht, aber ich beruhigte ihn. Auf mich könne er sich verlassen, ich wäre kein verwöhnter Bachfisch. Albert sah mich liebevoll an und sagte: „Darauf musst du aber jetzt mit mir ein Glas Wein trinken, einen ganz leichten, damit er dem Kleinen nicht schadet. Wie geht's ihm denn, meinem Sohn? Ich hatte in der letzten Zeit den Kopf so voll, dass ich mich gar nicht mehr um euch kümmern konnte."
Meine Schwangerschaft war nicht besonders beschwerlich. Es ging mir gut mit dem Kleinen im Bauch. In stillen Stunden redete ich mit ihm Mein Mann und auch die Schwiegereltern sprachen ganz selbstverständlich von dem Jungen, den ich bekommen würde. Sie konnten noch gar nicht wissen, dass es einer war. Bei ihnen war der Wunsch der Vater des Gedanken. Großeltern mussten, wenigstens beim ersten Enkelkind, ein bisschen kindisch sein. Das gehörte dazu.
Ich aber wusste, dass es ein Junge war. Im tiefsten Grund meiner Seele wusste ich es. Ich nahm an, alle Mütter wüssten, welches Geschlecht ihr Kind hatte, und wunderte mich nicht darüber. Ich hatte ihm auch schon einen Namen gegeben. Helle Vokale wünschte ich mir zu den beiden dunklen des Nachnamens. „Dietrich", dachte ich, „ist ein schöner Name für einen Jungen, stolz und stark." Dietrich Roloff, das klang gut. Vielleicht würde er noch den Namen seines

Großvaters dazu bekommen, dann würde er Dietrich Bertram Roloff heißen.
Bertram würde mir auch gefallen, aber für unseren ältesten Sohn wäre es nicht passend. Zu weich, zu sanft wäre es für den Ältesten. Wenn ich mehr Söhne bekäme, könnte ich mir schon vorstellen, dass einer auf den Namen des Großvaters getauft würde. Seit ich verheiratet war, hatte ich meinen Schwiegervater immer mehr ins Herz geschlossen. Wenn Albert ihm später ähnlicher würde, dann könnten wir im Alter ein glückliches Paar werden. Vorläufig sah er erst einmal so aus wie sein Vater. Die gleiche Locke fiel ihm in die Stirn. Auch seine Bewegungen glichen denen seines Vaters. Die Güte und Warmherzigkeit des alten Roloff, der feine Humor, könnten sich wohl erst mit den Jahren entwickeln.

*

Ich saß am Fenster meines kleinen Zimmers und sah der untergehenden Sonne zu. Albert war noch einmal ausgegangen, um irgendwelche Leute zu treffen. Ich liebte die Stunden, in denen meine Arbeit getan war und ich mit mir allein sein konnte. Dann sprach ich mit dem Kind, das in mir wuchs, und es antwortete mir. Seine Antworten klangen in meiner Seele wider. So wie jetzt würde ich es nie wieder um Rat fragen können. Wenn es einmal auf der Welt wäre, dann würde es ein Kind wie alle anderen sein. Es würde sich erst entwickeln und heranwachsen. Es würde jünger und unwissender sein als ich, jünger würde es immer bleiben.
Jetzt aber, als Teil von mir, war mein Kind alterslos. Es hatte noch ein Wissen, das es später verlieren würde, ein Wissen, das aus einer anderen Welt stammte. Wenn ich mit ihm sprach, war ich getröstet und ohne Angst. Ich war jetzt nicht mehr so trostbedürftig wie am Anfang meiner Ehe. Richtig unglücklich war ich eigentlich nie mehr. Albert war zwar noch unreif, aber er war offen und willig, folgte jedem Hinweis. Oft kam ich mir eher wie seine Mutter vor, obwohl ich

selber erst zweiundzwanzig Jahre alt war. Aber ich fand mich immer besser in meiner Rolle zurecht. Schon bald kam Albert mir nicht mehr so unreif vor. Nur noch selten musste ich mich mit ihm genieren, wenn er dummes Zeug redete. Wie er aber bei seiner Arbeit trotz größter Schwierigkeiten, seinen Weg ging, das verdiente Respekt.
Einen Mann, den ich achten und respektieren konnte, hatte ich mir gewünscht. Eine Zeit lang hatte es so ausgesehen, als ob ich ihn nicht bekommen hätte, und ich war verzweifelt und trotzig gewesen. Jetzt fing ich an, den Mann den ich geheiratet hatte, zu respektieren.
Je mehr ich mich in meine Situation, das heißt in meine Ehe mit Albert hineinfand, desto besser ging es mir. Ich fing jetzt erst an, die Gattin von Albert Roloff zu werden, aber Katharina Roloff, die Frau, war ich schon eine ganze Weile. Bald nach dem Morgen, an dem ich zum ersten Mal meinen Geldbeutel gesucht und eine Einkaufstasche in die Hand genommen hatte, um einzukaufen, war ich es geworden.
Albert und ich brauchten noch Zeit, um zu einem Ehepaar zusammenzuwachsen. Aber wir waren auf dem besten Wege dorthin.
„Was meinst du, Dietrich“, fragte ich meinen Sohn, „sollen wir auch an Marias Buch glauben und denken, dass wir öfter geboren werden?“
Er klopfte mit seinem Fuß gegen meine Bauchdecke, was ich als Zustimmung verstand.
„Meinst du, dass es der richtige Weg ist?“ wollte ich von ihm wissen.
In meiner Seele hörte ich die Antwort: „Weder richtig, noch falsch. Den richtigen Weg gibt es nicht.“
„Aber den falschen?“
„Es gibt viele falsche Wege“, sagte die Stimme, „und ebenso viele richtige.“
„Was unterscheidet die falschen von den richtigen?“
„Jeder Weg, der dich auch nur einen Schritt vorwärts bringt, ist ein richtiger Weg.“

„Wird dieser Weg mich einen Schritt vorwärts bringen?"
„Du musst das Risiko eingehen. Das Risiko gehört dazu. Du musst immer bereit sein, Opfer zu bringen und Umwege zu machen."
„Du bist ja noch in der anderen Welt", sagte ich. „Warst du auch schon einmal in unserer hier? Wenn du dich erinnern kannst, dann kannst du mir ja sagen, ob das stimmt, mit Marias Buch. Kannst du dich auch erinnern, wer du früher warst? Ich würde es zu gern wissen."
„Ich kann es dir nicht sagen, nicht jetzt."
„Und wenn du erst auf der Welt bist und reden gelernt hast?"
„Dann werde ich es vergessen haben."

*

Im November wollte mein Kind auf die Welt kommen. Ich spürte schon am Morgen, dass etwas anders war als sonst. Angst hatte ich nicht. In schwierigen Situationen war ich immer sehr vernünftig. Es lag nicht nur an der Erziehung, sondern entsprach auch meiner Wesensart. Jemand hatte einmal gesagt, das läge daran, dass ich im Sternzeichen Steinbock geboren wäre, die wären immer so vernünftig und müssten alles regeln, auch für die anderen. Das mit der Vernunft stimmte, das mit dem Regeln wusste ich noch nicht. Im Augenblick regelte ich nur meine eigenen Sachen. Das tat jeder. Albert regelte seine Sachen meistens selber. Manchmal musste ich allerdings etwas für ihn regeln, denn er war nicht so vernünftig wie ich. Wenn wir erst Kinder hätten, dann würde das Regeln erst so richtig anfangen, vorausgesetzt, die Sache mit dem Tierkreiszeichen stimmte. Es fiel mir nicht leicht, an Dinge zu glauben, die ich nicht sehen konnte. Mit Glauben und Vertrauen hatte ich schon immer Schwierigkeiten gehabt.
Am Nachmittag kamen die Wehen, das musste ich nicht glauben, es war eine Tatsache. So schlimm hatte ich es mir

nicht vorgestellt. Die Hebamme war gekommen und hatte erst einmal Albert aus dem Haus geschickt. „Gehen Sie ein Bier trinken!“ hatte sie angeordnet. Hoffentlich nimmt er das nicht so wörtlich, dachte ich. Die Hebamme war eine Frau im Alter meiner Mutter. Aber sie war nicht mütterlich, sie war streng. Ich dürfe mich auf keinen Fall gehen lassen, meinte sie. Aber das hätte ich sowieso nicht getan. Von Zeit zu Zeit prüfte sie, ob das Kind sich gesenkt hatte. Um Mitternacht war ich so erschöpft, dass ich die Schmerzen kaum noch spürte, aber das Kind hatte sich immer noch nicht gesenkt. „Komisch, bei den kräftigen Wehen!“ wunderte sich die Frau.

Ich fand das gar nicht komisch. Ich war eben vernünftig und gab mir Mühe, aber er wollte noch nicht heraus. Mein Körper strengte sich an, ihn herauszupressen, und er hielt sich fest. Sicher hatte er Angst. Armer Kleiner! Ich konnte ihm noch nicht einmal sagen, dass alles gut würde. Wenn er erst einmal draußen wäre. Dann würde ich schon alles für ihn regeln. Ich konnte es ihm nicht sagen, weil ich viel zu beschäftigt war, und er hätte mich auch nicht mehr hören können. Die Hebamme zog mich aus dem Bett. Ich musste, von ihr mehr geschleppt als gestützt, in Zimmer herumgehen. Jetzt wurde es ihm doch ungemütlich, und er fing an, sich zu senken. Gegen Morgen wurde der Arzt gerufen. Mein Sohn wurde ins Leben gerissen und tat um sechs Uhr seinen ersten Schrei.

Es war nicht leicht gewesen, nicht für ihn und nicht für mich. Die Hebamme sagte mit einem Anflug von Güte und Mitgefühl: „Beim nächsten Mal wird es leichter. Es ist nur beim ersten Mal so schlimm.“

„Dann bis zum nächsten Mal“, sagte ich tapfer.

Jetzt wurde auch Albert wieder hereingelassen. Er sah bleich und übernächtigt aus. Der Anweisung der Hebamme folgend, hatte er in einer Wirtschaft ein Bier getrunken. Dann war er wieder nach Hause gekommen und hatte sich in seinen Sessel im Herrenzimmer gesetzt. Manchmal war er kurz

eingeschlafen um von Mal zu Mal erschöpfter wieder aufzuwachen. Er hatte auf Geräusche im Schlafzimmer gelauscht, doch die hatten ihm nichts verraten.
Als er endlich den ersten Schrei seines Kindes gehört hatte, war er noch ins Bad gegangen, um sich Gesicht und Hände zu waschen, und jetzt stand er verlegen grinsend in der Schlafzimmertür. Als ich erschöpft und glücklich die Arme ausbreitete, stürzte er hinein. Mit Tränen in den Augen betrachtete er seinen Sohn. Wir hatten schon vor der Geburt über den Namen des Kindes gesprochen. Albert hatte keine eigenen Vorschläge gemacht und war mit dem Namen, den ich vorschlug, einverstanden gewesen.
„Dietrich", sagte er, „Schatzele", und seine Stimme zitterte.

*

Die ersten Wochen mit meinem Kind waren sehr schön. Die beiden Großmütter wetteiferten mit Hilfsangeboten. Ich konnte ihnen alle Hausarbeit überlassen und verbrachte mit dem Kind viel Zeit in meinem kleinen Zimmer. Unsere Mahlzeiten wurden von den Müttern zubereitet, so dass ich mich nur noch an den gedeckten Tisch setzen musste. Schließlich hatte ich mich so gut erholt, dass ich Mutter und Schwiegermutter für alles danken und meinen Haushalt wieder übernehmen konnte. Ich hatte nie geglaubt, dass eine junge, gesunde Frau mit ihrem Haushalt und einem Säugling überfordert wäre. Trotz der Hausarbeit erlebte ich eine schöne Zeit, die so lange dauerte, bis mein zweites Kind geboren wurde.
Als die erste Zeit mit Dietrich vorbei war, in der ich nachts immer geweckt wurde, schlug Maria mir vor, eine kleine Reise zu machen, ins Gebirge, nur ein paar Tage.
Wir baten unsere Mutter, mitzufahren, um auf das Baby aufzupassen, wenn wir einmal im Gebirge wandern wollten.
„Meint ihr, dass das richtig ist, was wird dein Mann dazu

sagen?“ fragte meine Mutter. „Hat dich Maria dazu angestiftet? Die sollte es auch besser wissen, als die Ältere.“
„Von Anstiftung kann nicht die Rede sein“, widersprach ich. „Ich bin erwachsen. Mich stiftet niemand mehr an.“
Schließlich erklärte sie sich bereit, mit uns nach Oberbayern zu fahren. Wenn wir schon so unvernünftig wären, dann wollte sie wenigstens aufpassen, dass ihrem Enkel nichts passierte. Ich fragte Albert nicht, teilte ihm nur kurz mit, dass ich Erholung brauchte und mit Maria für ein paar Tage nach Bayern fahren wollte. Es gefiel ihm nicht, aber er verbot es mir auch nicht direkt.
In München mussten wir umsteigen, und bald sah ich, dass die Berge immer näher kamen und war glücklich, weil ich sie noch nie gesehen hatte. Sie waren viel größer und schöner, als ich sie mir vorgestellt hatte, und dann fuhr der Zug mitten hinein ins Gebirge.
Es war alles genau wie auf den Postkartenfotos, die Maria mir gezeigt hatte, die Wiesen, die Häuser mit den Holzbalkonen und die hübschen braunen Kühe. Es war meine erste Reise, und ich nahm alles mit hungrigen Augen in mich auf.
Dann standen wir vor einem fremden Bahnhof und warteten auf den Omnibus. Am Ende der Straße, die vom Bahnhof fortführte, stieg das Gebirge auf. Wenn ich den Kopf in den Nacken legte, sah ich die Gipfel der Berge. Maria zeigte dorthin, wo der Wald, der den unteren Teil der Berge bedeckte, aufhörte, und sagte: „Dort oben ist es. Dort wollen wir hin.“
Sie hatte schon manchmal dort oben eine Woche Urlaub gemacht. Ich sah nichts, nur Wald, und wunderte mich, dass wir so hoch hinauf mussten. Ein Bus sollte uns am Bahnhof abholen, aber er war noch nicht zu sehen. In diesem Augenblick fing das Baby an zu quengeln. Ich nahm es aus dem Kinderwagen und gab ihm dort auf dem Bahnhofsplatz die Flasche. Wenn ich ihn noch gestillt hätte, dann hätte er warten müssen, weil das auf dem Bahnhofsplatz nicht möglich gewesen wäre.

Auf Reisen war es praktischer, wenn das Kind schon an die Flasche gewöhnt war. Länger als ein Vierteljahr stillte niemand mehr. Die Babynahrung wäre heute schon sehr gut, fast besser als die Muttermilch. Nur das erste Vierteljahr müsse man stillen, damit das Kind die Abwehrstoffe der Mutter bekäme, hatte mir der Arzt gesagt. Danach könnte man es lassen. Ein Vierteljahr lang war ich mit dem Kind an das Haus gefesselt gewesen, und jetzt konnte ich schon mit ihm verreisen. Alles hatte seine Zeit.

Wir warteten eine Viertelstunde zusammen mit einem Ehepaar in mittleren Jahren, das aus der Nähe von Ulm stammte, wie ich den Gesprächen entnahm. Dann fuhr ein kleiner Bus vor. Die Frau sagte mir beim Einsteigen etwas Freundliches über das Baby und half mir mit dem Kinderwagen, während Mutter und Maria sich um das Gepäck kümmerten. Wir fuhren auf einer Brücke über den Fluss. Der Ort ging bald in einen anderen, ländlichen, über. Dann fuhren wir noch ein Stück über Land bis wir den Wald erreichten. Nach einer Rechtskurve ging die befestigte Straße in einen Schotterweg über, der von nun an steil bergan führte.

Die Bäume kamen mir höher vor, als die Bäume in unseren heimischen Wäldern. Viele der bunten Blumen am Wegrand waren mir fremd, aber ich fand sie schön. Sie hatten leuchtendere Farben als die Wiesenblumen bei uns zu Hause. Das Dunkel des Waldes schien ihre Farben noch zu steigern. Eine Zeitlang waren sie von den Wegrändern verschwunden, weil tief im Wald das Licht nicht reichte, doch dann kehrten sie wieder zurück.

Als ich schon dachte, dass wir nie mehr aus dem Wald herauskommen würden, waren wir plötzlich oben. Die Hochebene lag im Sonnenlicht vor uns. Der Bus setzte uns an einem kleinen Gebirgsgasthof ab und fuhr weiter. „Das Haus, in dem wir wohnen werden, liegt noch eine Etage höher“, erklärte Maria.

Wir gingen den Berg hinauf, um uns in unserem Quartier anzumelden. Wir bekamen ein Zimmer mit zwei Betten für

Mutter und Maria und eins mit einem Bett für mich und Dietrich. Jedes hatte einen Balkon mit Blick auf die Berge. Ich konnte mich gar nicht satt sehen. Das alles zum ersten Mal zu erleben war herrlich, und ich nahm mir vor, notfalls mit meinem Mann darum zu kämpfen, dass ich auch in Zukunft manchmal ohne ihn verreisen durfte. Ich dachte, dass es, je länger ich verheiratet wäre, desto nötiger sein würde, mich von meiner Ehe mit einem Mann zu erholen, von dem ich immer noch oft glaubte, dass ich ihn nicht liebte.
Die Nächte waren weiterhin anstrengend für mich, nicht nur weil ich das, was im Dunkeln geschah, verabscheute. Sie sagten, es wäre meine eheliche Pflicht, also musste ich es dulden, wenn ich auch nicht einsah, dass es so oft sein musste. Meine Mutter hatte gesagt, dass die Männer nichts dazu könnten. Ihr Trieb wäre so stark, dass sie nicht darauf verzichten könnten. Wir Frauen müssten das ertragen, und es tue ja auch nicht weh. Da irrte sie sich. Mir hatte es in der ersten Zeit immer sehr wehgetan.
Dass ich in der Schwangerschaft meine Ruhe gehabt hatte, war angenehm gewesen. Da war allerdings etwas, das ich nicht verstand. Hatten die Männer plötzlich keinen starken Trieb mehr, wenn die Frau schwanger war, oder hatten sie etwa Angst vor dem schwangeren Bauch? Bei Albert hätte ich mir ohne weiteres vorstellen können, dass er Angst hatte. In diesen Dingen war er so kindlich. Vielleicht gehörte es sich auch einfach nicht, dass man das in der Schwangerschaft tat. Nach der Geburt tat es dann, Gott sei Dank, nicht mehr so weh. Mein Körper hatte sich durch die Geburt verändert, und das wunderte einen ja auch nicht.
Aber es waren nicht nur die Nächte, es war das Zusammenleben überhaupt, diese ganze vertrackte Ehe. Dass die aber auch hatte sein müssen! Es würde mir sicher manchmal helfen, ein bisschen zu verreisen. Meine Pflichten müsste ich ja deshalb nicht vernachlässigen, und für meine Kinder würde immer gesorgt sein.

Als wir von der Reise zurückkamen, hatte ich das vage Gefühl, dass etwas nicht in Ordnung wäre. Albert war abends wortkarg. Nach der Begrüßung sprach er nichts mehr. Er aß schweigend und fing dann an, sich mit dem Baby zu beschäftigen. Weil er sonst eher redselig war, fiel es mir auf, dass er nichts erzählte und nichts fragte.

Je länger es dauerte, desto merkwürdiger kam mir sein Schweigen vor. Was ich erlebt hatte, schien er nicht wissen zu wollen, also fragte ich ihn, wie er denn die letzten Tage verbracht hätte. Er antwortete nicht gleich, sah mich nur ausdruckslos an. Erst als ich meine Frage wiederholte, erfuhr ich, was passiert war. Albert hatte, als er mit seinem Auto zu einem Kunden unterwegs gewesen war, einen Unfall gehabt. Sie hatten ihn ins Krankenhaus gebracht, wo er eine Nacht zur Beobachtung geblieben war. Weil ich verreist gewesen war, hatte er die Telefonnummer seiner Eltern angegeben. Seine Mutter war in Panik geraten und hatte sich sofort aufgemacht, um ihrem Ältesten beizustehen. Die Nachricht, dass ich mit dem Kind verreist war, hatte sie fast noch mehr aufgeregt als der Unfall.

Wally Roloff war in ihrem ganzen Leben nicht ohne ihren Mann verreist. Wie käme ich dazu, so etwas für mich zu beanspruchen, hatte sie Albert gefragt. Ich hätte warten müssen, bis mein Mann Zeit gehabt hätte, mich zu begleiten. Wenn er keine Zeit gehabt hätte, hätte ich auf die Reise verzichten müssen. Und überhaupt, wohin hatte ich denn unbedingt allein reisen müssen?

Albert hatte ihr erzählt, wo ich gewesen war, und warum. Sie hatte ihm eingeredet, er dürfte in Zukunft auf keinen Fall erlauben, dass ich allein verreiste, dass ich das Kind mitnähme und dass ich zu sehr unter den Einfluss meiner Schwester geriete. Was ich da wollte, hatte sie gefragt, ob ich denn verrückt geworden wäre. Sie werde gleich, wenn ich wieder zurück wäre, kommen und mich zur Vernunft bringen.

Nun wusste ich, was mir am nächsten Tag bevorstand, ein Besuch meiner erbosten Schwiegermutter. Ich hatte von

Anfang an befürchtet, dass wir früher oder später Schwierigkeiten miteinander bekommen würden. Wally Roloff war keine sehr kluge Frau. Sie dachte nicht viel nach. Dafür hatte sie umso mehr Meinungen und Vorurteile, die sie bei jeder Gelegenheit im Brustton der Überzeugung verkündete. Ihr Mann hatte sich seit langem abgewöhnt, ihr zu widersprechen, weil sie vernünftigen Argumenten nicht zugänglich war. Albert allerdings glaubte ihr so gut wie alles. Wenn aber nicht mehr zu übersehen war, dass sie sich irrte, sagte er regelmäßig: „Man muss sie verstehen. Sie hat kein leichtes Leben gehabt. Mein Vater hat sie noch nie verstanden. Dabei hat sie es doch immer gut gemeint."
Ich hatte mir das meistens nur angehört, aber diesmal sagte ich schnippisch: „Du wärst sicher ein besserer Mann für sie gewesen."
Albert antwortete ernsthaft: „Ja. Ich hätte sie besser verstanden, als mein Vater."
Ich war nicht bereit, mir Wally Roloffs wegen die Nacht um die Ohren zu schlagen. Um mich zu beruhigen, stellte ich mir die schönen Bilder vor, die ich auf der Reise gesehen hatte.

*

Es war keineswegs so, dass ich an dem, was in Marias Büchern stand, nicht mehr zweifelte. Das ging wohl jedem so, der sich entschlossen hatte, von einem bestimmten Zeitpunkt an etwas zu glauben, das ganz anders war als alles, was er bisher geglaubt hatte. Warum war ich ins Gebirge gefahren und hatte meinen Mann allein gelassen? Hatte ich es getan, um meiner Schwester eine Freude zu machen, oder war ich eifersüchtig gewesen und hatte, wie ein kleines Kind, auch haben wollen, was meine große Schwester hatte, die schon öfter im Gebirge gewesen war? Vielleicht hatte es mich auch nur gereizt, etwas mit ihr zusammen zu unternehmen, denn wir hatten uns schon immer gut verstanden.

Das alles spielte sicher eine Rolle, aber was ich suchte, war eigentlich etwas anderes. Es fiel mir schwer, einen Namen dafür zu finden. Vielleicht war es so etwas wie eine innere Heimat, die ich in den Bergen suchte.
In meiner Mädchenzeit hatte ich davon geträumt, sie in einer Ehe zu finden, in der Liebe eines Mannes. Aber jetzt war ich mit einem Mann verheiratet, der mich nicht liebte und den auch ich nicht liebte. Da war keine innere Heimat. Da war keine Wärme und keine Geborgenheit, auch kein Weg und kein Ziel.
Aber konnte ich das alles in den Bergen finden, in der Natur? Vielleicht würde ich es auch eines Tages bei dem Mann mit dem selbst gewählten orientalischen Künstlernamen finden, wenn er noch mehr von seinen Vorträgen geschrieben hätte. Die kamen mir jetzt allerdings noch etwas fremd vor, aber man wusste ja nicht, was noch daraus wurde. In der Ferienwoche hatten wir viel Zeit, über diese Dinge zu sprechen.
Aber ich hatte trotzdem noch viele unbeantwortete Fragen. Konnte der Herr, der die Bücher schrieb, sie beantworten? Maria glaubte daran. Sie konnte mir nichts anderes sagen, als dass alles, was in den Vorträgen stand, richtig wäre. Von den anderen Leuten wusste ich, dass sie sagen würden, alles wäre falsch, abstruser Quatsch, auf den man nicht hereinfallen dürfe. Warum sollte ich also jemanden fragen? Dass die Meinungen entgegengesetzt waren, wusste ich. Aber es wäre trotzdem so gut gewesen, mit einem Menschen darüber sprechen zu können.
Während meiner Schwangerschaft, hatte ich meinem Kind viele Fragen gestellt und es hatte mir Antworten gegeben. Jetzt hieß mein Kind Dietrich, war ein zehn Monate altes Dummerle, das nur „äh“ und „bääh“ sagen konnte und in die Windeln machte.
Diese Gedanken bewegten sich in meinem Kopf die halbe Nacht im Kreis. Am anderen Morgen hatte ich gerade noch Zeit, mich und das Baby zu richten und eine Tasse Kaffee zu

trinken, als es schon klingelte und Wally Roloff vor der Tür stand. Ich bat sie herein, und sie ging mit verschlossenem Gesicht an mir vorbei. Wenn ich nicht ohnehin gewusst hätte, dass ich an diesem Tag nichts Gutes von ihr zu erwarten hatte, dann hätte ihr Gesicht mit den schmalen, aufeinander gepressten Lippen es mir verraten. Sie lehnte es ab, einen Kaffee anzunehmen und eröffnete sofort den Kampf. In kriegerischem Ton sagte sie: „Was soll denn das nun wieder, Käthe?"

Das war eine Kampfansage. Ich hasste es, Käthe genannt zu werden, und niemand, außer meiner Schwiegermutter tat es.

„Was meinst du?" fragte ich, obwohl ich natürlich ganz genau wusste, was sie wollte.

„Jetzt stell dich doch nicht so an, als ob du nicht wüsstest, was ich meine. Wo gibt's denn so was, das Kind nehmen und wegfahren, macht denn das eine ordentliche Frau?"

„Es scheint so", sagte ich ruhig und schenkte ihr ein Lächeln, „außerdem hat uns meine Mutter begleitet."

„Auch noch lachen, die freche Person!" Jetzt zitterte meine Schwiegermutter vor Entrüstung. Sie hatte schon immer gewusst, dass ich für ihren Sohn nicht die richtige Frau wäre. Jetzt hatte sie die Bestätigung. „Eine anständige Frau verreist nicht ohne ihren Mann. Da kann man sich gleich vorstellen, was du da in Bayern getrieben hast, ganz ohne Aufsicht."

„Wenn du mich beleidigen willst, Schwiegermutter, dann geh lieber!" sagte ich und bemühte mich, es ganz ruhig zu sagen. Sie mochte es nicht, dass ich sie mit „Schwiegermutter" anredete. Das fand sie abweisend und beleidigend. Aber wie hätte ich sie in dieser Situation anreden sollen? Sie Mutter zu nennen, danach stand mir der Sinn weniger denn je. „Du willst deiner eigenen Schwiegermutter die Tür weisen? Das wäre ja noch schöner. Ich bleibe. Ich gehe erst, wenn ich alles gesagt habe."

„Ich will dir nicht die Tür weisen" sagte ich. „Wenn du aufhörst, mich zu beleidigen, kannst du gern noch bleiben."

Jetzt lenkte sie ein. Sie hätte mich doch nicht beleidigen wollen, sie hätte uns doch nur helfen wollen. Wenn man jung verheiratet wäre, dann wüsste man noch nicht alles, und dann müssten die Alten helfen. Sie müsste doch auch das Butzele noch ein bisschen halten. Versöhnlich legte ich ihr den kleinen Dietrich in die Arme und sie fing an, ihn so heftig zu schaukeln und zu klopfen, dass er schrie und von ihr fort strebte. Wally Roloff, die ihr Gift verspritzt hatte und jetzt offenbar erleichtert war, dass wieder Frieden im Haus war, fragte: „Warum schreit er so, Käthe?“
Ich sagte: „Vielleicht möchte er gerade nicht geschaukelt werden.“ Als sie damit aufhörte, beruhigte er sich, und seine Großmutter war zufrieden, aber sie fragte doch, wo ich denn eigentlich in der letzten Woche gewesen wäre und was ich dort gemacht hätte. Ich erklärte es ihr. Es gefiel ihr nicht, was ich sagte, aber sie hatte gemerkt, dass sie mich nicht beleidigen durfte, wenn sie weiterhin ihren Enkel sehen wollte.
Dietrich hatte das goldene Medaillon, das sie an einer Kette trug, entdeckt. Er griff danach, und sein Gesicht verzog sich zu einem breiten Lächeln. Großmutter und Enkel boten ein Bild des Friedens. Dietrich zappelte jetzt vor Vergnügen, und die Großmutter machte seine Babylaute nach. Es war, als ob sie ein Gespräch miteinander führten, und das war es wohl auch. Er hatte zwar noch keine Worte, doch sie schienen sich auf einer anderen Ebene zu verstehen. In diesem Augenblick lernte ich eine neue und liebenswerte Seite an der Mutter meines Mannes kennen. Wally konnte nicht nur kindlich boshaft und verständnislos sein, sondern sie konnte auch ein liebevolles, warmherziges Kind sein.
Als sie mich verlassen hatte, war es erst zehn Uhr. So beschloss ich, mit Dietrich eine Stunde spazieren zu gehen, bevor ich mit den Vorbereitungen für das Mittagessen anfing.

*

Ich nahm den schmalen Weg am Fluss. Manchmal brauchte ich es, im Freien zu sein und die Natur zu erleben. Diesen Weg am Fluss liebte ich besonders. Im Wasser spiegelten sich die alten Bäume. Blässhühner und Stockenten schwammen in Ufernähe. Die beiden Schwäne, die den Winter auf dem Fluss verbracht hatten, waren nicht mehr allein. In ihrem Gefolge waren jetzt zwei Jungtiere, die noch das braune Gefieder der Kindheit hatten. Ein alter Herr kam mir mit einem großen gelben Hund entgegen. Wir waren uns schon öfter begegnet, er griff an seinen Hut und grüßte mich lächelnd.
Der gelbe Hund kam zu mir herüber. Er kannte mich und forderte die gewohnte Liebkosung. Ich kraulte ihn zwischen seinen Schlappohren, wofür er sich schwanzwedelnd bedankte. Dann steckte er immer noch wedelnd seinen zottigen Kopf in meinen Kinderwagen. Der Geruch des Babys schien ihm sympathisch zu sein. Dietrich quietschte begeistert. Er genoss die Situation, bis der Hund ihn verließ, weil er von seinem Herrn gerufen wurde. Da fing Dietrich an zu brüllen.
Der freundliche Herr kehrte zurück, um sich zu erkundigen, ob der Hund mein Baby erschreckt hätte. Ich beruhigte ihn. Ganz im Gegenteil, mein Sohn protestiere, weil der Hund weitergegangen sei. „Der muss auch einmal einen Hund bekommen, wenn er älter ist", sagte der Herr.
„Das wird er sicher."
Als ich von meinem Spaziergang nach Hause kam, war meine Stimmung wieder besser. Ich wollte mit meinem Mann nicht mehr über den unerfreulichen Besuch seiner Mutter sprechen, sondern über einen Hund für Dietrich und seine Geschwister, die er hoffentlich bekommen würde. Leider verlief unser Mittagessen anders, als ich es mir gedacht hatte. Ich wollte Albert den Besuch seiner Mutter nicht verheimlichen, aber jetzt hatte ich erst einmal genug davon.

Albert betrat das Haus, hängte seine Schirmmütze an den Haken und fragte: „Wie hast du dich mit meiner Mutter verstanden?"
„Sie hat sich gut mit ihrem Enkel verstanden."
„Wie d u dich mit ihr verstanden hast, will ich wissen", sagte er ziemlich grob.
„Das kannst du gern haben. Deine Mutter hat sich aufgeführt, als ob sie nicht recht gescheit wäre, sie hat mich beleidigt, und ich habe ihr gesagt, wenn sie damit nicht aufhört, kann sie gehen."
„Du hast meine Mutter hinausgeworfen? Das tust du nicht noch einmal", schrie er.
„Das werde ich jedes Mal tun, wenn sie mich beleidigt", sagte ich mit fester Stimme.
Da passierte etwas Unglaubliches, Albert holte aus und schlug mich ins Gesicht. Ich sagte kein Wort und verließ das Zimmer. Eilig warf ich meinen Mantel über und rannte aus dem Haus, lief aus der Stadt hinaus und hielt erst wieder an, als mein Zorn ein wenig verflogen war. Am liebsten wäre ich nie mehr nach Hause gegangen. Mich sollte in diesem Leben kein Mann mehr schlagen. Beim nächsten Mal würde ich mich wehren. Ich war größer als er, und er war mir körperlich nicht überlegen. Körperlich nicht und auch sonst nicht, dachte ich, ein Schwächling, der am Schürzenzipfel seiner Mutter hing und seine Frau schlug, statt sie zu verteidigen, wenn sie gekränkt wurde.
Wegen des Kindes musste ich wieder nach Hause gehen und um ihm die Meinung zu sagen. Wenn er sich dann nicht ordentlich benähme, dann würde ich ihn für immer verlassen und das Kind würde ich auch mitnehmen. Aber er musste einfach zur Vernunft kommen. Ich konnte für mich selber sorgen, für Dietrich müsste er Unterhalt zahlen, aber was sollte aus Maria werden? Ich war stark, ich konnte mir meinen Lebensunterhalt verdienen, und wenn es als Putz- und Bügelfrau oder als Küchenhilfe wäre. Aber Maria konnte das

nicht, sie war viel zu zart und zu fein. Vor allem aber sollte das Kind nicht ohne Vater aufwachsen.
Auch Albert hatte sich Gedanken gemacht, während ich in der Stadt herumgelaufen war. Er hatte Angst bekommen und entschuldigte sich. Nie wieder würde er mich schlagen, das versprach er.
Schon am nächsten Tag wurde mir klar, dass ich wieder schwanger war. Bald würde ich zwei Kinder haben. Mit zwei Kindern würde ich noch fester an meinen Mann gebunden sein, der nicht zu mir passte und den ich nicht liebte. Es gefiel mir nicht, verheiratet zu sein, aber es gefiel mir, Kinder zu bekommen. Bald würden es zwei sein und vielleicht würden es mehr werden. Jetzt konnte ich mich sowieso nicht mehr scheiden lassen, mit einem Kind wäre es vielleicht noch möglich gewesen.
Der Zug war nun abgefahren, und ich hatte ihn verpasst. Wenn ich im Leben glücklich sein würde, dann als Mutter, aber nicht als Ehefrau. Langsam lernte ich den Mann, den ich geheiratet hatte, besser kennen, und was ich kennen lernte, gefiel mir immer weniger. Mit einem Mann verheiratet zu sein, den man nicht liebte, war noch schwerer, als ich es mir gedacht hatte. Schön war die Zeit, in der Albert verreist war. In der letzten Woche eines jeden Monats lud er die großen Musterkoffer in seinen Wagen und fuhr davon.
In den Tagen, die ich für mich allein hatte, hielt ich mich viel in meinem Zimmer auf. Ich musste weder kochen, noch einkaufen. Auch aufzuräumen gab es nicht viel. Wenn ich mich nicht mit dem Kind beschäftigte, dann las ich. Alles, was ich über den Herrn und seine Vorträge bekommen konnte, las ich. Es kamen immer wieder neue Zweifel, die aber durch das, was ich las, ausgeräumt wurden.

*

Dietrich war nun schon fast ein Jahr alt und immer noch nicht getauft. Meinetwegen hätte er nicht unbedingt getauft werden müssen, denn später würde seine Taufe vielleicht einmal nicht zu dem, was ich in den Vorträgen las, passen. Aber Wally Roloff drängte darauf, dass der Termin für die Taufe festgelegt wurde. Die Wahl fiel auf einen Sonntag im April. Die Großmutter wollte, dass ich Dietrich für die Taufe das hundert Jahre alte Taufkleid der Familie anzog. Sie meinte, er würde in den kostbaren Spitzen reizend aussehen.

Das Problem war nur, dass der Täufling fast ein Jahr alt und für das Taufkleid zu groß und zu kräftig war. Ich musste aber trotzdem versprechen, es ihm anzuziehen. Weil es mit Bändern geschlossen wurde, die man enger oder weniger eng binden konnte, hoffte ich, das kostbare Kleid passend machen zu können.

Als ich es ihm am Morgen des Taufsonntags anzog, interessierte er sich für die Bänder, versuchte, sie um seine Füße zu wickeln und streifte dabei seine weißen Schuhe ab. Die Schuhe mussten aber angezogen werden, weil sie das Geschenk einer Großtante waren, einer Schwester von Wally Roloff.

Maria und Alberts Bruder, die schon unsere Trauzeugen gewesen waren, sollten nun auch die Taufpaten unseres ersten Kindes sein. Die Taufe fand in einem Sonntagsgottesdienst statt. Die Paten und Gäste nahmen in den Kirchenbänken Platz. Ich blieb mit Dietrich im Vorraum, weil er sicher während der Predigt unruhig werden würde. In seinem kostbaren Taufkleid hatte ich ihn auf einem Kissen in seinen Kinderwagen gelegt, um ihn durch Schaukeln beruhigen zu können. Orgelspiel und Gemeindegesang kommentierte er mit fröhlichem Krähen. Dietrich liebte Musik, und diese gefiel ihm offenbar besonders.

Als ich auf das Stichwort hineinging und Dietrich an den Bänken der Gottesdienstbesucher vorbei durch den Mittelgang trug, fing er an zu schreien. Mit seiner Windel war etwas nicht in Ordnung. Ich hatte sie im Vorraum noch einmal kontrolliert. Da war er noch sauber und fast trocken

gewesen. Als ich am Taufbecken ankam, hatte er sich aber schon wieder beruhigt, wenn sich das kostbare Spitzenkleid auch etwas feucht anfühlte. Ich übergab Maria das Kissen mit dem Kind. Alberts Bruder hatte kein Interesse daran gezeigt, den Täufling zu halten. Er stand ungeschickt und verlegen herum.
Dietrich fing wieder an, mit den Bändern zu spielen. Weil ich auf die schöne Seidenschleife keinen Knoten hatte machen können, ging sie bald auf. Das glänzende weiße Band war mit Blumenkränzchen bestickt, die Dietrich mit großem Interesse betrachtete. Er wedelte fröhlich damit, und auch diesmal wickelte sich das Band um seinen Fuß.
Als er wütend versuchte, es zu befreien, wickelte es sich um eines der weißen Schühchen. Mit einem Ruck zog Dietrich es von seinem Füßchen herunter, sodass es in hohem Bogen über das Taufbecken und dem Pfarrer vor die Brust flog. Von dort aus fiel es zu Boden. Auf einer der quadratischen, in Jahrhunderten abgetretenen Steinplatten blieb es stehen. Es wirkte rührend und merkwürdig einsam.
Der Pfarrer sprach die Taufformel und nahm seine rituelle Hantierung mit dem Taufwasser vor, worüber Dietrich herzlich lachen musste. Dann wurde uns ein Versprechen abgefordert, das ich nur halbherzig leistete, weil es sich eigentlich nicht mit dem Babysegen vereinbaren ließ, den die Kleinen auf dem Berg bekamen. Am liebsten hätte ich heimlich mit dem Zeigefinger zu Boden gezeigt, um das Versprechen abzuleiten. Als Kinder hatten wir auf diese Weise ein unfreiwillig gegebenes Ehrenwort unwirksam gemacht.
Vor dem Gottesdienst hatte sich Alberts Familie versammelt, die nähere, wie auch die entferntere. Von meiner Familie waren Mutter und Maria anwesend und unsere Schwester Wiede mit Mann und Kindern. Zu unserer Hochzeit hatte Wiede nicht kommen können, weil ihr Mann gerade zu einer Operation im Krankenhaus gewesen war.
Mit der ganzen Roloffsippe hatte ich wenig im Sinn. Ich hatte sie nur einmal bei unserer Hochzeit gesehen. Sie waren

mir alle nicht besonders sympathisch gewesen. Inzwischen hatte ich meinen Schwiegervater schätzen gelernt. Vielleicht würde sich im Laufe der Zeit herausstellen, dass es Familienmitglieder gab, die ihm ähnlich war. Ich wusste, dass ich manchmal zu Vorurteilen neigte und wollte niemandem Unrecht tun.
Meine Schwester Wiede und ihre Kinder hatte ich seit unserer Hochzeit nicht gesehen. Ich hing an ihr. Sie war lebhafter und fröhlicher als Maria und ich. Auch in ihrem Äußeren unterschied sie sich von uns. Wir hatten glatte Haare. Auch Wiede war blond, hatte aber eine Lockenmähne. Meine Mutter sagte zwar, dass Maria und ich auch sehr hübsch wären, aber wenn Wiede anwesend war, wurden wir leicht übersehen.
Ich hatte Wiede längere Zeit nicht gesehen. Der Gedanke, dass sie irgendwo hinter meinem Rücken saß, machte mich glücklich. Nach dem Gottesdienst trafen wir uns auf dem Kirchplatz. Als ich herauskam, sah ich sie. Die Sonne ließ in ihrem Haar Funken sprühen, und ihre blauen Augen strahlten. Wiede war viel eleganter gekleidet als Maria und ich. Man merkte gleich, dass sie aus der Großstadt kam und wir in der Provinz geblieben waren. Sie umarmte mich und das Baby. Am liebsten hätte ich Dietrich abgegeben, um meine große Schwester besser fühlen zu können.
Die ganze Gesellschaft ging zum Essen in ein Restaurant. Auf dem Weg dorthin ging ich zwischen Wiede und ihrem Mann. Ihre beiden Kinder liefen vor uns her. Der Oberstudienrat, der sich heute von seiner liebenswürdigen Seite zeigte, schob meinen Kinderwagen, obwohl Männer das gewöhnlich nicht taten. Wiede, meine schöne Schwester Wilfriede, auf die ich so stolz war, legte mir den Arm um die Schultern. Als wir noch etwa hundert Meter von dem Restaurant entfernt waren, wurde mir plötzlich schwarz vor den Augen, und meine Knie gaben nach. Ich musste ohnmächtig geworden sein, denn als ich wieder zu mir kam, kniete Wiede neben mir und hatte meinen Kopf in ihren

Schoß gebettet. Sie sagte lachend: „Da sind wir ja wieder. Ich glaube, meine Kleine bekommt wieder ein Kind."
Ich kam schnell wieder ganz zu mir. Sofort nach dem Erwachen war meine Wahrnehmung wieder klar. Es war schön, so in Wiedes Schoß zu liegen, geschützt und geborgen, ein bisschen, als ob ich noch ein kleines Mädchen wäre.

*

In der Ferne hörte ich ein Kind schreien. Das musste Dietrich sein. Die Gestalten der Taufgesellschaft ragten um uns herum hoch auf. Von Zeit zu Zeit verschwammen sie, so als ob ich nicht ganz in die Wirklichkeit zurückkommen könnte. Nur ein paar Minuten durfte ich in Wiedes Schoß ausruhen und die Welt aus größerer Entfernung sehen. Dann halfen unsere Mutter und Maria mir beim Aufstehen. Wiede stand hinter mir und gab mir Halt und Sicherheit.
Ich wurde zu dem Restaurant geführt und durfte mich in einem Nebenzimmer noch ein bisschen auf ein Sofa legen. Wiede blieb bei mir. Alle anderen wurden hinausgeschickt. Ich hörte Stimmengewirr und Stühle rücken. Von Dietrich sah und hörte ich nichts mehr. Er schlief wohl jetzt in seinem Kinderwagen.
Durch das einzige Fenster schien die Sonne herein. Ich hätte immer so liegen können, Wiede an meiner Seite. Wir schwiegen beide, und sie hielt meine Hand. Meine Vernunft erwachte jedoch schon bald wieder, und ich sagte: „Wir müssen jetzt zu den anderen gehen. Sie feiern schließlich die Taufe meines Kindes."
Als wir hinausgingen, war ich noch etwas unsicher auf den Beinen, erholte mich aber schnell. Ich musste nach dem Baby sehen. Dietrich sollte gefüttert werden, bevor das Essen aufgetragen wurde. Wally Roloff würde ihm sicher mit Freuden die Flasche reichen, aber sie würde es nicht tun, bevor ich sie darum gebeten hätte. Ich hatte mit Geduld und Mühe erreicht, dass sie darauf verzichtete, die Verantwor-

tung für das Kind zu übernehmen und mich zum Kindermädchen meines eigenen Sohnes zu machen.
Am Tisch saß ich zwischen Albert und seinem Vater. Bei einem offiziellen Essen durfte eine Frau nicht neben einer Frau sitzen, es sei denn, sie war überzählig. Meine Mutter und Maria saßen zusammen mit einer älteren Witwe aus der Roloff-Familie und ein paar jungen Mädchen bei den überzähligen Frauen. Sie passten auf die Kinder der Frauen auf, die nicht überzählig waren. Mutter, die schon lange verwitwet war, hatte gegen diese Rolle nichts einzuwenden. Es machte ihr Freude, mit Wiedes Kindern, die sie selten sah, zusammen zu sein.
Mich kränkte es, dass Wally Roloff, die ich wenig schätzte, meine Mutter und Maria, die ich beide liebte, an das untere Ende des Tisches zu den Kindern verbannen durfte. Albert hatte mit seiner Mutter dieses Essen vorbereitet und nicht gewollt, dass ich mich um irgendwelche Details kümmerte, weil er fand, ich wäre am Beginn einer Schwangerschaft schonungsbedürftig.

*

Seit ich selber verheiratet war, begriff ich erst so richtig, wie hoch der Status einer Ehefrau und wie niedrig der einer Frau war, die keinen Mann hatte. Ich hatte den Status einer Ehefrau, obwohl ich mich an einen Mann verkauft hatte, den ich nicht liebte und zeitweise noch nicht einmal achtete. Und dabei war es nur um das Geld, die materielle Sicherheit für meine Schwester und mich gegangen. Ich war weniger wert, als jede tapfere alleinstehende Frau.
Während des stundenlangen Essens sah ich Wiede nur noch von weitem. Sie saß nicht wie Mutter und Maria am unteren Ende des hufeisenförmigen Tisches, sondern als verheiratete Frau, zusammen mit ihrem Ehemann, ziemlich weit oben, aber sie saß weit entfernt von mir. Ich sah sehnsüchtig zu ihr hinüber, denn ich langweilte mich sehr. Der alte Roloff, mit

dem ich mich gern unterhalten hätte, war mit Wally beschäftigt, die auf seiner anderen Seite saß und mit lauter Stimme Albernheiten von sich gab. Mit Albert hatte ich auch nicht viel Gesprächsstoff.
So blieb mir nichts anderes übrig, als schweigend die fünf Gänge des Festessens zu ertragen. Ich hasste es sowieso stundenlang zu essen. Dafür war mir das Essen nicht wichtig genug. Albert sagte, ich hätte keine Esskultur. Damit mochte er Recht haben, denn es machte mir einfach keine Freude, mich über die Zubereitung schmackhafter Mahlzeiten hinaus mit dem Essen zu beschäftigen.
An diesem Tag wurde zuerst eine Vorspeise serviert, sechs Weinbergschnecken mit Knoblauchsauce und Weißbrotscheiben. Es folgte eine Sahnesuppe mit Sauerampfer, „ein Ampfersüppchen" sagte Wally, und ich hörte, dass sie dabei einen spitzen Mund machte. Als Fischgericht gab es Seewolf „an" einer Sauce mit einem französischen teuer klingenden Namen. Warum der Seewolf an und nicht mit der teuren französischen Sauce gegessen wurde, wusste ich auch nicht. Der nächste Gang war irgendetwas, das ich noch nie gehört hatte und deshalb gleich wieder vergaß, mit Wachtelbrüstchen.
Dieser Gang schockierte mich. Wachteln waren so hübsche kleine Vögel. Einmal hatte ich eine Wachtelmutter mit ihren Kindern gesehen, sorgfältig und betulich wie eine winzige Henne. Ich verstand nicht, wie man so etwas Reizendes essen konnte. Es kam mir barbarisch vor. Und hier aßen sechsunddreißig Leute, das heißt, fünfunddreißig, denn ich aß keine Wachteln, sechsunddreißig von den hübschen Tieren, zwei Wachtelbrüstchen für jeden.
Wenn ich gedacht hatte, nun wäre genug gegessen, dann irrte ich mich. Nun fing es erst richtig an. Das Hauptgericht wurde aufgetragen, Rinderfilet mit feinen Gemüsen und Prinzesskartöffelchen. Sie mussten für die vielen Dinge, die sie aßen, die Verkleinerungsform wählen, damit sie sich nicht so unmäßig vorkamen. Nach dem Hauptgericht muss-

ten sie eine halbe Stunde warten. „Es muss erst rutschen", hörte ich eine Schwester meiner Schwiegermutter, Hildegard Breiner, verheiratete Hintenach, sagen.
Als das viele Essen offenbar genügend Zeit zum Rutschen gehabt hatte, wurde der Käse aufgetragen. Jeder bediente sich mehr oder weniger reichlich von den großen Platten. „Käse schließt den Magen", teilte Hildegard Hintenach mit, um dann aber bei dem entgültig letzten Gang, einer üppigen Nachspeise, die ebenso süß, wie sahnig war, noch einmal kräftig zuzulangen.
Als auch die Nachspeise vertilgt war, sanken die meisten erschöpft auf ihren Stühlen zurück und verlangten nach Kaffee und Schnäpsen, die das gute Essen im Magen „verteilen" sollten. Da die meisten Gäste, vom reichlichen Essen ermüdet, fast einschliefen, wurde ein Spaziergang beschlossen. Ich durfte mit Wiede zurückbleiben und mich wieder ein bisschen hinlegen. Jetzt hatten Wiede und ich endlich Zeit für ein Gespräch.

*

„Wie geht es dir, Katzi?" fragte Wiede. „Bist du glücklich in deiner Ehe?"
Sie gebrauchte meinen Kindernamen, Katzi, und schon deshalb musste ich weinen.
„Glücklich? Eigentlich nicht", brachte ich schluchzend heraus.
„Erzähl es mir genau, oder willst du nicht?"
„Doch ich will. Mutter hat gesagt, Achtung und Respekt müsste man vor einem Mann haben. Manchmal habe ich Achtung."
„Und öfter hast du keine, und Respekt hast du auch nicht?"
„Ich weiß nicht, ob ich das überhaupt sagen darf, aber Wiede, eine gute Ehe habe ich mir immer anders vorgestellt. Ich habe ihn doch nicht geliebt und habe gar nicht heiraten wol-

len. Ich wollte doch nur vernünftig sein und das tun was für uns alle am besten war."
„Und jetzt?" fragte Wiede mitleidig.
„Jetzt verstehen wir uns nicht. Wir wissen nicht, worüber wir reden sollen. Und manchmal ist er grob."
„Grob? Schlägt er dich etwa?"
„Geschlagen hat er mich erst zwei Mal, das erste Mal in der Hochzeitsnacht. Da war er betrunken und ich habe mich geekelt. Dann hat er mich noch einmal geschlagen, weil ich mich von seiner Mutter nicht beleidigen lasse. Scheiden lassen kann ich mich doch nicht, das hätte ich mir eher überlegen müssen."
Wiede nahm mich wieder in ihre Arme und wiegte mich beruhigend. Ihr Kleid fühlte sich ganz weich an, und sie roch so vertraut, dass ich gleich wieder weinen musste. Das Zimmer mit dem kleinen grünen Sofa war kahl. Außer dem Sofa gab es nur noch einen alten, abgestoßenen Tisch. Wiede musste bei mir auf dem Sofa sitzen. Das war die ganze Möblierung.
Aber draußen vor dem Fenster stand ein Baum, ein alter Baum. Viel Lebenskraft hatte er nicht mehr. Aus seinen Wurzeln wuchsen viele neue Triebe, die noch zusätzlich an seiner Kraft zehrten. Ich wusste, das gab es bei Bäumen, die bald sterben würden. Die Natur hatte das so eingerichtet, damit die Art überlebte. Trotzdem war es ein trauriger Anblick, so ein sterbender Baum.
Der Baum vor dem Fenster war ein Zwetschgenbaum. Die Triebe, die aus seinen Wurzeln wuchsen, waren Wildtriebe. Ihre Früchte sind klein und sauer. Vielleicht konnte man neue Zwetschgenbäume daraus züchten, wenn man sie verpflanzte und veredelte. Aber bis diese Bäume Früchte tragen würden, wäre der alte Baum schon lange tot.
„Vielleicht werde ich am Ende auch nur ein Wildtrieb gewesen sein", sagte ich in Gedanken.
„Wie meinst du das?" fragte Wiede.

„Ich meine die Triebe, die einen Baum überleben, wenn er stirbt. Sie wachsen noch aus seinen Wurzeln, wenn er schon gefallen ist. Durch sie kann die Art überleben, aber ihre Früchte schmecken nicht, nur wenn man den neuen Baum veredelt, kann er gute Früchte tragen."
„Und warum bist du so ein Wildtrieb?"
„Was an mir gut und recht war, ist gestorben, als ich geheiratet habe, und was übrig geblieben ist, trägt keine Frucht."
„Was ist mit deinen Kindern?" fragte sie.
„Das muss man erst einmal abwarten, was aus meinen Kindern wird. Manchmal habe ich so eine Ahnung, als ob von mir nie etwas Gutes ausgehen würde. Die Familie Roloff wird in meinen Kindern überleben, aber ob sie Früchte tragen, weiß man nicht."
„Du bist depressiv, Katzi. Wir müssen uns in Zukunft viel öfter sehen."
Ich wollte nicht immerzu weinen. Wiede war wieder da, und das war ein Grund zu Freude. Deshalb warf ich mir Undankbarkeit vor. Mein erstes Kind war gerade getauft worden, und das zweite war in meinem Bauch. Wiede war wieder bei mir. Warum weinte ich ununterbrochen? Weil ich ein verwöhntes, verzogenes Kind war, das alles haben musste.
In dem sterbenden Zwetschgenbaum sah ich einen Star. Er saß auf einem Ast vor unserem Fenster und stieß einen spöttischen Ruf aus. Mir schien, dass er sich über mich lustig machte, eine junge Frau, die sich darüber Gedanken machte, was am Ende ihres Lebens übrig bleiben würde. Wieder rief er, pfiff durchdringend und vielsagend.
Draußen hörten wir Stimmen und Schritte der Taufgesellschaft, die von ihrem Spaziergang zurückkehrte. Vor der Tür riefen Kinderstimmen: „Mutter, Mutterle, wo bist du?"
Wiede öffnete die Tür und ihre Kinder stürmten herein, Almut, die neunjährige und der siebenjährige Gregor. Almut glich eher ihrem Vater. Die streng zurückgenommenen Haare brachten das ebenmäßige Gesichtchen gut zur Geltung. Ihr Bruder, mit seinem Lockenhelm, kam nach der Mutter.

Almut, der es nicht verborgen geblieben war, dass ich geweint hatte, nahm ihr Taschentuch und tupfte mein Gesicht ab. „Jetzt siehst du schon wieder ganz gut aus, Tante Katharina. Komm, lass uns gehen, es gibt Kaffee und Kuchen und für die Kinder Eis statt Kaffee“, sie schob ihre Hand in die meine. „Schade, dass du kein Kind bist, sonst würdest du Eis bekommen, aber der Kuchen ist sicher auch ganz gut.“
Ich nahm Almut an die eine, Gregor an die andere Hand und ging, gefolgt von Wiede, zurück in das Nebenzimmer, wo inzwischen der Tisch abgeräumt und neu gedeckt worden war. Alberts Mutter kam mir entgegen und sagte: „So, siehst du auch einmal nach deinem Kind? Eine feine Mutter bist du.“
Ich hatte Dietrich bei meiner Mutter in guten Händen gewusst. Sie hatte ihn auf den Spaziergang mitgenommen und sich darüber gefreut, dass Wiede und ich miteinander gesprochen hatten. Zu meiner Schwiegermutter sagte ich: „Das kannst du ruhig meine Sorge sein lassen.“
Sie schickte sich an, ein großes Geschrei zu machen, aber der alte Roloff nahm seine Frau an die Hand und führte sie mit beschwichtigenden Lauten zu ihrem Platz am Tisch. „Wenn dein Mann es einmal ohne dich aushalten kann, dann lass uns jetzt zu Mutter und Maria gehen!“ sagte ich zu Wiede. Sie nickte und ging mir zum unteren Tischende voraus. Hier setzte sie sich neben unsere Mutter. Maria und ich saßen ihnen gegenüber. Wiede nahm Mutter das Baby ab und reichte mir das brüllende Bündel über den Tisch. Wally würde unser Benehmen unmöglich finden, weil wir keine überzähligen Frauen waren und unsere Männer im Stich gelassen hatten.

*

Meine zweite Schwangerschaft war nicht so leicht wie die erste. Meine Mutter sagte, sicher würde es diesmal ein Mädchen. Bei Mädchen ginge es einem oft schlecht, es

wäre, als ob sich Körper und Seele gegen die Konkurrenz wehrten. Ein Junge dagegen wäre eine gesunde Ergänzung der Mutter.
Das leuchtete mir nicht ein. Ich wusste gar nicht, warum ich mit meiner Tochter konkurrieren sollte. Sollte Albert sich ruhig in sie verlieben, dann würde er vielleicht ein bisschen solider und vernünftiger werden. Bis jetzt war er nur in Bezug auf seine Arbeit vernünftig und solide. Da konnte man sich auf ihn verlassen, im Privatleben war er unvernünftig und benahm sich unreif.
Ich konnte mich schon längst nicht mehr darauf freuen, dass er nach Hause kam. Nicht, dass er häufig betrunken gewesen wäre. Er war nie mehr so unbeherrscht wie auf unserer Hochzeit. Aber oft hatte er ein Glas getrunken, wenn er nach Hause kam, und das machte ihn kindisch und albern. Ich konnte ihn einfach nicht ernst nehmen, wenn er getrunken hatte, auch wenn es nur ein einziges Glas gewesen war.
Er brachte mir riesige Blumensträuße, die ich nicht mochte. Ich besaß noch nicht einmal eine Vase für diese mächtigen Dinger und musste den Schirmständer mit Wasser füllen. Dann war er auch noch beleidigt, dass ich so ein Monstrum nicht auf den Tisch stellte. Alberts Geschenke waren immer eine Nummer zu groß, eine gewaltige Pralinenschachtel, eine überdimensionale Parfümflasche, eine vierfache Perlenkette. Dadurch wollte er meine Stimmung bessern, erreichte aber das Gegenteil.
Jetzt hatte ich einen Wunsch. Wiede und ich hatten uns zwei Jahre nicht gesehen, weil wir so schwer zueinander kommen konnten. Ich hätte zuerst mit dem Zug nach Stuttgart fahren müssen, dann mit der Straßenbahn zur Endstation und noch mit einem Omnibus bis in die Nähe von Wiedes und Erichs Haus. Das hätte stundenlang gedauert. Nach einem vergleichsweise kurzen Besuch hätte ich dann genau so lange für den Rückweg gebraucht. Wiede wäre es nicht anders gegangen. Wir konnten beide nicht Auto fahren. Wiede und

ihr Mann besaßen kein Auto und ich hatte keinen Führerschein.
Um Wiede zu sehen, hatte ich mich entschlossen, das Autofahren zu lernen. Albert hatte nichts dagegen und war auch bereit, mir gelegentlich sein Auto zu überlassen, wenn er es nicht beruflich brauchte. Ich nahm einige Fahrstunden, und Albert bestand darauf, außerdem noch mit mir zu üben. Während mich die Anwesenheit meines Fahrlehrers beruhigte und ermutigte, machte mich Alberts Gegenwart verrückt. Er benutzte jede Gelegenheit, sich überlegen zu zeigen. In diesem Fall war er es natürlich, weil er seit fast zehn Jahren Auto fuhr und ich erst seit ein paar Stunden. Der alte Roloff hatte das erste Auto in der Stadt gehabt, ein ganz urtümliches Gerät. Albert war sehr stolz gewesen, als er es mir auf einem Foto gezeigt hatte, und ich hatte gelacht.
Wenn ich am Steuer saß, wies er mich ununterbrochen zurecht und beschimpfte mich, bis ich ganz verwirrt war und die Fehler machte, auf die er wartete. Aber schließlich konnte ich doch Auto fahren und bekam auch einen Ausweis, der mich dazu berechtigte ein Kraftfahrzeug zu führen.
Als ich zum ersten Mal nach Stuttgart fuhr, war ich ziemlich nervös. Bisher war ich nur in unserer kleinen Stadt gefahren und noch nie allein. Jetzt musste ich mich ohne Hilfe in der Großstadt zurechtfinden. Ich hatte Angst, mich zu verfahren und dann so durcheinander zu sein, dass ich überhaupt nicht mehr Auto fahren konnte. Deshalb fuhr ich ganz langsam, und ich schaffte es. Schon nach einer knappen Stunde konnte ich das Auto vor Wiedes Haus abstellen.
Bei diesem Besuch sprachen wir noch einmal über meinen Ehemann und über den ihren. Auch Wiede war nicht glücklich. Ihr Mann war viel zu streng, zu pünktlich und genau. Sie musste ihn manchmal ermahnen die Kinder nicht zu hart anzufassen. Mit Gregor hatte er große Pläne und war mit ihm besonders ungeduldig. Aber Wiede hatte Achtung vor ihrem Mann. Sie bewunderte ihn trotz seiner übertriebenen Strenge. Und darum beneidete ich sie, denn für mich war es

schwer, dass ich meinen Mann oft nicht ernst nehmen konnte. Man sagte immer, ein Mann müsse seiner Frau überlegen sein. So stand es schon in der Bibel. Für mich schien das nicht zu gelten. Wenn ich es mir hätte aussuchen können, dann hätte ich auch einen Mann gewählt, der mir zumindest ebenbürtig gewesen wäre.
Wir beschlossen, dass ich bei meinem nächsten Besuch Maria mitbringen würde. Sie hatte auch nur wenig Abwechslung, und es würde uns beiden sicher Spaß machen, zusammen nach Stuttgart zu fahren. Danach würde Wiede mit den Kindern zu mir kommen. Sie würden den Bus, die Straßenbahn und den Zug nehmen, und am Abend würde ich sie mit dem Auto wieder heimfahren. Ich wollte auch ihren Mann besser kennen lernen. Bis jetzt hatte ich noch kaum ein Wort mit ihm gewechselt, obwohl er schon einmal meinen Kinderwagen geschoben hatte.

*

Bald musste ich für eine Weile aufhören, nach Stuttgart zu fahren. Die Schwangerschaft strengte mich immer mehr an, auch deshalb, weil ich Dietrich zu versorgen hatte. Im Laufe der Monate wurde das immer schwieriger. Am anstrengendsten war die Übelkeit am Morgen. Jeden Tag erbrach ich mich bis zur Erschöpfung und wollte dann gleich gar nicht in den Tag gehen. Das Einkaufen wurde immer mühsamer. Am Herd und am Spülstein musste ich mich hinsetzen, weil ich nicht mehr stehen konnte.
Von der vorigen Schwangerschaft her kannte ich diese Zustände nicht. Damals hatte ich mich immer wohlgefühlt. Jetzt ging es mir nur noch gut, wenn keine Mahlzeit in Sicht war und ich weder einkaufen, noch kochen, noch essen musste. Auf alles das hätte ich gut verzichten können. Immer öfter zog ich mich in mein kleines Zimmer zurück, um mit dem neuen Kind Zwiesprache zu halten. Ich nannte es

in dieser Zeit nicht mein Baby, sondern das Kind, denn es gehörte mir nicht und es war kein Baby.
Während meiner ersten Schwangerschaft war mir das noch nicht so klar gewesen, dass es mir nicht gehörte und dass es kein Baby war. Erst als Dietrich auf die Welt kam, hatte ich den Unterschied gemerkt. Diesmal wusste ich es von Anfang an. Ich war voller Respekt für das Wesen, dessen Körper in mir wuchs. Für eine gewisse Zeit war es mehr als ein Baby, viel mehr. Es war ein Wesen aus einer anderen Welt, solange es noch nicht in unsere Welt hineingeboren war. Solange es noch kein Baby war, schaute es nach drüben und hatte die Weisheit der anderen Welt.
So stellte ich es mir vor. Irgendwann, bevor es geboren wurde, würde es alles vergessen, was es vorher gewusst hatte. Aber so lange würde ich mit ihm reden können, wie ich mit meinem ersten Kind geredet hatte, bevor es geboren wurde. Auch dieses würde mir antworten, wie mein erstes Kind mir geantwortet hatte. Und dann würde es geboren werden und würde wieder nur ein Baby sein, wie Dietrich nur noch ein Baby war, als ich ihn geboren hatte. Es würde ein Baby sein und einen Namen bekommen, Ursula sollte es heißen, und es würde durch dieses dumme und hilflose Stadium hindurchgehen müssen, das wir das Babyalter nannten. Ich hatte Babys gern, meine eigenen liebte ich sogar, aber sie waren so viel mehr als Babys, bevor sie welche wurden.
Wenn es mein kleines Zimmer mit dem Sekretär der längst verstorben Großtante und meinen Büchern nicht gegeben hätte, wäre ich heimatlos und verzweifelt gewesen. Ich zog mich in jeder freien Minute hierhin zurück. Wenn die Sonne hereinschien, war es am schönsten. Ich hatte Bilder von meiner Mutter und meinen Schwestern im Sekretär aufgestellt. Hier gab es auch ein Foto des Herrn, dem ich im Stillen die Fragen stellte, die in mir aufstiegen. Wenn ich das Zimmer verließ, machte ich die Schreibklappe zu, weil ich mit meinen Bildern niemand unnütz reizen wollte.

Mit der Zeit war ich immer vorsichtiger geworden und hatte gelernt, mir Ärger zu ersparen. Trotzdem gab es noch genügend Reibungspunkte, weil ich mich in so vielen Dingen von der angeheirateten Familie unterschied. Aber wenn ich klug war, hielt sich der Ärger in Grenzen. In meinem Zimmer fühlte ich mich sicher und hatte erreicht, dass Albert nicht mehr ohne anzuklopfen herein kam. Auch meinen Kindern wollte ich das beibringen, wenn sie groß genug dafür sein würden. Am Anfang hatte sogar Wally Roloff einfach die Tür aufgerissen und plötzlich in meinem Zimmer gestanden. Inzwischen hatte sich herumgesprochen, dass ich schwierig wurde, wenn man mich so überfiel.
Sie waren der Meinung, dass ich viel zu oft schwierig wäre. Vielleicht hatten sie Recht. Ich liebte es einfach nicht, mit der Großfamilie zu verschmelzen und war immer bemüht, ich selbst zu bleiben. Nie tat ich etwas, weil m a n es tat oder weil die Schwiegermutter es tat. Dass eine Ehefrau sich allein in ihr Zimmer setzte, wurde nicht akzeptiert. Es könnte doch sein, dass der Mann unverhofft nach Hause käme und seine Frau erst suchen müsste, statt sie im Wohnzimmer mit einer nützlichen Arbeit oder in der Küche zu finden, wie es sich gehöre.
Auch, dass ich keine Blattpflanzen mochte, wurde kritisiert. Ich wollte diese gequälten Lebewesen nicht in meiner Umgebung haben. Entweder waren sie fast verdurstet oder halb ersäuft. Sie bekamen Zug und neigten zu Ungezieferbefall, bekamen zu wenig oder zu viel Sonne. Wenn sich Topfpflanzen wohlfühlen sollten, musste man viel von ihnen verstehen und sich Mühe mit ihnen geben. Ich verstand nichts und gab mir keine Mühe. Die Konsequenz war, dass ich darauf verzichtete, Zimmerpflanzen zu pflegen. Alberts Mutter fand unsere Räume kalt und ohne Leben. „Es muss doch in jedem Zimmer etwas Lebendiges sein“, sagte sie.
„Wenn Dietrich größer ist, kaufen wir einen Dackel. Der läuft überall hin, dann ist in jedem Zimmer etwas Lebendiges“, erklärte ich. Wally schnappte zweimal nach Luft. Dann

ließ sie hören: „Einen Dackel? das ist ein Flohbeutel, das ist eine Dreckschleuder ist das. Darüber muss ich aber gleich mit Albert sprechen, ob der damit einverstanden ist.“

*

Mit dem neuen Kind, das ich zur Welt bringen sollte, sprach ich seltener, als ich mit dem ersten gesprochen hatte. Meistens fühlte ich es nur und hoffte, dass es mich auch fühlte. Diesmal würde es also ein kleines Mädchen werden. Ich freute mich darauf, obwohl ich mir nicht einbildete, unbedingt „ein Pärchen“ haben zu müssen, einen Jungen und ein Mädchen. Entweder hieß es, man müsste zuerst ein Mädchen bekommen und dann einen Jungen, damit man für den Jungen ein Kindermädchen hätte, oder zuerst einen Jungen und dann ein Mädchen, damit der Junge das Mädchen später beschützen könnte.

Solche Gedanken hatte ich nicht. Jedes Kind war mir willkommen. Aber ich freute mich auf die kleine Tochter, weil ich schon wusste, wie es war, einen Jungen zu haben. Wie es war, eine Tochter zu haben, wusste ich noch nicht, aber ich stellte es mir schön vor. Als ich ihr sagte, dass ich mich auf sie freue, antwortete sie, auch sie freue sich, aber wir würden es miteinander noch schwer haben. Was meinte sie damit? Würden wir es miteinander schwer haben oder jede für sich? „Das wird sich zeigen“, sagte ich mir.

Bald würden wir zwei Kinder haben, und dann würde ich nicht mehr viel Zeit haben, mich über meinen Mann und seine Mutter zu ärgern. Das Problem war, dass er so abhängig von ihr war. Deshalb konnte er nicht wirklich erwachsen werden. Abgesehen von seiner starken Bindung an Wally war er ein intelligenter und tüchtiger Mann. Das bewies er täglich bei seiner Arbeit.

Seine Schuldenlast nahm ab, und die Firma blühte auf. Er war geschickt in der Wahl seiner Mitarbeiter. Nicht nur sein Geschäftsführer war ein tüchtiger Mann, auf den er sich

verlassen konnte. Er hatte auch eine hervorragende Direktrice gefunden. Die brachte er manchmal zum Essen mit. Mir war sie etwas zu modern und zu locker in ihrem Benehmen, obwohl sie wesentlich älter war als ich. Aber sie hatte ein Gefühl für Mode, das mir und vor allem Albert abging.
Weil sich hübsche und modische Damenmode besser verkaufte als Mode, die zwar solide, aber nicht besonders modern war, blühte die Firma auf. Schon längst hatte Albert es nicht mehr nötig, sein eigener Handlungsreisender zu sein, aber er blieb dabei, weil er der Ansicht war, dass es gut fürs Geschäft wäre, wenn der Chef den Kontakt zu seinen Kunden hielt. Der Erfolg gab ihm Recht. Von seinen alten Mitarbeitern hatte er keinen einzigen entlassen müssen. Ein paar waren in den Ruhestand gegangen, und die übrigen gingen für ihn durchs Feuer.

*

Als die Firma über den Berg war, veranstaltete Albert ein Betriebsfest, um allen zu danken, die ihm in der schweren Zeit beigestanden hatten. Ich sollte daran teilnehmen und in meine Rolle als Frau des Chefs eingeführt werden. Zuerst bat ich Albert, mich mit diesen Dingen zu verschonen, doch er erklärte mir, dass er als mittelständischer Unternehmer eine Frau brauche, die ihm zur Seite stehe. Ich sollte mir ein passendes Kleid kaufen und mir den Termin freihalten.
Ich fragte ihn, wie er sich ein passendes Kleid für die Frau eines mittelständischen Unternehmers vorstellte. Es müsste ein solider Stoff sein und gut gearbeitet, nichts Auffallendes, schlicht und vornehm. Ich müsste es in Stuttgart kaufen oder noch besser arbeiten lassen, denn hier in der Provinz könnte ich nichts Passendes finden. Das sah ich nicht ein. Bis jetzt wäre ich auch immer gut und passend angezogen gewesen und hätte meine Kleider immer am Ort eingekauft,

widersprach ich. Das alles wäre mir noch nie so wichtig gewesen und sollte es auch in Zukunft nicht werden.
Albert wurde nicht ärgerlich, weil ich so störrisch war. Er lachte und sagte, ich würde mich schon daran gewöhnen. Beim Kleiderkauf könnte mir meine Schwester Wiede helfen. Wir hingen ja auch sonst dauernd zusammen. Wiede, die sich seit ihrer Heirat ziemlich elegant anzog, weil ihr Mann das so wollte, nahm mich mit in ein Modeatelier. Vor ihrer Ehe hatte sie sich eher schlicht angezogen. Sie hatte gefunden, es passe nicht zu ihr, sich so herauszuputzen. Jetzt war das anders. Sie putzte sich zwar immer noch nicht heraus, aber sie zog sich mit viel Geschmack an.
Ich fragte mich, warum wir so vieles taten, nur weil unsere Männer es so wollten. Eine Frau hatte doch einen eigenen Geschmack und einen eigenen Willen. Wiede sagte, man könnte sich schon nach seinem eigenen Geschmack kleiden, man müsste es nur so anstellen, dass der Mann dächte, es wäre der seine. Die schlichte Eleganz, mit der sie sich kleidete, wäre eigentlich genau ihr Geschmack. Natürlich wäre das in ihrer Mädchenzeit anders gewesen, aber da wäre sie noch ein Mädchen gewesen, und jetzt sei sie eine erwachsene Frau. Ihr Mann müsse nicht wissen, dass sie sich nach ihrem eigenen Geschmack kleidete. Er solle ruhig denken, seine Erziehungsversuche hätten sie zu einer Dame gemacht. Wiede kicherte schadenfroh.
In der Ehe, so schien mir, musste man sanft wie ein Täubchen, aber listig wie eine Schlange und insgeheim stark wie eine Löwin werden. Ich wollte mir schon ein Kleid aussuchen, das mir gefiel. Albert würden die Augen übergehen. Er würde denken, jetzt hätte er mich so zurechtgebogen, wie er mich haben wollte. Ich wollte ihm den Glauben nicht nehmen, dass ich mich ihm unterordnete. Er brauchte ihn, und ich würde machen, was ich wollte. Ich würde ihn glauben machen, dass er stark wäre, als ob ich seine Mutter wäre und er ein Büble, das man ermutigen musste.

Als wir die Serpentinen zur Stadt hinunterfuhren, sagte Wiede: „Du lächelst wie eine Katze, die eine Maus gefressen hat."

„Das habe ich auch", sagte ich.

„Und die Maus heißt Albert?"

„So ist es."

Stuttgart lag in einem Talkessel. Wenn ich hinunterfuhr, hatte ich jedes Mal das Gefühl, dass die Luft immer knapper wurde, und wenn ich wieder heraufkam, musste ich erst einmal tief atmen. Dies war ein besonders stickiger Tag.

„Was schnaufst du denn so?" erkundigte sich Wiede.

„Wenn man nach Stuttgart hinein fährt, wird immer die Luft knapp."

„Jetzt spinnst du aber ein bissle", sagte sie kopfschüttelnd.

„Das macht nichts, von dem wenigen Sauerstoff, den es hier gibt, darf jeder schnaufen, so viel er will."

Ich spürte selbst, dass ich ziemlich kiebig war, aber ich fühlte mich in Stuttgart wirklich nicht besonders wohl. Natürlich war die Luft hier nicht knapper als anderswo. Es musste einen seelischen Grund haben. Wenn es eng aussah, meinte ich, keine Luft zu bekommen. Wir fuhren mitten durch die Stadt, am Bahnhof vorbei, ließen das Schloss links liegen und fuhren dann lange geradeaus nach Stuttgart-West. In einer ruhigen Straße mit hohen Bäumen hielt Wiede an.

Sie führte mich in ein Haus, das bürgerlich aussah und offenbar bessere Zeiten gesehen hatte. Fünf Stufen führten zur Haustür. Sie wurden nach oben schmaler, aber die oberste war immer noch mehr als zwei Meter breit. An den Ecken waren sie abgerundet und hatten einen Rand aus dunklerem Stein. Die Haustür war in zwei Farben gestrichen, beige und braun. Braun waren die geschnitzten Figuren, und der Untergrund war hell. Auf den Steinen, die den Türsturz trugen, und neben den Fenstern waren Figuren in Stein gemeißelt, Frauen mit nackten Brüsten. Trotz ihres frivolen Aufzuges wirkten sie sehr streng, irgendwie unirdisch. Sie waren weit über lebensgroß.

Die hölzernen Figuren auf der Haustür waren männlich. Auch sie waren unbekleidet, aber man sah sie nur bis zur Taille, dann gingen sie in eine Art Podest auf einem gedrechselten Fuß über. Früher hätte ich bedauert, dass man nicht sah, was unterhalb der Taille war, aber seit ich verheiratet war, fand ich das nicht mehr interessant. Es war eigentlich eher lächerlich, so ein komischer verschrumpelter Körperteil. In der oberen Hälfte sah der Mann viel imponierender aus. Da hing nichts Verschrumpeltes herum. Es war nur gut, dass niemand meine Gedanken lesen konnte. Sogar vor meiner Schwester hätte ich mich geniert, wenn sie gewusst hätte, was mir durch den Kopf ging.

Die Männer, die nur bis zur Taille reichten, waren wohl so eine Art Wächter, aber die Haustür war unverschlossen. Ich dachte, da nützen doch die eindrucksvollsten Wächter nichts, wenn noch nicht einmal die Haustür verschlossen ist. Hinter der Tür lag ein Fußboden aus steinernen Platten. Ich erinnerte mich an Dietrichs Taufe. Sein Schühchen hatte auf so einer Platte gestanden. Die war allerdings matt gewesen, diese hier waren glänzend gewachst.

Das Schneideratelier nahm die eine Hälfte des Erdgeschosses ein. Auf unser Klingeln wurde uns sofort geöffnet. In dem breiten Korridor standen Schneiderpuppen, umhüllt mit kostbaren Stoffen. Wir wurden in ein großes Zimmer mit einer hohen Stuckdecke und einer silbergrauen Seidentapete geführt. Auf dem Parkett standen außer ein paar zierlichen Stühlen mit geschwungenen Beinen keine Möbel. Lediglich neben einem der Stühle stand noch ein kleines Tischchen, auf dem Schreibpapier und Stifte lagen.

Auf den Stuhl neben dem Tischchen setzte sich keine von uns, denn wir hatten nicht vor, hier zu schreiben. Das Schreibzeug war sicher für die Dame bestimmt, die unsere Bestellung notieren wollte. Es war dann allerdings keine Dame, die den Raum betrat, sondern ein junger Herr. Er sprach exaltiert und trug eine Seidenbluse mit Rüschen, dazu eine hautenge Hose aus himbeerrotem Samt. Ich konnte gar

nicht hinschauen, denn hier drängte sich förmlich auf, was bei den Wächtern an der Fassade ausgespart war.
Wiede sagte mir später, der merkwürdige junge Mann wäre ein Homosexueller. Die wären in der Modebranche häufig zu finden. Ich kannte keine Homosexuellen. In unserer Stadt gab es entweder keine, oder sie versteckten sich. Aber ich hatte darüber gelesen. Ich wusste, dass Homosexuelle keine Frauen mochten. Deshalb hätte ich nicht erwartet, dass ein Homosexueller so auf mich eingehen und mich verstehen würde. Vielleicht lag es daran, dass er selber etwas von einer Frau hatte. Sie hatten wohl alle etwas Weibliches in ihrem Wesen, und das machte für eine Frau den Umgang mit ihnen angenehm.
Ich verurteilte das nicht. Jeder sollte so leben, wie er wollte, und diese armen Menschen konnten ja nichts für ihre Veranlagung. Sie hatten es schwer genug, auch ohne dass man sie verachtete. Nur wenn eines Tages eines meiner Kinder homosexuell wäre, würde ich sicher darunter leiden. Dieser junge Mann in seiner Rüschenbluse verkaufte mir allerdings sehr schöne Kleider, an denen ich jahrelang Freude haben würde, ein cremefarbenes Seidenkleid mit verlängerter Taille und ein Kostüm. Beides war sehr gut gearbeitet, und es war eine Freude, die schönen Stoffe zu berühren.
Albert würde seinen Spaß an meinen Einkäufen haben und denken, es läge an seinem Einfluss, dass ich eine so gute Wahl getroffen hatte. Tatsächlich lag es aber an dem Einfluss eines jungen Homosexuellen mit einer Rüschenbluse. Das wollte ich ihm nicht sagen, denn es würde ihn kränken. Es war nicht klug, Albert zu kränken.

*

Dann kam der Tag des Betriebsfestes. Ich bat meinen Mann, mein Kleid auszuwählen. Ich hätte gern das Kostüm aus dem weichen, dunkelgrünen Stoff angezogen. Es hatte eine hochgeschlossene altrosa Bluse, deren lange,

schmale Stulpen einen Zentimeter aus den grünen Ärmeln herausschauten. Aber Albert entschied sich für das cremefarbene Kleid mit dem schwingenden Rock. Das fand er besonders weiblich, und es würde seinen Mitarbeitern auch gefallen. Auch ihre Frauen waren eingeladen und würden sich erfahrungsgemäß hübsch anziehen, ebenso wie die weiblichen Angestellten.
Ich zog also das Cremefarbene an, und es stellte sich heraus, dass ich keine passenden Schuhe dazu hatte. Zum Glück gab es auch bei uns in der Provinz ein recht ordentliches Schuhgeschäft. Ich nahm den Gürtel vom Kleid mit und fand Schuhe, die gut dazu passten. Sie hatten einen kleinen Absatz. Hohe Absätze trug ich nicht, denn ich war groß genug und wollte meinen Mann nicht noch mehr überragen. Mir war es zwar nicht peinlich, dass ich größer war, aber ihn machte es unsicher.
Im Fabrikgebäude gab es einen großen Vorraum im Erdgeschoss, in dem ein paar Tische und Stühle standen. Die Arbeiter nahmen dort ihr mitgebrachtes Mittagessen ein, nicht alle auf einmal, dafür wäre nicht genug Platz gewesen, sondern immer nur eine Gruppe. Albert hatte schon lange vor, einmal eine richtige Kantine für seine Mitarbeiter zu bauen, aber es kam nie dazu. Bis jetzt hatte auch immer noch das Geld gefehlt. Die Arbeiter beklagten sich nicht. Sie verzichteten gern auf etwas, das ihren Arbeitsplatz gefährden könnte. Die Hauptsache war für sie, dass die wirtschaftliche Situation des Betriebes stabil blieb.
Der Vorraum war zwar etwas primitiv, doch groß genug, um die ganze Belegschaft aufzunehmen, wenn man einige Kisten und Büromöbel, die dort gelagert wurden, beiseite räumte. Albert hatte Tische und Stühle gemietet, Papiertischdecken auf die Tische legen lassen und Blumenschmuck besorgt.
Auch um die Bewirtung hatte er sich selbst gekümmert. Es gab große Töpfe mit Maultaschen in der Brühe, von denen zwei in meiner Küche warm gehalten wurden und einer in

der Teeküche der Angestellten. Die Suppe sollte es später am Abend geben, wenn Bier und Zigaretten die Mägen angegriffen hätten. Am Nachmittag waren vom Bäcker dreihundert Butterbrezeln geliefert worden. Sie sollten schon früher aufgetragen werden. Für Getränke war gesorgt, ebenso für musikalische Unterhaltung.
Tanzen konnte man im Hof. Dort gab es genügend Platz. Albert hatte bei den Nachbarn die Runde gemacht und sie in der charmanten Art, die er bei solchen Gelegenheiten entwickelte, auf den Lärm vorbereitet. Abends um sechs Uhr fingen die Leute an, sich zu versammeln. Die Männer waren meist im dunklen Anzug, die Haare ordentlich gescheitelt. Einige mussten ständig den ungewohnten Hemdkragen zurechtrücken. Die Arbeiterinnen und die Frauen der Arbeiter hatten neue Dauerwellenfrisuren und trugen ihre schönsten Kleider.
Ich stellte fest, dass ich sie alle viel zu wenig kannte. Eigentlich kannte ich sie überhaupt nicht. Nur der Prokurist und die Direktrice kamen manchmal zu Besuch. Aber von den Arbeitern und Arbeiterfrauen hätte ich bestimmt mehr über das Leben lernen können. Einige von den Arbeiterinnen mussten ihren Lebensunterhalt und den ihrer Kinder selbst verdienen, tüchtige und tapfere Frauen. Mir wurde an diesem Abend wieder einmal klar, wie verwöhnt ich war, wie weit entfernt vom wirklichen Leben. Ich wollte diese Menschen näher kennen lernen, ab jetzt wollte ich mich darum bemühen, wollte versuchen, ihnen in schwierigen Situationen beizustehen, wenn ihre Kinder geboren wurden und ihre Angehörigen starben, in Zeiten der Krankheit und Zeiten wirtschaftlicher Not. Das sollte in Zukunft meine Aufgabe als Frau eines mittelständischen Unternehmers sein, die ich ja nun einmal war.
Noch eines merkte ich an diesem Abend, nämlich dass es mir ziemlich schwer fiel, mich unter Menschen zu bewegen und mich mit ihnen zu unterhalten. Ich wäre gern herzlich gewesen, aber ich blieb in mich gekehrt und verschlossen.

Ich hoffte, dass sich das mit den Jahren ändern würde. Bisher war ich noch nicht viel unter Menschen gewesen, und in meiner Familie hatte es bis zu meiner Heirat keinen einzigen Mann mehr gegeben, nur Mutter und uns drei Schwestern.
Albert dagegen war in seinem Element. Er hielt eine Rede, die von den Anwesenden freundlich aufgenommen wurde. Zuerst begrüßte er alle mit herzlichen Worten. Dann stellte er mich als seine liebe Frau vor. Sie jubelten, als ob ich ein Filmstar wäre. Das war mir peinlich, und ich wusste nicht recht, was ich tun sollte, So lächelte ich nur verklemmt und nickte mit dem Kopf. Als sie endlich aufhörten zu klatschen und zu jubeln, atmete ich erleichtert auf. Schließlich hatte ich mir ihren Beifall noch in keiner Weise verdient, und an meiner Person gab es auch nichts, was Ovationen rechtfertigte.
Dann dankte Albert seinen Mitarbeitern für ihre Treue in den schweren Jahren und ihre Verdienste um die Erhaltung der Firma. Daraufhin ließen sie ihn hochleben. Vier von ihnen nahmen ihn samt seinem Stuhl auf die Schultern, während die anderen „Hurra!" riefen. Ich hatte so etwas noch nie erlebt. Albert lächelte seinen Mitarbeitern unter Tränen zu und nannte sie seine Weggefährten. Ich fühlte, dass es ein glücklicher Tag für ihn war und war stolz auf ihn. Er würde unsere Familie immer nach außen vertreten, und ich würde mehr in der Stille wirken, so wie ich es eben konnte. Wenn ich auch gehemmt war, fühlte ich mich doch unter diesen Menschen wohl und war ihnen dankbar dafür, dass sie mir das Gefühl gaben, dazuzugehören und mir meine Ungeschicklichkeit nicht verübelten.
Das Fest dauerte bis in die Morgenstunden. Es wurde getanzt und gelacht, einige der Männer ergriffen das Wort und erhielten viel Beifall für ihre kurzen Ansprachen. Ich wurde zum Tanzen aufgefordert, zuerst natürlich von meinem Ehemann, dann von seinem Prokuristen und schließlich von Arbeitern und Büroangestellten in bunter Reihe. Langsam überwand ich meine Hemmungen, wurde immer freier und genoss es unter dem Sternenhimmel zu tanzen. Das hatte ich

vorher noch nie getan. Wir hatten Neumond in dieser Nacht, der Himmel war wie schwarzer Samt, auf dem die hellen Sterne wie Brillianten glitzerten.
Der Boden war uneben und ich war froh, dass ich keine Schuhe mit spitzen Absätzen trug. Auch über das cremefarbene Kleid mit dem schwingenden Rock war ich froh. Dass ich das strenge Kostüm hatte tragen wollen, war meiner Unerfahrenheit zuzuschreiben. Beim nächsten Mal würde ich schon ein bisschen klüger sein. Als wir gegen Morgen über den Hof zu unserem Haus gingen, nahm Albert mich in den Arm und sagte: „Ich danke dir, du warst großartig, eine richtige Chefin."
Auch ich dankte ihm, denn ich hatte eine wichtige Erfahrung gemacht, sicher eine der wichtigsten in meinem bisherigen Leben.

*

Ich wollte mich ab jetzt um Belegschaftsmitglieder kümmern, die in Schwierigkeiten waren. Zuerst sprach ich mit meinem Mann über mein Vorhaben. Er war skeptisch und hielt es für eine Laune. Aber ich konnte ihn überzeugen, und am Ende versprach er, mich zu verständigen, wenn man sich um irgendjemand kümmern müsse. Im Übrigen könne ich sofort damit anfangen. „Es gibt eine Arbeiterin, die schwanger ist", grinste er. „Das ist doch etwas für dich. Da kennst du dich ja aus."
Er nannte mir den Namen und sagte, ich solle mich bei seiner Sekretärin nach der Adresse erkundigen. Das tat ich am gleichen Nachmittag, und gegen Abend machte ich mich auf den Weg zu der angegebenen Adresse. Als die Straße zu Ende war, hatte ich die Nummer noch nicht gefunden. Deshalb fragte ich eine alte Frau, die einen Handwagen voll Pferdemist hinter sich herzog und in der Gegend zu Hause zu sein schien.

Sie wies mich zu einem Gartenhaus, das ein Stück von den letzten Häusern entfernt war. Als ich auf dem geschotterten Feldweg weiter ging, dankte ich wieder einmal meinem Schicksal, weil es mich so groß hatte wachsen lassen, dass ich keine hochhackigen Schuhe tragen konnte. Die Gartentür in dem heruntergekommenen Drahtzaun hing schief in den Angeln und ließ sich nur mit Mühe öffnen. Der Garten war eine Müllhalde, auf der verschiedene Gemüse wuchsen. Ein Rosenstrauch mit schönen rosa Blüten wirkte hier irgendwie unangebracht. Er tat mir leid, weil er in dieser schrecklichen Umgebung sein Leben fristen musste. Ich blieb stehen und strich mit den Fingerspitzen über eine seiner schön geformten Blüten.
In diesem Moment öffnete sich in der hölzernen Wand des verwahrlosten Gartenhauses eine schmale Tür, und entließ eine sonderbare Gestalt, die sich mit unsicheren Schritten auf mich zu bewegte. Die Frau war sehr dick. Formlose Kleider verbargen kaum den mächtigen Körper, zu dem das junge frische Gesicht in merkwürdigem Kontrast stand. Sie lächelte verlegen, als sie fragte: „Suchen Sie jemand? Doch nicht hier bei uns?“
Ich nannte meinen Namen und sagte; „Ich suche Frau Messerle.“
„Mich? Ja, um Gottes Willen, was wollen Sie denn von m i r ? Habe ich etwas nicht recht gemacht? Ich machs doch immer, so gut ich nur kann, weil die Stelle so wichtig für mich ist. Sonst hätten wir gar nichts zum Leben. Jemand anders nimmt mich doch nicht.“
Sie schien zu denken, ich wäre gekommen, um sie zurechtzuweisen, weil sie die Büros nicht ordentlich geputzt hätte. Ich beeilte mich, ihren Irrtum aufzuklären „Aber wozu sind Sie dann gekommen?“ fragte sie.
„Um Sie, auch im Namen meines Mannes, zu fragen, ob Sie etwas brauchen.“

„Brauchen, nein, ganz gewiss nicht. Was sollte ich denn brauchen? Wenn ich nur meine Stelle behalte, auch wenn ich jetzt nicht mehr so kann, so hoch in anderen Umständen."
Jetzt hätte ich mir gewünscht, nicht so gehemmt zu sein und ihr sagen zu können, dass ich auch in anderen Umständen war und sie verstehen konnte, aber ich sagte nur: „Deshalb verlieren Sie Ihre Stelle nicht. Mein Mann wird doch keine Frau auf die Straße setzen, weil sie schwanger ist. Aber können wir uns nicht irgendwo im Sitzen unterhalten?"
„Sie können reinkommen, aber ich habe noch nicht aufgeräumt, da sieht es wild aus."
„Das macht doch nichts", sagte ich. „Im Stehen spricht es sich so schlecht."
Sie hielt mir höflich die schmale Tür auf. Ich trat in einen Raum voller Dreck und Lumpen. In der Mitte des Zimmers stand ein Tisch. Auf der hölzernen Eckbank spielten zwei kleine Kinder. Ihre blassen Gesichtchen waren ungewaschen. Das kleinere hatte eine Windel an, aus der es heraustropfte. Ein strenger Geruch lag über dem Raum. In einer Ecke gab es ein unordentliches Lager mit einem schmutzigen Bettenberg. Es schien die Schlafstatt der ganzen Familie zu sein. Die Frau machte mir einen Platz auf der Eckbank, indem sie die daraufliegenden Kinderkleider zur Seite schob. Ich setzte mich, und sie nahm sich einen Hocker, auf dem sie ihre Fülle nur mühsam im Gleichgewicht halten konnte.
„Wie viele Kinder haben Sie?" fragte ich.
„Die zwei hier. Das ist der Fritzle und das ist das Lisbethle."
Das Lisbethle war das kleinere von beiden, das mit der tropfenden Windel. Es spielte mit einem Emaillebecher, in den es ein Kinderhemdchen hinein zu stopfen versuchte. ;„Und dann habe ich noch den Großen, den Karle. Der ist spielen gegangen."
„Der Vater der Kinder, hat der auch eine Beschäftigung?" fragte ich ahnungslos.
„Die Väter? Ob die Arbeit haben, weiß ich nicht. Zahlen tut jedenfalls keiner", sagte die Frau.

„Dann unterhalten Sie Ihre Kinder ganz allein? Und Sie sagen, Sie brauchen nichts?"
„Wenn ich den Kindern einmal etwas bieten könnte, wär schon gut, einmal ein besseres Essen."
Ich brauchte ein paar Minuten, um zu verarbeiten, was ich gehört und gesehen hatte. Dann war mein Plan gefasst. „Ich komme morgen um die gleiche Zeit wieder vorbei", sagte ich. „Natürlich nur, wenn es Ihnen recht ist. Dann helfe ich Ihnen, Ordnung zu machen und bringe etwas Gutes für die Kinder zum essen mit",
„Aber das geht doch nicht", sagte sie. „Was soll denn Ihr Mann sagen, wenn Sie hier aufräumen kommen? Die Putze bin doch ich."
„Sie machen Ihre Arbeit in der Fabrik, und hier helfe i c h Ihnen. Das wird den Kindern auch gut tun. Wie alt sind die eigentlich?"
„Das Lisbethle ist drei, der Fritzle vier und der Karlesle sechs."
Als ich ihr die Hand gab und mich verabschiedete, schüttelte sie den Kopf, als ob sie die Welt nicht mehr verstünde.
Am nächsten Tag packte ich einen Korb mit Esswaren, nahm mir einen Schrubber und Schaufel und Besen. Ich zog ein altes Kleid an, band ein Kopftuch um und machte mich auf den Weg. Mit Hilfe von Frau Messerle, trug ich die herumliegenden Kleider auf einem Haufen zusammen, und wir sortierten sie in Brauchbares und Lumpen. Die Lumpen steckte ich in einen Sack, den ich hinaustrug. Die Kleider legte ich zusammen, weil ich sie zum Waschen mitnehmen wollte.
Ich fand eine große Schüssel, in der wir das überall verteilte schmutzige Geschirr waschen konnten. Es gab in dieser Behausung weder einen Kleiderschrank, noch ein Küchenmöbel. So stellte ich das Geschirr auf das Fensterbrett. Zum Schluss kehrten wir den Boden und wischten ihn. Ich versprach, die Kleider wieder zu bringen, sobald sie gewaschen

und gebügelt wären. Frau Messerle schluchzte und schniefte, als wir uns verabschiedeten.
Auf unserer Bühne fand ich einen alten Kleiderschrank, der nicht mehr gebraucht wurde. Ich besorgte noch ein einfaches Küchenmöbel und ließ beides zu dem Gartenhäuschen bringen. Wenn Frau Messerles Kind geboren wäre, müssten wir dringend nach einer Wohnung für sie suchen, damit sie nicht mit vier Kindern, von denen eines ein Säugling war, in dem windigen Gartenhäuschen wohnen müsste.
Im Laufe der Zeit wurden die Messerles noch eine richtige Familie. Wenn die Mutter zur Arbeit ging, betreute eine Nachbarin die Kinder. Ich zahlte sie für ihre Mühe, und den Säugling konnte Frau Messerle bei sich haben, wenn sie die Büros putzte. Das alles brauchte Zeit.
Albert erkundigte sich nach den Messerles und sagte anerkennend, ich wäre ein tapferes Mädchen. Frau Messerles Kind wurde im August geboren. Meins nahm sich noch ein paar Monate länger Zeit. Nachdem Frau Messerle sich in einer einfachen Wohnung eingerichtet hatte, brauchte sie meine Hilfe nicht mehr.

*

In den kommenden Jahrzehnten konnte ich noch einer ganzen Reihe von Menschen helfen. Mein Mann unterstützte mich großzügig dabei, und ich fragte mich nur noch selten, ob meine Ehe mit einem ungeliebten Mann einen Sinn hatte. Bald wusste ich auch nicht mehr, ob ich Albert wirklich nicht liebte, weil ich zunehmend sympathische Züge an ihm entdeckte. Man musste einen Menschen so lassen, wie er war, und durfte keinen anderen aus ihm machen wollen.
Mein zweites Kind wurde im Oktober geboren, siebzehn Monate nach Dietrich. Es war ein hübsches kleines Mädchen, das wir Ursula nannten, das Ursele. Jetzt hatte ich mit zwei kleinen Kindern und den Aufgaben, die ich weiterhin

im Betrieb übernahm, reichlich genug zu tun. Dietrich und Ursele entwickelten sich gut, und wir wurden beinahe eine glückliche Familie. Die Großmütter liebten ihre Enkelkinder und verwöhnten sie. Vor allem Alberts Mutter stopfte sie, zu meinem Ärger, ständig mit Süßigkeiten voll. Meine eigene Mutter war vernünftiger. Aber sie sah die Kinder nicht so oft, weil sie weiter von uns entfernt wohnte.
Die Taufe wurde wieder groß gefeiert. Nicht ganz so groß wie die von Dietrich, aber so früh, dass das Taufkleid noch passte und auf dem Kissen richtig zur Geltung kam. Bei jedem neuen Kind wurde die Taufe etwas weniger gefeiert, und Gabriel, mein fünftes Kind, wurde überhaupt nicht mehr getauft, weil ich ihn gleich auf den Berg zum Babysegen brachte. Aber das war erst viel später.
Als das Ursele auf die Welt kam, schrieben wir das Jahr 1927. Wir machten uns damals schon viele Gedanken über die politische Lage. Seit einiger Zeit gab es diesen Hitler und seine NSDAP. Wir wussten, dass er ein gefährlicher Verrückter war, aber wie gefährlich er wirklich war, wussten wir noch nicht. Über sein wahnwitziges Buch „Mein Kampf" dachten wir, es sollte eigentlich verboten werden, aber das wurde es nicht. Kaum jemand merkte, was sich da zusammenbraute. Ich hatte Sorge um Albert. Dass seine Firma, um die er so gekämpft und für die er so große Opfer gebracht hatte, in den politischen Wirren untergehen könnte, war nicht auszudenken.
Aber noch war dieser Irre nicht an der Macht, und wir hofften, dass es auch so bleiben würde. In Anbetracht der politischen Lage hielten wir es aber für besser, erst einmal keine Kinder mehr zu bekommen. Albert hielt sich zurück, und wenn wir zusammen waren, sah er sich vor. Aber es half alles nichts, ich wurde wieder schwanger. Schon ein Jahr nach Ursula wurde unsere kleine Agnes geboren. Sie war das zarteste unserer Kinder und brauchte viel Liebe und Fürsorge. Mein Wunsch, reizende blonde Kinder zu haben, hatte sich erfüllt. Aber seit dieser Hitler sein Unwesen trieb, war

ich nicht mehr so sicher, ob es wirklich gut war. Man hätte ja meinen können, ich hätte ihm einen Gefallen tun wollen. Grad zum Possen hätten sie schwarzhaarig sein sollen. Ich hätte sie jedenfalls genau so lieb gehabt, wenn sie schwarz gewesen wären.
Als Mutter von drei Kindern fühlte ich mich jetzt sehr wohl. Ich war nun auch schon etwas älter und erfahrener und konnte mir meine Arbeit besser einteilen. Drei Kinder waren natürlich keine leichte Aufgabe, aber ich kam jetzt besser zurecht als anfangs mit nur einem Kind. Damals hatte auch mein Mann noch viel lernen müssen und nicht so viel Rücksicht auf mich genommen. Wir wollten nun wirklich erst einmal kein Kind mehr. Albert nahm Rücksicht und mein Arzt hatte mir erklärt, wie ich mich vor einer Schwangerschaft schützen konnte. Ich maß nun jeden Tag meine Temperatur, und wir mussten jeden Monat eine Zeit lang darauf verzichten, zusammen zu sein.
Auf Albert konnte ich mich nun verlassen, und wir schafften es gut miteinander. Mehr als drei Jahre wurde ich nicht mehr schwanger. Mein Mann und ich wuchsen in dieser Zeit so richtig zusammen. Er war ein liebevoller Vater, der stolz auf seinen Sohn war und seine Töchter vergötterte, besonders die kleine Agnes, die ihm so ähnlich war, ihrem Vater wie aus dem Gesicht geschnitten.
In dem Jahr, als Agnes auf die Welt kam, passierte noch etwas, das für mein weiteres Leben von Bedeutung war. Der Verfasser von Marias Büchern, die mir im Laufe der Jahre immer wichtiger geworden waren, hatte sich auf einen Berg in Tirol zurückgezogen, um dort in Ruhe weiterarbeiten zu können. Viele seiner Leser wollten in seiner Nähe leben, und so wurde eine Siedlung auf dem Berg gegründet, damit viele seiner Anhänger dort wohnen konnten.
Ich wollte das alles auch kennen lernen und fuhr nach Tirol. Auf dem Berg fand ich, was ich immer gesucht hatte, während ich in Marias Büchern gelesen hatte. Jetzt konnte ich, was ich bisher nur gelesen hatte, mit einem Menschen ver-

binden, einem Lehrer. Dadurch wurde es lebendiger und sprach mich auf eine ganz neue Weise an. Ich fuhr nun immer wieder zu diesem Berg und nahm auch meine Kinder mit. Sogar Albert begleitete uns manchmal. Zwar interessierte er sich nicht für die Bücher und ihren Autor, aber auch er liebte das Gebirge.
Der Berg wurde in diesen Jahren zum Zentrum der Bewegung. Viele verschiedenartige Menschen versuchten miteinander zu leben. Es gab Kleinlichkeiten und Animositäten, aber in der gemeinsamen Aufgabe fanden sich dann doch alle wieder zusammen. Einige exaltierte Menschen beteten den Herrn förmlich an. Andere wurden echte Helfer und beteiligten sich in aller Sachlichkeit und Vernunft am Aufbau einer großen Sache. Dass es eine große Sache war, davon war ich damals schon überzeugt.
In der Siedlung kam mir manches altertümlich vor, als ob es aus einer anderen Zeit stammte. Die Frauen trugen die Haare aufgesteckt und ihre Röcke waren länger, als es der Mode entsprach. Sonntags las der Herr aus seinen Werken. Ich lernte viel und bekam jedes Mal, wenn ich zu Besuch auf dem Berg war, Nahrung für meine Gedanken. Auch Maria war glücklich über diese Entwicklung, auf die sie so lange gewartet hatte. Leider war nach einigen Jahren erst einmal alles vorbei.

*

Eines Tages brach meine Welt mit einem Schlag zusammen. Mir wurde klar, dass Albert nicht der zuverlässige Ehemann gewesen war, für den ich ihn immer gehalten hatte. Seine Rücksichtnahme war in Wirklichkeit fehlendes Interesse gewesen. Er hatte nicht verzichtet, sondern sich nach einem Ersatz umgesehen, und das buchstäblich vor meinen Augen.
Gleich über den Hof saß seine Sekretärin hinter ihrer Schreibmaschine. Ich hätte sie von meinem Küchenfenster

aus sehen können. Aber es war nicht meine Art, Leute heimlich zu beobachten. Sie war eine hübsche dunkelhaarige Frau mit dem Gesicht eines Engels. Aber von wegen Engel! Ohne auch nur einen Augenblick zu überlegen, stellte ich mir vor, hatte sie mir meinen Mann und meinen Kindern den Vater weggenommen. Und er war trotz allem auch noch zu mir gekommen, der Nimmersatt. Sogar ein Kind hatte er noch gezeugt, unsere Agnes, sein zartes Ebenbild, als er schon längst zu der anderen gegangen war. Eines Tages fand ich, ohne danach zu suchen einen Brief von ihr. Ich wollte seine Strickjacke in die Reinigung tragen und leerte die Taschen aus. So gekränkt, so entsetzlich gedemütigt, hatte ich mich in meinem Leben noch nicht gefühlt. Nachdem ich einen halben Tag geweint hatte, packte ich meinen Koffer und schlich mich heimlich aus dem Haus.

Nicht dass ich meine Kinder vergessen hätte – Agnes war eben drei Jahre alt, meine Schwester würde nach ihnen sehen, bis ich mir darüber klar geworden wäre, was ich weiter tun wollte. Natürlich, sie waren noch klein und brauchten mich noch sehr, und ich würde sie auch nie verlassen. Entweder würde ich sie später zu mir holen oder ich würde, was ich mir jetzt aber nicht vorstellen konnte, zu Albert zurückkehren.

Ich nahm das Auto, sollte Albert doch sehen wie er zu seiner Geliebten kam. Er konnte ja auch mit dem Firmenlastwagen bei ihr vorfahren. Der war groß genug, jeder würde Albert auf den ersten Blick erkennen. Sollte doch die ganze Stadt sehen, dass er zu seiner Geliebten ging. Ich fuhr auf den Berg. Dem Himmel sei Dank, dachte ich, dass es einen Ort gab, zu dem ich gehen konnte! Dann saß ich in der Siedlung in dem vertrauten Zimmer, in dem es nach Holz und auch ein wenig nach Kräutern roch, und war gekränkt. Ich weinte um meine Ehe und um meine Kinder, die ich verlassen hatte. Nachdem ich einige Tage geweint und getrauert und mich fast zwei Wochen lang erholt hatte, bat ich Frau Elisabeth um ein Gespräch.

Frau Elisabeth war die Frau des Herrn, wie wir den Autor der Bücher nannten. Auch von ihr hieß es, sie wäre göttlichen Ursprungs, ein Teil der Liebe Jesu und ein Vorbild für alle Menschenfrauen. Das klang für mich alles noch ziemlich fremd. Aber ich wollte daran glauben, weil ich nicht nur an einen Teil des Ganzen glauben konnte. Wenn ich nicht alles glaubte, dann wurde das Ganze unglaubwürdig. Die Bücher des Herrn hatten mir schon so oft geholfen. Wenn ich ihm nicht glaubte, was er über seine Frau sagte, dann könnte ich ihm überhaupt nichts mehr glauben.
Frau Elisabeth, sie hieß auch die Lilie, bat man um ein Gespräch, wenn man ein Problem hatte, wenn man für etwas selbst keine Lösung wusste. Ich hatte ein Problem, und was für ein Problem ich hatte: einen untreuen Ehemann, einen Ehemann, der ein Filou war, und drei kleine Kinder, die nach mir weinten. Dietrich, der Älteste, war für sein Alter noch recht kindlich, nicht sehr bubenhaft mit dem weichen Gesicht eines Kleinkindes. Dietrich machte immer einen Schmollmund, an dem noch ein Milchtropfen zu hängen schien. Mein Großer war eigentlich noch ein ganz Kleiner und für seine Schwestern kein großer Bruder.
Das Ursele war immer so bemüht, groß und vernünftig zu sein, um das Ursele machte ich mir weniger Sorgen. Es war zwar erst vier, aber es würde besser zurechtkommen als sein Bruder. Aber Agnes mein Nesthäkchen war noch so klein, so hilflos, noch ganz ein Teil von mir. Agnes konnte noch gar nicht ohne mich leben, wenn ich an sie dachte, tat mir das Herz weh. „Mutterle“, würde sie sagen „Mutterle“, und ihr kleines Gesicht würde vom Weinen heiß sein.
Auch ich weinte, als ich Frau Elisabeth von Agnes erzählte. Sie redete mir ins Gewissen, sagte, wir Frauen müssten Verständnis für die Männer haben. Sie wären nicht so stark wie wir. Eine Frau dürfe auch nicht so eitel sein, so ehrenkäsig, sagte sie. Das wäre egoistisch, man dürfe nicht nur an sich selbst denken. Stolz und Hochmut wären zerstörerische Eigenschaften. Ich dachte, sie hätte gut reden, wenn ich mit

dem Herrn verheiratet wäre, dann müsste ich auch nicht ehrenkäsig sein. Außerdem war sie schon einmal mit einem anderen Mann zusammengewesen. Ich dagegen war bis jetzt bei Albert geblieben.
Sie hatte eine Tochter mit in die Ehe gebracht, das Fräulein Brunhilde, und sie war nicht mit dem Vater ihres Kindes zusammengeblieben. Das wusste ich allerdings nicht so genau. Vielleicht war sie auch verwitwet. Darüber wurde nicht gesprochen, und mir war es auch egal. Nur stolz und hochmütig sollte sie mich nicht nennen. Das war ich nur selten, meistens bemühte ich mich, es nicht zu sein, vor allem jetzt, wo mein eigener Mann Dreck am Stecken hatte.
Beim Abschied sah sie mir in die Augen, dass mir ganz heiß wurde. Sie war eine wunderschöne Frau, und sie sagten von ihr, dass sie eine starke Ausstrahlung hätte. Wie dem auch sei, ich fühlte mich nach diesem Gespräch wieder stärker und musste noch oft daran denken. Vor allem den Blick beim Abschied, den vergaß ich nicht. Jedenfalls packte ich wieder meinen Koffer und machte mich auf die Heimfahrt.
Als ich nach Hause kam, war Maria mit den Kindern allein. Albert war in seinem Büro. „Gott sei Dank!" sagte meine Schwester und sonst nichts. Sie ging in die Küche und kochte einen Kaffee. Ich setzte mich im Wohnzimmer auf einen Sessel und nahm Agnes auf den Schoß. Dietrich und das Ursele hatte ich rechts und links im Arm. Agnes hatte den Daumen im Mund, und auf meinem Schoß wurde es langsam feucht. Sie war so erschüttert, dass sie es gedankenverloren laufen ließ. Eigentlich war sie schon seit einem Jahr sauber.
Armes Kleines, was hatte ich ihr angetan? Es sollte nie wieder vorkommen, schwor ich mir, und wenn sich Albert, dieser Schlawiner, einen ganzen Harem anschaffen würde. Kein Mann auf dieser Welt war es wert, dass ich meinen Kindern wehtat.

*

Hitler war 1933 an die Macht gekommen. Die kleine Siedlung auf dem Berg war den Nationalsozialisten ein Dorn im Auge. Jetzt drängte sich mir der Vergleich mit Jesus förmlich auf. Auch er hatte einen geistigen Auftrag gehabt, war ein Lehrer der Menschen gewesen und von den Mächtigen seiner Zeit verfolgt worden, weil sie befürchteten, dass er ihrer Politik gefährlich würde.

Die modernen Machthaber, die Anhänger dieses Verrückten, dieses Hitler, verhafteten den Herrn 1938 im Frühling und warfen ihn im Herbst aus Österreich hinaus. Dort hatte Hitler zu dieser Zeit schon großen Einfluss. Im Jahr darauf erklärte er, dass Österreich nun zu Deutschland gehöre. Das kleine Häufchen auf dem Berg war jetzt führerlos. Der Herr lebte bis zu seinem Tod in einem Dorf im Erzgebirge. Diesen Ort durfte er nicht mehr verlassen, weil sie ihn unter ihrer Kontrolle haben wollten. Er starb mitten im Krieg, 1941, in der Verbannung. Ich dachte oft an ihn und nahm die spärlichen Nachrichten über sein Schicksal begierig auf. Die Siedlung konnte ich nicht mehr besuchen. Sie wurde von den Nationalsozialisten enteignet und von nun an als „Gauschulungsburg“ benutzt.

Sie hatten ja immer einen Hang zum Bombastischen gehabt. Der Hitler hatte in dieser Hinsicht etwas zu kompensieren. Seine Familie war in Braunau am Inn nicht sehr angesehen. Der Vater war unehelich geboren worden. Zwar war sein Erzeuger ein Großbauer gewesen, aber Hitlers Vater war als uneheliches Kind, als Bastard, nicht erbberechtigt.

Hitler hatte sich lange von seiner Mutter, die immer ein armes Luder gewesen war, unterhalten lassen. In seinem Erwachsenenleben wollte er den Jungen im Ort, die ihn verachtet hatten, zeigen, wie großartig der Adolf war, dass der Adolf die ganze Welt beherrschen oder doch die ganze Welt kaputtmachen konnte. Er wollte ihnen zeigen, dass der Adolf bestimmen konnte, wer einen Wert hatte und leben durfte und wer nicht. Der Adolf hatte ihnen gezeigt, dass er

übermenschliche Fähigkeiten besaß, dass er allmächtig und allwissend war, Herr über Leben und Tod.
Er hatte es ihnen gezeigt. S o klein waren sie am Schluss gewesen. Und diesem Menschen da oben auf dem Berg, dem hatte er es auch gezeigt. Niemand sollte sich auf einen hohen Berg setzen und auf den großen Adolf Hitler herabsehen, oder Bücher schreiben, in denen stand, er wäre etwas ganz Großes, noch größer als der große Adolf Hitler, der ein Herr über Leben und Tod war, allmächtig und allwissend.
Und dann hatten sie da in der Siedlung auf ihren breiten Hintern gesessen, hatten ihre roten Fahnen mit den Hakenkreuzen aus den Fenstern gehängt. Die Arme hatten sie hochgerissen. „Heil", hatten sie gebrüllt, „Heil Hitler", obwohl da von Heil wirklich nicht die Rede sein konnte, höchstens von Unheil. Wie einst die Raubritter saßen sie da auf ihrer Burg und kontrollierten das Inntal, so wie sie alles kontrollierten in dieser Zeit.
Ich hatte nicht mehr viel Zeit, an dem Sekretär in meinem Zimmer zu sitzen und nachzudenken. Jetzt hatte ich vier lebhafte Kinder. 1932 war meine kleine Barbara auf die Welt gekommen. Wieder ein süßes blondes Mädchen. Die Nazis hatten ihre Freude an meinen Kindern. Ich konnte es nicht ändern. Den Ehrgeiz, arischen Nachwuchs für ihre sogenannte Volksgemeinschaft zu produzieren, hatte ich niemals gehabt.

*

Mit meinem Mann ging es einmal besser und einmal weniger gut. Ernsthafte Krisen gab es nicht mehr, keine verräterischen Briefe. Gesucht hatte ich ja noch nie danach. Ich wusste nichts und wollte nichts wissen. Mein Leben mit vier Kindern war aufregend genug, zumal jetzt auch noch der alte Roloff krank wurde. Er war siebzig Jahre alt und konnte sich von einem Herzanfall nicht mehr erholen. Ich hatte ihn immer gern gemocht. Auch meine Kinder

mochten ihn. Er war geduldig, wartete eher ab, aber er war immer da, berechenbar und verlässlich.
Kinder mögen das. Vor Leuten, die immer etwas mit ihnen machen, die ununterbrochen reden und erziehen, ergreifen sie eher die Flucht. Sie verhalten sich wie die Schmetterlinge. Wenn man denen ruhig die Hand hinhält, kann es geschehen, dass sie sich draufsetzen, die Fühler bewegen und mit den Flügeln schlagen. Wenn man aber nach ihnen greift, fliegen sie davon.
Der alte Roloff behandelte meine Kinder wie Schmetterlinge, und sie ließen sich bei ihm nieder. Ich hatte es gern, wenn sie mit ihm zusammenwaren. Wenn er sie hütete, machte ich mir keine Sorgen. Bei Wally Roloff war es anders. Sie griff nach den Kindern und musste immer etwas mit ihnen machen. Meistens war es das Falsche, und ich musste hinterher sehen, wie ich meine Kinder wieder auf die Reihe bekam.
Dem alten Roloff ging es immer schlechter, und Wally wurde zunehmend hysterischer. Wenn ich ihn besuchte, merkte ich, dass er unter ihrer Unruhe litt. Ich fragte sie, ob es ihr recht wäre, wenn ich manchmal nachmittags bei ihm bliebe, um ihm zu helfen, wenn etwas zu helfen wäre. Die kleine Barbara müsste ich allerdings mitbringen. Die anderen könnten schon selber auf sich aufpassen. „Tu das nur“, sagte Wally. „Du bist ja immer sein Liebling gewesen, und ich habe dann mal ein bisschen meine Ruhe.“
Das Gemüt eines Nashorns hat sie, dachte ich. Ihr Mann wird froh sein, sie eine Weile los zu sein. Sie waren wirklich ein ungleiches Paar, meine Schwiegereltern. Von jetzt an saß ich an den Nachmittagen am Bett des Kranken. Wir schwiegen oft lange. Es war still im Zimmer, und auch aus dem Haus drangen nur wenige Geräusche herein. Wally schien einmal ihre Arbeitswut zu zügeln.
Es war schon Herbst, und das Wetter war oft stürmisch. Ich hatte das gern. Es gab mir ein Gefühl der Freiheit, wenn der Wind die Dachziegel zum Klingen brachte wie eine Orgel.

Was mich quälte oder ärgerte, blies er fort und hinterließ nichts als Klarheit und Frische.
Der alte Mann bereitete sich auf seinen Tod vor. Er wollte sein Haus gut bestellt haben. Sorgen machte er sich um Albert, den er für leichtsinnig hielt. Seit er seinem Sohn die Verantwortung für das Familienunternehmen übertragen hatte, war er nicht mehr ruhig gewesen. Er hielt Albert für unreif, womit er in gewisser Hinsicht ja auch Recht hatte. Mit seiner Sorge um die Firma aber hatte er nicht Recht.
Ich erzählte ihm von unseren schweren Jahren, wie Albert nach der Einführung der Reichsmark die Firma über Wasser gehalten hatte, von seinem Mut, seiner Stärke und seinem unermüdlichen Einsatz. Der alte Mann schwieg lange. „Dann muss ich mich wohl bei ihm entschuldigen, weil ich ihm Unrecht getan habe", sagte er schließlich.
„Das musst du nicht", widersprach ich. „Aber sag ihm, dass du ihn schätzt. Er hat sein Leben lang darunter gelitten, dass er dachte, du hieltest nichts von ihm."
„Er hatte Recht. Ich habe wirklich nichts von ihm gehalten", sagte der Alte. „Ich habe die Erziehung seiner Mutter überlassen. Sie hat ihn nach ihren Vorstellungen und Grundsätzen erzogen, die nicht die meinen waren."
„Und du hast dich herausgehalten?" fragte ich.
„Ich habe mich herausgehalten, habe mich in die Arbeit geflüchtet, und jetzt darf ich nicht kritisieren."
„Sag Albert, dass du siehst, was er geleistet hat! Es würde ihn sehr glücklich machen. Er hat sich sein Leben lang bemüht, dir zu beweisen, dass er etwas taugt."
„Warum haben wir dann nie miteinander sprechen können?"
„Sprich jetzt mit ihm, es ist noch nicht zu spät!"
„Aber es hätte leicht zu spät sein können. Katharina, ich werde nicht mehr lange leben."
„Du hast noch genug Zeit, mit deinem Sohn zu reden."
„Danke dafür, dass du nicht sagst, ich rede Unsinn, nicht behauptest, ich würde uralt. Es ist schwer, dass man mit

keinem Menschen darüber sprechen kann, wenn das Leben zu Ende geht."

„Kein Mensch lebt ewig, Vater. Wir sind alle nur für eine Zeit hier, und ich überlege mir manchmal, ob es nicht eigentlich gut ist, diese Erde wieder zu verlassen."

Vater hatte ich zu ihm gesagt, zum ersten Mal. Wally wollte immer, dass ich sie Mutter nannte, obwohl sie für mich nie eine Mutter sein würde. Der alte Roloff forderte nie etwas, und ich hatte es immer vermieden, ihn anzureden. Schwiegervater hatte ich ihn manchmal genannt, obwohl ich diese Anrede überhaupt nicht schätzte. Gerade weil ich ihn mochte und weil ich seit dem frühen Tod meines Vaters keinen Vater mehr gehabt hatte, gab es eine Scheu ihm gegenüber, die ich nur schwer überwinden konnte. Als ich gesagt hatte, ich wolle ihn am Krankenbett besuchen, war ich über meinen eigenen Schatten gesprungen, und ich war froh darüber.

Er lächelte, als ich ihn Vater nannte. Es war mir so herausgerutscht. Aber ein Versehen war es nicht, dann es drückte mein Gefühl aus. Der alte Mann streckte mir seine Hand hin. „Denkst du, dass ich dir fehlen werde, wenn ich tot bin?" fragte er mit einem scheuen Lächeln, das mir ans Herz griff.

„Ja, Vater, das wirst du" sagte ich.

Er wollte, dass ich ihm meine Kinder brachte. Ich hatte Angst, dass es ihn erschöpfen würde, aber er widersprach mit einer Lebhaftigkeit, die nicht zu seiner Hinfälligkeit passte. So bot ich ihm an, erst einmal das Baby hereinzuholen, denn ich hatte gehört, dass Wally inzwischen von ihrem Spaziergang zurückgekehrt war. Ich holte die Kleine, die von ihrer Großmutter gefüttert und frisch gewickelt worden war und setzte sie neben dem Kranken auf das Bett.

Barbara war satt und friedlich. Sie schenkte ihrem Großvater ihr strahlendstes Lächeln, und er lächelte zurück. Eine halbe Stunde saß sie friedlich auf seinem Bett und spielte mit seinen Fingern. Sein Gesicht hatte wieder Farbe bekommen.

Das Kind schien ihm gut zu tun. Also versprach ich ihm, auch die anderen drei mitzubringen.

*

Beim Abendessen hielt Albert jetzt oft Monologe über die politische Lage. Ich hörte ihm zu und machte mir meine eigenen Gedanken. Wenn man Kinder hat, bekommen die Dinge eine andere Bedeutung. Alberts Erzählungen, weckten dunkle Ängste in mir. Was sollte aus den Kindern werden, wenn sich die Prophezeiungen meines Mannes erfüllten? Dietrich war acht, Ursula sechs, Agnes fünf Jahre und Barbara ein Jahr alt. Sie sagten, dass es früher oder später Krieg geben würde.

Beim Ausbruch des Weltkrieges war ich zwölf Jahre alt gewesen. Es war für mich eine schlimme Zeit gewesen. Unser Vater war gestorben, unsere Mutter weinte viel, und alle Menschen in unserer Umgebung machten besorgte Gesichter. Dann waren die Lebensmittel immer knapper und Mutters Gesicht immer finsterer geworden.

In den Straßen hatte man schon bald die ersten Verwundeten gesehen. Ich hatte mich gefürchtet, sie anzusehen, die unheimlichen Männer mit den Kopfverbänden, mit weiß umwickelten Stümpfen statt eines Beins oder Armes, die Blinden, die sich an der Schulter eines Kindes festhielten. In der Zeitung war von gefallenen Helden die Rede gewesen, und ich hatte gewusst, dass damit die Toten gemeint waren, tote Väter, tote große Brüder und tote Ehemänner. Dann waren die Hungerjahre gekommen, und die Männer mit den schrecklichen Verbänden waren zahlreicher geworden.

Es war eine schlimme Zeit gewesen, das Ende meiner Kindheit. Als es angefangen hatte, war ich zwölf Jahre alt gewesen, und als es zu Ende gewesen war, sechzehn. Das alles sollte nun wiederkommen, und meine Kinder sollten es erleben, wie ich es erlebt hatte. Ich wollte nicht, dass meine Kinder im Krieg aufwachsen müssten, und jetzt hatten wir

diesen Hitler, der vor nichts zurückschreckte. Vor kurzem hatte der Reichstag gebrannt. Ich hätte wetten können, dass er ihn selber angezündet hatte. Der schreckte doch vor nichts zurück. Schon einen Tag nach dem Brand hatte er ein Gesetz erlassen, das alle in der Verfassung garantierten Grundrechte außer Kraft setzte. Jetzt konnte er mit uns machen, was er wollte, weil wir keine Rechte mehr hatten und ihm völlig ausgeliefert waren, diesem Brandstifter, diesem Verbrecher. Er hatte auch gleich angefangen, alle, die ihm nicht passten, zu verhaften, die Kommunisten, die Sozialdemokraten. Alle, die gegen ihn waren, hatte er einfach verhaften und in Konzentrationslager sperren lassen, die er extra zu diesem Zweck hatte bauen lassen.
Darüber sprach bei uns niemand. Sie hatten zu viel Angst. Ich hatte auf dem Berg einiges erfahren, solange es den Berg noch gegeben hatte. In Österreich durfte man noch den Mund auftun. Die Österreicher schienen insgeheim stolz darauf zu sein, dass einer von ihnen im großen Nachbarland Deutschland so mächtig geworden war.
Die Menschen auf dem Berg waren natürlich nicht stolz. Dort betrachteten sie die Entwicklung mit großer Sorge. Sie sagten, es würde schrecklich werden, noch viel schrecklicher, als irgendjemand sich vorstellten könnte. Sie hatten nachgeforscht, und was sie herausgefunden hatten, warf kein gutes Licht auf den neuen Reichskanzler, Dinge, die bei uns niemand wusste und auch niemand wissen wollte.
Adolf Hitler war ein Nichtsnutz und Taugenichts, ein Möchte-gern-Künstler ohne Talent, ein Schmarotzer, der sich zum Arbeiten zu gut war. Dieses Subjekt hatte bei uns die Macht an sich gerissen, und keiner hatte es daran gehindert.
Als sein Vater gestorben war, hatte Hitler sofort die Schule abgebrochen, der faule Kerl, weil niemand mehr auf ihn aufgepasst hatte. Dann hatte er sich, ohne Ausbildung und Beruf, von seiner Mutter unterhalten lassen, der Schmarotzer. Er hätte, so erfuhr man, Maler werden wollen, wäre aber

an der Malschule zwei Mal durch die Aufnahmeprüfung gefallen.
Zum Militärdienst in Österreich war er nicht tauglich, denn er hatte eine schwache Konstitution. In Bayern meldete er sich, als der Krieg ausbrach bei den Militärbehörden. Die nahmen offenbar jeden. Er wurde Meldegänger und Gefreiter, bekam sogar einen Orden. In der Armee gefiel ihm, dass die einen sich den anderen unterordnen mussten, und er träumte davon, an der Spitze zu stehen, wie alle unfähigen Menschen davon träumen. Und jetzt hatten wir das Ergebnis seiner Träume. Dieser unfähige Mensch beherrschte unser ganzes Volk, und niemand wusste, was daraus werden sollte, denn verrückt schien er auch noch zu sein, nicht ganz richtig im Kopf.
Das war die Situation, und ich saß hier mit vier Kindern und hatte keine Möglichkeit, irgendetwas an der Situation zu ändern. Ich konnte nur hoffen, dass ich wenigstens nicht noch einmal schwanger wurde. In dieser Zeit konnte man nicht damit rechnen, dass die Kinder, die man in die Welt setzte, einmal ein günstiges Schicksal haben und ihren Weg machen würden. Dieser Meinung war auch mein Schwiegervater. Der alte Mann machte sich in seiner letzten Zeit große Sorgen um die Zukunft seiner Enkel.

*

Ich nahm die Kinder zu dem versprochenen Krankenbesuch mit. Sie mochten ihren Großvater, aber sie sahen ihn nicht oft. Ob es daran lag, dass er sich zurückgezogen hatte, oder daran, dass Wally sich immer vorgedrängt hatte, die Kinder waren, abgesehen von den wenigen größeren Familienfesten, ihrem Großvater nicht begegnet. „Warum müssen wir ihn besuchen?“ fragte Dietrich aufsässig. „Was will er denn auf einmal. Sonst besuchen wir ihn doch auch nicht.“
„Er ist krank und möchte euch sehen“, sagte ich.
„Aber ich will ihn nicht sehen, da ist es langweilig.“

„Sei jetzt still! Wir gehen zu eurem Großvater, und da werdet ihr euch alle ordentlich benehmen.“
„Ich will mich aber nicht ordentlich benehmen“, sagte Dietrich frech.
Ich gab ihm eine Ohrfeige, und er stimmte ein fürchterliches Geschrei an, weil er es nicht gewöhnt war, dass ich die Beherrschung verlor. Als wir am Haus seiner Großeltern ankamen, heulte er immer noch.
„Was hat denn das Kind? Hat es sich wehgetan?“, fragte seine Großmutter, als sie uns die Tür öffnete.
„Er hat vergessen, wie sich ein ordentlicher Junge benimmt, aber jetzt weiß er es wieder.“
Ich ließ meine Jüngste bei Wally und ging mit den anderen ins Krankenzimmer. Der alte Mann saß mit einem dicken Kissen im Rücken aufrecht in seinem Bett und sah uns entgegen. Er wirkte müde, und er lächelte. Dietrich war jetzt still, aber er schmollte noch. Ursel begrüßte ihren Großvater mit einem höflichen Knicks und Agnes schaute ihn mit großen Augen an.
„Und du?“ fragte er.
„Ich bin Agnes“, sagte sie und knickste.
„Komm her zu mir“, forderte er sie auf.
Agnes machte zögernd ein paar Schritte auf sein Bett zu. Sie war ängstlich und spielte an ihren Zöpfen.
„Noch näher“, sagte der Großvater, „komm ganz nah und setz dich her!“
Agnes setzte sich folgsam auf seine Bettkante und erkundigte sich teilnahmsvoll, ob er krank wäre und ob es ihm schlecht ginge.
Er sagte: „Ich bin alt, Kleines, da fühlt man sich nicht mehr so gut.“
„Stirbst du bald?“ fragte Agnes. „Du sollst aber nicht sterben.“
Dietrich machte seinen Schmollmund und schwieg trotzig, während Ursel sich neugierig umsah. Ich hatte mir einen Stuhl herangezogen und behielt alle drei im Auge.

Sie sollten ihren Großvater nicht zu sehr ermüden. Unser Besuch würde ihn sicher Kraft kosten. Er unterhielt sich immer noch mit Agnes. Sie waren sich noch nicht oft begegnet, aber ich hatte schon früher festgestellt, dass ein besonderes Einverständnis zwischen ihnen bestand. „Wir müssen alle sterben, und ich bin nun bald dran", sagte er jetzt.
„Willst du sterben?" erkundigte Agnes sich. „Dann siehst du uns doch nicht mehr. Willst du uns nicht mehr sehen?"
„Doch, ich will euch sehen. Ich hatte immer viel zu wenig Zeit, mit euch zusammen zu sein."
„Jetzt kommen wir öfter", versprach Agnes.
„Aber ich nicht", sagte Dietrich bockig.
„Du gehst spielen", sagte der Großvater, „Agnes besucht mich, und Ursele macht, was es will."
„Manchmal komm ich, und manchmal komm ich nicht", erklärte Ursula.
„So ist's recht", sagte der Alte.

*

Die Sache entwickelte sich so, wie sie es besprochen hatten. Nur Agnes besuchte ihren Großvater häufiger am Krankenbett. Ein paar Mal begleitete ich sie, dann fand sie ihren Weg allein. Sobald sie vom Mittagsschlaf erwachte, den sie im Gegensatz zu ihren Geschwistern regelmäßig brauchte, machte sie sich auf den Weg. Weil es nur ein paar Straßen weit war, ließ ich sie laufen. Oft nahm sie kleine Geschenke mit, ein selbst gepflücktes Blumensträußle oder ein paar Bonbons, die sie sich vom Munde absparte.
Wie ich hörte, führten sie lange Gespräche miteinander. Agnes genoss das. Sonst hatte niemand Zeit, sich so lange mit ihr zu unterhalten. Ich wusste zwar, dass sie es gebraucht hätte, aber weil ich noch drei Kinder hatte und auch noch nach Alberts Mitarbeitern sah, wenn sie Hilfe brauchten, hatte ich oft zu wenig Zeit für Agnes. Wenn ich mich einmal mit ihr hinsetzte, schrie bestimmt das Baby, oder eins von

den anderen hatte sich ein Knie aufgeschlagen und jammerte. Die Gespräche mit ihrem Großvater taten ihr sicher mindestens so gut wie dem alten Mann. Auch ich sprach im nächsten halben Jahr noch oft mit dem Vater meines Mannes. Dann starb er an seiner Herzschwäche.
Niemand war bei ihm, als es so weit war. Wally war mit ihrer Hausarbeit beschäftigt, und hatte mich heimgeschickt. Es gehe ihm nicht so gut, er könne keinen Besuch gebrauchen. Das Kind sollte ich auch nicht mehr schicken. Ich hätte mich ja lange genug um ihn gekümmert, jetzt sollte ich es gut sein lassen. Er wäre jetzt zu schwach, um mich zu empfangen
Als ich dann erfuhr, dass der alte Mann gestorben war, ohne dass ich ihn noch einmal gesehen hatte, bereute ich, dass ich mich von Wally hatte abwimmeln lassen. Ich hätte dem Sterbenden beistehen wollen. Agnes weinte um ihren Großvater, als ich ihr sagte, dass er gestorben war. „Nein", jammerte sie, „ich will nicht, dass er tot ist. Jetzt kann ich ihn nie mehr sehen. Warum? Warum muss er tot sein?"
Ob er jetzt für immer tot wäre, wollte sie wissen, ob er wirklich nie mehr lebendig werden könne.
„Nicht als dein Großvater", sagte ich ihr.
„Als welcher Großvater dann, als der Großvater von einem anderen Kind?"
„Gar nicht als ein Großvater", sagte ich.
„Als was wird er dann wieder lebendig?"
„Alle Menschen kommen als Babys auf die Welt."
„Großvater auch?" Sie kicherte. Aber ihre Augen waren nass.
Agnes ging, um ihren Geschwistern die Neuigkeit mitzuteilen. Ich hörte sie streiten, und dann lachten alle drei.

*

Wenn es nach mir gegangen wäre, hätte ich die Kinder zur Beerdigung mitgenommen. Sie sollten beizeiten lernen, dass der Tod ein Teil des Lebens ist. Wenn jemand wie der alte Roloff friedlich in seinem Bett starb, dann hatte der Tod nichts Schreckliches. Aber Albert war strickt dagegen, dass die Kinder zur Beerdigung mitgingen. Er fand, sie wären zu lebhaft, und es würde nur stören, wenn sie dabei wären. Am Tag der Beerdigung war ich dann allerdings auch froh, dass sie zu Hause waren, den es regnete wie aus Kübeln.

Die Beerdigung war ein großes Ereignis. Die halbe Stadt war erschienen. Vor der Aussegnungshalle standen auf eisernen Ständern ungefähr dreißig Kränze in einer schier endlosen Reihe. Jeder von ihnen hatte eine breite Schleife, auf der in goldenen Buchstaben der Name des Gebers geschrieben stand. Die meisten Vereine der Stadt und viele bekannte Familien waren vertreten.

Der Pfarrer der Stadtkirche hielt die Trauerrede. Der alte Roloff war ein bekannter Mann gewesen. Er hatte sich viele Verdienste erworben. Die tief verschleierte Witwe bot ein eindrucksvolles Schauspiel. Sie schluchzte heftig und schien einem Zusammenbruch nahe zu sein. Albert und sein Bruder stützten ihre Mutter. Sie schien sich nur mit Mühe auf den Beinen zu halten. Auf dem Weg zum Familiengrab stolperte sie ein paar Mal und wäre gestürzt, wenn ihre Söhne sie nicht gehalten hätten.

Trotz des Regens hatte sich kaum jemand nach der Trauerfeier zurückgezogen. Hunderte von Menschen begleiteten den Sarg zum Grab. Jeder, der die trauernde Wally sah, musste denken, dass sie ihren Mann innig geliebt hätte. Ich wusste, dass sie das keineswegs getan hatte und fand ihr Theater peinlich. Die Tageszeitung veröffentlichte eine ganze Bilderreihe von der Beerdigung. Die Witwe spielte in dem Bericht eine hervorragende Rolle. Die ganze Stadt nahm teil an ihrem Schmerz.

In einer Gaststätte waren lange Tische gedeckt, an denen sich die Trauergäste plaudernd und lachend niederließen. Ich fragte mich, welchen Sinn diese Veranstaltung hatte. Waren

sie alle gekommen, weil man dabei sein musste oder weil es ein kostenloses Essen gab, waren sie erschienen, um die Witwe zu trösten oder um den Toten zu ehren?
Ich fühlte mich an das Volksfest auf dem Stuttgarter Wasen erinnert, nur dass hier nicht weibliche Bedienerinnen die Speisen und Getränke auftrugen, sondern korrekt gekleidete Kellner. Es betrank sich auch niemand. Statt des auf dem Volksfest üblichen Bieres wurde schwäbischer Wein getrunken. Man trank auf den Verstorbenen, und brachte Toasts auf ihn aus. Der alte Roloff hatte den schwäbischen Wein nicht gemocht. Der wäre ihm zu sauer, hatte er gesagt, allerdings nur im privaten Kreis. In der Öffentlichkeit durfte ein schwäbischer Unternehmer niemals eingestehen, dass er den schwäbischen Wein nicht mochte. Das Viertele gehörte zur Pflichtlektüre eines aufrechten Schwaben. Der alte Roloff hatte in mancher Hinsicht nicht dem Bild des schwäbischen Unternehmers entsprochen.

*

„Kümmere dich doch einmal um die Familie Römer, wenn du Zeit hast", bat Albert. „Da ist etwas nicht in Ordnung."
Römer war Alberts Maschinenmeister, und er war krank. Er hatte eine Frau und zwei Kinder und war in der letzten Zeit auffallend niedergeschlagen gewesen. Albert vermutete, dass die Familie unsere Hilfe brauchte. Er wollte Römer nicht verlieren, noch nicht einmal für längere Zeit entbehren.
Es fiel mir nicht leicht, diese Aufgabe zu übernehmen. Albert vermutete, dass die Römers entweder ein Eheproblem oder ein finanzielles Problem hätten. Wenn es sich um ein Eheproblem handelte, wollte ich mich nicht einmischen. Sich in die Eheprobleme anderer Menschen einzumischen, war taktlos. Taktlos wollte ich aber nicht sein.
Es war ein kalter Winternachmittag, als ich mich auf den Weg zu der Adresse machte, die Albert mir gegeben hatte.

Das hübsche Einfamilienhaus war von einem grün gestrichenen Gartenzaun umgeben. Der kleine Garten war winterlich kahl. In einem Baum hing ein Futterhaus. Viele Arten von Vögeln flogen herum oder saßen in den kahlen Bäumen. Hinter einem Fenster im ersten Stock sah ich zwei Kindergesichter. Die kleinen Römers sahen den Vögeln zu. Auf den ersten Blick sah das alles nicht nach einem Notfall aus.
Die hübsche, dunkelhaarige Frau, die mir die Tür öffnete, war blass, und aus ihren Augen sah mich die Angst an. Als sie mich erkannte, entspannte sie sich ein bisschen. „Ach, Sie sind es nur, Frau Roloff", sagte sie statt einer Begrüßung.
„Haben Sie jemand anders erwartet?"
Statt einer Antwort zog sie mich schnell ins Haus und machte die Tür hinter mir zu.
„Kommen Sie schnell", sagte sie, „damit Sie hier nicht gesehen werden."
„Warum soll mich denn niemand sehen?" fragte ich irritiert. „Ich muss mich doch nicht verstecken."
„Sie könnten Ärger kriegen, wenn sie bei uns gesehen werden."
Und dann erzählte sie mir ihre Geschichte. Römer war Jude, und sie wurden deshalb bedroht und beleidigt. An ihr Haus wurden Schimpfworte und Drohungen geschmiert. An der Haustür hatte gestanden: „Judensau, warte nur, bis wir dich haben!" Man konnte es nicht mehr lesen, weil sie die Tür gestrichen hatten. Auf der Hausmauer stand noch: „Judenhure".
Die Kinder hatten gefragt, was das sei, eine Judenhure, und wer damit gemeint wäre. Sie hatten es ihnen nicht erklärt. Vieles wüssten sie schon, aber nicht alles.
„Was haben Sie ihnen gesagt?"
„Warum wir sie nachts nach Stuttgart schicken, das mussten wir ihnen sagen."
„Nachts nach Stuttgart?" fragte ich irritiert. „Wie alt sind denn ihre Kinder?"

„Der Robert ist zehn und die Lea ist gerade acht geworden. Robert ist schon ein sehr vernünftiger Junge. Er kann gut auf seine Schwester aufpassen. Wir müssen sie fortschicken, wenn die SS unterwegs ist, wenn damit zu rechnen ist, dass sie unseren Vater verhaften. Das sollen die Kinder nicht miterleben. Man weiß ja auch nicht, was die mit Kindern machen. Zuerst haben wir gedacht, wenn sie an der Haustür sind, dann schicken wir die Kinder zur Hintertür hinaus. Aber das ist uns jetzt zu unsicher.
Bei jeder neuen Verhaftungswelle schicken wir die Kinder zum Bahnhof. Fahrkarten habe ich immer im Haus. Gegen neun Uhr fährt ein Zug. Wir haben ihnen gesagt, sie sollen in Stuttgart in eine Straßenbahn steigen, egal in welche, und bis zur Endstation fahren. Dort sollen sie aussteigen und mit der nächsten Straßenbahn zurückfahren, dann wieder zur Endstation und wieder zurück, bis zum Morgen."
„Und wenn jemand fragt, wo sie denn hinwollen, mitten in der Nacht?"
„Dann sagen sie, dass ihre Mutter plötzlich ins Krankenhaus gekommen ist und sie zu ihrer Großmutter geschickt hat. Sie haben irgendeine Adresse zum Vorzeigen dabei."
„Aber das ist doch furchtbar", sagte ich.
„Ja, das ist furchtbar, eine furchtbare Zeit."
„Warum glauben Sie, dass Ihr Mann verhaftet wird? Sie können doch niemand ohne Grund verhaften, einfach so."
„Sie haben schon viele Juden verhaftet und in ihre Konzentrationslager gebracht, einfach so. Heute muss man kein Verbrechen mehr begehen, um verhaftet zu werden."
„Wie kann ich Ihnen helfen?" fragte ich.
„Überhaupt nicht. Uns kann niemand mehr helfen."

*

Was Frau Römer erzählt hatte, ging mir überhaupt nicht mehr aus dem Kopf. Was war das für eine Welt, in der wir lebten? Verbrecher hatten die Macht übernommen

und sperrten die ordentlichen Leute ins Gefängnis. Ein Mann wie Herr Römer konnte vor Angst nicht mehr zur Arbeit gehen und musste sich in seinem Haus verschanzen. Und was das Schrecklichste war, kleine Kinder fuhren nachts mit der Straßenbahn herum, damit sie in Sicherheit wären. Kleine Kinder gehörten doch nachts in ihr Bett, damit ihre Eltern auf sie aufpassen konnten.
Ich erzählte es Albert. Er konnte mich auch nicht beruhigen, denn in unserer Nachbarschaft waren im letzten Monat zwei unschuldige Männer abgeholt worden, einer ein Jude, der andere ein frommer Christ, der es nicht mehr mit seinem Gewissen hatte vereinbaren können, zu schweigen. Und wir, konnten wir es mit unserem Gewissen vereinbaren?
Ich konnte es nicht, aber ich hatte vier kleine Kinder. Wer sollte für die sorgen, wenn sie mich verhafteten? Und Albert, der in dieser schweren Zeit vielen Menschen Arbeit und Brot gab, welche Pflicht hatte der, welche Pflicht wog schwerer? War es wichtiger, dass er den Menschen Brot gab oder dass er seine Meinung sagte? Im Gefängnis hätte er niemandem mehr helfen können.

*

Neunzehnhundertvierunddreißig, als mein jüngstes Kind zwei Jahre und mein ältestes Kind neun Jahre alt war, saßen unendlich viele Menschen in den Konzentrationslagern, und der wahnsinnige Hitler übernahm nach Hindenburgs Tod das Amt des Reichspräsidenten. Er nannte sich nun Führer und Reichskanzler. Alle führenden Männer in der SA ließ er ermorden, weil er damals noch nicht den Einfluss auf sie SA-Spitze hatte, den er sich einbildete. Sogar seine Gegner in den eigenen Reihen ließ er umbringen. Selbstherrlich und verrückt, machte er mit den Deutschen, was er wollte. Überall hatte er seine Spitzel, die ihm sagten, wer gegen ihn war. Man durfte nicht mehr laut sagen, was man dachte, und die meisten Leute wussten überhaupt nicht,

was geschah. Ich bekam mehr und mehr das Gefühl, auf einem Pulverfass zu sitzen.
Unserem privaten Leben merkte man bisher noch wenig an. Wir lebten in einem schönen Haus, und Alberts Firma ermöglichte uns einen gewissen Wohlstand. Die Kinder entwickelten sich gut, und wir hatten viel Freude an ihnen. Wenn ich meine Schwester ansah, die unverheiratet war und niemals Kinder haben würde, dankte ich meinem Schicksal, dass es mich Albert hatte heiraten lassen, obwohl er kleiner als ich gewesen war und ziemlich unreif.
Nachdem Albert zur Vernunft gekommen war, ging es uns auch in unserer Ehe ganz gut. Es war immer noch keine überschäumende Liebe, aber ich respektierte ihn jetzt. Es schien zu stimmen, dass Vernunftsehen nicht die schlechtesten sind. Sie gaben Sicherheit und hielten oft länger als Ehen, die mit einer leidenschaftlichen Liebe angefangen hatten. Die leidenschaftliche Liebe war nicht von Dauer. Wenn die Liebenden sich erst besser kannten und jeder feststellte, dass der andere nicht seinem Wunschbild entsprach, dass der große Held beim Essen schlürfte und Schweißfüße hatte, dann kam die Enttäuschung.
Jeder nahm dem Anderen übel, dass er so war, wie er war. Der hatte sich aber gar nicht verändert, er war schon immer so gewesen, und man hatte ihn geheiratet, o b w o h l er so war. Das macht die leidenschaftliche Liebe. Nur selten wurde aus einer leidenschaftlichen Liebe eine, die für das Leben hielt. Dann blieb sie allerdings nicht so leidenschaftlich. Am Ende liebte man den anderen, obwohl er beim Essen schlürfte. Er war nicht mehr der große wunderbare Held, sondern der Mensch, den man liebte, den man nach einigen Enttäuschungen und nach einer Phase von Zank und Streit immer noch liebte.
Das war die wirkliche, die eigentliche Liebe. Die konnte bei Paaren entstehen die sich am Anfang leidenschaftlich geliebt hatten und bei Paaren, die aus Vernunftsgründen geheiratet hatten. Sie war ein unverdientes Geschenk und eine Gabe

Gottes. Natürlich musste man sie sich auch verdienen und erarbeiten, aber das Verdienen und Erarbeiten allein genügte nicht, wenn nicht auch die Gnade dazu kam.
Im Augenblick waren wir noch meistens mit dem Erarbeiten beschäftigt, aber manchmal konnte ich schon etwas von der Gnade ahnen. Es war auch schön, dass von Jahr zu Jahr eine größere Vertrautheit entstand. Außerdem war ich Albert dankbar dafür, dass er mich und die Kinder beschützte und uns materielle Sicherheit gab. Ich wusste durchaus, dass es keine Selbstverständlichkeit war. Natürlich gab ich mir alle Mühe, zu verdienen, was ich hatte, aber andere Frauen gaben sich genauso viel Mühe und hatten trotzdem weder Schutz noch Sicherheit.
Eine Frau wie Frau Römer bemühte sich nicht weniger als ich und hatte trotzdem weder Schutz noch Sicherheit. Sie musste ihre Kinder nachts nach Stuttgart auf die Straßenbahn schicken. Wenn die letzte Straßenbahn auf der Strecke ins Depot fuhr, mussten sie aufpassen, dass sie rechtzeitig ausstiegen und irgendwo ein Versteck fanden, bis morgens die Gefahr vorbei war und sie wieder nach Hause fahren konnten. Daran durfte ich überhaupt nicht denken. Wenn meine Kinder nachts mit der Straßenbahn in Stuttgart herumführen, das könnte ich nicht aushalten. Aber das hatte Frau Römer wohl auch gedacht.

*

Trotz der Warnung hatte ich Kontakt zu den Römers gehalten. Aber ich besuchte sie nur noch im Dunkeln. Man musste ja nicht das Schicksal herausfordern, sonst hatte man es nicht anders verdient. Viel helfen konnte ich ihnen nicht. Der Mann hatte noch ein paar Mal versucht, zur Arbeit zu gehen, aber er war vor Angst krank geworden, schließlich hatte er es aufgegeben und sein Haus nicht mehr verlassen.

Auf dem Speicher hatte er sich ein Versteck gebaut, das kein Uneingeweihter finden konnte. Es funktionierte wie das Geheimfach in meinem Sekretär, das außer mir auch niemand kannte. Bei Gefahr zog er sich dorthin zurück. Wenn sie kämen, um ihn zu holen, sagte Frau Römer, ihr Mann wäre im Ausland, sie wüsste keine Adresse.

Albert hatte Römers Lohn noch ein halbes Jahr weitergezahlt, hatte dann aber schweren Herzens darauf verzichtet. Er fürchtete, es könnte herauskommen, weil einige Mitarbeiter von der Lohnfortzahlung wussten. Vor allem den Buchhalter der Firma hielt er für nicht besonders zuverlässig. So hatte er Angst gehabt, seine eigene Familie zu gefährden und hatte dem Römer schweren Herzens gekündigt. Die Familie war in Not geraten. Frau Römer hatte verzweifelt gekämpft und versucht, die Familie als Putzfrau über Wasser zu halten. Ich hatte ihr einiges zugesteckt, auch Geld, das ich von meinem Haushaltsgeld abzweigen konnte. Dann hatte ich eine Idee. „Findest du nicht auch, dass ich eine Hilfe im Haushalt haben sollte?“ fragte ich Albert am Abend, als er es sich gemütlich gemacht und eine Flasche Wein entkorkt hatte.

Ich ließ ihn noch immer allein trinken. Der Wein schmeckte mir einfach nicht. Nur bei Festen, wenn es unhöflich gewesen wäre abzulehnen, trank ich ein Glas mit. Aber freiwillig und nur zum Vergnügen trank ich nicht. „Wenn es dir zu viel wird“, sagte Albert. „Vier Kinder müssen ja auch erst mal versorgt sein.“

„Fünf Kinder“, sagte ich.

„Aber du wolltest doch nicht mehr, hast du es dir anders überlegt?“

Ich erklärte ihm, dass ich es mir keineswegs anders überlegt hätte. Aber ich wäre auch nicht anders als andere Frauen und von gewissen Dingen würde eine Frau einfach schwanger, wenn der Mann nicht Acht gäbe. Er war reuevoll, und er entschuldigte sich immer wieder.

Mir machte es nichts aus, ein fünftes Kind aufzuziehen. Aber die Zeiten waren so unsicher, dass man eigentlich nicht mit gutem Gewissen ein Kind in die Welt setzen konnte. Wenn ich an die Kinder von Frau Römer dachte! Was die erleben mussten, das sollte kein Kind erleben müssen. Ich sprach zu Albert über meine Sorgen, aber er meinte: „Das kommt ja zum Glück nicht oft vor. Vielleicht sind die Römers da auch besonders ängstlich."

Aber es schien doch öfter vorzukommen. Frau Römer hatte von einer Familie erzählt, die in Berlin lebte. Diese Familie, die auch einen jüdischen Vater habe, schicke ihren jüngsten Sohn nachts, wenn Gefahr bestünde, auf die S-Bahn. Der Junge, übrigens genau so alt wie Robert Römer, fahre dann stundenlang, oft die ganze Nacht, auf dem Ring im Kreis herum.

„Die armen Kinder, die haben doch einen Schaden fürs Leben", sagte Albert.

„Ich glaube, dass durch diesen Führer, den wir da haben, viel mehr Kinder einen Schaden fürs Leben bekommen, als wir uns vorstellen können. Wenn ich die Frau Römer ins Haus nehme, dann könnte ich vielleicht in diesem Fall einiges verhindern."

„Frau Römer als Haushaltshilfe? Denkst du nicht, dass das gefährlich wäre?"

„Frau Römer ist doch keine Jüdin, und ich habe was gegen Sippenhaftung. Das überlasse ich dem Führer und seinen Anhängern."

*

So kam Frau Römer zu uns. Ich hatte zurzeit wirklich kein leichtes Leben, vier Kinder und zum fünften Mal schwanger. Frau Römer, mit der ich mich gut verstand und zu der ich bald ein freundschaftliches Verhältnis hatte, sagte: „Entschuldigen Sie, Frau Roloff, ich will nicht zudringlich sein, aber haben Sie wirklich noch ein fünftes gewollt?"

„So vergnügungssüchtig bin ich nicht", sagte ich. „Wer will denn in dieser Zeit fünf Kindern zumuten, auf der Welt zu sein? Wahrscheinlich wird es Krieg geben."
Sie waren schon früher einige Male gekommen, um Herrn Römer zu verhaften. Aber mit dem Instinkt eines Wildtieres hatte er jedes Mal gerade noch sein Versteck erreicht.
1935 hatte der Führer die Nürnberger Gesetze verbrochen, denn er machte sich seine Gesetze wie er sie brauchte. Dadurch wurde die Judenverfolgung gesetzlich, und Römers Angst war noch größer geworden. Im Herbst 1938 holten sie ihn dann doch. Aus irgendeinem Grund war er nicht rechtzeitig in sein Versteck gekommen. Wahrscheinlich hatte dieses eine Mal sein Instinkt versagt. Frau Römer sah ihren Mann nie wieder. Viele Jahre später erfuhr sie, dass er im Konzentrationslager Dachau umgekommen war.

*

Ich war froh, Frau Römer zu haben, und ich konnte sie in manchem unterstützen. Ihre Kinder mussten nun nicht mehr nachts mit der Straßenbahn herumfahren. Die armen Dinger waren vollkommen verwirrt. Für sie war es gut, dass sie nachts wieder in ihren Betten bleiben konnten, aber dafür hatten sie keinen Vater mehr. Wenn ich mir überlegte, wie es diesen Kindern ging und wie gut es meine im Vergleich dazu hatten, dann war ich trotz der schlimmen Entwicklung um uns herum zutiefst dankbar.
Über die Schriften des Herrn dachte ich in dieser Zeit nicht oft nach. Er war nun verhaftet worden und alles war zusammengebrochen. Die ganze Sache war ein Stück aus meinem Blickfeld gerückt. Außerdem passierte in meiner Umgebung so viel Schreckliches, dass es meine Gedanken ganz ausfüllte. Jetzt beschäftigte mich ununterbrochen die Frage, warum andere Kinder und warum meine Kinder nicht?
Was ich gelesen hatte, bekam jetzt eine neue Bedeutung. Es gab keinen erkennbaren Grund dafür, dass Kinder so etwas

erleben mussten. Also musste es entweder sinnlos sein, eine bodenlose Gemeinheit und Ungerechtigkeit, oder es musste einen Grund dafür geben, der für mich nicht oder noch nicht zu erkennen war. In den Büchern hatte ich über das Karma gelesen. Das wäre eine Erklärung dafür, dass die Kinder von Frau Römer, der ernste Robert und die reizende Lea, ein ungünstiges Karma hatten.
Aber warum hatten sie das, wie konnte so etwas zustande kommen? Wenn ich mir diese Kinder so ansah, konnte ich mir nicht vorstellen, dass sie zu irgendeiner Zeit etwas Unrechtes getan hatten, das sich jetzt rächte. Das Karma, hieß es, wäre die Gesamtheit aller Taten aus unseren früheren Leben, die zu einer Wiedergeburt in ein mehr oder weniger schweres Leben führte. Durch schwere Erlebnisse würde man nicht für seine bösen Taten bestraft, sondern man könnte sich durch sie von seinem Karma, das heißt, von den Auswirkungen der bösen Taten befreien, hieß es.
Das könnte auch bedeuten, dass jemand, der für eine besondere Aufgabe vorbereitet werden müsste, besonders schwere Erlebnisse hatte, damit er alles auf einmal loswerden konnte. Oft war es ja so, dass Menschen, die einen sehr reifen Eindruck machten, ein besonders schweres Schicksal hatten. Andere Menschen waren zuerst unreif und wurden dann durch Schicksalsschläge zunehmend reifer.
Für das, was in dieser Zeit geschah, was so viele Menschen erleiden mussten, brauchte man eine philosophische Erklärung, ein Erklärungsmodell, wie es hieß. Das Erklärungsmodell des Herrn war dazu ganz gut geeignet. Er hatte es nicht erfunden, sondern es war schon vor Jahrtausenden von den Weisen anderer Erdteile entwickelt worden. Es half immer dann, wenn Menschen ein unerträgliches Schicksal hatten, zum Beispiel bei den Hindus, die so arm waren, dass ihre Kinder Hungers starben. Furchtbare Ereignisse waren immer dann am schwersten zu ertragen, wenn sie Kinder betrafen. Nach den gängigen Denkmodellen musste man anneh-

men, dass Kinder unschuldig wären und dass es ungerecht wäre, wenn ihnen Leid zugefügt wurde.
Dieses andere Denkmodell funktionierte allerdings nur dann, wenn man glaubte, dass man öfter auf die Welt käme. Für jemand, der gern lebte, war es ein schöner Gedanke, für unglückliche Menschen dagegen musste es ein Trost sein, für immer einzuschlafen. Aber das konnte niemand selber entscheiden, so wie es nun einmal eingerichtet war, galt es für alle.
In dieser schweren Zeit, in der es so aussah, als geschähe vielen Menschen bitteres Unrecht, tat es gut, anzunehmen, dass man nicht nur einmal lebte. Dass niemandem das einzige Leben, das er hatte, ohne jeden Sinn verdorben wurde. Bei Kindern, die so süß und unschuldig aussahen, funktionierte allerdings auch dieses Denkmodell nur bedingt. Wenn ein Baby erst ganz kurz auf der Welt war, konnte ich mir einfach nicht vorstellen, dass es schon ein schweres Karma mit sich herumschleppte. Andererseits musste ich zugeben, dass die Kinder wirklich in sehr unterschiedliche Verhältnisse hineingeboren wurden. Mit diesem Thema war ich noch nicht annähernd fertig. Das hatte ich noch lange nicht zu Ende gedacht.
Ich versuchte, die Überlegungen des Herrn zu akzeptieren, wollte auch nicht kritisieren, wie Gott die Welt eingerichtet hatte. Es wäre anmaßend gewesen. Aber es musste doch erlaubt sein, Kindern, die ein schweres Schicksal hatten, ein bisschen zu helfen. Damit würde ich sie sicher nicht daran hindern, ihr Karma abzulösen, und überhaupt war es ihnen ja vielleicht bestimmt, jemandem zu begegnen, der ihnen half, ihr schweres Karma zu tragen. Schwer genug blieb es dann immer noch.
Der ernsthafte Robert und sein Schwesterchen konnten immer noch genug ablösen, auch wenn ich ihnen half. Das war vielleicht schon wieder anmaßend, aber ich musste es ihnen trotzdem ein bisschen leichter machen. Außerdem war es in

der Bibel ganz anders zu lesen, und das war doch auch ein achtbares und sogar heiliges Buch.
Man musste beachten, ob etwas im alten Testament oder im neuen Testament geschrieben stand. Das alte Testament war ein ziemlich grausames Buch. Da ging es um Mord und Totschlag, um Raub und Vergewaltigung. Man hatte an vielen Stellen das Gefühl, das einzige, worauf es ankam, war, dass die Menschen an den richtigen Gott glaubten. Wenn sie an den richtigen Gott glaubten, dann durften sie machen, was sie wollten.
Aber im alten Testament stand auch, dass Gott den Menschen die zehn Gebote gegeben hätte, und da sah es dann wieder anders aus. Da genügte es nicht mehr, an den richtigen Gott zu glauben. Und dann im neuen Testament, da fand ich, was ich in diesem Moment brauchte. „Wahrlich, ich sage euch, was ihr getan habt einem unter diesen meinen geringsten Brüdern, das habt ihr mir getan."
Und Jesus hatte sich auch keine Gedanken darüber gemacht, ob er in Schicksale eingriff, oder er hatte sich doch Gedanken gemacht, aber andere als der Herr. Er hatte Blinde sehend gemacht und Lahme geheilt. Wahrscheinlich waren sie schon lange genug lahm und blind gewesen, um das abzulösen, was sie hatten ablösen müssen. Aber das hatte er sicher auch nicht jedes Mal überprüft, sondern getan, was er tun musste, geholfen und geheilt.

*

Hitler hatte seit 1935 offen den Krieg vorbereitet. Er hatte die Wehrpflicht wieder eingeführt und die massive Wiederaufrüstung der Wehrmacht betrieben, womit er klar gegen den Versailler Vertrag verstoßen hatte. Im darauffolgenden Jahr war ein Vierjahresplan in Kraft getreten, der die Einsatzfähigkeit der deutschen Armee und die Kriegsfähigkeit der deutschen Wirtschaft zum Ziel gehabt hatte.

Kriegsfähigkeit hieß wohl, dass sie genügend Waffen herstellen konnten, um die Hälfte der Menschheit umzubringen.
Ich beschäftigte mich viel mit diesen Fragen, weil ich Angst um meine Kinder hatte. Der Älteste war nun dreizehn Jahre alt, und das Jüngste sollte bald auf die Welt kommen. Außerdem fühlte ich mich nun auch für die Römer-Kinder verantwortlich, also waren es, mit dem Kind, das noch geboren werden sollte, insgesamt sieben, um die ich mich sorgte, wenn von dem bevorstehenden Krieg die Rede war.
Robert und Dietrich hätten wie Zwillinge aufwachsen oder zumindest gute Freunde werden können, aber sie verstanden sich nicht. Robert hatte schon viel erlebt und früh Verantwortung übernommen. Er war ein nachdenklicher Junge, der viel las und sich für alles interessierte. Für Albernheiten war er nicht zu haben. Dietrich dagegen war ein leichtsinniger Bursche. Er dachte selten nach und neigte zu dummen Streichen. Ich hatte mir viel von Roberts Einfluss auf ihn versprochen, aber sie gingen einander aus dem Weg. Dietrich hatte seine Freunde, die so waren wie er, und Robert suchte keine Freunde. Er war sich selbst genug und wollte nicht gern gestört werden.
Zwischen Lea und Ursula dagegen entwickelte sich eine enge Freundschaft. Ursula war ein Jahr älter als Lea, und die beiden hatten immer etwas zu schwätzen. Obwohl sie eigentlich beide über das Alter hinaus waren, spielten sie leidenschaftlich mit Puppen. Auch Agnes, inzwischen zehn Jahre alt, schloss sich ihnen an. Sie war ein stilles, verträumtes Kind, das sich den beiden älteren Mädchen gern unterordnete und deshalb von ihnen geduldet wurde.
Mit den Kindern von Frau Römer hatte ich oft lange Gespräche, bei denen meine eigenen Kinder, mit Ausnahme von Dietrich, gern zuhörten. Frau Römer sprach selten mit Robert und Lea. Sie wisse, dass es nötig wäre, sagte sie, aber es wäre ihr nicht gegeben, viele Worte zu machen. Sie war mir dankbar dafür, dass ich an ihrer Stelle mit den beiden redete. Die hätten, weiß Gott, genug zu verarbeiten. Robert

sprach nicht viel. Er hörte aufmerksam zu, wenn Lea erzählte, bestätigte, was sie sagte, oder korrigierte sie, wo ihre Erinnerung sie täuschte.
Lea erzählte von den Nächten, die sie in der Straßenbahn verbracht hatten, von ihrer Angst vor Betrunkenen und Polizisten oder vor misstrauischen Schaffnern. Auch von der Sorge um die Eltern sprach sie und darüber, dass sie nie gewusst hatten, was sie am Morgen zu Hause vorfinden würden, ob der Vater in der Nacht verhaftet wurde oder gar beide Eltern. Das letzte Stück des Heimweges waren sie immer gerannt, so ungeduldig waren sie gewesen, zu erfahren, was sich in der Nacht ereignet hatte.
Wenn noch alles so war, wie sie es verlassen hatten, waren sie in grenzenloser Erleichterung für ein paar Stunden in tiefen, erschöpften Schlaf gefallen, bis die Mutter sie hatte wecken müssen. Morgens waren sie in die Schule gegangen, als ob nichts geschehen wäre. Manchmal war es zwei oder drei Mal in der Woche vorgekommen, dass sie nach Stuttgart fahren mussten. Dann hatten sie wieder eine Zeit lang Ruhe gehabt.
Nein, verstehen könnten sie das alles nicht. „Unser Vater hat doch nichts Unrechtes getan“, klagte Lea. „Ein Jude zu sein ist doch nichts Unrechtes. Robert und ich sind doch auch Juden, wenn unser Vater Jude war. Warum tun sie dann uns nichts? Weil wir Kinder sind?“
„Ihr seid nur zur Hälfte jüdisch“, sagte ich. „Den Halbjuden tun sie nichts.“
„Und wenn der Hitler es sich anders überlegt?“ fragte sie, und in ihrer Stimme flackerte die Angst.
„Dann werden wir euch beschützen“, sagte ich. „Er kann ja schließlich keine Kinder einsperren.“
„Kann er nicht? Unser Vater hat gesagt, als er noch bei uns war: ‚Der macht viele Sachen, die er eigentlich nicht machen kann.‘ “
Später erfuhr ich, dass ich mich geirrt hatte. Zu diesem Zeitpunkt hatte Hitler schon Tausende von Kindern interniert.

Für Frauen und Kinder hatte er das KZ Ravensbrück gebaut. Später würde man erfahren, dass in Ravensbrück 92000 Kinder starben, durch Zwangsarbeit, medizinische Versuche und Liquidierung. Das wusste ich Gott sei Dank noch nicht, als ich mit meinem fünften Kind schwanger war. Ich wäre sonst vor Angst und Kummer gestorben.

*

Im Sommer wurde mein fünftes Kind geboren. Es war keine leichte Geburt, weil ich nervös war und mich verkrampfte. Das Kind hatte auch zweimal die Nabelschnur um den Hals gewickelt. Es war, als hätte ich es nicht in die Welt entlassen wollen. In diese Welt, so, wie sie war, konnte man eigentlich kein Kind entlassen.

Es war ein Junge, und ich nannte ihn Gabriel. Den Namen eines Engels gab ich ihm, weil er in dieser Zeit den Schutz der Engel brauchen würde. Einen Engel zum Paten zu haben, würde ihm hoffentlich helfen, sein Leben und alle Anfechtungen zu bestehen. Gabriel war einer der mächtigsten Erzengel. In der Apokalypse war er ein Straf- und Todesengel, aber nicht für diejenigen, die Gottes Willen taten. Für den verrückten Führer und seine Anhänger würde er ein Straf- und Todesengel sein. Die würde er strafen und hoffentlich am Ende töten. Meinen kleinen Sohn, der seinen Namen trug, aber würde er beschützen, ihn vor den Einflüsterungen dieser Teufelsbrut bewahren.

Dietrich war nicht davor beschützt worden. Er war gegen meinen Willen in die Hitlerjugend eingetreten und trug deren Uniform. Wenn er nach Hause kam, bestand ich darauf, dass er sie sofort auszog. Ich duldete keinen Hitlerjungen an meinem Tisch. Natürlich wusste ich, dass er auch ohne die Uniform einer war, aber auch noch ansehen wollte ich es nicht, und meine anderen Kinder sollten es auch nicht vor Augen haben.

Das war erst der Anfang. Es kam noch schlimmer. Gabriel war noch kaum auf der Welt, als mich eine offizielle Abordnung besuchte und mir das Mutterkreuz verleihen wollte. Das konnte doch nicht wahr sein, dass sie mich nun auch noch für ihren Mutterkult missbrauchen wollten! Ich hätte dem Führer fünf Kinder geboren, und dafür sollte ich geehrt werden, teilten sie mir mit.
Sie irrten sich. Dem Führer hatte ich kein einziges Kind geboren. Wenn ich gewusst hätte, wie alles käme, hätte ich vielleicht überhaupt kein Kind geboren. Sie wären rassisch wertvoll, meine Kinder, sagten sie. Wenn die gewusst hätten, wie egal mir das war! Wenn ihr Führer meinte, dass die Kinder einer bestimmten Rasse wertvoller wären als andere Kinder, dann sollte er sie sich doch selber machen, dieser Idiot.
Aber noch nicht einmal dazu war er in der Lage. Wahrscheinlich war er unfruchtbar, und hatte deshalb umso mehr Freude daran, wenn die Menschen sich vermehrten. Die deutschen Frauen wollte er als Gebärmaschinen benutzen, um Nachschub für seine Reichswehr zu produzieren. Auch schien er selber nicht der Rasse anzugehören, die er für so wertvoll hielt. Er war nicht blond und wies auch sonst keine Merkmale seiner favorisierten Rasse auf, dunkel und unansehnlich, wie er war.
Hätte er aber selber der Rasse entsprochen, die er so hochlobte, dann wäre es eine ziemlich minderwertige Rasse gewesen und ich konnte nur froh sein, dass meine Kinder keine Rassenmerkmale hatten, sondern schöne, blonde Kinder waren. Ich wusste natürlich, dass sie genau das waren, was er unter seiner arischen Vorzugsrasse verstand. Aber er selbst war ein hässlicher und ärmlicher dunkler Wicht.
Das alles hatte ich mir schon früher gedacht. Jetzt musste ich mir nur noch überlegen, was ich sagen konnte, damit sie mich nicht gleich in eines ihrer Konzentrationslager brachten. Das durfte auf keinen Fall sein, denn dann würden sie meine reinrassigen Kinder in eins ihrer nationalsozialisti-

schen Kinderheime bringen und ihnen ihren ganzen hanebüchenen Unsinn beibringen. Nein ich blieb und erzog meine Kinder selber. Ich musste denen nur sagen, was sie hören wollten und trotzdem vermeiden, dass sie mir ihr Mutterkreuz umhängten.
Ich fühlte mich dieser großen Ehre nicht würdig, log ich. Es gäbe Mütter, die viel würdiger wären als ich. Es wäre eine Entweihung des Mutterkreuzes, wenn eine so unwürdige Frau wie ich es verliehen bekäme. Ich wollte aber des Führers Mutterkreuz nicht entweihen und so weiter und so weiter. Ich redete so lange, bis sie ganz wirr im Kopf waren. Am Ende dachten sie wohl, ich wäre ein bisschen verrückt und ließen mich in Ruhe mit ihrem Mutterkreuz. Ein bisschen unheimlich war es mir schon, und ich war nicht sicher, dass wir keine Schwierigkeiten bekommen würden. Aber ich hörte nie mehr etwas von ihnen. Albert war wohl doch ein zu wichtiger Mann in unserer Stadt. Was er insgeheim über sie dachte, wussten sie ja nicht.

*

Gabriel war noch keine zwei Monate alt, als der Krieg ausbrach. Am ersten September 1939 fiel Hitler mit seiner Wehrmacht über Polen her, und damit waren wir im Krieg. Neun Tage vorher hatte er mit Stalin einen Nichtangriffspakt geschlossen, weil er dachte, dass er dadurch den Rücken frei bekäme.
Meine Kinder würden nun also im Krieg aufwachsen. Ich hatte es ja schon geahnt, seit dieser Wahnsinnige an die Macht gekommen war. Der letzte Krieg hatte vier Jahre gedauert. In vier Jahren würden drei meiner Kinder fast erwachsen sein. Barbara wäre dann elf Jahre alt, und der Kleinste würde in den Kindergarten gehen.
Allerdings wusste man noch nicht, wie lange so ein moderner Krieg dauerte. Wegen der modernen Waffen könnte er schneller vorbei sein, aber weil man nicht wissen konnte,

was dieser Führer und Kanzler sich einbildete, und ob er vielleicht die halbe Welt erobern wollte, konnte es auch sehr lange dauern. Ich hoffte nur, dass es nicht noch länger dauern würde, als das vorige Mal. Vier Jahre, das würde reichlich genug sein. Dann wäre hier vermutlich kein Stein mehr auf dem anderen.
Zuerst merkten wir noch nicht viel vom Krieg. Es fing alles ganz langsam an. Nur das, was die Kinder aus der Schule heimbrachten, gefiel mir nicht. Bilder von Panzern und Soldaten mit Gewehren und immer wieder die rote Fahne mit dem Hakenkreuz. Sie sprachen vom Feind, der vernichtet werden müsste und sangen Lieder, die mir fremd waren. Im Radio hörte man jetzt öfter den Führer reden. Er schrie und tobte vor dem Mikrofon herum, als ob er nicht ganz gescheit wäre. Wenn wir nicht schon gewusst hätten, zu was für einem Menschen diese barbarische Stimme gehörte, spätestens jetzt hätten wir es gemerkt. Sollte der nun wirklich bestimmen, was in der Welt geschah?
Gabriel merkte von alledem noch nichts, aber er war ein Kriegskind, von Anfang an. Dass er nicht im Krieg geboren worden war, sondern ein paar Wochen vor dem verhängnisvollen ersten September, das konnte ein positives Omen sein. Mein Jüngster würde immer zwei Wochen älter sein als der Krieg. Hoffentlich blieb es nicht allzu lange so. Selbst der kürzeste Krieg war immer noch zu lang.
Agnes machte sich Gedanken darüber, wie es den Tieren an der Front ging. „Denk mal, wie die Angst haben, wenn geschossen wird!“ sagte sie. „Die meinen die ganze Zeit, es wäre ein schreckliches Gewitter.“ Sie war am Anfang des Krieges elf Jahre alt und eine ganz große Tiernärrin. Agnes hatte es von meinen Kindern am schwersten, weil sie das mittlere Kind war. Wenn es darum ging, was die Kinder schon durften, dann war sie noch zu klein, aber wenn die Kinder vernünftig sein und etwas einsehen mussten, dann gehörte sie zu den Großen. Sie liebte ihren großen Bruder, aber der war mit seinen Freunden zusammen und ihre An-

hänglichkeit war ihm lästig. Auch Ursula konnte jetzt nichts mehr mit ihr anfangen.
Agnes war ihrer Schwester zu verträumt und zu still. So hatte sie sich den Tieren zugewendet. Am meisten liebte sie die Katzen in der Nachbarschaft. Sie kannte alle beim Namen und durfte auch die scheuesten unter ihnen streicheln. Agnes lief nicht wie andere Kinder hinter ihnen her und packte sie, sondern sie setzte sich ruhig hin und wartete, so ähnlich wie der Großvater, als Agnes klein gewesen war. Das Einzige, was sie tat, war, dass sie die Tiere mit leisen, schmeichelnden Lauten lockte. Nach einer Weile stakste jede Katze mit langen Beinen und steil aufgerichtetem Schwanz auf meine Tochter zu. „Die Tierle", sagte sie, „die Tierle können doch nichts dazu, dass die Menschen Krieg machen. Stell dir vor, wie es für sie ist, wenn überall geschossen wird, und sie finden kein Plätzle mehr, wo sie sicher sind!"
Ich hatte nicht das Herz, ihr zu sagen, dass es doch auf die Tiere nicht so sehr ankomme im Krieg. Durch die Tiere spürte Agnes den ganzen Schrecken des Krieges. Jedes meiner Kinder reagierte anders. Für Dietrich war der Krieg ein großes Abenteuer, das er genoss. Er war mehr denn je mit seinen Hitlerjungen zusammen und mit irgendwelchen „kriegswichtigen" Dingen beschäftigt. Ich war in einem inneren Zwiespalt. Dietrich war immer zu weich und zu kindlich gewesen. Darüber hatte ich mir Sorgen gemacht und mich gefragt, ob aus ihm einmal ein richtiger Mann würde. Die Hitlerjugend tat ihm offensichtlich gut. Er gab sich jetzt weniger weich und weniger kindlich. Aber denen wollte ich es nicht zu verdanken haben, dass aus meinem Sohn ein Mann wurde, ganz abgesehen davon, dass sie ihm mit ihren dummen, brutalen Phrasen das Hirn vernebelten.
Am liebsten hätte ich ihm überhaupt verboten, dorthin zu gehen, aber das wäre zu riskant gewesen. Es sollte schon Hitlerjungen gegeben haben, die ihre Eltern angezeigt hatten. Dietrich würde uns natürlich niemals anzeigen, aber man wusste nie, was so ein dummer Junge erzählte, und zu

wem er Vertrauen hatte. Wir sagten vor den Kindern niemals etwas gegen Hitler. Nur abends, wenn sie alle im Bett waren, sprachen wir miteinander. Am meisten machte uns Angst, wie sich der Krieg ausweitete. Das war wie eine ansteckende Krankheit. Zuerst hatte Hitler nur gegen Polen Krieg geführt, dann gegen Dänemark. Das waren sogenannte Blitzkriege gewesen, die nicht lange gedauert hatten. Schon einen Monat später hatte er die Niederlande, Belgien und Frankreich angegriffen. Mit Mussolini hatte er einen Nichtangriffspakt geschlossen, deshalb fing er wenigstens mit Italien keine Händel an. Dafür legte er sich jetzt mit der Roten Armee an.
Er missachtete alle völkerrechtlichen Übereinkünfte und plante einen Vernichtungskrieg größten Ausmaßes. So wenig realistisch war er, dass er die große Sowjetunion angriff. Daran erkannte man den Grad seiner Verblendung. Jedes Kind konnte sich denken, dass ein Land wie das unsere nicht die riesige Sowjetunion besiegen konnte. Aber damit noch nicht genug, ein halbes Jahr später erklärte er auch noch den USA den Krieg. Jetzt konnte endgültig niemand mehr daran zweifeln, dass er den Verstand verloren hatte. Trotzdem gab es immer noch genug Leute, die felsenfest davon überzeugt waren, dass mit ihrem wunderbaren Führer alles in Ordnung wäre, vor allem Frauen glaubten ihm aufs Wort.
Als ihre Männer schon in Russland elend zugrundegegangen waren, als sie ihre Kinder längst nicht mehr ausreichend ernähren konnten und Bomben auf die deutschen Städte fielen, schrieen sie immer noch „Heil Hitler!“ und „Führer, befiehl, wir folgen dir!“, die dummen Weiber. Man hätte grad die eine mit der anderen verschlagen können. Aber genützt hätte es auch nichts mehr.
Wir hatten jetzt das Jahr neunzehnhunderteinundvierzig. Dietrich war sechzehn Jahre alt, ein strammer Hitlerjunge. Nie hätte ich gedacht, dass mir so etwas ins Haus kommen würde. Aber was sollte man machen, wenn es sich um den eigenen Sohn handelte? Ich konnte ihn nicht daran hindern,

dorthin zu gehen. Zwar schämte ich mich dafür, aber ich dachte, vielleicht wäre es ja ein gewisser Schutz für uns alle, einen begeisterten Hitlerjungen im Haus zu haben.
Ursula entwickelte sich anders. Sie interessierte sich ganz einfach nicht für den Bund deutscher Mädchen. Die hätten sie gern dabei gehabt, so ein hübsches blondes Ding. Das war ganz nach dem Geschmack dieser Leute. Gruppenführerin hätte sie werden können, wo sie doch schon so einen guten deutschen Namen hatte. Aber Ursula interessierte sich nicht dafür und sagte nein danke. Sie las lieber ihre Mädchenbücher und klebte Glanzbilder von pausbäckigen Engeln und abgeschnittenen Händen mit Rosen und Vergissmeinnicht in ein Rechenheft. Außerdem brauchte sie viel Zeit für ihre Schularbeiten, denn sie war eine gewissenhafte Schülerin. Es bestand wirklich keine Gefahr, dass sie Ursula für irgendetwas begeistern würden. Wenn ich es noch einmal zu tun hätte, würde ich ihr auch keinen guten deutschen Namen mehr geben, sondern würde sie Babette nennen oder Tatjana.
Agnes träumte noch immer und litt um die armen Tierle zwischen den Fronten, aber sie hatte sich weiterentwickelt und beklagte jetzt auch die Frauen und Kinder im Kriegsgebiet und in den bombardierten Städten. Sie hatte als einziges meiner Kinder ein mitleidiges Herz, ein Herz voller Liebe. Barbara, die noch vier Jahre jünger war, nahm sie sich zum Vorbild, aber sie hatte eine andere Veranlagung als Agnes. Sie würde sich einmal besser als ihre Schwester an die Gegebenheiten anpassen.
Eines Tages mitten im Krieg dachte ich, mein Mann wäre von allen guten Geistern verlassen. Er kam nach Hause und trug ein quietschendes Bündel Fell auf dem Arm. „Das ist Moritz, unser neues Familienmitglied“, sagte er, und setzte den jungen Hund auf den Tisch, mitten auf das weiße Tischtuch, zwischen die Teller, die dort schon für das Mittagessen standen. „Du hast doch schon vor fünfzehn Jahren gesagt,

dass du einen Dackel für unsere Kinder willst", grinste er, „da ist er."
„Erstens", stellte ich richtig, „ist das kein Dackel, sondern eine Promenadenmischung, die einmal riesengroß wird, guck dir nur die großen Pfoten an! Und zweitens schafft man doch mitten im Krieg keinen Hund an."
„Wann denn sonst? Jetzt braucht man etwas Aufmunterndes, mehr denn je."
Er verhielt sich wieder einmal nicht wie ein erwachsener Mann, sondern als wäre er mein sechstes Kind. Die Wut packte mich, und ich sagte: „Das ist doch zum junge Hunde kriegen, aber aus Gummi, damit sie gleich hopfet."
Die Kinder, die sich inzwischen versammelt hatten, brachen in Gelächter aus, und Dietrich, der wieder einmal seine Hitlerjungenuniform nicht ausgezogen hatte, sagte feixend: „Das brauchts doch gar net. Wir haben ja schon einen."
Agnes, die bis jetzt nur große Augen gemacht hatte, hob den Kleinen auf, drückte ihn liebevoll an ihre Brust und sagte: „Wir essen alle viel zu viel, jetzt, wo Krieg ist. Wenn jeder ein bisschen weniger isst, reicht es für ihn auch noch."
Das fehlte noch, dachte ich, dass meine Kinder sich für den Hund das Essen vom Mund absparen. In diesem Augenblick sah ich, dass das Hundebaby auf den Tisch gepinkelt hatte. Das rührte mich. Es war noch so klein und es war ganz verängstigt in der fremden Umgebung. „Also gut", sagte ich und fing an, die Teller zusammenzustellen, um eine andere Tischdecke aufzulegen. „Aber was er frisst, bestimme ich. Wagt es nicht, ihm eure Schulbrote zu füttern!"
Agnes sah mich an. Ihre Augen strahlten wie die Sonne am Nachmittag. Sie trug den kleinen Hund hinaus und brachte ihn auf den Hof. Sofort hatte sie sich seine Erziehung zu einem stubenreinen Hund zur Aufgabe gemacht. Ich hatte einmal gehört, dass Hunde den Menschen, der ihre Sauberkeitserziehung übernimmt, für alle Zeiten als ihren Herrn anerkennen. So war es auch hier. Agnes war die Herrin unseres ersten Hundes, und die Herrin aller späteren Hunde,

auch dann noch, als sie schon längst aus dem Haus war. Und Albert hatte Recht gehabt. Der drollige Hund wurde für uns alle ein Trost und sorgte dafür, dass in schweren Zeiten das Lachen nicht aus unserer Familie verschwand.

*

In der Stadt gab es kaum noch Männer, nur Jungen unter achtzehn und Greise. Alle anderen waren eingezogen und an die Front geschickt worden. Selten kamen Feldpostkarten bei ihren Frauen und Müttern an, auf denen nichts Gutes stand, außer dass der Schreiber noch am Leben war. Ich hatte das unverdiente Glück, dass mein Mann nicht an die Front musste und schämte mich dafür vor den anderen Frauen. Albert hatte eine wichtige, das heißt, eine kriegswichtige Aufgabe in der Heimat, wie sie es nannten. Die Firma arbeitete noch immer, obwohl wir jetzt schon das vierte Kriegsjahr hatten und Albert weder Uniformteile noch Wolldecken produzierte.

Ich erinnerte mich daran, dass ich einmal gedacht hatte, länger als vier Jahre dürfte der Krieg nicht dauern, damit die Kinder auch noch einige friedliche Jahre erleben konnten, bevor sie erwachsen würden. Die Zeit hatte mich eines Besseren belehrt. Im Krieg durfte sich eine Mutter für ihre Kinder wünschen, was sie wollte, aber ob sich ihre Wünsche erfüllten, stand auf einem anderen Blatt. Auch erwartete man von ihr, dass sie ihre Söhne zu todesmutigen Helden erzog.

Mein Mann durfte also weiterhin seine Firma leiten, auch wenn es längst keine Stoffe und keine Ersatzteile für die Maschinen mehr gab. Auch Männer, von denen die Maschinen hätten bedient werden können, gab es nicht mehr. Jetzt waren es Frauen, die alles taten, was früher ihre Männer getan hatten. Es stellte sich heraus, dass sie es sehr gut machten. Ein Firmenchef brauchte jetzt Leute, die improvisieren konnten, deren Intuition auch vor den größten Schwierigkeiten nicht versagte. Und hier waren die Frauen den Männern

haushoch überlegen. Das war der Grund dafür, dass Alberts Firma, als der Krieg zu Ende war, immer noch arbeitete. Zum Schluss war er, abgesehen von ein paar Rentnern, die noch mithelfen wollten, der einzige Mann in der Firma.
Ich war natürlich dankbar dafür, dass ich meine Kinder nicht ohne meinen Mann durch die Kriegsjahre bringen musste. Verglichen mit den meisten Frauen ging es mir immer noch sehr gut. Wenn auch mein kleiner Sohn eines Tages aus dem Kindergarten kam und mich fragte, ob es wahr wäre, dass sein Vater ein Feigling wäre. Ich erklärte ihm die Situation so gut ich konnte, weil jeder Bub in diesem Alter einen Vater braucht, der ein Held ist.
Gabriel war dann auch ganz zufrieden mit einem Vater, der eine Firma leiten musste, damit die Frauen Arbeit und ihre Kinder etwas zu essen hatten, wenn die Väter an der Front waren. Ich hielt diese Lösung unter den leider gegebenen Umständen für das Beste. Doch hätte ich es noch viel besser gefunden, wenn die Männer im Frieden für ihre Frauen und Kinder hätten sorgen können, statt sich in Russland erschießen zu lassen. Aber das sagte ich meinem Jüngsten nicht. Er konnte sich unter dem Wort Frieden ohnehin nichts vorstellen. Für ihn war der Krieg die Normalität, das Leben überhaupt. Etwas anderes hatte er wie so viele Kinder, die in diesen Jahren geboren wurden, nie erlebt.

*

„Das geht so nicht, Frau Roloff", sagte die Kindergärtnerin, eine Frau im Dirndlkleid, die ich schon immer im Verdacht gehabt hatte, eine große Verehrerin ihres Führers zu sein.
„Was meinen Sie, was geht so nicht?" fragte ich.
„Dass Ihr Gabriel den anderen Kindern erzählt, sein Vater müsste nicht in den Krieg, weil er etwas Besseres wäre und eine Fabrik zu leiten hätte. Ein paar Mütter haben sich bei mir beschwert, weil ihre Kinder weinend nach Hause ge-

kommen sind. Ich muss Sie doch bitten, ihrem Sohn das zu verbieten. Sie wissen hoffentlich auch, dass es nichts Besseres gibt, als unserem Führer mit der Waffe in der Hand zu dienen und sein Leben für ihn hinzugeben. Das will ich doch hoffen, dass Sie das wissen."

Es war einer der Augenblicke, in denen es „zwei Stimmen, ach, in meiner Brust" gab und ich mich trotzdem blitzschnell entscheiden musste. Sollte ich alles, was ich fühlte und dachte, verraten und sagen, selbstverständlich wüsste ich, dass es nichts Besseres gäbe, als unserem Führer mit der Waffe in der Hand zu dienen? Oder sollte ich ihr sagen, dass sie mir mit ihrem Führer gestohlen bleiben könnte, mit diesem kriminellen Menschenverächter?

Im zweiten Fall musste ich wissen, was mir und meiner Familie blühte. Also entschied ich mich für keine der beiden Möglichkeiten, sondern sagte: „Da haben die anderen Kinder sicher etwas falsch verstanden. Gabriel weiß, dass sein Vater nichts Besseres ist als andere Väter und dass er so etwas auch nicht behaupten darf. Aber das Problem hat sich sowieso schon erledigt. Ich habe ihn heute begleitet, um Ihnen mitzuteilen, dass ich ihn ab sofort vom Kindergarten abmelden möchte, weil er noch zu jung ist und auch Probleme mit der Gesundheit hat."

Das war mir im letzten Augenblick eingefallen, denn es war das Einzige, wogegen eine Kindergärtnerin, die sich berufen fühlte, kleinen Kindern eine nationalsozialistische Erziehung angedeihen zu lassen, keine Gegenargumente finden konnte. Sie drückte ihr Bedauern aus und verabschiedete sich dann mit einem zackigen „Heil Hitler!" von uns. „Heil Hitler, Frau Mollenhauer!" krähte mein Vierjähriger vergnügt. Bisher hatte er seine Kindergärtnerin mit „Tante Brunhilde" anreden müssen, aber er hatte es nie gern getan, Tanten waren für ihn Frauen, die er gut leiden konnte. Tante Brunhilde hatte er nie gemocht.

Es gab Dinge, die ich am liebsten mit Frau Römer besprach, die mein Sohn übrigens mit „Tante Suse" anredete. Sie war jetzt schon über vier Jahre bei uns. Sie und ihre Kinder aßen noch immer an meinem Tisch, der eigentlich unser gemeinsamer Tisch war, denn wir kochten abwechselnd. Manchmal sprachen wir noch über das Schicksal ihres Mannes. Es erleichterte uns beide, kräftig auf Hitler zu schimpfen, und wir verschafften uns diese Erleichterung oft, wobei wir darauf achteten, dass keins der Kinder in der Nähe war und dass uns auch sonst niemand hörte.

*

Wir schrieben das Jahr neunzehnhundertdreiundvierzig, und Hitler hatte bei Stalingrad eine Niederlage erlitten. Die Kämpfe um Stalingrad mussten furchtbar gewesen sein und viele Menschenleben gekostet haben. Hitler hatte angeordnet, die Front um jeden Preis zu halten. Er hatte den eingeschlossenen Truppen verboten, einen Ausbruchsversuch zu wagen. Kapitulieren durften sie schon gar nicht. Er erwartete von den Soldaten der Reichswehr, dass sie für ihn starben, und das taten dann auch sehr viele von ihnen. Schließlich hatten sie aber doch kapituliert und dadurch den Vormarsch der Hitlertruppen in Russland gestoppt.

Als wir darüber sprachen, sagte Frau Römer: „Nur einem wurde dabei kein einziges Haar gekrümmt, dem sogenannten Führer. Der stirbt nicht, der lässt sterben. Wenn ich mir vorstelle, wie der da in seinem Bunker sitzt und den Vernichtungsfeldzug gegen die Juden und die halbe Welt kommandiert, dann könnte ich hingehen und ihn eigenhändig erwürgen.“

„Die das versucht haben, sind gestorben, und er hat es überlebt.“

„Es wäre mir egal, ob ich dabei umkommen würde, wenn es ihn nur auch erwischen würde“, sagte sie.

Sie weinte vor Wut und Verzweiflung. Frau Römer hatte im Gegensatz zu mir aus Liebe geheiratet. Deshalb hatte sie sich mit ihrer Familie entzweit, die diese Heirat nicht gewollt

hatte. Als ihr Mann von den Nazis ermordet wurde, blieb sie mit ihren Kindern ganz allein zurück. Ihre wohlhabende Familie unterstützte sie weder seelisch noch materiell. „Als mein Mann nicht mehr am Leben war, hätte mir sowieso niemand mehr helfen können“, sagte sie. „Aber ich werde niemals aufhören, diejenigen zu hassen, die ihn mir genommen haben.“
Ich umarmte sie und fühlte eine tiefe Zuneigung zu dieser Frau. Sie hatte mir etwas voraus. Ich hatte nicht aus Liebe geheiratet, sondern des Geldes wegen. Inzwischen waren wir auch zusammengewachsen, Albert und ich, aber eine solche Liebe würde es niemals werden. Später am Nachmittag, als ihre Tränen getrocknet waren, erzählte ich ihr von meinem Gespräch mit der Kindergärtnerin und fragte sie, was sie an meiner Stelle mit Gabriel tun würde. „Glauben Sie, dass er es gesagt hat?“ fragte sie statt einer Antwort.
„Er kann es eigentlich nicht gesagt haben. Die Kinder hatten behauptet, dass sein Vater ein Feigling wäre. Buben in seinem Alter brauchen einen Vater, den sie bewundern können. Deshalb hatte ich ihm gesagt, dass sein Vater nicht eingezogen würde, weil er seinen Betrieb leiten müsse. Das wäre auch eine sehr verantwortungsvolle Aufgabe.“
„Ich würde ihm auch nichts anderes erzählen“, sagte sie. „Höchstens noch, dass jeder an seinem Platz die Aufgabe erfüllen muss, die ihm gestellt ist. Dass die Väter der anderen Kinder gezwungen sind, für eine schlechte Sache zu kämpfen und zu sterben, das versteht er noch nicht, dafür ist er zum Glück noch zu klein.“

*

„Warum war die Frau Mollenhauer so böse?“ fragte Gabriel. „Stimmt es nicht, dass mein Vater die Fabrik leiten muss?“
„Natürlich stimmt es. Die anderen Kinder haben es nur nicht richtig verstanden.“

„Aber warum ist sie dann so böse auf mich? Eigentlich müsste sie doch auf die anderen böse sein, weil sie Sachen falsch verstehen."
„Sie hat einen Fehler gemacht. Erwachsene machen auch Fehler, und deshalb musst du auch nicht mehr in den Kindergarten gehen."
„Nicht mehr in diesen blöden Kindergarten zu der doofen Mollenhauer, heil Hitler!" Er quietschte vor Vergnügen und sprang außer Rand und Band im ganzen Zimmer herum. Die anderen Kinder waren von dieser Lösung weniger begeistert. Sie alle waren höchst ungern zu Frau Mollenhauer in den Kindergarten gegangen und hatten unter ihr, die sich jetzt dem Rentenalter näherte, gelitten. Leider war mir erst jetzt klar geworden, was für eine dumme Person sie war. Ich musste mit Blindheit geschlagen gewesen sein. Die war nicht erst durch den Nationalsozialismus verblödet, die war schon immer blöde gewesen, und ich hatte zugelassen, dass sie meine Kinder schikaniert hatte.
Barbara empörte sich am meisten. Sie war mit ihren zwölf Jahren zwar schon ein großes und gescheites Mädchen, aber auch nicht zu weit vom Kindergartenalter und Brunhilde Mollenhauer entfernt. Die dumme Person musste sie sehr verletzt haben, wenn sie heute noch so heftig reagierte. „Der Gabriel ist ja schon immer dein Liebling gewesen", schimpfte sie, „und bei mir war es dir egal, ob sie mich blamiert und gehauen hat."
Ich zog sie an mich, meine jüngste Tochter, mein kleines Mädchen. „Damals bin ich auch noch nicht gescheit genug gewesen. Es tut mir leid, Barbara. Ich kann es doch nicht mehr rückgängig machen."
Sie bohrte ihren Kopf in meine Schürze und schluchzte. Ich streichelte ihr blondes Lockenhaar, bis sie sich beruhigt hatte. „Du sollst mich auch lieb haben, nicht nur Gabriel", sagte sie und zog ein letztes Mal die Nase hoch. Ich erzählte ihr nicht, dass ich alle Kinder gleich lieb hätte, weil ich wusste, dass es nicht stimmte. Eine Mutter hatte nicht alle Kinder

gleich lieb, sondern jedes ein bisschen anders, und das eine mehr und das andere weniger, jedenfalls zeitweise. Auch ich liebte sie nicht alle gleich. Die einen waren mir näher, die anderen weniger nah. Barbara war lange die Kleinste gewesen, trotzdem war sie mir immer ein bisschen fremder geblieben als Agnes. Sollte sie wirklich zu kurz gekommen sein? Das musste sich ab sofort ändern. Ich schmuste mit ihr, obwohl das sonst gar nicht meine Art war und versicherte ihr, dass ich sie sehr lieb hätte.
Als die Größeren erfuhren, dass Gabriel nicht mehr in den Kindergarten gehen würde, beschränkten sie sich auf süffisante Bemerkungen, die ich mir verbat. Auch Albert nahm die Sache zuerst nicht ganz ernst, aber als ich ihm alles erzählt hatte, sagte er: „Die kriegt meinen Sohn nicht mehr in die Finger. Das hast du recht gemacht, Katharina, bist ein gescheites Mädchen."

*

Frau Römer wusste über das Schicksal der Juden viel mehr als ich. Einerseits tat es ihr weh, darüber zu sprechen, und andererseits erleichterte es sie. Ich war froh, dass ich von ihr etwas mehr darüber erfahren konnte. Lesen konnte man ja nirgends etwas über die furchtbaren Ereignisse. Die meisten Leute wollten auch gar nichts darüber wissen. Da wo es nicht mehr zu übersehen war, das Hitler die Juden nicht nur in Deutschland, sondern in ganz Europa vernichten wollte, machten sie einfach die Augen zu. Frau Römer sprach von den „Nürnberger Gesetzen". „Damit", sagte sie, „hat er sich die rechtliche Grundlage selber gemacht. Für jedes Unrecht, das er begeht, erlässt er ein neues Gesetz, und dann wird das Unrecht gesetzmäßig."
So weit war mir das nicht neu. Aber dann sagte sie: „Vor Kriegsausbruch sind noch über dreihunderttausend Juden aus Deutschland heraus gekommen. Dann ließ er sie nicht mehr ausreisen. Er hatte wohl Angst, sie könnten im Aus-

land starke Verbündete finden und gegen ihn mobil machen. Trotz der Gesetze von neunzehnhundertfünfunddreißig hatten viele Juden das ganze Ausmaß der Judenfeindlichkeit noch nicht erkannt. Erst mit der Reichskristallnacht, das war im Herbst 1938, wurde es auch dem letzten Juden in Deutschland klar."
„Reichskristallnacht? Fragte ich. „Haben sie da nicht Schaufenster zerschlagen? Das war natürlich schlimm für die Geschäftsleute. Eine Barbarei war das."
„Die Schaufenster waren noch das Wenigste", sagte Frau Römer. „Sie haben jüdische Geschäfte, jüdische Wohnungen und was das Schlimmste war, mehr als 200 Synagogen zerstört. Fast hundert Menschen sind dabei umgekommen. Und das war nur der Anfang. Anschließend brachten sie dreißigtausend Menschen in ihre Konzentrationslager, um sie dort umzubringen."
„Darunter Ihren Mann?"
„Darunter meinen Mann. Ich habe nie mehr etwas von ihm gehört. Ich bete noch heute zu Gott, dass sie ihn nicht so sehr haben leiden lassen."
„Menschen, die eingesperrt werden, leiden natürlich immer", sagte ich.
„Das ist noch das Wenigste. In jüdischen Kreisen weiß man, dass die Lagerinsassen von sadistischen Kommandanten und Aufsehern misshandelt werden, dass sie hungern und mit Zwangsarbeit gequält werden. Die Nationalsozialisten sprechen von Vernichtung durch Arbeit."
„Sind Sie sicher, dass das alles stimmt?" fragte ich, weil so ungeheuerlich war, was Frau Römer erzählte.
„Es stimmt, aber ich kann jetzt eigentlich nicht mehr beim Fensterputzen darüber sprechen. Wenn Sie noch mehr Fragen haben, könnten wir uns ein bisschen hinsetzen. Sie müssen mir die Zeit nicht bezahlen."
Ich versicherte ihr, dass ich ihr selbstverständlich die Zeit, in der wir miteinander sprachen, bezahlen würde, das sei doch jetzt nicht wichtig. Sie sollte sich erst einmal ausruhen und

ich würde uns inzwischen einen Kaffee kochen. Als ich mich wieder zu ihr setzte, fragte ich: „Und wie soll das alles weitergehen?"

„Es wird noch viel schlimmer. Sie wollen die europäischen Juden systematisch ausrotten. Dafür haben sie spezielle Einsatztruppen gebildet, die folgen im Osten dem deutschen Heer und ermorden überall, wo sie hinkommen, die Juden."

„Woher wissen Sie das nur alles, Frau Römer? Das ist doch unglaublich."

„Ja, es ist unglaublich. Ich weiß es von einigen Herren, einem Politiker, einem Journalisten und noch anderen."

„Wo treffen Sie denn so mutige Herren?" fragte ich.

„Den Ort darf ich niemandem nennen. Das wäre zu gefährlich. Nicht dass ich Ihnen misstraue. Es ist eine grundsätzliche Vereinbarung. Wir treffen uns regelmäßig."

„Und es gibt wirklich nichts und niemanden, der diesen Menschen, diesen Hitler aufhalten könnte?"

„Nicht auf legalem Wege. Nur wenn die anderen Länder seine Armee endlich besiegen würden, dann könnten sie seine Einsatztruppen unschädlich machen und die armen Menschen in den Konzentrationslagern befreien. Ich weiß auch nicht, warum das so lange dauert, warum der sich so lange halten kann. Der Gegner ist doch wesentlich stärker."

„Und auf illegalem Wege?" fragte ich.

„Das wurde schon versucht, aber es ist nicht gelungen. Es scheint auch nicht mehr so viele einsichtige Menschen zu geben, und von den Einsichtigen, die es gibt, sind die wenigsten auch noch mutig."

„Das sind doch sicher zigtausend Menschen, die in den Lagern sterben, oder was meinen Sie?"

„Ich glaube, wenn es eines Tages zu Ende sein wird, dann werden es Millionen Tote sein."

„Was ist das für eine furchtbare Zeit, in der wir leben? Warum lässt Gott zu, dass eine bösartige Minderheit Millionen Menschen quält und tötet?"

„Ich weiß es auch nicht“, sagte Frau Römer, „aber ich fürchte, Gott wird noch viel Schrecklicheres zulassen, und erst dann wird es eines Tages genug sein und umschlagen.“
Unser Gespräch über die Vernichtung der Juden hatte uns einander näher gebracht. Mir wurde erst nachträglich klar, welchen Vertrauensbeweis Frau Römer mir damit geliefert hatte. In einer Zeit, in der man keinem Menschen mehr vertrauen konnte, hatte sie sich und ihre Freunde mir voll Vertrauen ausgeliefert. Ich wusste, dass sie sich nicht in mir geirrt hatte, sie konnte es nicht wissen, sie konnte nur ihrem Gefühl trauen. Von nun an würde ich an Frau Römer nicht mehr als an meine Zugehfrau denken, sondern als an eine Freundin, die in der Zeit der Not zu mir gestoßen war, die mir vertraute, und deren Vertrauen ich nicht enttäuschen wollte. Wir verfolgten weiterhin die politische Lage, und am Ende waren wir starr vor Entsetzen.

*

Wieder dachte ich über das Karma nach. Ich fragte mich, wie es zu verstehen wäre, dass Hunderte von Menschen das gleiche Schicksal hatten? Es musste so etwas wie ein kollektives Karma geben. Das erklärte aber nicht, woher zu einem bestimmten Zeitpunkt Millionen Menschen kamen, die das gleiche Schicksal brauchten, um das gleiche Karma abzulösen. In der Vergangenheit hatte es immer wieder kollektive Katastrophen gegeben, Kriege, Naturkatastrophen. Wenn ein Omnibus verunglückte, dann konnte ich mir noch vorstellen, dass sich eine Gruppe von Menschen versammelt hatte, die ein ähnliches Karma hatten.
Aber in Bezug auf einige Millionen Juden in vielen Ländern der Erde konnte ich es mir nicht mehr vorstellen. Hier konnte es sich nur um ein gemeinsames Karma a l l e r Juden handeln. Natürlich hatten sie Jesus hingerichtet, und das mussten sie vielleicht auch alle miteinander und jeder für sich verantworten. Wenn Jesus, wie es hieß, kein Mensch

gewesen war, sondern ein Sohn oder ein Teil Gottes, dann musste durch seinen Tod im Kosmos einiges durcheinander geraten sein. War das die Ursache dieser Schrecklichkeiten? Ich konnte es mir schon deshalb nicht vorstellen, weil auch die Römer an der Hinrichtung Jesu Schuld waren. Die Römer waren im Verlauf der Geschichte noch nie verfolgt oder gar ermordet worden. Es hieß zwar, dass es so etwas wie ein Menschheitskarma gäbe, dass darin aber das Karma jedes einzelnen Menschen enthalten wäre. Dass jeder einzelne Jude, sogar die jüdischen Kinder, ein so schweres Karma auf sich geladen hätten, dass sie die Nazis brauchten, um es abzulösen, konnte ich mir nicht vorstellen.
Wenn es so wäre, dann hätten sich die Nazis sogar um die Juden verdient gemacht. Dieser Gedanke schien mir denn doch zu absurd. Die Juden sind auch schon in früheren Zeiten als Mörder Jesu angegriffen worden, aber sie als Volk zu vernichten, auf diese Idee ist noch nie ein Herrscher irgendeines Volkes gekommen. Dass sie fast zweitausend Jahre lang keine Heimat mehr hatten, kein eigenes Land, das wäre schon Strafe genug gewesen, damit hätten sie auch schon ziemlich viel Karma ablösen können.
Das Problem war, dass ich den Herrn auf dem Berg nicht mehr danach fragen konnte. Er war schon seit einem Jahr tot, und so viele Fragen waren unbeantwortet geblieben. Für das, was jetzt geschah, würde es wahrscheinlich niemals eine Erklärung geben.
Auch dass Hitler überhaupt existierte und wahrscheinlich geistesgestört war, konnte nicht die Ursache dieser ganzen Entwicklung sein. Ein einzelner Mensch kann kein so großes Unheil bewirken, wenn er nicht von einer höheren Instanz den Auftrag dazu bekommen hat.
Ich fragte mich, ob in dieser Zeit etwas Dunkles, Satanisches Macht über die Menschen gewonnen hätte, dass die einen diesem verbrecherischen Führer folgen mussten und die anderen nichts dagegen ausrichten konnten. Wenn ich darüber nachdachte, war ich nach einiger Zeit immer ganz ver-

zweifelt, und es gab niemanden, der mir half, meine Gedanken zu ordnen. Was ich bisher gedacht hatte, passte einfach nicht mehr zusammen. Die Sache mit dem Karma war im einzelnen Fall so plausibel gewesen, aber in dieser Zeit, in der das jüdische Volk ein so furchtbares Schicksal erleiden musste, schien mir alles, was ich bisher über das Karma gedacht hatte, irgendwie unlogisch.

Wenn ich den Glauben an das Karma nicht aufgeben wollte, musste ich mich auch fragen, was für ein Karma die Menschen jetzt auf sich luden, die dem Hitler folgten und warum sie es tun mussten. Was würde in der Zukunft geschehen müssen, damit dieses Karma wieder abgelöst werden könnte? Würden zum Beispiel schreckliche Krankheiten in die Welt kommen, von denen man heute noch nichts ahnte, Seuchen wie im Mittelalter, Epidemien oder würde es Naturkatastrophen nie gekannten Ausmaßes geben. Für die Menschen, die so große Schuld auf sich luden, würde es vielleicht die größte Strafe sein, wenn sie einfach keine Gelegenheit bekämen, das Karma, das sie auf sich geladen hatten, abzulösen, dass sie ihre schwere Schuld tragen müssten bis zum Ende der Zeit.

Wenn ich es so herum betrachtete, dann erschien mir das Karma nicht als eine Strafe, sondern als eine Gnade. Für den Menschen, der so ein furchtbares Verbrechen begangen hatte, wie die Vernichtung eines ganzen Volkes, musste es doch eine große Erleichterung und unverdiente Gnade sein, eines Tages wieder frei von Schuld zu sein. Aber bei Hitler und seinen Helfern konnte ich mir das wirklich nicht vorstellen.

*

Dietrich war inzwischen genauso groß wie ich, ein junger Mann von achtzehn Jahren. Weil ich selbst so groß gewachsen war, hatte er es schwer, mir über den Kopf zu wachsen. Ich hatte Angst, dass er noch eingezogen würde, bevor der Krieg zu Ende war. Aber in zwei Jahren wurde er

schon zwanzig Jahre alt sein, und lange würde man wohl nicht mehr damit rechnen können, dass er seiner Jugend wegen geschont wurde. In der Hitlerjugend hatte er eine quasi militärische Ausbildung genossen, und ich wartete nur noch darauf, dass er eines Tages ein Gewehr in der Garderobe aufhängen würde.
Dafür, dass die Mädchen mit der nationalsozialistischen Jugendbewegung nichts im Sinn hatten, war ich dankbar. Auch noch drei BDM-Mädchen im Haus zu haben, wäre mir wirklich zu viel gewesen. Man konnte in dieser Zeit die Entwicklung seiner Kinder in dieser Hinsicht nur noch wenig beeinflussen, weil man ihnen nicht offen sagen konnte, was man über den Nationalsozialismus dachte. Hätte man es getan, dann hätte man damit rechnen müssen, dass sie sich irgendwann verplappert und einen ohne es zu wollen verraten hätten. Also blieb uns nur noch, durch unser Vorbild zu wirken. Wenn wir als Erwachsene andere Menschen nicht diskriminierten, konnten wir damit rechnen, dass die Kinder sich fragten, warum ihre Lehrer und Jugendführer sich anders verhielten. Man konnte auch für seine Kinder beten, konnte Gott bitten, sie vor satanischen Einflüsterungen zu schützen.

Auch in den nächsten beiden Jahren wurde keiner meiner Männer eingezogen. Ich dankte dem Himmel jeden Tag dafür, dass Dietrich offenbar noch nicht alt genug war, um an die Front geschickt zu werden. Wie viele Lebensjahre sie einem Mann zugestanden, bevor sie ihn umbringen ließen, wusste ich nicht. Neunzehn, zwanzig, einundzwanzig? Auf jeden Fall waren es viel zu wenige für einen Menschen, der sich darauf eingestellt hatte, siebzig oder achtzig Jahre alt zu werden.
Der Krieg dauerte nun schon fast sechs Jahre, und ich hatte einmal gedacht, länger als der erste Weltkrieg dürfte er auf keinen Fall dauern. Wieder einmal führte ich mir, wie ich es in den Jahren des Krieges so oft getan hatte, vor Augen, wie alt meine Kinder jetzt waren. Dietrich, der Älteste, würde in

diesem Jahr zwanzig werden, Ursula neunzehn und Agnes achtzehn. Alle hatten sich gut entwickelt und mir, abgesehen von Dietrich mit seiner Hitlerjugend, keine Sorgen gemacht. Agnes war immer sehr zart gewesen, anders, als die beiden Ältesten. Barbara war auch schon dreizehn. Sie war ein bisschen denkfaul, aber sie würde ihren Weg auch machen. Dumm war sie ja nicht.

*

Unser Jüngster machte uns viel Freude. In der schweren Zeit war es uns oft ein Trost gewesen, wie er sich entwickelte. Aber das ist in allen Familien so. Das jüngste Kind, das Nesthäkchen, ist meistens das ganze Glück seiner Eltern. Doch ein Nesthäkchen sollte Gabriel einmal nicht werden, nicht am Nest fest hängen. Er sollte wie seine Geschwister zur richtigen Zeit das Nest verlassen. Inzwischen hatte er es getan, und wenn er glücklich gewesen wäre, hätte ich es auch sein können.
Meine Erinnerung holte das Jahr zurück, in dem er in die Schule kommen sollte. Es würde nicht leicht für mich sein, meinen Kleinen ziehen zu lassen, aber er sollte es nicht merken. Seine Geschwister hatten in der Schule keine Schwierigkeiten gehabt, wenn auch keins von ihnen das Abitur gemacht hatte, was wir besonders bei Dietrich gern gesehen hätten. Dietrich hatte immer zu viele andere Interessen gehabt. Sein Vater war aber zuversichtlich. Er wollte seinem Ältesten die Firma übergeben, wenn die Zeit dafür gekommen wäre, und hatte ihn zu einem Geschäftsfreund in die Lehre gegeben. Dietrich legte großen Wert darauf, ein Praktikant zu sein und kein Lehrling, aber er machte seine Sache gut.
Dann ging alles Schlag auf Schlag. Plötzlich hatte ich überhaupt keine Zeit mehr, über meine Familie nachzudenken, weil es hieß, die Russen kämen, sie wären schon in Berlin. Aber bis zu uns kamen sie nicht. Zu uns kamen die Franzo-

sen. Es gab jetzt eine Militärregierung, die alles bestimmte. Diejenigen, die früher Hitlers Anhänger gewesen waren, beschwerten sich am lautesten. Ich dachte allerdings, dass wir kein Recht hätten, uns zu beschweren und auch keinen Grund dazu. Wir alle waren Hitlers Volk gewesen. Wir hatten ihn nicht daran gehindert, die halbe Welt zu zerstören und Millionen Menschen zu ermorden. Wer wollte sich da noch über Kleinigkeiten beschweren? Wir hatten jetzt eine Militärregierung, weil wir nicht in der Lage gewesen waren, uns selber zu regieren, statt eine ordentliche Regierung zu wählen, hatten wir oder zumindest die meisten von uns, diesen Hitler geduldet. „Führer, befiehl, wir folgen", hatten sie geschrieen.

Das hatte auch das Ausland gehört. Dafür mussten wir uns schämen, solange wir lebten, anstatt uns über die Sperrstunde zu beschweren. So viele Einschränkungen sie sich auch immer für uns einfallen ließen, es war immer noch nicht genug. Diejenigen, die jetzt am lautesten ihre Freiheit forderten, hatten am wenigsten damit umgehen können, als wir sie hatten, bevor der Hitler ans Ruder gekommen war.

Er war übrigens tot, wie man hörte. Seine Freundin Eva Braun hatte er noch geheiratet, und dann hatten sie sich zusammen das Leben genommen, im Führerbunker der Reichskanzlei. Das muss eine großartige Hochzeit gewesen sein, mit dem Vorsatz, sich am nächsten Tag umzubringen. Vorher hatte er sie noch anständig machen wollen, als ob er nicht lange genug Zeit gehabt hätte, sie zu heiraten. Aber eine Frau, die sich dafür hergegeben hatte, mit dem sogenannten Führer etwas anzufangen, die konnte sowieso kein anständiger Mensch mehr werden, nie mehr.

Als die Kirschen blühten, kamen die Franzosen. Wenn das kein Omen war! In unserer Gegend war die Baumblüte nicht so wie in anderen Teilen des Landes. Sie war noch viel schöner, jedes Jahr ein großartiges Erlebnis. Ein Blütenschleier legte sich über das ganze Land. Es war, als ob die Natur sich für die makabre Hochzeit geschmückt hätte.

Ich dachte an die Kirschblüte vor zweiundzwanzig Jahren. Als neunzehnhundertdreiundzwanzig die Kirschen geblüht hatten, war ich eine Braut gewesen, ein dummes, unreifes Ding, das von der großen Liebe geträumt und gegen den Mann protestiert hatte, der ihm bestimmt war. Inzwischen hatte der Krieg mir die Flausen ausgetrieben. Ich war aus tiefstem Herzen dankbar dafür, dass wir und unsere Kinder ihn überlebt hatten. Was konnte man noch mehr verlangen?
Für Albert wünschte ich mir allerdings, dass er die Firma behalten durfte. Aber das bestimmte allein die Militärregierung. Sie waren schon da gewesen, hatten alles angesehen, die Maschinen gezählt und das gesamte Inventar registriert. Albert hatte ihnen alle Fragen beantwortet. Dann hatten sie die Türen verschlossen und die Schlüssel mitgenommen. An die Tür hatten sie ein Schild gehängt: „Bis auf weiteres stillgelegt."
Albert hätte gern seine Mitarbeiter im Hof versammelt und einige Worte zu ihnen gesprochen. Aber dafür gab es keine Genehmigung von der Militärregierung, Versammlungsverbot. Trotzdem erschienen alle, die meisten schon vor der Zeit, als die Firma nach sechs Wochen die Produktion wieder aufnehmen konnte. Es war gründlich überprüft worden, ob Albert etwas mit den Nazis zu tun hatte. Das hatte ihm beim besten Willen niemand nachsagen können.

*

Es war die Zeit der Persilscheine. Die alten Nazis ließen sich bescheinigen, dass sie keine gewesen wären. Auch bei Albert erschienen einige von ihnen und wollten sich mit seiner Hilfe reinwaschen. Ich hatte mir ja schon immer gedacht, dass überzeugte Nazis keinen Charakter haben konnten. Menschen mit Charakter waren keine Nazis. Albert musste sich auch von ein paar Leuten seine politische Integrität bescheinigen lassen. Was ihn aber von der Schar der Persilscheinjäger unterschied, war, dass er tatsächlich mit

Hitler nichts am Hut gehabt hatte, niemals, nicht im Geringsten. Die Bescheinigungen, die er vorlegen musste, waren keine Persilscheine, weil es an ihm nichts reinzuwaschen gab.

In Bezug auf die Nazis war er schon immer sauber gewesen. Der einzige dunkle Fleck auf seiner politischen Weste war sein Sohn Dietrich. Aber dass man einem Vater nicht seinen Sohn zur Last legen konnte, der von den Nationalsozialisten fehlgeleitet wurde, wusste jeder. Man hätte natürlich sagen können, Eltern wären schließlich für die Entwicklung ihrer Kinder verantwortlich, aber in diesem ganz speziellen Fall, in dem man damit hätte rechnen müssen, von seinem eigenen Sohn verraten zu werden, galt das nicht. Ich hatte immer geglaubt, dass Dietrich so etwas bewusst niemals tun würde, aber am Ende war ich auch nicht mehr so sicher gewesen.

In unserer Stadt wurde nun einiges anders. Die jungen Franzosen beherrschten das Stadtbild. Am Abend, wenn ihr Dienst zu Ende war, sah man sie mit deutschen Mädchen Arm in Arm. Die jungen Mädchen waren wohl heute anders, als wir damals gewesen waren. Mit so einem jungen Franzosen, das konnte doch nichts werden. Die wurden entweder versetzt oder in ihre Heimat zurückgeschickt.

Und was wurde denn aus so einem Mädchen? Uneheliche Kinder gab es jetzt natürlich auch, aber keine Besatzungskinder, die ohne Väter aufwachsen mussten. Eines Tages würden bei uns lauter kleine Franzosen herumlaufen, und dann würde hoffentlich niemand mehr behaupten, die Franzosen wären der Erbfeind der Deutschen. Wir mussten keine Feinde mehr erben, weil wir uns selber genug machten.

Eine verantwortungsbewusste Frau mutete einem Kind nicht zu, als Besatzungskind zu leben. Immerhin waren die Franzosen noch vor kurzem unsere Feinde gewesen, wenn man das heute auch nicht mehr so sehen konnte. Sie hatten zwar den Hitler und seine Armee besiegt, uns aber befreit. Ohne sie hätten wir immer noch den Hitler und dürften nicht sagen, was wir dachten. In den Konzentrationslagern

würden immer noch Menschen gequält, und das jüdische Volk würde vernichtet. Eigentlich konnte sich kein Mensch wünschen, dass die Franzosen nicht gekommen wären. Ihre Lebensart war uns ein bisschen fremd. Aber das machte nichts, es brachte ein bisschen frische Luft in unsere schwäbische Kleinstadt und nicht nur in die. In dem ganzen ehemaligen Hitler-Deutschland konnte man wieder atmen.
Aus dem Radio kamen fremde Stimmen, ein Sender, den man jetzt wieder hören durfte. Das allein war den ganzen Wechsel wert, dass man wieder ausländische Sender hören durfte, ohne verhaftet zu werden, weil heute jeder denken durfte, was er wollte. Die Kinder mochten die neue Musik. Vor allem Ursula fühlte sich als Chansonsängerin und lernte alle Texte auswendig. Weil sie für die Existentialisten schwärmte, trug sie jetzt ständig ihren schwarzen Pullover und einen schwarzen Rock. Am liebsten hätte sie sich auch noch die Haare schwarz gefärbt. Die Buben bevorzugten den amerikanischen Sender. Sie waren ja noch jung, und hatten in den vergangenen Jahren nicht viel Spaß gehabt.
Dietrich hatte sich mit einem der jungen Besatzungssoldaten angefreundet und brachte ihn auch mit nach Hause. Ich hoffte, dass sich keins meiner Mädchen in den jungen Mann verguckte. Es war ein charmanter Junge, der mir im Alter meiner Töchter auch gefallen hätte. Doch Ursula und Agnes waren nicht an junge Männer gewöhnt und zogen sich scheu zurück. In ihrer Schule hatte es keine Buben gegeben, und auf Ursulas Haushaltsschule gab es auch keine jungen Männer.
Unsere beiden Jüngsten, Barbara und Gabriel, waren von dem Besucher begeistert. Barbara zeigte es nicht. Sie war nun auch schon ein junges Mädchen und nicht weniger schüchtern als ihre Schwestern. Nur Gabriel zeigte unverhohlen seine Begeisterung. Ich musste aufpassen, dass er den jungen Mann nicht anbettelte. Sie nannten ihn Maurice. Er hatte immer die Taschen voll Kaugummi und Schokolade. Wenn Maurice zum Abendessen kam, brachte er immer

ein kleines Geschenk mit. Ich sagte, dass er das bleiben lassen sollte, aber er bestand darauf, und meinem jämmerlichen Speisezettel tat es gut.
In den Geschäften gab es noch so gut wie nichts zu kaufen, und ich hatte jeden Tag eine große Familie satt zu bekommen. So waren auch die etwas exotischen Nahrungsmittel, die Maurice mitbrachte, eine Hilfe, ein feiner Käse, eine Flasche Rotwein oder das lange Weißbrot, das er Baguette nannte. Es schmeckte ungewohnt, aber alle wurden davon satt. Meine Kinder gewöhnten sich schnell an französischen Käse, den ich schon immer sehr gemocht hatte. Ob es mir gefiel oder nicht, wenn Maurice uns besuchte, stand keins meiner Kinder hungrig vom Tisch auf.
Einmal wurde Dietrich zu einer Party seiner französischen Freunde eingeladen. Die Mädchen sollten auch mitkommen. Ich hätte es ihnen erlaubt, aber sie wollten nicht. Als Dietrich dann erzählte, was er erlebt hatte, dachte ich, sie hätten gut daran getan. In allen Räumen hatte es laute Musik gegeben. Alkohol hatten sie getrunken. Im Keller hatten in einem Raum große Körbe mit Stangenweißbrot, Platten mit gebratenen Hühnerschenkeln und den viereckigen Leberwürsten, die sie Terrine nannten, gestanden. Außerdem gab es mehrere Sorten Wein und Schnäpse. „Eau de vie“, sagte Dietrich grinsend.
Ich konnte mir das alles nicht vorstellen. „Haben sie sich denn noch ordentlich benommen, wenn sie getrunken hatten?“ erkundigte ich mich.
„Da muss man großzügig sein. Andere Länder, andere Sitten“, meinte er. „Sie haben die Mädchen in den Hintern gekniffen und ihnen an den Busen gelangt. Geknutscht haben sie auch, und das in aller Öffentlichkeit.“
„Gefiel dir das?“ fragte ich.
„Na ja“, sagte er, „ich habe halt zugeschaut, das war ganz nett.“
„Und geknutscht hast du nicht“, fragte ich.
„Und wenn? Es waren ja hübsche Mädchen da.“

„Und die wollten das auch?“
„Sonst wären sie nicht hingekommen. Wie es auf diesen Partys zugeht, weiß man doch.“
„Du wusstest es auch und wolltest trotzdem zu der Party gehen?“ erkundigte ich mich.
Dass mein Ton spöttisch war, entging ihm. Unschuldig sagte er: „Ich bin doch ein Mann. Für Männer ist das richtig.“
„Du Mann“, dachte ich, „du hast noch eine ganze Menge zu lernen.“
Diese Franzosen schienen ihm nicht besonders gut zu bekommen.
„Das ist der american way of life“, sagte Dietrich.
„Ich dachte, du warst bei den Franzosen.“
„War ich auch. Der american way of life ist international”, behauptete er.
Der american way of life? Wollte er den jetzt auch bei uns einführen? Im Interesse meiner Kinder hätte ich gern darauf verzichtet. Die Kultur eines Menschen zeigte sich in seinen Tischsitten. Ich legte großen Wert darauf, immer einen weiß gedeckten Tisch mit schönem Geschirr und Silberbesteck zu haben. Geknutscht wurde bei mir nicht und beim Essen schon gar nicht.
Männer neigten dazu, im Krieg zu verwildern. Dietrich war allerdings nicht im Krieg. Männer neigten wohl überhaupt dazu, zu verwildern, wenn sie unter sich waren. In meinem Haus waren sie nicht unter sich, und bei mir benahm sich auch ein junger Soldat ordentlich.

*

Immer wieder mussten wir uns überlegen, wie die Zukunft eines unserer Kinder aussehen sollte. Alle sollten einen ordentlichen Beruf haben, um auf das Leben vorbereitet zu sein. Bei Dietrich hatte es sich von selbst ergeben. Ich überlegte mir allerdings, ob er wirklich das Zeug zum Unternehmer hatte. Aber die Firma gab es nun einmal, und er war der älteste Sohn.

Was aus Gabriel würde, war noch nicht abzusehen. Eine Frau konnte schließlich keine Firma leiten, nicht nur weil Frauen andere Fähigkeiten haben, sondern auch, wie ich aus den Büchern des Herrn wusste, weil es ihrer geistigen Entwicklung schadete. Es war nicht die Aufgabe der Frau, sich so herauszustellen.

Mit Ursula hatten wir keine besonderen Schwierigkeiten. Es wäre mir lieber gewesen, sie hätte sich ein bisschen mehr Gedanken über ihre Zukunft gemacht. Wir schickten sie auf eine Haushaltsschule. Hauswirtschafterin hätte sie werden können. Aber es war ihr wichtiger, einmal einen guten Mann zu finden und Kinder zu bekommen. Sie war ein sehr hübsches Mädchen, und es würde ihr nicht schwer fallen, sich zu verheiraten. Ich hatte keinen Grund, ihr deshalb böse zu sein, denn ich hatte es auch nicht anders gemacht. Aber ich hatte im Gegensatz zu meiner Tochter keine Wahl gehabt. Sie hätte sogar Hauswirtschaftslehrerin werden können. Aber sie war überhaupt nicht ehrgeizig.

Agnes war als nächste an der Reihe. Im Gegensatz zu ihrer Schwester wusste sie sehr genau, was sie mit ihrem Leben anfangen wollte. Sie war nun achtzehn Jahre alt, und wir mussten uns überlegen, wie wir sie auf den Weg bringen konnten. Sie hatte künstlerische Ambitionen. Am liebsten wäre sie Bildhauerin geworden, was in dieser Zeit absolut brotlos und reichlich unvernünftig war. Aber ich verstand sie, hätte ich doch als Mädchen selber gern einen künstlerischen Beruf ergriffen. Agnes sah zwar aus wie ihr Vater, aber im Wesen war sie m i r ähnlich. Ich beschloss, ihre Pläne zu unterstützen.

*

Man empfahl uns einen Bildhauer in einer kleinen Stadt in Hessen. Er war schon ein älterer Herr und erklärte sich bereit, Agnes für ein Praktikum anzunehmen. Für ein halbes Jahr sollte sie sich unter seiner Anleitung als Bildhauerin versuchen. Sie reiste also nach Hessen und schrieb anfangs begeisterte Briefe. Dann wurden ihre Briefe immer nichtssagender, und nach vier Monaten stand Agnes wieder mit ihrem Koffer vor der Tür. Das arme Ding war ganz verwettert.

Der ältere Herr, dem wir sie anvertraut hatten, schien ihr zu nahe getreten zu sein. So süß und unschuldig, wie sie war, musste sie dem Künstler gefallen haben. Ihrem verwirrten Gestammel entnahm ich, dass er sie nackt hatte malen wollen. Wenn ich mir meine Tochter in ihrer blonden Schönheit ansah, konnte ich ihn verstehen. Es war ja auch nichts Unrechtes gewesen, was er von ihr verlangt hatte. Aber Agnes war mit ihren achtzehn Jahren noch viel zu unschuldig, sich vor einem Mann auszuziehen. Das hatte er wahrscheinlich nicht erkannt. Aber von einem Mann konnte man das auch nicht erwarten, und von einem Künstler schon gar nicht.

„Willst du trotzdem noch Bildhauerin werden?“ fragte ich sie.

Sie antwortete trotzig: „Nun erst recht. Man kann auch als Künstlerin anständig bleiben.“

Sie hatte schon den nächsten Schritt geplant. Für eine Bewerbung an der Akademie der bildenden Künste war sie noch nicht reif genug. Das hatte ihr auch der Professor in ihrem hessischen Praktikum gesagt. Er hatte ihr empfohlen, zuerst eine Lehre in einem Kunsthandwerk zu machen und sich erst dann an der Akademie zu bewerben. Agnes hatte sich für eine Töpferlehre entschieden. Wir fanden eine Werkstatt, und sie lernte mit Begeisterung töpfern.

Wenn sie nach Hause kam, erzählte sie, wie wichtig es wäre, den Ton gut zu schlagen, und dass sie schon den größten Kloß in die Mitte drehen könnte. Ich verstand den Sinn ihrer Worte nicht, auch nicht, als sie versuchte, ihn mir zu erklären, aber ich sah, dass sie aufblühte. Richtig glücklich wirkte sie, und ein bisschen kräftiger wurde sie auch. Als sie die

Lehre abgeschlossen hatte, bewarb sie sich an der Akademie in München und wurde angenommen. Glücklich und fast ohne Angst, machte sie sich auf in die große Stadt. Als sie mit dem Studium fertig war, ging sie noch auf die Meisterschule und machte die Meisterprüfung.
Mein zartestes Kind schien von allen das tüchtigste zu sein. Wir halfen Agnes noch, in einem Arbeiterviertel von München eine einfache Werkstatt einzurichten, in einer Baracke, in der sich noch eine Wäscherei befand, und mussten uns erst einmal keine Sorgen mehr um sie machen.
Aber das lag jetzt noch in der Zukunft. Im Augenblick schien es uns noch ziemlich widersinnig, ein Kind einen künstlerischen Beruf lernen zu lassen. Es gab nichts zu essen, und der Krieg hatte alles kaputtgemacht. An Kunst dachte noch kein Mensch. Man dachte an das Essen und das Überleben in dieser unsicheren Zeit. Schließlich waren wir noch nicht einmal mehr ein Staat. Eine Besatzungszone waren wir. Noch nie war es so wichtig gewesen, seine Kinder etwas lernen zu lassen, womit sie in jeder Situation würden überleben können, in einem Staat wie in einer Besatzungszone.
Barbara machte uns da nicht viel Kummer. Sie war nun sechzehn Jahre alt und hatte sich von jeher in den Kopf gesetzt Kinderkrankenschwester zu werden. Nach der Schule hatte sie ein Haushaltsjahr in einer Familie mit drei kleinen Kindern gemacht, und jetzt war es so weit, dass sie auf eine Schwesternschule gehen konnte.
Damit waren alle Kinder untergebracht. Nur Gabriel war noch zu jung, um sich für einen Beruf zu entscheiden. Aber er war ein begabter Bursche, der seinen Weg machen würde. Ich stellte mir ein Studium für ihn vor. Sogar von einem Doktortitel träumte ich. Dafür schimpfte ich mich aber eine alberne Person.

*

Langsam normalisierte sich alles wieder. Drei Jahre nach Kriegsende kam die Währungsreform. Die Reichsmark wurde ungültig. Vierzig Mark pro Kopf durfte man in die neue Währung umtauschen, und am gleichen Tag waren plötzlich die Schaufenster voll mit den herrlichsten Gütern.
Wir hatten gedacht, dass es im besiegten Deutschland keine Waren mehr gäbe. Das war ein Irrtum. Es gab buchstäblich alles, sogar Sachen, die ich noch nie gesehen, von denen ich noch nicht einmal etwas gehört hatte. Die Geschäftsleute hatten die Lager voll gehabt und die Waren zurückgehalten, während die Menschen Not litten und der schwarze Markt blühte. Ich konnte die Geschäftsleute verstehen. Warum hätten sie ihre Waren für Geld verkaufen sollen, das schon nach kurzer Zeit keinen Wert mehr haben würde? Außer zum Feuer anzünden taugte es zu nichts mehr. Dietrich, der immer ein bisschen großsprecherisch war, zündete sich jetzt Zigaretten mit Geldscheinen der alten Währung an. Er war noch jung und musste seine Unsicherheit verbergen.
Ich hatte für meinen Sieben-Personen-Haushalt plötzlich zweihundertachtzig Mark in der Tasche, Geld, für das man tatsächlich kaufen konnte, was man brauchte. Manche Frauen, auch wenn sie kleinere Familien hatten, kamen sich vor wie die Königinnen und kauften unsinnige Dinge. Dazu war ich zu realistisch, obwohl auch ich eine kindische Seite hatte, und gern einmal das Geld zum Fenster hinausgeworfen hätte.
Einmal hätte ich beinahe etwas Überflüssiges gekauft. Zu gern hätte ich einmal wieder ein Fläschchen Kölnisch Wasser besessen. Aber ich sagte mir, dass ich mit meinen sechsundvierzig Jahren vernünftiger sein müsse. Dann war es vorüber, und ich kaufte Wiener Würstchen für einen ganz luxuriösen Gaisburger Marsch und Seifenpulver. Eier und Mehl für die Spätzle brauchte ich auch. Kartoffeln hatten wir sowieso im Keller. Sie waren jahrelang unser Hauptnahrungsmittel gewesen. Für einen Schwaben wäre das unter normalen Umständen eine Zumutung gewesen. Aber in die-

ser schlimmen Zeit musste man froh sein, wenn man überhaupt etwas hatte.

*

Bald nach dem Ende des Krieges geschah etwas, woran ich kaum noch dachte, womit ich nie gerechnet hatte, obwohl es eigentlich selbstverständlich war. Die Siedlung auf dem Berg wurde den Anhängern des Herrn zurückgegeben, und neues Leben kehrte ein. Als ich zum ersten Mal wieder dorthin kam, war alles fast unverändert. Trotzdem hatte ich immer das Gefühl, ich müsste irgendwo etwas wegputzen. Mein Verstand sagte mir, dass es nichts wegzuputzen gab. Die sichtbaren Spuren der Nazis waren sofort entfernt worden. In allen Gebäuden roch es nach Holz und nach Wachs.
Ab sofort sollten die drei großen Feiern wieder stattfinden, im Mai das Fest der Heiligen Taube, im September das Fest der Reinen Lilie und im Dezember das Fest des Strahlenden Sternes. Es kam mir alles genau so merkwürdig vor wie früher. Die alten Zweifel kehrten zurück, und ich bekämpfte sie so, wie ich es früher auch getan hatte. Ich war immer sachlich gewesen. Warum strengte ich mich so an, zu glauben, dass dieser Mensch, von dem man hörte, er hätte wegen Betrügereien im Gefängnis gesessen, so etwas Besonderes, so etwas Übermenschliches war? Musste ich daran glauben, weil das Ganze einen verborgenen Sinn für mich hatte? Noch nie hatte ich mich so sehr bemüht, Ordnung in meine Gedanken zu bringen. Ich überlegte mir, ob dies hier wirklich ein Teil meines Lebens werden sollte.
Es war schon so oft vorgekommen, dass jemand behauptet hatte, er wäre mehr als ein Mensch, er wäre göttlichen Ursprungs, und hätte ein höheres Wissen. Immer hatten sich um einen solchen Menschen viele Leute, oft ganz achtbare Männer und Frauen, versammelt, und eine Sekte war entstanden. Diese Menschen hatten noch jedes Mal geglaubt,

sie wüssten es besser als alle anderen Leute. Sollte ich jetzt selber zu denen gehören, die dieser Meinung waren?
Noch konnte ich einfach heimfahren und das Ganze vergessen. Sie sagten, der Herr wäre Gott selbst oder doch ein Teil von ihm. Durfte man so etwas überhaupt sagen, war das nicht Blasphemie? Konnte da einfach jemand kommen und sagen, er wäre Gott? Gott wäre einmal als Jesus auf der Welt gewesen und einmal als Immanuel, was „Gott mit uns" bedeutet. Und dieser Immanuel wäre ein Herr, der Bücher schriebe. Warum hatte er dann plötzlich diesen orientalischen Namen?
Und überhaupt Immanuel! Namen, die auf die Buchstaben el endeten, waren doch sonst die Namen von Erzengeln, Michael, Gabriel, Raphael. Die Engel waren aber nicht Teile von Gott, sondern eine andere Art von Wesenheiten. Trotzdem nahm er sich einen Engelsnamen und sagte, er sei in einer himmlischen Burg zu Hause. Niemand konnte mir sagen, was das wäre, eine himmlische Burg, und warum jemand da wohnte. Das waren Gedanken, die ich nicht aussprechen durfte, nicht hier, und anderswo wollte ich es sowieso nicht.
Irgendwie passte das alles nicht zusammen. Vermutlich lag es daran, dass der Herr doch einfach ein Sektengründer gewesen war, der sich das alles ausgedacht hatte. Aber es klang so schön, und wenn es wirklich gestimmt hätte, dann würde alles einen Sinn bekommen, was mir in meinem Leben ungereimt vorkam. Ich wollte es so gern glauben.
Die anderen Leute, die daran glaubten, waren durchweg achtbar und glaubwürdig. Viele hatten akademische Berufe, Rechtsanwälte, Ärzte, Architekten, sogar Theologen. Die konnten sich doch nicht alle so irren. Irgendetwas musste an dieser Lehre dran sein, dass sie auch die gescheitesten Leute faszinierte. Vielleicht war es der Glaube an die Wiedergeburt.
Ich hatte gelernt, die Reinkarnationslehre gehöre zu den östlichen Religionen und entspreche nicht dem Wesen des

westlichen Menschen. Aber das war wohl nur die Meinung der Kirche. Die musste ja ihren Erlöserglauben verkaufen. Wenn man aber davon ausging, dass es ein Karma und eine Wiedergeburt gäbe, dann würde ein Erlöser nicht gebraucht. Mit ihrer Erlöserideologie aber machte die Kirche seit zweitausend Jahren das große Geschäft. Deshalb konnte sie nicht dulden, dass jemand glaubte, es ginge auch ohne ihren Erlöser. Sie sollen Menschen ermordet haben, die über die Reinkarnation sprachen.
Die Reinkarnation und das Karma gehörten zusammen. Wenn man öfter auf die Welt käme, dann bekäme man auch öfter eine Chance und konnte seine Fehler wieder gutmachen. Dann würde auch alles Dunkle und Böse, was auf der Welt geschah, einen Sinn bekommen. Wenn ein Mensch ein schlimmes Schicksal hatte, dann war das ein schweres Karma, das er selber verursacht hatte. Aber für das, was in den Jahren der Hitler-Herrschaft passiert war, reichte auch dieses Erklärungsmodell nicht aus. Dass so viele Menschen zur gleichen Zeit das gleiche schwere Karma hatten, war unwahrscheinlich. Ich wusste einfach nicht, wie das gehen sollte.
Erst einmal wollte ich mir auf dem Berg alles genau ansehen. Vielleicht würde mir das auch helfen, mir ein Urteil zu bilden. In manchen Augenblicken dachte ich auch, ich sollte mich einfach „versiegeln" lassen, wie meine Schwester es getan hatte. Dass sie es getan hatte, war natürlich für mich kein Grund, es auch zu tun. Die Zeiten, in denen ich haben musste, was Maria hatte, waren Vergangenheit. Aber dann kam eins zum anderen. Zuerst sagte meine Schwester, die meine Verwirrung bemerkt hatte, ich sollte mich doch einmal um ein Gespräch mit Frau Elisabeth bemühen.
Ich hatte Frau Elisabeth schon einmal gesehen, als ich Albert verlassen wollte und mich auf den Berg geflüchtet hatte. Das war nun schon fünfzehn oder sechzehn Jahre her. Ich erinnerte mich nicht gern daran, es war mir peinlich. Was war ich aber auch damals für eine dumme Gans gewesen!

Drei Kinder hatte ich gehabt und immer noch den Kopf voller Flausen. Von einem Mann ewige Treue zu verlangen, war einfach naiv. Natürlich wäre es gut für den Mann, wenn er es schaffen würde, treu zu sein, für seine eigene Entwicklung. Wenn er es nicht konnte, dann war er noch nicht so weit, und dann konnte man es als Ehefrau auch nicht von ihm erwarten. Niemand kann mehr geben als er hat.
Mit diesen Gedanken machte ich mich auf den Weg zu Frau Elisabeth. Dieses Mal war ich nicht so ängstlich und unsicher. Ich war fünfzehn Jahre und zwei Kinder älter geworden. Heute ging es um eine ganz andere Frage. Auch Frau Elisabeth war älter geworden. Sie hatte den Tod ihres Mannes und die zeitweise Enteignung der Siedlung erlebt. Ob der Herr wirklich ein Gottgesandter gewesen wäre, der in die Schöpfung heruntergestiegen war, wollte ich sie fragen, woran ich das erkennen und was ich tun könnte, um meine Zweifel zu überwinden.
„Warum wollen Sie es denn so gern glauben?" fragte sie.
„Ich, ja, warum will ich es?" stotterte ich. „Da ist immer so eine Stimme in mir."
„Was sagt die Stimme?" fragte sie.
„Sie sagt, dass ich daran glauben soll, obwohl das unvernünftig ist."
Sie lächelte. „Unvernünftig?"
„Ich bin in meinem Leben immer vernünftig gewesen, und nun soll ich so etwas Unvernünftiges glauben."
Sie sagte: „Vernünftige Leute brauchen wir hier. Zweifel haben die meisten, aber sie gestehen es sich nicht ein."
Sie war eine sehr schöne alte Frau. Wie alt mochte sie sein? Der Herr wäre in diesem Jahr dreiundsiebzig geworden. Sicher war sie auch in diesem Alter, vielleicht ein paar Jahre jünger oder auch nicht. Sie trug ein großes goldenes Kreuz an einer Kette. Es wirkte sehr feierlich und offiziell. Das taubengraue Seidenkleid kleidete sie gut. Sie trug es sicher nur zu offiziellen Anlässen. Heute war ich der offizielle Anlass. Mit einer Küchenschürze konnte ich mir sie schwer

vorstellen. Wahrscheinlich musste sie nicht kochen oder Wäsche waschen, und sicher hatte sie auch eine Frau, die ihr die Wohnung sauber hielt. Sogar ich hatte Frau Römer, die das nun schon seit Jahren für mich tat.

Ich sah sie an und befürchtete, dass ich nun vollends übergeschnappt wäre, denn immer, wenn ich in ihre Richtung sah, war ich geblendet. Ich bildete mir doch tatsächlich ein, dass sie von Lichtfunken umgeben wäre. Dabei wusste ich ganz genau, dass ein Mensch nicht von Lichtfunken umgeben sein kann. Mit meinen Augen musste etwas nicht in Ordnung sein. Oder lag es nur daran, dass ich weinte?

Es gab doch keinen Grund zu weinen. Ich hatte um ein Gespräch gebeten und war auf Verständnis gestoßen. Vielleicht war ich deshalb so erschüttert, weil ich sonst nicht so viel Verständnis fand. Dass mich so selten jemand verstand, mochte daran liegen, dass ich nicht über mich sprach. Wer nicht über sich sprach, konnte nicht verlangen, verstanden zu werden. Jetzt weinte ich jedenfalls und genierte mich dafür. Wenn meine Kinder mich so gesehen hätten!

Dann stand ich wieder draußen. Die Sonne schien noch immer. Ich mochte das weiche Licht der Abendsonne besonders gern. Es ließ die Blumen leuchten. Das Rot der Geranien wirkte tief und dunkel und das Blau der Lobelien leuchtete. Ich ging durch das Pförtnerhäuschen aus der Siedlung hinaus. Die Frau an der Pforte verabschiedete mich freundlich. Tief atmend und sehr erleichtert ging ich zu meinem Quartier zurück.

In den nun folgenden Jahren sollte der Berg mit seinen Menschen in meinem Leben und in dem meiner Familie eine wichtige Rolle spielen.

*

Dietrich wollte als erstes meiner Kinder heiraten. Es stand ihm als dem Ältesten zu. Seine Verlobte Jutta war ein Mädchen aus gutem Hause, eine schöne dunkelhaarige junge Frau, schmal und fast so groß wie Dietrich. Wir hatten nichts gegen diese Heirat, im Gegenteil. Es erleichterte uns, dass Dietrich so gut gewählt hatte. Albert war stolz auf seinen Sohn. Das hätte er auch nicht anders erwartet, meinte er. Ich war doppelt erleichtert, weil ich nicht mit einer so günstigen Entwicklung gerechnet hatte.

Das Einzige, was mir zu schaffen machte, war, dass Juttas Eltern, die Seibolds, so distinguiert und so gebildet waren. Nicht meinetwegen machte ich mir Sorgen, sondern wegen meines Mannes. Wir Schwaben neigen dazu uns schnell unsicher zu fühlen, wenn wir jemand für gebildeter halten, als wir es selber sind oder zu sein glauben. Das hat auch etwas mit unserer Mundart zu tun. Einerseits halten wir trotzig daran fest und haben Angst uns etwas zu vergeben, wenn wir uns sprachlich an unsere Umgebung anpassen, andererseits haben wir Minderwertigkeitsgefühle, wenn wir schwäbisch sprechen.

Ich wollte meine Kinder von vornherein vor beidem bewahren. Deshalb sprach ich hochdeutsch mit ihnen, verbot ihnen aber nicht schwäbisch zu sprechen. So lernten sie das eine wie das andere und hatten in jeder Situation die richtige Sprache. In einer schwäbischen Umgebung sprachen sie schwäbisch, und dort wo es üblich war, die Schriftsprache zu sprechen, konnten sie das genau so gut.

Ihretwegen hatte ich im Hinblick auf die neue Verwandtschaft keine Sorgen. Juttas Vater war Lehrer am Gymnasium. Aber das war auch der Mann meiner Schwester, und obwohl er ein sehr strenger und korrekter Mann war, hatte ich ihm gegenüber keine Minderwertigkeitsgefühle. Warum sollte ich jetzt also welche entwickeln? Für Albert war ich nicht verantwortlich. Er war zwar mein Mann, aber sein Verhalten hatte er selber zu verantworten. Wenn er sich unsicher fühlte, war er manchmal ein bisschen zu forsch und was er sagte war nicht immer passend. Aber sie mussten ihn so nehmen, wie er war. Wenn die Seibolds und wir keinen Gefallen aneinander fanden, mussten wir ja nichts miteinan-

der haben. Sie waren zwar unsere Gegenschwieger, aber Eltern und Schwiegereltern mussten nicht automatisch Freunde werden.
Vor der Verlobung trafen wir uns ein einziges Mal, und zwar in einem Lokal im Remstal. Die Seibolds hatten uns dorthin eingeladen. Albert ging auch gern einmal in ein Weinlokal. Manchmal wollte er, dass wir abends in den Ochsen in Stetten gingen und uns dort verwöhnen ließen. Ich ließ mich gern von ihm einladen. Das Remstal gefiel mir. Der Weg durch die Weinberge war in jeder Jahreszeit schön, am schönsten im Herbst, wenn die Hänge golden wurden.
Auch wenn die Kirschen blühten und später wenn sie reif waren und an der Straße verkauft wurden, genoss ich diese Ausflüge sehr. Albert benutzte die Fahrten ins Remstal, um seinen Weinkeller aufzufüllen. Mit den Jahren schätzte er den Wein immer mehr, besonders die schwäbischen Weißweine aus der Gegend.
Die Firma hatte sich nach dem Krieg wirtschaftlich wieder erholt, und er musste nicht mehr so auf den Preis schauen. Ich gönnte ihm die Besuche bei Winzern, machte sogar gelegentlich eine Weinprobe mit ihm. Sie durfte nur nicht zu lange dauern. Stundenlang Wein zu trinken und nichts als Wein zu trinken, war mir zu langweilig. Ich machte mir ja nichts aus Wein. Die begeisterten Weintrinker waren in der Regel Männer.
Diesmal waren wir nicht im Ochsen in Stetten verabredet, sondern im Lamm in Strümpfelbach. Der Ochsen war etwas feiner und teurer als das Lamm. Aber darauf kam es ja auch nicht an. Der Ort war dafür viel hübscher als Stetten. Ich sah die Fachwerkhäuser gern an. Seit dem Krieg wurden immer mehr von ihnen renoviert und schön hergerichtet. Wahrscheinlich gab es dafür Zuschüsse von der Gemeinde, von der Winzergenossenschaft oder von beiden.
Als wir uns diesmal auf den Weg machten, goss es wie aus Kübeln. Albert behauptete, es regne junge Katzen. Wir versuchten zum Auto zu kommen ohne klatschnass zu werden,

was uns aber nur annähernd gelang. Als wir bei den ersten Häusern von Strümpfelbach ankamen, ließ der Regen nach. Die Sonne brach durch die Wolken und tauchte den hübschen Ort in ein goldenes Licht. Die Seibolds waren schon vor uns eingetroffen, wie ich an ihrem geparkten Auto sah, dessen Marke und Farbe Dietrich uns verraten hatte. Sie fuhren ein wesentlich schlichteres Modell, als Albert sich in den Kopf gesetzt hatte.

Albert war schon als junger Mann gern in dem kostspieligen Auto seiner Eltern herumgefahren. Damals war es nicht passend gewesen, aber jetzt als erwachsener Mann und Firmenchef stand ihm das luxuriöse Fahrzeug zu. Es stand ihm zu, und ich war nicht bereit, mich vor den Seibolds deshalb zu genieren. Wahrscheinlich war es Teil eines günstigen Karmas, dass wir in einem gewissen Luxus leben durften. Die Seibolds hatten kein Recht, sich deshalb über uns zu erheben.

Die Frage war, warum ich mich so verteidigen musste. Niemand hatte uns angegriffen, also musste es etwas mit mir zu tun haben. Es schien in mir immer noch einen unbewussten Zweifel zu geben, ob mir dieses gute Leben überhaupt zustand. An das Karma zu denken war hilfreich, wenn es einem schlecht ging. Wenn es einem gut ging, war dieser Gedanke eher verwirrend und man musste aufpassen nicht hochmütig zu werden.

Mein Leben war nicht immer leicht gewesen. Fünf Kinder auf die Welt zu bringen, sie im Hitler-Deutschland und während des Krieges aufzuziehen war oft hart. Vielleicht entschädigte mich mein Leben durch unsere angenehmen Lebensumstände. Doch ich rief mich gleich wieder zur Ordnung. Andere Frauen hatten es nicht leichter gehabt und waren jetzt auch noch in wirtschaftlichen Schwierigkeiten.

Das waren müßige Gedanken. Ich nahm meinen Mantel ohne mir von Albert helfen zu lassen und ging hoch erhobenen Hauptes die Treppe zum Eingang hinauf. Durch die Seibolds wollte ich mich nicht irritieren lassen. Es gab keinen Grund, sich unsicher zu fühlen, weil jemand eine humanistische Bildung hatte. Wir hatten keine, und wir waren auch rechte Leute. Das sollte nur einmal jemand in Frage stellen.

*

Ich begrüßte unsere Gastgeber zurückhaltend. Herr Seibold rückte einen Stuhl zurecht, während Albert meinen Mantel zur Garderobe trug. Frau Seibold machte eine Bemerkung über das schwäbische Wetter, und ich wusste nicht, was ich darauf antworten sollte. Schließlich hatten wir das schwäbische Wetter nicht gemacht. Sie nahm sich auch gleich wieder zurück und sagte, dass die Abendsonne dafür umso angenehmer wäre. Mich langweilte das sinnlose Gerede und ich fragte mich, ob wir nun den ganzen Abend über das Wetter reden würden.
Herr Seibold, der „Gegenschwieger", beriet sich mit Albert über die Auswahl der Weine. Wir Frauen studierten die Speisekarte. Ich war es nicht gewöhnt am Abend ein warmes Essen zu mir zu nehmen und las etwas hilflos die Namen der angebotenen Speisen, von denen die meisten für den Abend zu schwer waren. Schließlich entschied ich mich für ein Fischgericht. Ich hoffte, dass der Fisch viele Gräten hatte, die mir über einige Verlegenheiten hinweghelfen konnten. Dann wurde allerdings die Forelle vom Wirt am Tisch filetiert und es gab weder Gräten, noch sonst einen Grund, im Essen herum zu stochern.
Frau Seibold wirkte ziemlich unglücklich auf mich. Ihr blasses Gesicht war aufgedunsen und ihre grauen Augen blickten trübe. Sie hatte hängende Mundwinkel, und obwohl sie frisch vom Friseur kam, waren ihre Haare ohne Glanz. Die Frau war freudlos und unlebendig. Was mochte mit ihr los sein?
Seit die Zeiten besser geworden waren, sprach man wieder über Depressionen. Ich dachte allerdings, dass die Leute, die

über ihre Depressionen sprachen, keine hatten. Menschen, die wirklich depressiv waren, verstummten. Auch Frau Seibold sprach lange Zeit kein Wort. Sie saß mir am Tisch gegenüber und sah durch mich hindurch. Ich bemühte mich, sie nicht aufdringlich anzustarren. Ich fühlte mich unbehaglich, wie wir uns so stumm gegenübersaßen. Eine Bemerkung über das hübsche Lokal half auch nicht viel weiter. Die beiden Männer stimmten mir zu, und mein Gegenüber schwieg.

Nach einer Weile stellte ich Frau Seibold eine direkte Frage. Jetzt wurde ihr Schweigen auffällig, und ich wusste, was ich wissen wollte, sie konnte nicht antworten. Sie war in ihre Depression eingesperrt wie in ein Gefängnis. Ich hatte bisher noch nichts mit Depressionen zu tun gehabt, aber ich hatte etwas darüber gelesen. Ich wusste, wie Depressionen entstehen. Wenn eine Mutter im ersten Lebensjahr ihres Kindes zu wenig Zeit oder Kraft hat, dann besteht die Gefahr, dass das Kind später eine depressive Persönlichkeit wird. Ich machte mir oft Gedanken darüber.

Für meine Kinder hatte ich mir zwar immer Zeit genommen und hatte auch meistens genug Kraft für sie gehabt. Aber meine Stimmung war nicht immer gut. Wenn es in meiner Ehe Schwierigkeiten gab, war ich oft niedergeschlagen und zog mich mehr oder weniger in mich zurück. Vielleicht hatten meine Kinder manchmal darunter gelitten, dass ihre Mutter so viel in sich hineinschaute. Als Agnes auf die Welt kam, hatte ich eine Menge Schwierigkeiten. Ich habe mich wieder einmal gefragt, ob ich recht daran getan hatte, Albert zu heiraten.

In der letzten Zeit fiel mir auf, dass er anderen Frauen nachschaute. Im Gespräch mit jungen Mädchen warf er sich in Positur wie der Hahn im Hühnerhof. Das war eher harmlos. Seit ich ihn mit den Kindern ein paar Wochen allein gelassen hatte, war nichts mehr vorgefallen. Aber sein Verhalten ärgerte mich. Ich fand es unwürdig. Wir waren jetzt beide fast fünfzig Jahre alt. Im nächsten Jahr würde sein Geburtstag

groß gefeiert werden. Bei diesem offiziellen Anlass würden sicher manche Menschen feststellen, dass der Jubilar sich manchmal ziemlich unreif benahm.
Als Agnes geboren wurde, hatte ich schon zwei kleine Kinder. So kam das Baby schon oft zu kurz. Am Anfang ihres Lebens brauchen Kinder die ganze Aufmerksamkeit ihrer Mutter. Agnes hatte aber nur ein Drittel meiner Aufmerksamkeit, denn die anderen beiden brauchten auch noch sehr viel von meiner Kraft. Ursula war damals gerade ein Jahr alt und Dietrich noch nicht drei. Wenn ich Agnes stillte, legte ich Ursula neben mich. Mit einer Hand hielt ich Agnes, mit der anderen gab ich Ursula die Flasche, während Dietrich quengelnd an meinem Rock hing.
Manchmal kam es mir jetzt so vor, als ob Agnes, die am Anfang so wenig von mir bekommen hatte, depressiv wäre. Sie war so still, und manchmal wirkte sie traurig. Ich fühlte mich ihr gegenüber schuldig und hatte immer das Gefühl, dass ich etwas Besonderes für sie tun müsste, ich wusste nur nicht was. Vielleicht hätte ich sie einfach in den Arm nehmen sollen. Aber das war mir schon immer schwer gefallen, so spontan konnte ich es nicht. Einer erwachsenen Tochter um den Hals zu fallen, wäre mir peinlich gewesen. Nur in meinem Inneren spürte ich die Liebe. Ich verhielt mich meistens so, als ob ich keine Gefühle hätte. Manche fanden mich kalt und hochmütig. Aber ich hatte ein liebevolles und mitleidiges Herz. Nur zeigen konnte ich es nicht. Am schlimmsten war es, wenn ich einem Menschen begegnete, der auch nicht aus sich herauskonnte. Es war eine einzige Peinlichkeit, und so würde es mit Frau Seibold sein. Wir würden sicher niemals etwas miteinander anfangen können. Der gute Wille fehlte nicht, aber die Spontaneität, die Leichtigkeit.
Herr Seibold belehrte uns, während wir aßen. Er belehrte uns über das Remstal im Allgemeinen und Strümpfelbach im Besonderen. Über Weine belehrte er uns, und wir erfuhren, dass er den Trollinger besonders schätzte. Er belehrte uns

auch über Gesundheitsfragen, über die kommunale Politik und über die Weltlage. Kurz, er belehrte uns ununterbrochen. Niemand außer ihm sprach. Natürlich war er ein Lehrer. Aber es gab auch andere Lehrer. An Wiedes Mann, den ich noch nicht einmal besonders mochte, hatte ich diese belehrende Art nie festgestellt.
Während wir hervorragend aßen und Strümpfelbacher Wein tranken, lernten wir also die Eltern unserer zukünftigen Schwiegertochter kennen. Jutta hatte es bei diesen Eltern bestimmt nicht leicht gehabt und war trotzdem ein nettes Mädchen geworden. Für ihre Mutter würde es sicher schwer sein, wenn die einzige Tochter bald das Haus verließ. Dieses Problem hatte ich nicht. Ich würde Dietrich leichten Herzens ziehen lassen. Meine einzige Sorge war, dass er sich ordentlich benahm und seine Frau gut behandelte.
Um das Essen zu verdauen, das für den Abend zu schwer war, machten wir noch einen Spaziergang. Jetzt belehrte uns Herr Seibold über die Rebsorten, die für mich alle gleich aussahen. Ein Wind war aufgekommen und es wurde schon empfindlich kühl. Ich schlug meinen Kragen hoch und hüllte mich fester in meinen Mantel. Der Abend war auch sonst nicht so gewesen, dass es mir besonders warm hätte werden können.

*

Meine Familie wurde nun immer kleiner, und eine neue Zeit in meinem Leben fing an. Agnes hatte als Erste den Versuch gemacht, das Nest zu verlassen. Ich fand das sehr mutig. Sie war ziemlich gehemmt, und es fiel ihr bestimmt nicht leicht.
Mutig ist nicht ein Mensch, der zu leichtsinnig und oberflächlich ist, um Angst zu haben. Mutig war meine kleine Agnes, die sich trotz ihrer Angst auf den Weg machte. Ich wünschte ihr so sehr, dass es eine gute Erfahrung für sie würde. Aber auch durch eine schlechte Erfahrung, wenn es

denn eine war, ließ sie sich nicht entmutigen. „Es lag an mir, Mutter. Ich war noch nicht so weit. Er hat mich mit den Augen eines Künstlers gesehen. Da ist doch nichts Schlechtes dran. Meinst du, dass ich eine sehr dumme Gans war?" fragte sie, als sie sich etwas beruhigt hatte.

In diesem Augenblick hätte ich sie gern in den Arm genommen und getröstet. Aber daran waren wir, wie gesagt, nicht gewöhnt. Nur sprechen konnte ich mit ihr, mir Zeit für sie nehmen, und das tat ich. Dann verließ Agnes zum zweiten Mal das Haus, ging wieder in eine andere Stadt und lernte das Töpfern. Dieses Mal schaffte sie es. Der Schritt aus dem Elternhaus war gelungen.

Als Nächster würde Dietrich uns verlassen. Jetzt lebte er noch im Elternhaus und genoss es, sich an den gedeckten Tisch zu setzen, wenn er mit Albert aus der Firma herüberkam. Über die gebügelten Hemden in seinem Schrank machte er sich keine Gedanken, aber wenn sie einmal nicht gebügelt wären, würde er sich sehr wundern.

Wo er nach seiner Hochzeit mit seiner jungen Frau wohnen würde, hatten wir bei unserem gemeinsamen Essen mit den Seibolds besprochen. Das Paar wollte gleich in ein neues Haus einziehen. Herr Seibold besaß ein Grundstück, das er seiner Tochter als Aussteuer mitgeben wollte. Dietrich hatte einen Bausparvertrag, so lange er auf der Welt war. Sein Großvater Roloff hatte ihn für unseren ersten Sohn abgeschlossen und viele Jahre lang eingezahlt. Jetzt stand eine größere Summe zur Verfügung, ein guter Grundstock für das Bauvorhaben. Wir wollten dem Paar noch etwas dazugeben, und den Rest konnten sie als Hypothek auf das Haus nehmen.

Ich schätzte es nicht, Schulden zu machen, aber Albert sah das anders. Als Firmeninhaber musste er mit Schulden leben. Für ihn war es nicht ehrenhaft, keinen Kredit aufzunehmen, sondern kredit w ü r d i g zu sein. Hypothekenschulden waren für ihn keine richtigen Schulden. Diese Welt war mir fremd, aber ich wusste, dass ich meinem Mann in

diesen Dingen vertrauen konnte. Als Geschäftsmann war er über jeden Zweifel erhaben.
Das Grundstück lag am Stadtrand, ein schönes Hanggrundstück. Dietrich machte ein Gesicht, weil er aus der Innenstadt fortziehen sollte. Er beschloss dann aber, dass in unserer Stadt sowieso nichts los wäre. Was würde er also versäumen, wenn er mehr an die Peripherie zog? Ich wusste sowieso nicht, was die Männer immer für Esel zu kämmen hatten, wenn sie abends in die Stadt gingen. Albert hatte das früher auch getan. Ich hatte ihn nie danach gefragt. Später hatte er mir einmal freiwillig erzählt, dass er einmal im Monat in den Ratskeller ging, um einige wichtige Leute zu treffen und mit ihnen ein Viertele zu trinken.
Wichtige Dinge würden nie oder doch nur selten besprochen, aber für einen Geschäftsmann wäre es notwendig, manchmal ein Viertele mit Leuten aus Politik und Wirtschaft zu trinken. Ich fragte mich, warum es unbedingt immer ein Viertele sein musste. Es hätte doch genauso gut ein Achtele oder ein Bier oder ein Tee sein können. Nein, ein Viertele musste es sein, warum, konnte mir niemand sagen.
Jetzt ging Albert kaum noch mit wichtigen Leuten ein Viertele trinken. Abends war er am liebsten zu Hause. Auf seinem eigenen Sofa könnte er sich am besten von seiner Arbeit ausruhen, meinte er. Nur mit dem Hund, den er ins Haus gebracht hatte, als Dietrich fünfzehn Jahre alt war, machte er noch jeden Abend einen kurzen Spaziergang. Arco war nun auch schon elf Jahre alt und ziemlich missmutig. Er hatte sich zu einem wilden, zotteligen Tier entwickelt. Wir mochten ihn alle, weil er so treuherzig und anhänglich war, auch, wenn er manchmal schlechte Manieren hatte. Er mochte es nicht, wenn Albert, was er gern tat, auf der Straße ein Schwätzchen hielt.
Sie müssen ein merkwürdiges Bild abgegeben haben, wenn Albert mit irgendeinem Menschen auf dem Gehsteig stand und mit einem zotteligen Biest kämpfte, das versuchte, ihn in eine bestimmte Richtung zu ziehen. Einmal kam mein

Mann ziemlich erschüttert nach Hause und erzählte, dass Arco am Bein einer Dame den Fuß gehoben hatte. Ich konnte mir nur mühsam das Lachen verbeißen und stellte Arco sein Futter hin, nicht um ihn zu belohnen, sondern weil es Zeit dafür war.

Dietrich hatte sich für den Hund, den sein Vater eigentlich für ihn ins Haus gebracht hatte, nie interessiert. Es war wohl zu spät gewesen. Ein Fünfzehnjähriger hat andere Interessen, als mit einem Zottelhund unbestimmbarer Rasse zu spielen. Dafür hatte Agnes das Tier sofort ans Herz genommen und es zuverlässig versorgt. Nie hatte man ihr sagen müssen, dass es Zeit wäre, mit dem Hund spazieren zu gehen. Sie war das einzige meiner Kinder, das die Tiere liebte und später auch selber welche hielt.

Bei uns in Württemberg haben viele Leute eine gespaltene Einstellung zu den Tieren. Sie mögen sie zwar, sind aber der Meinung, dass sie keinen Nutzen haben und Dreck in die Wohnung bringen. Wenn es um Dreck geht, werden die meisten Schwaben engherzig, auch wenn sie sonst ein großes, warmes Herz haben. Alles Lebendige gerät bei ihnen sofort in Verdacht, Dreck zu machen. Nicht nur Tiere werden bekämpft, sondern auch Bäume und andere Pflanzen. Laubbäume haben schon oft zu einem Nachbarschaftsstreit geführt, weil ihre Blätter im Herbst in den falschen Garten oder auf den falschen Bürgersteig fielen.

Agnes war das egal. Sie liebte alles, was lebte, vor allem unseren Zottelhund. Ein Kätzchen wünschte sie sich auch. Ich hätte nichts gegen eine Katze gehabt, aber wir hatten keinen Garten, in dem sie hätte spazieren gehen können. Auch hatten Katzen leider die Gewohnheit, Vögel zu fangen. Ein Kätzchen auf dem Fensterbrett hätte mir schon gefallen, aber unser zotteliger Arco war Tier genug.

*

Bald nach unserem Treffen mit den Eltern unserer zukünftigen Schwiegertochter starb der Hund. Er hatte schon seit einiger Zeit gelahmt. Mit seinen Hüftgelenken stimmte etwas nicht. Der Tierarzt hatte gesagt, es komme von seinen Schäferhundvorfahren. Schäferhunde neigten zu krankhaften Veränderungen der Hüftgelenke. Man nenne das Schäferhundlähmung.

Wir ließen den Hund nur selten allein. Er hatte ein Recht auf unsere Gesellschaft, weil wir ihn zu unserem Hund gemacht hatten. In letzter Zeit, mit dem Fortschreiten seiner Krankheit, war er immer anhänglicher geworden. Er hatte wohl Schmerzen und suchte Hilfe bei seinen Leuten. Manchmal war er jetzt nicht mehr stubenrein. Das hatte es früher nicht gegeben, es lag wohl am Alter und an der Krankheit. Albert erzählte, dass Arco auf dem Spaziergang immer einknickte, wenn er den Fuß hob.

Als wir mit den Seibolds zusammenwaren, hatte ihn wohl die Verzweiflung gepackt, und er hatte versucht, mit seinem kranken Gestell über Tische und Bänke zu gehen. An den Spuren, die er hinterlassen hatte, erkannten wir es. Danach stand er nicht mehr von seinem Lager auf. Nachdem wir ihn vierzehn Tage lang auf den Hof hinuntergetragen hatten, damit er sein Geschäft erledigen konnte, fand ich, dass es nun genug wäre. Wir verständigten Agnes. Sie kam sofort und ging mit dem kranken Tier zum Tierarzt, um es einschläfern zu lassen. Ich konnte mir gut vorstellen, wie der Hund seinen letzten Atemzug in ihren Armen tat.

Sie war verweint, als sie ihn nach Hause brachte. Als wir zum Auto kamen, fanden wir Agnes auf dem Rücksitz, den Kopf des Hundes auf ihrem Schoß. Die Zunge hing heraus, und die toten Augen waren weit geöffnet. Agnes schluchzte. Ihre Tränen tropften in das Fell des toten Tieres.

Der Gärtner trug den toten Hund in den Garten und legte ihn in das Grab, deckte ihn mit Erde zu und formte mit der Schaufel noch einen kleinen Hügel.

Im September wurde Dietrichs und Juttas Hochzeit gefeiert. Ursula und Agnes waren Brautjungfern, Ursula war außerdem Trauzeugin. Ich schätzte große Hochzeiten nicht besonders. Meine eigene hatte ich wie im Traum erlebt. Diese Hochzeit wurde noch größer, als es meine gewesen war.
Dass Dietrich so viele Freunde hatte, war mir nicht bewusst gewesen. Ich hatte den Verdacht, dass er auch entferntere Bekannte kurzerhand zu Freunden erklärte und zu seiner Hochzeit einlud. Jutta hatte wohl tatsächlich viele Freunde und außerdem zahlreiche Vettern und Basen, weil ihre Mutter viele Geschwister hatte. Von meiner Seite waren nur meine inzwischen fast achtzigjährige Mutter, Dietrichs Großmutter, und meine beiden Schwestern dabei, außerdem Wiedes Mann und ihre erwachsenen Kinder, die beide noch unverheiratet waren.
Abgesehen von der Zahl der Gäste unterschied sich die Hochzeit nicht wesentlich von meiner. Daran hatte sich in den vergangenen fünfundzwanzig Jahren nicht viel geändert. Dietrich, der in seinem Smoking so distinguiert aussah wie noch nie in seinem Leben, wartete auf seine Braut. Wir als Eltern und die übrigen Familienangehörigen saßen in den ersten Reihen auf der rechten Seite, Juttas Verwandtschaft saß auf der linken Seite. Frau Seibold war noch ohne ihren Mann. Die Hochzeitsgemeinde hatte sich schon vollständig versammelt, als sich die beiden Flügel der schweren Tür öffneten und die Orgel einsetzte. Ich konnte nichts sehen, weil wir mit dem Rücken zum Geschehen saßen.
Der alte Seibold führte seine Tochter den Mittelgang herauf. Ihre Hand lag leicht auf seinem Arm. Und wieder fragte ich mich, wie unser Sohn an ein so schönes Mädchen geraten war. Jutta hatte ihm wohl gefallen, weil sie sich so sehr von uns unterschied. Sie war der entgegengesetzte Typ, schmal und dunkelhaarig. Wir waren alle blond, und unsere Töchter trugen ihre blonden Haare glatt zurückgebunden, während Jutta eine moderne Kurzhaarfrisur hatte.

Das Brautkleid war etwas ungewöhnlich. Es hatte einen schräg geschnittenen Rock und ein kurzes Bolerojäckchen mit schmalen langen Ärmeln. Es wirkte elegant, aber nicht wie ein Brautkleid. Wenn es ihr gefiel, sollte sie es tragen. Es war nicht meine Aufgabe, meiner Schwiegertochter vorzuschreiben, welches Kleid sie bei ihrer Hochzeit zu tragen hatte, und wenn sie sich in eine Art Tüte mit einem putzigen kleinen Jäckchen kleiden musste, dann sollte sie es tun. Mein Geschmack war hier nicht ausschlaggebend.
Die Braut war jetzt übergeben. Sie hatte ihre weiß behandschuhte Hand vom Ärmel ihres Vaters fortgenommen und sie auf Dietrichs Arm gelegt. Er führte sie zu einem der beiden Stühle, die mit dem Rücken zu uns vor dem Altar standen. Sie nahm auf einem davon Platz, wobei sie es nicht leicht hatte, ihren Tütenrock unterzubringen. Dietrich setzte sich auf den zweiten Stuhl. Er schien sich nicht sehr wohl zu fühlen, doch in diesem Augenblick trat der Pfarrer aus einer Tür auf der rechten Seite und zog die Aufmerksamkeit auf sich. Dietrich hatte seinen Namen genannt, doch ich hatte ihn wieder vergessen.
Er war ein jüngerer Mann mit einigem Übergewicht. Seine dünnen Haare waren korrekt gescheitelt. Trotz des schwarzen Talars mit dem weißen Stehbund unter dem Doppelkinn konnte man sehen, dass der junge Mann einen ziemlich ausladenden Bauch hatte. Ich verstand nicht, wie ein Mann in dem Alter so aussehen konnte. Er musste sich wohl einmal gesünder ernähren. Doch das passte nicht in die Zeit. In diesen Jahren war es in Mode gekommen, zu viel zu essen. Es war sozusagen ein Statussymbol, dick zu sein. Vor allem ältere Männer schienen wieder Bauch zu tragen. Am Bauch konnte man feststellen, wer es in dem neuen Staat zu etwas gebracht hatte.
Aber dieser Pfarrer war noch viel zu jung, um durch einen Bauch zu demonstrieren, dass er erfolgreich war. Seine hohe Stimme war unangenehm, passte aber irgendwie zu seiner Gestalt. Er las einen Text aus der Bibel vor, einen Text aus

einem Paulus-Brief. Ich hatte diesen Paulus noch nie gemocht. Was er schrieb, gefiel mir nicht.

Der Pfarrer las: „Offenbar sind aber die Werke des Fleisches. Als da sind: Ehebruch, Hurerei, Unreinigkeit, Unzucht, Abgötterei, Zauberei, Feindschaft, Hader, Neid, Zorn, Zank, Zwietracht, Rotten, Hass, Mord, Saufen, Fressen und dergleichen, von welchem ich euch zuvor gesagt, und sage noch zuvor, dass, die solches tun, werden das Reich Gottes nicht erben. Die Frucht aber des Geistes ist Liebe, Freude, Friede, Geduld, Freundlichkeit, Gütigkeit, Glaube, Sanftmut, Keuschheit."

Ich fragte mich, was diese Worte in einem Hochzeitsgottesdienst zu suchen hatten. Waren sie das, was man zwei jungen Menschen auf ihren gemeinsamen Weg mitgeben sollte? Womit war denn bei Dietrich und Jutta zu rechnen? Mit Ehebruch möglicherweise, aber doch nicht mit Hurerei, Unzucht, Abgötterei und was dem Paulus sonst noch alles eingefallen war.

Der Pfarrer legte den Text aus, wie er ihn verstand, und von Zeit zu Zeit erhob sich seine hohe Stimme zu einem schrillen Keifen. Verstohlen sah ich mich um und erblickte nur betretene Gesichter. Frau Seibold war blass, und ihr Mann machte den Eindruck, dass er bald explodieren würde. Sein Gesicht und Hals waren feuerrot. Albert drehte sich zu mir um, und als sich unsere Blicke trafen, konnte er nicht mehr an sich halten. Er lachte prustend.

Ich verstand das alles nicht, diesen Text, diese merkwürdige Ansprache. Die Trauung meines ältesten Sohnes, die erste Trauung in der nächsten Generation hatte ich mir anders vorgestellt. Und nun so ein Gerede über lauter Scheußlichkeiten! Ich konnte mir wirklich keinen Vers darauf machen. Mit diesem Pfarrer musste etwas nicht in Ordnung sein.

Jetzt drehte Jutta sich um und warf ihrer Mutter einen hilfesuchenden Blick zu. Ich sah, dass sie weinte. Dieser Pfarrer hatte den beiden ganz schön ihre Hochzeit verdorben. Wie kam er dazu? Ich konnte mir nur denken, dass er sich an jemand unter uns rächen wollte. Möglicherweise hatte er sich in Jutta verliebt und sie hatte ihn abgewiesen, oder Albert hatte irgendwann Ärger mit ihm bekommen, ohne dass ich etwas davon wusste. Vielleicht konnte er auch Juttas Eltern nicht leiden. So etwas musste es sein. Ohne Grund hielt kein Pfarrer so eine absurde Predigt. Aber vielleicht war er auch ganz einfach verrückt, dieser dicke Junge mit den fettigen Haaren. Wenn einer so aussah, konnte es durchaus sein, dass mit ihm einiges nicht in Ordnung war. „Das walte Gott, Vater, Sohn und heiliger Geist. Amen“, schloss er endlich seine unglaublichen Ausführungen.

Jutta und Dietrich saßen noch eine Weile wie betäubt, als der Pfarrer schon wieder in seiner Sakristei verschwunden war. Wir waren alle erleichtert, ihn nicht mehr sehen und vor allen Dingen, nicht mehr hören zu müssen, diesen sonderbaren Heiligen. Dietrich schüttelte sich, als ob er ins Wasser gefallen wäre. Er stand auf, gab seiner Braut die Hand und führte sie die beiden Stufen in das Kirchenschiff hinunter. Jutta war so verwirrt, dass sie gestolpert wäre, wenn er sie nicht gestützt hätte.

Der Ablauf wurde dadurch gestört, dass die Brautjungfern Jutta umarmten und trösteten. Die schluchzte nun verzweifelt, und ich wusste immer weniger, was ich von dieser Geschichte halten sollte. Es war wirklich zum junge Hunde kriegen. Den Rest des Satzes zu denken, verbot ich mir. Als die Braut so weit wiederhergestellt war, dass sie gehen konnte, bewegte sich das neu vermählte Paar gefolgt von den Brautjungfern zum Ausgang. Seibolds schlossen sich an, und dann folgten auch wir dem traurigen, verwirrten Zug.

Draußen vor der Tür, auf den Treppenstufen, die über die ganze Breite der Kirche reichten, sollten die Hochzeitsfotos gemacht werden. Der örtliche Fotograf war damit beauftragt worden. Er sollte die Hochzeitsgesellschaft beim Verlassen der Kirche ablichten, und danach wollten Jutta und Dietrich mit ihm zu seinem Atelier fahren, um dort noch aus der Nähe fotografiert zu werden. Schöne Fotos würden das werden, nach diesem Desaster.

*

Es war gut, dass ich nicht abergläubisch war, sonst hätte ich die „vergroatene“ Trauung, was bei uns so viel wie eine misslungene Trauung war, für ein schlechtes Omen gehalten. Hoffentlich taten die jungen Leute es nicht auch!

Dietrichs Ehe ließ sich trotz allem recht gut an. Jutta war eine vernünftige junge Frau und glich einiges aus, was Dietrich verbockte. Sie machte es so geschickt, dass er nichts davon merkte, denn das hätte er nicht gut vertragen.

Nach einem Jahr wurde ihre Tochter Verena, unser erstes Enkelkind, geboren. Ich war neunundvierzig Jahre alt, als ich Großmutter wurde. Großmutter zu werden, ist für eine Frau ein sonderbares Gefühl. Plötzlich gehört man zu einer anderen Generation. Die Generation der Großeltern hat wieder zurückzutreten, und die neue Elterngeneration nimmt das Heft in die Hand. So ist es zumindest im Erleben der Menschen. Aber durch die Geburt der kleinen Verena änderte sich für uns zunächst einmal gar nichts. Die Übergänge waren fließend.

Als Nächste wollte Ursula heiraten. Mit ihrer Wahl waren wir nicht so glücklich wie mit Dietrichs. Sie brachte einen Schwiegersohn ins Haus, der uns nicht so gut gefiel. Roland passte nicht zu uns. Aber ich wollte niemand verurteilen. Das stand mir nicht zu. Ich wollte meinen Kindern auch nicht vorschreiben, wen sie zu heiraten hatten. Sie mussten sowieso heiraten, wen das Schicksal ihnen bestimmt hatte. Besser gesagt, sie mussten heiraten, wen sie durch ihr Karma mit sich verbunden hatten.

Ich hatte gelernt, dass man den Menschen heiratete, den man brauchte, um ein Karma abzulösen. Man tat seinen Kindern also keinen Gefallen, wenn man sie zwang, einen Partner zu wählen, mit dem sie ein angenehmes Leben haben würden. Aber welche Eltern wünschten sich nicht, dass ihr Kind im Leben glücklich würde. Auch mir tat es weh, dass meine Tochter sich so hart betten sollte. Der Mann, den sie heiraten wollte, kam mir gefühlskalt vor. Ich konnte mir nicht vorstellen, dass er Ursula ein guter Mann und ihren Kindern ein liebevoller Vater sein würde.

Roland besaß ein Hotel in einer norddeutschen Stadt. Ein norddeutscher Gastwirt war eine andere Art Mensch als ein schwäbischer Unternehmer. Es gab natürlich auch bei uns Hoteliers und Gastwirte. Aber ich bildete mir ein, dass sie seriöser wären als der Mann, den unsere Tochter heiraten wollte. Dieser Roland wirkte unreif und leichtsinnig. Ich musste mir eingestehen, dass er zu Ursula passte. Sie war auch immer ein bisschen leichtfertig gewesen.

Uninteressiert und wie im Schlaf war sie durch den Krieg und die Hitler-Zeit gegangen. Sie hatte sich kaum für etwas interessiert, das über ihre kleinen Mädchenprobleme hinausging. Wenn sie anders gewesen wäre, hätte sie mit diesem Mann unglücklich werden müssen. Aber sie war wie sie war, und ich hoffte, dass sie wenigstens nach ihrer Fasson glücklich würde, wenn es schon nach ihrer Fasson sein musste.

Anfangs wirkte sie auch glücklich, aber mit den Jahren glaubte ich ihr immer weniger, dass sie es war. Ursula sprach nie über ihre Ehe, und gerade das machte mich misstrauisch. Ich hatte nicht das Recht, ihr Vorhaltungen zu machen. Schließlich hatte ich auch einen Mann geheiratet, der mir damals ziemlich albern vorgekommen war, und er war dann ein vertrauenswürdiger und verlässlicher Mann geworden, der immer für seine Kinder da gewesen war.

Ursula war eine schöne Braut. Sie sah aus, wie alle jungen Mädchen es sich erträumen. Das weiße Kleid hatte sie sorgfältig ausgewählt. Es hatte eine schmale Taille und einen weiten, schwingenden Rock. In ihren Locken trug sie Maiglöckchen, was ganz entzückend aussah. Das Einzige, was nicht zu ihrer strahlenden Erscheinung passte, war dass sie irgendwie abwesend wirkte. Sie schien tief in Gedanken zu

sein, ganz im Gegensatz zu ihrem Bräutigam. Er strahlte. Während des Traugottesdienstes war er ernst gewesen, doch im weiteren Verlauf des Tages hatte man ihn ständig lachen hören. Mir war sein Lachen unangenehm. Es wirkte albern und endete immer in einem quietschenden Laut.
So hatte Ursula es sich ausgesucht. Nun musste sie es haben. Wenigstens finanziell würde sie keine Sorgen haben, obwohl man das eigentlich nie vorhersagen konnte. Als wir geheiratet hatten, hatte es auch ziemlich rosig ausgesehen, und dann waren doch ziemlich harte Zeiten für uns gekommen.

*

Ursula bekam neunzehnhundertsechsundfünfzig, zwei Jahre nach ihrer Heirat, das erste Kind. Das kleine Mädchen war sehr zart. Es bekam den Namen Brigitte. Wenn ich einmal gedacht hatte, dass meine Familie von jetzt an immer kleiner würde, dann stimmte das nur insofern, als die Kinder aus dem Haus gingen und nicht mehr so viele Menschen an meinem Tisch saßen. Aber die Familie wurde immer größer, weil wir Schwiegerkinder und Enkel bekamen. Das nächste Jahrzehnt war dadurch bestimmt, dass Jutta und Ursula je drei Kinder bekamen.
Mein Leben als Großmutter gefiel mir. Die Großmutter einer Familie zu sein, war eine schöne Aufgabe. Die Enkelkinder nannten mich nicht Oma. Eine Oma, was immer das war, wollte ich nicht sein. Sie nannten mich Großmutter oder Großmutterle, und das war Musik in meinen Ohren. Mutter und Großmutter, waren für mich schöne und ehrenwerte Titel. Ich habe nie Wert darauf gelegt, dass sie verniedlicht wurden. Auch meine Kinder hatten mich nie Mama oder Mami genannt. Sie nannten mich Mutter. Mutterle sagten sie, seit sie erwachsen waren, nicht mehr. Dazu war unsere Beziehung zu distanziert. Das hieß nicht, dass wir uns nicht liebten. Ich liebte sie alle, und sie liebten mich. Aber ich hatte in der Botschaft des Herrn, der nun schon lange tot

war, gelesen, dass man seine Kinder nicht über Gebühr an sich binden darf. So hatte ich es für meine Pflicht gehalten, unsere Beziehung beizeiten distanzierter zu gestalten.

Die Bücher des Herrn halfen mir noch immer, mit meinem Leben fertig zu werden. Seit nach dem Krieg die Siedlung an die Bewegung zurückgegeben worden war und auf dem Berg wieder Feiern stattfanden, fuhr ich jedes Jahr drei Mal dorthin, im Mai, im September und zwischen den Jahren. Albert verhielt sich in dieser Angelegenheit gleichgültig, machte mir aber keine Schwierigkeiten. Was auf dem Berg geschah, blieb ihm immer fremd. Er sagte, in der Bewegung gehe es auch nur um das Geld. Wer einen angesehenen Beruf und ein geregeltes Einkommen hätte, der gelte etwas, von dem nähmen sie an, dass er in seiner geistigen Entwicklung weit fortgeschritten wäre. Er wäre jedenfalls nicht bereit, sich für eine Bewegung einzusetzen, die nur sein Geld wollte. Außerdem kenne er Leute, die steinreich wären, bei denen aber von einer geistigen Entwicklung, was auch immer das wäre, nicht gesprochen werden könne.

Dass unsere Kinder sich, das eine mehr, das andere weniger, für die Bewegung engagierten, war ein ständiges Ärgernis für ihn. Ursula hatte, seit sie verheiratet war, nicht mehr viel Interesse. Auch Dietrichs Frau zeigte keine große Begeisterung. Das konnte man wohl auch nicht verlangen, weil sie nicht damit aufgewachsen war. Eine Zeit lang dachte ich, auch Dietrich würde durch seine Heirat das Interesse an der Bewegung verlieren. Später wünschte ich, er hätte es getan. Bei ihm wurde mit der Zeit eine Ideologie daraus, die er stur und kritiklos vertrat.

*

Während meine beiden Ältesten ihre Kinder bekamen und Agnes nur geringes Interesse an Männern zeigte, machte Barbara ihre Ausbildung als Krankenschwester. Sie war ein tüchtiges Mädchen und wäre vielleicht einmal eine gute Krankenschwester geworden, wenn sie sich nicht in den Kopf gesetzt hätte, kaum dass sie mit ihrer Ausbildung fertig war, diesen Herrmann zu heiraten. Auch über diese Verbindung war ich nicht gerade glücklich.

Es gab verschiedene Gründe dafür, dass ich Herrmann als Schwiegersohn nicht besonders schätzte. Er war fast zwanzig Jahre älter als Maria, und er war ein Schwabe aus dem Banat. Man wusste nie genau, ob er türkisch, rumänisch oder ungarisch war. Seine Vorfahren waren im Verlauf der Geschichte alles das gewesen, obwohl sie ursprünglich aus Deutschland ausgewandert waren. Aber das lag Hunderte von Jahren zurück. Herrmann Laufer war in Montenegro geboren und aufgewachsen. Er wusste selbst nicht so richtig, wo er hingehörte, und meine kleine Barbara sollte ihm das Gefühl geben, auf dieser Welt einen Ort zu haben, an dem er zu Hause wäre.

Aber das war es eigentlich nicht, was gegen eine Ehe mit Herrmann sprach. Das dritte Reich lag noch nicht so weit zurück, dass wir uns nicht mehr daran erinnert hätten, wohin es führte, wenn man Menschen wegen ihrer Zugehörigkeit zu einer Volksgruppe ablehnte. Sollte Herrmann in der süddeutschen Stadt, in der sie leben würden, eine Heimat finden, und sollte Barbara ihm dabei helfen? Was mir wirklich Sorgen machte, war dass er krank war. Einen schwer zuckerkranken Mann wollte Barbara heiraten und mit ihm Kinder haben. Was sollte werden, wenn er früh starb und sie mit den Kindern, die sie sich wünschten, allein ließ? So viel ich wusste, war Diabetes auch erblich.

Diese Ehe war nicht das, was ich mir für eine meiner Töchter gewünscht hatte. Doch meine Wünsche spielten hier keine Rolle. Jeder musste nach seiner Fasson selig werden. Ich hoffte nur, dass Barbara ihren Verlobten lieb hatte, dass sie ihn nicht heiratete, um verheiratet zu sein. Das wäre keine gute Voraussetzung für die Ehe mit einem kranken Mann gewesen.

Wenigstens hatte Herrmann einen ordentlichen Beruf, mit dem er eine Familie unterhalten konnte. Wir hätten ihnen nicht helfen können. Er war viel zu stolz, um etwas von uns anzunehmen. Niemand konnte Herrmann vorwerfen, dass er wegen des Geldes heiratete, obwohl der Gedanke nahegelegen hätte. Albert war schließlich ein reicher Mann. Herrmann Laufer war Buchhalter und auch in seinem privaten Leben ein sehr genauer Mann.
Nach ihrer Heirat zogen sie in eine schlichte Dachwohnung in der großen Stadt. Die kleine Dorothea, ihr erstes Kind, entwickelte sich zu einem besonders dicken Baby. Als Barbara ihr zweites Kind bekam, wurde es schwierig mit dem Treppensteigen. Dorothea wurde später ein schönes, zartes Mädchen, aber das war lange, nachdem ihre Mutter sie hatte tragen müssen.
Als Barbara zum dritten Mal schwanger war, kaufte Herrmann für seine wachsende Familie ein Reihenhaus am Stadtrand. Auch diesmal war er nicht zu überreden, von seinem Schwiegervater einen Zuschuss zu den Baukosten anzunehmen. Lieber verschuldete er sich bei den Banken. Das dritte Kind, Angelika, musste Barbara zum Glück nicht mehr in die Dachwohnung hinauftragen. Angelika war als Baby noch dicker und schwerer als ihre Schwestern.
Das schmucklose Haus stand mit anderen genauso schmucklosen Häusern in einer Reihe. Ich konnte mir nicht vorstellen, dass die junge Familie hier eine Heimat finden würde. Herrmann war und blieb ein heimatloser Mann, der in diesem Leben nirgends Wurzeln schlagen sollte. Am deutlichsten wurde es an dem kleinen Garten. Er blieb ein schmuckloses Rasenstück hinter dem Haus. Obwohl ich ihnen viele Pflanzen brachte, wirkte er noch nach Jahren so öde und unbelebt wie am Anfang.
Auch meine jüngste Tochter hatte nun drei Kinder. Das musste bei meinen Kindern wohl so sein. Das dritte Mädchen machte seinem Namen Ehre. Mit dem ebenmäßigen Gesicht seines Vaters und den blonden Haaren seiner Mut-

ter sah es, nachdem der Babyspeck verschwunden war, wie ein kleiner Engel aus. Angelika war noch jung, als sie und ihre Schwestern den Vater verloren.
Nach Herrmanns Tod nahm ich Barbara und ihre Töchter für eine Weile zu mir. Sie trauerte kaum um ihn. Meine Befürchtung, dass sie ihn geheiratet hatte, um verheiratet zu sein und eine Familie zu haben, schien sich erfüllt zu haben. Die drei Mädchen waren ziemlich verstört. Die älteste war vierzehn, Bettina, die Mittlere, zwölf, und die Jüngste war erst zehn Jahre alt.
Schlimmer hätte es gar nicht kommen können. Barbara wollte nach dem Tod ihres Mannes in ihre Heimatstadt zurückkehren. Sie wollte das Haus verkaufen, das ihr nie eine Heimat geworden war. Später tat sie es, und die Kinder, die schon ihren Vater verloren hatten, verloren auch noch ihre vertraute Umgebung und ihre Freunde.

*

Nach Dietrich und Ursula, hatte ich gedacht, würde nun sicher Agnes heiraten. Vom Alter her wäre sie dran gewesen, aber sie machte keine Anstalten dazu. Sie war einfach zu schüchtern. Unter meinen Töchtern war sie die hübscheste, aber sie lernte keinen Mann kennen, der sich mit ihr verloben wollte. Nur die älteren Herren, die als Ehemänner nicht in Frage kamen, schienen von ihr zu träumen. Agnes war so blond und süß, dass die Männer sich eigentlich um sie hätten reißen müssen. Aber leider war sie überhaupt nicht kokett. Sie war einfach zu unschuldig, um einen jungen Mann für sich einzunehmen. Und anspruchsvoll war sie auch. Ein Mann, den Agnes geheiratet hätte, hätte einen hervorragenden Charakter und ein besonders charmantes Wesen haben müssen. Ein begabter Künstler hätte er wohl auch sein sollen.
Ich gab trotzdem die Hoffnung nicht auf, dass es sich noch einrichten würde. Agnes mochte nicht nur die Tiere. Sie

liebte auch die Kinder. Von ihren kleinen Nichten war sie entzückt. Sie war die Patin von Dietrichs zweitem und von Ursulas erstem Kind und hatte große Freude an den Kleinen. Obwohl Agnes immer noch nicht dazu beitrug, wuchs die Familie weiter.

Ursula hatte den ersten Jungen der nächsten Generation auf die Welt gebracht. Sie nannten ihn Hans-Dieter, und er glich seinem Vater. Ich konnte nicht viel mit ihm anfangen. Hans-Dieter war ein nervöses Kind. Schon äußerlich unterschied er sich mit seinen geraden dunkelblonden Haaren von unseren anderen Enkeln. Ursula liebte ihn natürlich genauso wie ihre Töchter, und sein Vater war stolz auf ihn.

Auch Juttas drittes Kind war dunkelhaarig. Die kleine Antje wurde ein Jahr nach ihrem Vetter geboren. Sie war von Anfang an eine gestandene kleine Persönlichkeit mit einer dunklen Stimme. Juttas Kinder sahen wir oft, weil wir im gleichen Ort wohnten. Ursulas Kinder dagegen trafen wir nur selten.

Als unser bisher einziger Enkelsohn drei Jahre alt war, passierte ein Unglück. In einer ruhigen Wohnstraße fuhr der Bub mit seinem Dreirad in ein Auto und wurde schwer verletzt. Er lag lange im Krankenhaus. Weil die innere Blutung nicht zu stillen war, mussten sie ihm die Milz herausnehmen. Die Ärzte sagten, ohne Milz könnte man leben. Leider konnte Hans-Dieter auch einen Fuß nicht mehr richtig bewegen. Es war schon ein großes Unglück. Ursula hatte es nicht leicht. Auch in der Ehe stimmte, wie ich es erwartet hatte, einiges nicht. Ich vermutete, dass der Mann „nebennaus“ ging. Sie sprach nicht darüber, aber bei unseren seltenen Treffen sah ich es ihr an. Sie war von Mal zu Mal blasser und trauriger.

Dass ich Ursula und ihre Familie nicht oft besuchte, lag unter anderem daran, dass ich nicht mit ansehen konnte, wie ihr Mann mit den Kindern umging. Es war sicher keine Einbildung, dass er die Mädchen verächtlich behandelte. Er hatte vor seiner Frau keine Achtung, wie sollte er seine

Töchter respektieren? Am schlimmsten behandelte er den Jungen. Der Kleine entwickelte sich nach dem schrecklichen Unfall nicht mehr so, wie man sich das gedacht hatte. Sein Vater konnte ihm das nicht verzeihen. Mitleidlos und egoistisch, machte er sich wenig Gedanken darüber, was das Kind fühlte. Er war enttäuscht und maulte, als wäre er selber noch ein kleines Kind. Zwar brachte er Ursula mit dem Kind regelmäßig zu den Untersuchungen in die Klinik, tat auch sonst alles, was für die Versorgung von Frau und Kindern nötig war, aber er zeigte ihnen weder Liebe noch Achtung. Den kleinen Sohn behandelte er wie ein Muster ohne Wert. Hans-Dieter reagierte mit auffälligem Benehmen. Er alberte herum und fiel seiner Umgebung ständig auf die Nerven. Das war seine einzige Möglichkeit, sich Beachtung zu verschaffen.

Ich wusste, dass Ursulas Jüngster meine Zuneigung brauchte und gab mir bei unseren seltenen Treffen viel Mühe mit ihm. Aber die Liebe fehlte. Wenn ich mich auch wie eine liebende Großmutter verhielt, hatte ich doch, wenn ich mit Hans-Dieter sprach, immer das Gefühl, dass mein Lächeln einfror. Das hatte ich schon immer an mir gehasst, dieses eingefrorene Lächeln. Aber es gab Augenblicke, in denen ich nichts dagegen tun konnte. In solchen Situationen wusste ich ganz genau, was ich tun musste und auch tun wollte, aber mein Gefühl ließ sich nicht befehlen.

Trotzdem war die Zeit, in der meine Enkelkinder heranwuchsen, eine schöne Zeit. Ich machte mir klar, dass nicht alle Frauen eine solche Zeit der Erfüllung erleben dürfen. Sicher war es ein günstiges Karma, das irgendwo in der Vergangenheit seine Ursachen hatte, denn in diesem Leben hatte ich nicht den Eindruck, dass ich mir so besondere Verdienste erworben hatte. Ich hatte immer versucht, zu tun, was ich für meine Pflicht hielt. Das war kein besonderes Verdienst, sondern eine Selbstverständlichkeit. Es ließ sich auch nicht leugnen, dass ich Fehler gemacht hatte. Noch war es nicht so ohne weiteres zu merken, aber später sollte es sich deutlicher zeigen. Noch war nicht aller Tage Abend.

*

Oft dachte ich über meine Kinder nach. Sie waren in diesem Leben meine Aufgabe gewesen. Ich war nicht immer damit zufrieden, wie sich alle entwickelt hatten. Einiges hatte ich mir anders vorgestellt. Zum Beispiel war ich nicht sehr glücklich darüber, welche Männer meine Töchter gewählt hatten. Und dass Agnes nicht geheiratet hatte, machte mich traurig. Sie wäre eine gute Mutter geworden mit ihrem liebevollen und fürsorglichen Wesen.

Vielleicht war ich als Frau kein gutes Vorbild für meine Töchter. Töchter lernen ja von ihren Müttern, was es heißt, eine Frau zu sein. Als Mutter hatte man die Pflicht, es ihnen vorzuleben. Ich musste mir jedoch eingestehen, dass meine Töchter es nicht sehr gut von mir gelernt hatten. Eine hatte einen arroganten und gefühlsarmen Mann geheiratet, mit dem eine Frau nicht glücklich werden konnte. Eine hatte sich mit einem kranken und unglücklichen Mann verbunden, der früh gestorben war und ihre Kinder zu Waisen gemacht hatte. Und die dritte hatte überhaupt keinen Partner gefunden.

Das hatte ich mir zuzuschreiben. Wahrscheinlich reichte es doch nicht aus, seine Pflicht zu tun. Etwas musste gefehlt haben. Die Liebe? Das Glück? Ich musste mich fragen, ob es in meinem Frauenleben genug Freude und Wärme gegeben hatte. Was ich nicht gehabt hatte, das hatte ich auch meinen Töchtern nicht mitgeben können. Zu denken, dass ich sie, ohne es zu wollen, zu einem freudlosen Leben ohne Liebe und Wärme verurteilt hatte, das war hart für mich. Damit hatte ich eine große Last auf mich geladen, ein neues schweres Karma.

Natürlich hatten meine Kinder auch einen Vater gehabt. Ich hatte sie nicht allein aufgezogen. Über Alberts Qualitäten als

Vater wollte ich nicht urteilen. Er war, vor allem solange die Kinder klein waren, ein liebevoller und stolzer Vater gewesen. Aber Mädchen brauchen für ihre Entwicklung auch ein männliches Gegenüber, und das war eben, als die Kinder klein waren, so gewesen, wie es war, und so, wie ich selber meinen Partner ausgesucht hatte. Mit meinen Söhnen, auf die ich immer so stolz gewesen war, das war auch so eine Sache. Dietrich glich, je älter er wurde, desto weniger dem Bild, das ich mir vor langer Zeit von meinem ältesten Sohn gemacht hatte. Ein ernster, zuverlässiger Mann mit klugen Gedanken und schöpferischer Kraft hätte er werden sollen. Aber er war nicht geworden, was er werden sollte. Lag es an Albert als männlichem Vorbild oder an mir als weiblichem Gegenüber? Seine Frau hatte er unbewusst nach meinem Vorbild gewählt. Sie war wie ich, ernsthaft, pflichtbewusst und unfähig, ihre Gefühle zu zeigen. Deshalb wurde ich mit ihr auch nie richtig warm. Sie war mir einfach zu ähnlich.
Albert war als junger Mann ein bisschen albern gewesen. So hatte ich ihn geheiratet, aber dann war er verantwortungsbewusst und verlässlich geworden, ein Mann, den man ernst nehmen musste und auf den man zählen konnte. Schon seit einiger Zeit wartete ich darauf, dass dieser Wechsel auch bei Dietrich eintrat. Aber bis jetzt wartete ich vergeblich, obwohl er über das Alter eigentlich schon hinaus war.
Gabriel war der letzte, der meine Hoffnungen erfüllen konnte. Aber würde er es tun? Nach allen Erfahrungen, die ich mit den anderen Kindern gemacht hatte, wollte ich mit meinen Erwartungen vorsichtig sein. Der Weg, den er gehen würde, war ohnehin schon bei seiner Geburt vorgezeichnet gewesen, so, wie es festgestanden hatte, was seine Eltern ihm ins Leben mitgeben würden.
Vielleicht war es recht, was wir ihm mitgegeben hatten. Immerhin waren wir bei seiner Geburt schon älter und reifer gewesen. Gerade hatte er sein Abitur mit der Note „sehr gut" bestanden. Gabriel hatte lange darüber nachgedacht, ob er den Wehrdienst verweigern oder dem Einberufungsbefehl

folgen sollte. Dann hatte er sich aber doch entschlossen, der Einberufung zu folgen. Weil es, so dachte er, im Ernstfall besser wäre, selber Verantwortung zu übernehmen und tun zu können, was man für richtig hielt. Er wollte nicht Befehle von Leuten ohne Urteilsvermögen empfangen. Dass er selber ein gesundes Urteil hatte, davon war Gabriel überzeugt. Es passte zu ihm, so zu denken. Er ging davon aus, dass es einfacher gewesen wäre, den Wehrdienst zu verweigern, sich zu entziehen, statt Verantwortung zu übernehmen.
Sein Verhalten beruhigte mich. Ich dachte, wenn ein junger Mensch sich über Verantwortung so viele Gedanken machte, dann würde er sicher nicht leichtsinnig und unüberlegt handeln. Gabriel hatte sich auch gründlich überlegt, ob er sich der Bewegung anschließen sollte und sich dann schließlich dafür entschieden. Wie er sich sein Leben einmal einrichten würde, das würde sich zeigen. Es war nicht gut, über Dinge zu spekulieren, die noch in der Zukunft lagen.

*

Lange Zeit hatten sich die Dinge so entwickelt, wie ich es mir gewünscht hatte. Das galt wenigstens für mein persönliches Leben. In einem größeren Rahmen betrachtet, war natürlich viel Schreckliches passiert. Zwei Weltkriege hatte ich erlebt und die furchtbare Hitler-Zeit, in der so viele Menschen hatten sterben müssen, das dritte Reich.
In meinem persönlichen Leben war ich weitgehend von unglücklichen Entwicklungen und Geschehnissen verschont geblieben. Das einzige Unglück, das ein Familienmitglied betroffen hatte, war der Tod meines Schwiegersohnes Herrmann, der seine Frau Barbara mit drei unmündigen Kindern zurückgelassen hatte. Abgesehen davon und von dem Unfall des kleinen Hans-Dieter, hatte es das Schicksal doch immer recht gut mit meiner Familie gemeint. Ich korrigierte mich sofort, als ich diesen Gedanken gehabt hatte.

Das Schicksal meinte es nicht gut, meinte es weder gut noch schlecht. Es folgte ehernen Gesetzen.
Dankbar sein, wenn es einem gut ging, das durfte man wohl trotzdem. Und ich war von Herzen dankbar dafür, dass sich in den beiden Generationen, die nach mir gekommen waren, doch fast alles recht positiv entwickelt hatte. Ich musste auch bereit sein, Entwicklungen anzunehmen, die nicht so erfreulich waren.
Wie groß das Unglück sein würde, konnte ich mir in dieser Zeit, als noch alles im Lot war, nicht vorstellen. Ich sollte noch so sehr gegen den Strich gebürstet werden, dass ich alle Gedanken, die ich je gedacht hatte, alles, was ich je für richtig gehalten hatte, in Frage stellen musste. Solange es einem gut geht, ahnt man nicht, wie schnell man bereit ist, seine eigene Seele zu verkaufen, alles, was je einen Wert gehabt hat, aufzugeben. Der Schmerz verdrängt alles, was einem vorher geholfen hat. Alles, woran man geglaubt hat, verliert seine Gültigkeit.

*

Wenn Dietrich den Klosterbergern nicht begegnet wäre, hätte er das ganze Unglück nicht über unsere Familie gebracht, dachte ich manchmal. Aber es war nicht in Ordnung so etwas zu denken. Manche Eltern, deren Sohn auf die schiefe Bahn gekommen ist, sagen: „Es liegt nur daran, dass er schlechte Freunde hat. Eigentlich ist er ein guter Kerl."
Das habe ich nie gedacht. Wenn eins der Kinder nicht gut getan hat, habe ich immer erst in der Familie gesucht, bei mir, bei uns als Eltern. Aber jetzt ertappe ich mich immer wieder bei dem Gedanken, dass vielleicht alles anders gekommen wäre, wenn er nicht diese Freunde gehabt hätte. Eigentlich waren sie lauter rechte Leute, die Klosterberger. Alle gehörten zur Bewegung, und alle wohnten auf dem Klosterberg in A. Der Klosterberg hatte diesen Namen, weil

er in der Vergangenheit einmal ein Kloster getragen hatte. Das war vor Jahrhunderten gewesen, doch der Name war geblieben. Heute erinnerten nur noch ein paar Mauerreste an das einstige Kloster. Der Klosterberg lag draußen vor der Stadt. Eines Tages hatten die wohlhabenderen Bürger von A. angefangen, ihn erneut zu besiedeln.

Wie gesagt, lauter rechte Leute, alle um die dreißig Jahre. Herr Rotfuß, der Anführer der Gruppe, hatte ein bekanntes Küchengeschäft in A. Herr Biener hatte von seinem Vater eine Firma geerbt, die Verpackungen für Arzneimittel herstellte. Seine Schwester, Fräulein Biener, war Krankenschwester. Herr Klapphahn handelte im großen Stil mit Schrott. Herr Weber war ein junger Architekt, der sich gerade einen Namen machen wollte. Außerdem gehörte noch eine Juristin zu der Gruppe. Sie hieß Swenja Weinmann, war sehr hübsch und ein bisschen locker in ihrem Benehmen.

Fräulein Wander war das ganze Gegenteil von Fräulein Weinmann. Ebenso kurzsichtig wie klug, die strähnigen Haare zu einem Dutt zusammengebunden. Ihre Augen verschwanden hinter dicken Brillengläsern. Sie schrieb schon seit Jahren an ihrer Doktorarbeit, die durchaus bemerkenswert sein sollte. Ihr Doktorvater war, zur Unzeit für Fräulein Wander, in den Ruhestand gegangen, emeritiert, wie man sagte. So verzögerte sich Fräulein Wanders Promotion.

Agnes gehörte nicht eigentlich zu den Klosterbergern. Sie war zwar aus der Stadt, in der sie studiert und ihre Werkstadt aufgebaut hatte, nach A. gezogen, aber nicht auf den Klosterberg. Mit der neuen Werkstadt hatte sie von Anfang an Pech. Zuerst fand sie keine geeigneten Räume, dann kaufte sie einen Ofen, in dem ihre Arbeiten Risse und Sprünge bekamen. Für die Arbeiten aber, die heil aus dem Ofen kamen, fand sie bald keine Käufer mehr. Die Klosterberger, auf die sie gezählt hatte, zeigten nur wenig Interesse, auch weil sie sich längst in der alten Werkstatt eingedeckt hatten.

Agnes hatte eine Mitarbeiterin, Lisa, die schon bei ihr Lehrling gewesen war und auf die Agnes große Stücke hielt. Lisa war nicht mit nach A. gegangen und fehlte an allen Ecken und Enden. Aber Agnes war wie hypnotisiert von diesen Klosterbergern. Sie wollte in der gleichen Stadt leben, damit sie an ihren Treffen teilnehmen konnte. Der Anführer, Herr Rotfuß, verkaufte nicht nur Kücheneinrichtungen, sondern hatte auch einen Haufen unausgegorener Ideen.

Er schrieb Bücher über Mozart. Seine Idee, dass sich in Mozarts Opern die geistige Entwicklung des Menschen abbilde, hielten alle für neu und feierten ihn deshalb. Aber in Wirklichkeit hatte schon vor langer Zeit ein Anderer darüber geschrieben. Außerdem ist es bei den meisten Künstlern so, dass sich in ihrem künstlerischen Schaffen ihre geistige Entwicklung abbildet. Diese Idee war wenigstens nicht weiter schädlich.

Seine zweite Idee war noch unausgegorener und noch verführerischer. Er wollte in A. ein geistiges und kulturelles Zentrum der Bewegung gründen. Auf einem Dorf in der Nähe von A. kauften alle Klosterberger, Agnes inbegriffen, Grundstücke, um dort zu bauen. Leider waren die Grundstücke kein Bauland, noch nicht einmal Bauerwartungsland. Herr Rotfuß sagte, früher oder später würden sie schon Bauland werden, und dann würden sie alle zusammen ihr Zentrum bauen. Agnes sollte das größte Grundstück kaufen, damit sie auch Versammlungsräume für die Klosterberger bauen könnte. Später holte sie sich auf ihrem Grundstück manchmal einen Weihnachtsbaum, denn es lag in einem Fichtenwald. Wenigstens an den Weihnachtsbäumen hatte sie ein bisschen Freude.

Wie Dietrich zu den Klosterbergern gekommen war, wusste ich nicht. Entweder hatte Agnes ihn eingeführt, was ich aber eigentlich nicht glaubte, oder er hatte sie auf dem Berg kennen gelernt. Jedenfalls fuhr er plötzlich zu ihren Treffen nach A., und er verliebte sich in Swenja Weinmann, verliebte sich, obwohl er eine Frau und drei Kinder hatte. Das hatte sein Vater seinerzeit genauso gemacht. Sollte ich dem Sohn übel nehmen, was ich dem Vater verziehen hatte?

Ich nahm es ihm übel. Er hätte es besser wissen müssen, denn er gehörte seit langem zur Bewegung und las die Bücher, die ich las. Und diese Frau, Fräulein Weinmann, die hätte auch klüger sein müssen. Sie hatte Jura studiert und hätte wenigstens die Rechtslage kennen sollen. Wie sollte sie über andere Menschen urteilen können, wenn sie selber nicht wusste, was recht war?
Bei Alberts Sekretärin war das damals etwas anderes gewesen. Die war eine dumme Gans und gehörte nicht zur Bewegung. Von so einem hübschen Nichts konnte man nicht mehr erwarten. Aber von einer dreißigjährigen Frau, die Richterin war und zur Bewegung gehörte, von der erwartete ich etwas anderes.
Natürlich, man durfte nicht urteilen. Vielleicht hatten sie sich ineinander verliebt, eine große tragische Liebe. Aber das konnte ich mir auch wieder nicht vorstellen. Dietrich war kein Mann für große Gefühle. Dazu hatte er zu wenig Tiefgang. Ich dachte eher, dass diese Weinmann mit ihm ein bisschen herumspielte. Mit ihrem spitzbübischen Gesicht und dem koketten Lockenkopf hatte sie überhaupt nichts Tragisches.
Einen Reim konnte ich mir nicht auf sie machen. Wenn sie Dietrich wegen seines Geldes und wegen seines Ansehens als Firmenchef hätte heiraten wollen, dann hätte sie erst einmal erreichen müssen, dass er sich scheiden liess. So etwas dauerte, und diese Swenja war mit ihren dreißig Jahren auch nicht mehr die Jüngste. Die anderen Klosterberger hätte sie einfacher haben können. Die waren, so viel ich wusste, alle noch ledig, und sie waren nicht weniger wohlhabend und angesehen als Dietrich. Da hätte sie doch viel leichter zum Ziel kommen können. Es war wohl doch nur ein Spiel. Etwas anderes konnte es gar nicht sein. Aber was war das für eine Frau, die wegen eines Spiels, nur aus Jux und Dollerei, eine Familie zerstörte, eine Frau und drei Kinder unglücklich machte?

Wie ich hörte, war es nicht bei einem Flirt geblieben. Sie hatten ein Verhältnis miteinander. In der Bewegung wurde darüber gesprochen, und ich sah es Jutta an. Ihr schmales Gesicht wurde immer blasser, und ihre Augen lagen dunkel in den Höhlen. Ich wünschte, ich hätte mit ihr sprechen können. Aber wir hatten noch nie über Intimitäten miteinander gesprochen. Es lag uns beiden nicht, über Gefühle zu reden. Ich fand auch, dass es in den meisten Fällen zu nichts führte. Aber diesmal hätte es vielleicht etwas helfen können.

*

Eines Tages kam Agnes und bat ihren Vater um einen Vorschuss auf ihr Erbe. Sie wollte nun gern auch ein eigenes Haus haben und hatte in A. eins gefunden, in dem sie leben wollte. Es war noch nicht fertig, sondern ein Rohbau. Dieser Rohbau war ziemlich vielversprechend. Er stand an einem Waldrand, und das Haus würde immer ein Haus am Stadtrand bleiben, weil der Wald, der an das Grundstück grenzte, steil abfiel. Es war nicht möglich, im Anschluss an das Grundstück noch etwas zu bauen.
Ich hielt die Idee für gut und riet Albert, Agnes Wunsch zu erfüllen. Er war nicht abgeneigt, wollte sich aber erst noch mit Dietrich besprechen. Der riet seinem Vater, wohl im eigenen Interesse, Agnes keinen Vorschuss auf ihr Erbe zu geben, sondern einen Erbverzichtsvertrag mit ihr abzuschließen. Auf diese Weise wollte er sich von allen Verpflichtungen seiner Schwester gegenüber loskaufen. Er ging davon aus, dass er Agnes eines Tages an dem Millionenvermögen würde beteiligen müssen. Nach dem Tod des Vaters würde sie einen angemessenen Teil des Vermögens fordern, und Dietrich müsste sie entweder auszahlen oder zur Teilhaberin machen. Der Wunsch seiner Schwester kam ihm sehr gelegen. Er sah die Möglichkeit, ihr für ein paar hunderttausend Mark alle ihre Rechte abzukaufen. Ich wollte zwar, dass Agnes die Möglichkeit bekam, sich eine Heimat

zu schaffen. Sie hatte keinen Mann und keine Familie, da würde es ihr eines Tages helfen, zu wissen, wo sie hingehörte. Aber ich sah nicht ein, dass sie den hohen Preis zahlen sollte, den Dietrich dem Vater vorgeschlagen hatte. Er wollte seine Schwester übervorteilen, und das war nicht recht.
Agnes überlegte lange. Als ich schon dachte, sie wäre vernünftig genug, nicht auf ihr Erbe zu verzichten, sagte sie, sie wäre bereit zu unterschreiben. Sie vertraute ihrem Bruder und seiner Geschäftsführung nicht und hatte Angst, am Ende gar nichts mehr zu bekommen, wenn sie noch wartete. Sie muss kluge Berater gehabt haben, denn später sollte sich zeigen, dass sie ohne den Erbverzichtsvertrag überhaupt nichts bekommen hätte.
Sie kaufte das hübsche Haus, ein typisches Haus der sechziger Jahre, mit versetzten Ebenen gebaut und recht solide. Das schöne Grundstück am Wald war schon allein ein Vermögen wert. Agnes war jetzt siebenunddreißig Jahre alt, und das Haus gab ihr Sicherheit. Sie konnte, auch wenn sie nicht mehr heiraten würde, darin alt werden, und niemand konnte sie daraus vertreiben.
Mit ihrer Werkstatt würde sie niemals reich werden, aber sie würde auch im Alter keine Miete zahlen müssen, und sie war schon immer bescheiden gewesen. Agnes brauchte nicht viel. Eigentlich war ich mit der Entwicklung doch ganz zufrieden. Wir wussten ja alle nicht, was uns noch bevorstand.

*

Mit fünfundsechzig Jahren hatte Albert die Firma übergeben. Dietrich war zu diesem Zeitpunkt auch schon vierzig Jahre alt, aber er hatte nicht die Reife eines Vierzigjährigen. Schon als Kind hatte er sich nicht altersgemäß entwickelt und hatte den Entwicklungsrückstand auch im Erwachsenenalter nicht aufgeholt. Er benahm sich noch immer wie ein pubertierender Junge. Als Firmenchef entwickelte er hochfahrende Ideen. Zuerst ließ er das alte Firmengebäude

abreißen und von dem Architekten Diemer, der in der Bewegung etwas galt, ein ganz neues bauen.
Der Neubau war schön, das musste ich zugeben. Er war schlicht und hatte lauter rechte Winkel. Unten war die Produktion, im ersten Stock die Büro- und Konferenzräume. Hier wurde auch entworfen, was im Untergeschoss hergestellt wurde.
Dietrich hatte sich in den Kopf gesetzt, keine modischen Kleider mehr zu produzieren. Er bildete sich ein, dass Mode nicht mit seiner geistigen Haltung zu vereinbaren wäre. Von jetzt ab wollte er nur noch klassische Modelle produzieren, klassische Kostüme, die kaum noch jemand trug, Hemdblusenkleider und strenge Blusen. Am liebsten hätte er wahrscheinlich nur noch die Gewänder für den Chor der Engel hergestellt. Aber da bestand leider kein Bedarf. Dietrich war früher nie besonders fromm gewesen, doch jetzt schlug seine Frömmigkeit förmlich Wellen. Ich konnte nur vermuten, dass das mit den Klosterbergern in A. und mit Swenja Weinmann zusammenhing.
Ich glaubte schon, dass diese Leute, vielleicht mit Ausnahme von Fräulein Weinmann, recht kluge Gedanken hatten, aber bei Dietrich schienen sich diese klugen Gedanken zu verändern und bizarre Formen anzunehmen. Er bezog alles, was die Klosterberger dachten, auf sich und merkte gar nicht, dass es nicht passte.
Der Herr hatte eine Kleiderordnung verkündet. Frauen sollten sich nicht aufreizend anziehen. Kurze Röcke und dünne Strümpfe waren verpönt. Frauen hatten sich nicht in öffentlichen Bädern im Badeanzug zu zeigen. Manche nannten ihn prüde. Andere versuchten gewissenhaft, seine Vorschriften zu befolgen. Vor allem die Frauen und Mädchen, die auf dem Berg aufgewachsen waren, wirkten auf eine unschuldige Art altmodisch und weltfremd.
Doch was Dietrich sich ausgedacht hatte, war weder unschuldig noch weltfremd. Er hätte alle Frauen in Mannweiber verwandelt, wenn sie es zugelassen hätten. Zum Glück

für die Frauen und zum Unglück für die Firma taten sie das nicht. Die Umsätze gingen zurück. Niemand wollte anziehen, was Dietrich unter klassischen Modellen verstand. Ich hatte mich niemals aufreizend gekleidet, aber Dietrichs neue Kollektionen sagten auch mir nicht zu. Albert versuchte natürlich, auf seinen Sohn einzuwirken, aber er hatte das Heft aus der Hand gegeben und konnte die Entwicklung nicht mehr aufhalten.

Von weitem beobachtete er, was geschah und war beunruhigt. Es tat mir weh, dass er mit ansehen musste, wie sein Lebenswerk von seinem Sohn aufs Spiel gesetzt wurde. War die Mühe und Arbeit seines ganzen Lebens, waren alle Opfer, die er gebracht hatte, umsonst gewesen? „Der verdummt mir noch die ganze Firma, wenn er nicht bald zur Vernunft kommt", sagte er.

Albert alterte rasch. Ich kannte meinen Mann nicht wieder. Er war nie krank gewesen. Die Ärzte hatten nichts an ihm verdient. Jetzt lag er schon seit Wochen im Krankenhaus. Er litt an Kreislaufschwäche. Sein Herz versagte. Der Mann, der immer so rüstig und vergnügt gewesen war, wurde im Laufe von Monaten ein Greis. Seine Arbeit aufzugeben, nicht mehr täglich ins Büro zu gehen, war für ihn schon schwer genug gewesen, aber auch noch zusehen zu müssen, wie sein Lebenswerk verdummt wurde, wie er es ausdrückte, das war zu viel. Es tat mir in der Seele weh, seinen Kummer mitzuerleben. Was ihm jetzt sein Sohn antat, das hatte Albert nicht verdient.

*

Ich wusste nicht, ob Dietrich immer noch glaubte, was er sagte, oder ob er sich nur verrannt hatte und nicht mehr zurückkonnte. Es wäre zur Einsicht sicher noch nicht zu spät gewesen. Natürlich war schon ein größerer Schaden entstanden, aber die Firma wäre noch zu retten gewesen, wenn Dietrich das Steuer herumgerissen hätte. Doch dazu war er nicht bereit. Albert hatte nicht mehr die Kraft, mit seinem Sohn zu verhandeln. Ich versuchte es an seiner Stelle. Aber meine Worte trafen auf taube Ohren. „Ich werde es euch schon zeigen“, sagte er. „Ihr werdet sehen, dass Gott niemand fallen lässt, der sich bemüht, seinen Willen zu tun.“ Wem wollte er es zeigen, wem vor allen? Seinen Geschäftsfreunden, seinem Prokuristen, seiner Direktrice? Am meisten wollte er es seinem Vater zeigen. Sein Leben lang hatte er es seinem Vater zeigen wollen. Albert hatte seinem Sohn nie genug Beachtung geschenkt. Vor allen anderen aber wollte Dietrich es wohl den Klosterbergern zeigen, diesen Leuten in A., von deren Urteil er sich abhängig gemacht hatte, obwohl sie gut zehn Jahre jünger waren als er. Swenja Weinmann spielte schon seit einiger Zeit keine Rolle mehr. Die Sache hatte nicht lange gedauert. Im Sommer hatte es angefangen. Zu Weihnachten hatte er ihr noch Geschenke gemacht, und dann hatte man bald nichts mehr davon gehört.

Jutta sah wieder besser aus. Sie hatte Farbe bekommen und ihre Augen leuchteten. Schwanger war sie, zehn Jahre nach ihrem dritten und bisher letzten Kind. Bei ihren früheren Schwangerschaften hatte sie niemals dieses Leuchten gehabt. Es konnte nicht nur daran liegen, dass sie sich mit Dietrich versöhnt hatte. Albert sagte: „Sie wird halt einen Buben kriegen. Das war bei dir genauso. Du hast bei den Buben auch so gestrahlt. Es liegt wohl daran, dass ihr euch mit den Buben von Anfang an besser versteht, wegen der Gegensätze, die sich anziehen oder wegen der Ergänzung.“

Albert sollte Recht behalten. Jutta brachte einen Buben zur Welt. Matthias war ein reizendes Baby. Er war von der Art, die es in der Familie schon öfter gegeben hatte, blond, zufrieden und leicht zu haben. Dietrichs Ehe hatte Swenja Weinmann überlebt. Sie hatten ihre Freude an ihrem ersten Sohn und schienen sich auch wieder besser zu verstehen. Doch das schien Dietrich nicht zu genügen. Er kam noch nicht zur Ruhe und auch nicht zur Vernunft.

Mit den Klosterbergern hatte er kaum noch etwas zu tun, gerade dass er in Begleitung seiner Frau noch zu einem Vortrag oder einem Konzert fuhr, das der Herr Rotfuß in seinem neuen Haus in A. veranstaltete. Eines hatten sie gemeinsam, Dietrich und die Klosterberger, sie wollten alle zu hoch hinaus. Herr Rotfuß, der immer noch der Anführer der Gruppe war, hatte inzwischen Fräulein Weinmann geheiratet. Mich hatte das nicht überrascht. Vor ihrem Techtelmechtel mit Dietrich war sie mit dem Schrotthändler Klapphahn zusammengewesen, und sie hätte wohl noch ein paar Klosterberger ausprobiert, wenn sie nicht geheiratet hätte. Wenn es um Fräulein Weinmann ging, wurde ich boshaft.
Es gab Frauen, für die sich alle Männer zum Narren machten, und diese Swenja schien zu ihnen zu gehören. Man konnte nur hoffen, dass sie nicht auch ihren Ehemann zum Narren machte. Aber sie schien mit ihrer Heirat zur Vernunft gekommen zu sein.

*

Jutta brachte ein Jahr nach ihrem ersten Sohn einen zweiten Jungen auf die Welt und hatte nun, wie ich, fünf Kinder. Die Ehe schien wieder intakt zu sein, wenn ich auch nicht wusste, wie das gehen konnte, denn Dietrich führte sich immer verrückter auf. Ich wusste nicht, ob Jutta überhaupt zur Kenntnis nahm, was alles passierte. Vielleicht war sie so sehr mit ihren beiden Buben beschäftigt, dass sie sich nicht darum kümmerte, wie ihr Mann sich in seiner Firma aufführte. Vielleicht wollte sie ihn auch nicht kritisieren, um ihre Ehe nicht erneut zu gefährden.
Dietrich weigerte sich weiterhin, modische Kleidung herzustellen. Für einen Menschen, der in der Textilindustrie eine Rolle spielen wollte, war das eine ziemlich bizarre Einstellung. Jutta merkte es sicher auch. Sie hatte modisches Gespür und weigerte sich standhaft, die sonderbaren Kreatio-

nen der Firma Roloff zu tragen. Jutta war noch immer eine schöne Frau, die ihren Typ gut zur Geltung brachte.
Wie Dietrich damit fertig wurde, dass die aparte Erscheinung seiner Frau seinen Idealen quasi ins Gesicht schlug, wusste ich nicht. Sie schienen trotz allem wieder oder vielleicht auch zum ersten Mal glücklich zu sein.
Schwierigkeiten machte nur der kleine Matthias. Er steckte voller Angst. Matthias musste sich immer bis zur Nasenspitze verhüllen, damit seinem Körper nichts geschah. Im Hochsommer bestand er darauf, wenn schon keinen Pullover, so doch ein langärmeliges Hemd zu tragen. Er zog keine kurzen Hosen an und trug keine Sandalen. Bei größter Hitze sah man den Buben in langen Hosen, mit Strümpfen und geschlossenen Schuhen. Wenn seine Mutter versuchte, ihm Sandalen anzuziehen, geriet er in Panik, schrie und zitterte vor Angst.

Ich fragte mich, warum so ein kleines Kind sich so viel Sorgen um die Unversehrtheit seines Körpers machte. Eine Möglichkeit war, dass er seine Angst aus einem früheren Leben mitgebracht hatte. Eine andere Möglichkeit hätte ich gern ausgeschlossen, dass ihm in diesem Leben jemand etwas angetan hatte.
Es sollte ja perverse Männer und Frauen geben, die Kinder für ihre unglaublichen Bedürfnisse gebrauchten. Matthias verhielt sich zwar, als ob ihm so etwas geschehen wäre, aber ich konnte mir nicht vorstellen, dass es so einen entarteten Menschen in seiner Umgebung gäbe. Er war ein behütetes Kind und kam nicht mit fremden Menschen zusammen, schon gar nicht mit Menschen, die so etwas taten.
Dietrich schien sich über seinen Sohn wenig Gedanken zu machen. Wahrscheinlich hatte er keine Zeit dafür. Obwohl er seine Ideen auf die Spitze trieb und die Firma in immer größere Schwierigkeiten brachte, hatte er eine neue Idee. Er überredete Albert, mit ihm gemeinsam zu bauen, gleich zwei Häuser, eins für Dietrich und seine Familie und eins für uns.

Warum mein vernünftiger und müder alter Mann sich auf diese Verrücktheit eingelassen hat, habe ich nie begriffen.
Der Architekt, der das neue Firmengebäude geplant hatte, zeichnete nun auch die Pläne für die Wohnhäuser. An den Plänen war nichts auszusetzen. Sie waren modern und sehr schön. Dass Dietrichs und Juttas Haus für eine Familie mit fünf Kindern zu klein geworden war, konnte man vielleicht noch verstehen. Wenn sie allerdings nicht so große Ansprüche gehabt hätten, dann hätten sie sich etwas einschränken und auch mit fünf Kindern darin leben können. Die Töchter würden in nicht allzu langer Zeit aus dem Haus gehen, und einige Jahre hätten sie schon zusammenrücken können. Aber es musste gebaut werden, und zwar gleich zwei Häuser. Ich wäre lieber in unserem alten Haus geblieben. Die Wohnung im ersten Stock war bequem für uns, und die Zimmer im Dachgeschoss brauchten wir für unsere Kinder und deren Freunde. Früher hatte Maria hier gewohnt. Sie war nun schon seit Jahren tot. Maria war jung gestorben. Sie hatte eine schlimme Krankheit gehabt. Was unsere Mutter sich für sie ausgedacht hatte, war keine gute Lösung. Maria war dabei zwar satt, aber nicht glücklich geworden. In unserer Jugend hatte niemand danach gefragt, ob eine Frau glücklich war, und wenn es sich um eine unverheiratete Frau handelte, hatte sie auch keinen Anspruch auf ein erfülltes Leben, auf ein Leben in Würde. Maria hatte zwar nie darüber gesprochen, aber ich hatte immer gewusst, wie sehr sie unter der demütigenden Situation litt. Zuletzt hatte die Traurigkeit, die sie immer in sich verschlossen hatte, sie krank gemacht. Maria war an Krebs gestorben.
Ich wollte unsere bequeme Wohnung nicht aufgeben und nicht das dazugehörige Dachgeschoss. Ich wollte weiterhin bei der Firma wohnen, nur durch den Fabrikhof, auf dem in der Pause die Näherinnen ihr Frühstücksbrot aßen, von ihr getrennt. Ich hatte auch kein Interesse daran, aus der Innenstadt fort zu ziehen. Das Leben in der Vorstadt, zwischen lauter jungen Ehepaaren mit kleinen Kindern, war nichts für

uns. Für ältere Leute war es angenehmer, in der Stadt zu wohnen. Mir tat es Leid um das alte Haus, das ich liebte.
Die Männer waren wie besessen von der Idee, zwei moderne, anspruchsvolle Häuser zu bauen. Der Architekt hatte in ihrem Namen die Baugesuche beim Bauamt eingereicht, und sie waren genehmigt worden. Die Stadt hatte keinen Grund, sie abzulehnen. Albert und Dietrich hätten Grund gehabt, sie nicht einzureichen, weil sie nicht mehr das Geld dafür hatten. Aber denen schien jede Vernunft abhanden gekommen zu sein.
Die beiden teuren Häuser mussten gebaut werden, und sie wurden gebaut. Ich strengte mich an, niemand merken zu lassen, dass ich weinte, als wir aus dem alten Haus auszogen. Für mich war es ein Opfer, es aufzugeben, und ich brachte es umsonst. Niemand wusste bei unserem Auszug, wie vergeblich das Opfer war. Aber wir sollten es schon bald erfahren.
Albert freute sich wie ein Kind an der modernen Ausstattung des neuen Hauses, doch wir saßen verloren in dem großen Wohnzimmer. Für meine Näharbeiten am Abend hatte das Zimmer im alten Haus gereicht. Albert zog die Schultern hoch und sah sich von Zeit zu Zeit verschreckt um. Wenn wir Besuch hatten, fühlten wir uns ein bisschen wohler, obwohl ich noch manchmal in die falsche Richtung ging, um etwas aus der Küche zu holen.
Ich musste das Auto nehmen, um auf den Markt oder zur Post zu kommen. Auf dem Markt einzukaufen, gab ich bald auf, und auf die Post schickte ich Albert, damit er wenigstens einmal unter Menschen kam. Zwar wohnten Dietrich und seine Familie jetzt im Haus nebenan, aber Dietrich hielt sich fern, wohl aus gutem Grund, und Jutta hatte mit ihren Kindern genug zu tun. Sie war uns gegenüber nie so unbefangen gewesen, dass sie einmal unangemeldet vorbeigekommen wäre. Auch die Kinder hatten nicht mehr viel Interesse an den Großeltern.

Unser jüngster Sohn machte uns immer noch Freude. Er hatte sein Studium beendet und mit summa cum laude promoviert. Jetzt hatte er eine Stelle an der Universität und wollte sich habilitieren. In seinem Beruf hatte er erreicht, was er sich vorgenommen hatte. In seinem bisherigen Leben hatte er immer alles der Reihe nach gemacht. Den zweiten Schritt vor dem ersten zu tun, kam für ihn nicht in Frage.

Als Student hatte er eine Freundin gehabt, ein stilles, zurückhaltendes Mädchen mit großen Augen. Das Mädchen Marlene gehörte zu seiner Studienzeit. Nach dem Studium hatte er sich von Marlene getrennt und sich nach einer Frau zum Heiraten umgesehen. Auch mich hatte er um Rat gefragt, und ich hatte ihm einen gegeben. Es kam heute nur noch selten vor, dass junge Männer die Mädchen heirateten, zu denen ihre Eltern ihnen rieten. Gabriel und ich, wir hatten einander schon immer vertraut. Ich nannte ihm den Namen eines Mädchens, das er kaum kannte. Vielleicht hatten sie sich hin und wieder auf dem Berg gesehen. Ich jedenfalls hatte heimlich von dieser Verbindung geträumt.

Die junge Reinhild Trulsky war wie Gabriel seit ihrer Kindheit auf den Berg mitgenommen worden. Sie war eine Tochter aus gutem Hause, eine Verlobte, die sich Eltern für ihren Sohn wünschen. Erst nach und nach wurde mir klar, dass auch hier nicht alles Gold war, was glänzte. Bisher kannte ich nur die Gräfin Trulsky und ihre Tochter. Den Männern der Familie war ich noch nicht begegnet, weil sie mit der Bewegung nichts im Sinn hatten und deshalb nicht auf den Berg kamen.

Der Erbe des Titels, der junge Trulsky, war ein arroganter Bursche, der nicht sehr gescheit zu sein schien. Er war einige Jahre älter als Reinhild, die noch sehr jung und entsprechend unfertig war. Der Graf schien etwa fünfunddreißig Jahre älter als seine Frau zu sein. Frau Trulsky war eine resolute Fünfzigjährige. Ich konnte mir nicht vorstellen, wie es war, mit einem so alten Mann verheiratet zu sein, wenn man selbst noch mitten im Leben stand.

Gabriel und Reinhild, deren Hochzeit nun gefeiert werden sollte, waren wenigstens gleich alt. Das einzige, was Graf Trulsky mir gegenüber an diesem Tag äußerte, war eine Empfehlung zur Auswahl der Speisen am kalten Büfett: „Nehmen Sie davon, gnädige Frau, es ist eine Spezialität des Hauses."

Das klang für mich eher nach einem Gasthaus, als nach einer Feier im privaten Rahmen. Wie ich später erfuhr, hatte dieser Eindruck nicht getrogen. Das Schloss war tatsächlich eine Art Gasthaus. Die Familie musste zahlende Gäste aufnehmen, um das imposante Gebäude zu unterhalten. An diesem Tag gab es offenbar keine zahlenden Amerikaner, und auch japanische Gesichter waren nicht zu sehen. Nur die mit kostbarem Gobelinstoff bezogenen Stühle hatten einen Bezug aus durchsichtiger Plastikfolie, so als ob sie mehr strapaziert würden, als ihnen bekam.

Was mich in diesem Zusammenhang wunderte, waren die Ritterrüstungen in den Durchgängen und auf den Treppenabsätzen. Ich fand sie unpraktisch für ein Beherbergungsunternehmen und stellte mir vor, welche Geräusche es machte, wenn so ein eisernes Ding die steinerne Wendeltreppe herunterfiel. Nur mit Mühe konnte ich ein Lachen unterdrücken, das gerade überhaupt nicht in das Gespräch gepasst hätte.

Ich verstand jetzt auch besser, warum sie ihre Tochter den Sohn eines schwäbischen mittelständischen Unternehmers heiraten ließen. Die Familie brauchte Geld und glaubte, dass Albert es hätte. Mir kamen die ersten Zweifel an dieser Hochzeit, die ich mir so sehr gewünscht und zu der ich meinem Sohn geraten hatte. Vieles wurde mir klar in den drei Tagen, die ich im Schloss verbrachte. Dass adelige Familien Gäste beherbergten, um ihre Schlösser unterhalten zu können, war nicht ungewöhnlich. Jedermann sprach unbefangen über dieses Thema. Frau Trulsky teilte mir ihre Erleichterung darüber mit, dass die bevorstehende Heirat zustande kam.

Die Hochzeit war nicht gerade ein rauschendes Fest, obwohl am Abend viele Gäste gekommen waren. Vom Tonband ertönte leise Musik. Die Gäste standen herum und führten Gespräche oder saßen schweigend auf den plastiküberzogenen Gobelinstühlen. Allgemein wurde die Eröffnung des kalten Büfetts mit Erleichterung aufgenommen.
Der Graf, der neben einer der frisch geputzten Rüstungen im Durchgang stand und mit seiner stockenden Greisenstimme das Büfett eröffnete, erlebte in diesem Augenblick noch einmal einen schwachen Widerschein des alten Glanzes. Für die jüngeren Gäste gab es auf diesem Hochzeitsempfang wenig Unterhaltung. Gegen Morgen zog sich eine kleine Gruppe in ein Dachzimmer zurück, wo eine Pianistin, die unter den Gästen war, sich an den Flügel setzte. Das kleine Konzert soll das hübscheste Erlebnis dieses Abends gewesen sein.
Als die meisten Gäste sich verabschiedet hatten, lag ich in meinem Bett und meine Gedanken kamen noch nicht zur Ruhe. Vor der Hochzeit war ich davon überzeugt gewesen, dass Gabriel nichts Besseres passieren könnte, als in diese Familie einzuheiraten. In den letzten Tagen hatte ich meine Meinung geändert. Dieser verarmte Adel wirkte irgendwie verlottert. Frau Trulsky hielt ich jedoch immer noch für grundsolide.
Reinhild, die ich so entzückend gefunden hatte, schien mir jetzt eher ein ziemliches Gänschen zu sein. Besonders hübsch war sie auch nicht mit ihrem groben Gesicht und den Dirndlkleidern, die sie meistens trug. Die Mädchen, in die Gabriel sich bisher verliebt hatte, waren von ganz anderer Art, klug und sensibel, mit feinen ebenmäßigen Gesichtern. Reinhild kam mir daneben grobschlächtig vor. Ich hoffte nur, dass es mit den beiden gut gehen würde. Sie war noch so unreif mit ihren neunzehn Jahren. Ich wusste eigentlich gar nicht mehr, was ich mir gedacht hatte, als ich diese Sache betrieben hatte.

Ich wusste nicht, was in Gabriel vorging. Dass er in diese Reinhild verliebt war, konnte ich mir nicht vorstellen. Was war es, das ihn bewogen hatte, meinem Rat zu folgen? Dass er von der Zugehörigkeit zum Adel fasziniert war, konnte ich mir nicht denken. Er war ein moderner junger Mann und hatte nie eine Beziehung zum Adel gehabt.
Vielleicht wollte er durch diese Ehe irgendwelche Minderwertigkeitsgefühle kompensieren. Aber ich konnte mir gar nicht vorstellen, warum er die haben sollte. Er war ein gut aussehender junger Mann mit einem Prädikatsexamen und einer Promotion, die in Fachkreisen Aufsehen erregt hatte. Ob er gedacht hatte, dass diese Verbindung seine wissenschaftliche Karriere fördern würde? Vielleicht hoffte er, über die Familie Trulsky neue wertvolle Verbindungen zu bekommen. Doch es sollte mich wundern, wenn ich ihn zu so einem berechnenden Menschen erzogen hätte. Gerade weil ich selber so erzogen worden war, hatte ich es bei meinen Kindern vermieden.
Ich hatte diese Beziehung nicht aus Berechnung gewollt. Eitelkeit mochte dabei eine gewisse Rolle gespielt haben. Früher hatte ich gedacht, dass die Eitelkeit mit den Jahren nachließe. Doch das Gegenteil war der Fall. Ich war eher eitler geworden, obwohl mein Urteilsvermögen zugenommen hatte. Jetzt konnte ich nur noch hoffen, dass Gabriels Ehe sich trotz allem als gut und haltbar erweisen würde, damit nicht die Kinder, die sie einmal haben würden, eines Tages die Eitelkeit ihrer Großmutter büßen müssten.
Dass Gabriel und seine junge Frau den gleichen Glauben hatten, war eine gute Voraussetzung, aber keine Garantie. Auch in der Bewegung hatte man schon erlebt, dass Ehen zerbrochen waren. Allerdings gab es nicht so viele Ehen, bei denen beide Partner der Bewegung angehörten.

*

Manchmal dachte ich, Dietrich müsste größenwahnsinnig sein. Ich wusste doch, und er musste es noch besser wissen, dass die Firma nichts mehr abwarf. Und er hatte sich in den Kopf gesetzt Häuser zu bauen. Auch für seine Schwester Barbara und ihre Kinder musste er bauen. Barbara hatte zwar ihr Haus verkauft, aber das war noch nicht schuldenfrei gewesen, und bei Dietrichs Ansprüchen konnte der Erlös nicht für ein neues Haus reichen. Ich hoffte sehr, dass er nicht auch noch Barbara mit seinen überzogenen Vorstellungen ins Unglück brachte. Er verschwendete sicher keinen Gedanken daran.

Sich Gedanken zu machen, war noch nie seine besondere Stärke gewesen. Aber jetzt schien es mit seiner Vernunft vollends den Bach hinunterzugehen. Seine nächste Tat war die Erneuerung des Maschinenparks. Dass er die neuesten Maschinen für die Firma bestellte, hätte ich notfalls noch verstanden, obwohl es in dieser schwierigen Zeit sicher auch anders gegangen wäre.

Aber er setzte dem Unfug noch die Krone auf, indem er den Transport nicht versicherte. Er meinte, es sei nicht seine Sache, sich gegen alles abzusichern. Wenn sein Karma es so wollte, dann müssten die Maschinen auf dem Transport verloren gehen. Dann könnte er dadurch etwas ablösen und das wäre mehr wert, als dass die Maschinen heil ankämen.

Sie kamen nicht heil an. Bei einem Unfall wurden sie zerstört. Ich bekam nie heraus, wie das möglich war. Sie hätten ja schon von einer Brücke in ein tiefes Wasser stürzen müssen, um ganz und gar verloren zu sein. Jedenfalls wäre Dietrich ein Versicherungsfall gewesen, wenn er denn eine Versicherung abgeschlossen hätte. Das Geld von der Versicherung hätte vielleicht das Schlimmste verhüten können. Dietrich hätte damit die zerstörten Maschinen bezahlen können. So aber erhöhte sich seine Schuldenlast.

Er sagte, dieses Unglück wäre i h m bestimmt gewesen und nicht irgendeiner Versicherung. Wenn es aber i h m bestimmt gewesen wäre, dann müsste er es auch tragen. Jedes

Unglück berge auch die Chance in sich, ein Karma für das nächste Leben positiv zu verändern. Und wenn, wie in diesem Fall, andere Menschen mit hineingezogen würden? fragte ich. Er antwortete in seiner maßlosen Verblendung, dann bekämen auch die anderen Menschen eine Chance. Dietrich fühlte sich in keiner Weise schuldig. Im Gegenteil, er erlebte sich als Retter des Abendlandes.
Weil ihm jede Einsicht und jedes Unrechtsbewusstsein fehlten, schenkte er noch jeder seiner Töchter eine Eigentumswohnung und meldete dann Konkurs an. Dietrich behielt sein teures Haus. Wahrscheinlich hatte er es beizeiten seiner Frau überschrieben. Die Töchter behielten ihre Wohnungen, weil sie nicht hafteten, aber Albert haftete mit seinem ganzen Vermögen. So blieb uns von unserem Besitz nichts mehr übrig. Wir zogen wieder aus dem unglücklichen Haus aus, das uns nun auch nicht mehr gehörte, wenn es uns je gehört hatte. Ich wäre gern in unser altes Haus zurückgekehrt. Aber auch das gehörte uns nicht mehr. Nichts gehörte uns mehr. Im Alter waren wir bettelarme Leute geworden.
Wir brauchten eine neue Bleibe und mieteten eine kleine Wohnung in einem der eingemeindeten Vororte, eine sogenannte Einliegerwohnung. Die Besitzer des hübschen Einfamilienhauses wohnten über uns. Noch nie hatte ich in solcher Enge gelebt. Weil ich meinen Mann nicht allein lassen wollte, ging ich kaum noch aus dem Haus. Er war so verzweifelt, dass ich nie wusste, was er tun würde, wenn ich für eine Weile fortging. Die Wohnung, in die wir nun miteinander eingesperrt waren, blieb mir fremd. Meine Blicke stießen sich an den Wänden, und die Decke fiel mir auf den Kopf. Eine richtige Aufgabe hatte ich auch nicht mehr.
Lustlos hielt ich die beiden Zimmer, die winzige Küche ohne Tageslicht und das Bad, das ebenfalls kein Fenster hatte, in Ordnung. Ich hatte immer gern gekocht, aber was hatte das jetzt noch für einen Sinn, wo die Speisen, die ich zubereitete, keinem mehr schmeckten? Albert konnte gutes Essen nicht mehr genießen, und mir hatte es auch den Appetit verschla-

gen. Meinem armen Mann war es egal, was ich ihm vorsetzte. Gedankenlos aß er alles, was ich mir für ihn überlegt hatte, ohne zu merken, wenn ich ihm sein Lieblingsgericht vorsetzte. Von Tag zu Tag wurde er trauriger.
Der Mann, mit dem ich am Tisch saß, war uralt und krank. Vor jedem Essen stellte ich ein kleines Tablett mit Medikamenten neben seinen Teller. Früher hatte er so etwas nicht gebraucht. Jetzt nahm er seine Tabletten, zählte seine Tropfen, lustlos und ohne Interesse, und trotzdem ging es ihm immer schlechter. Bald konnte ich nicht mehr übersehen, dass es abwärts mit ihm ging. Wahrscheinlich würde ich bald ohne ihn sein.

*

Abgesehen von Gabriels beiden Kindern waren unsere Enkel jetzt alle fast erwachsen. Sie hatten sich mehr oder weniger gut entwickelt. Es hatte mir Freude gemacht, sie heranwachsen zu sehen und zu beobachten, was aus ihnen wurde. Manchmal stellte ich mir die Frage, ob mein Leben ein erfülltes Leben war. Dann gab ich mir selbst die Antwort. Für eine Frau konnte es keine andere Erfüllung geben, als ihren Mann zu unterstützen und Kinder aufzuziehen. Beides hatte ich getan.
Allerdings wusste ich in der letzten Zeit nicht mehr, ob ich, was ich getan hatte, recht getan hatte. Ich hatte zwar meinen Mann unterstützt und auch in schweren Zeiten zu ihm gehalten, aber sein Lebenswerk war zerstört, und ich hatte es nicht verhindern können. Vielleicht war das der Preis, den ich für meinen Hochmut zahlen musste.
Ich hatte mich zwar immer bemüht, es nicht zu sein, aber ich w a r hochmütig. Auf Menschen, die sich weniger gescheit und weniger vernünftig benahmen als ich, hatte ich immer herabgesehen. Natürlich hatte ich versucht, es nicht zu zeigen, aber ich hatte zu oft die Menschen ohne Liebe

angesehen, wenn sie sich grob und dumm verhielten oder sich sonst schlecht benahmen.
Manchmal ermahnte ich mich selbst, bescheidener zu sein, aber ich wusste nicht so richtig, wie ich das machen sollte. Bescheidenheit war wohl eher eine christliche Eigenschaft, die mir als Anhängerin der Bewegung nicht gegeben war. Der Gott der Christen gab den Menschen Freude und Leid. Er gab ihnen das eine wie das andere aus Gnade, und sie mussten es demütig hinnehmen. Nach unserem Glauben war es anders. Alles war eine Frage von Ursache und Wirkung. Was in diesem Leben geschah, hatten wir uns in einem anderen Leben verdient. Da gab es eigentlich keinen Grund, etwas demütig hinzunehmen, wenn es doch nur die Konsequenz des eigenen Verhaltens war.
Diese Denkweise ließ keinen Raum für Mitgefühl, denn jeder hatte sich alles, was ihm geschah, selber zuzuschreiben. Die Menschen auf dem Berg waren mir oft erbarmungslos vorgekommen. An dieser Stelle wollte ich mich von ihnen unterscheiden. Ohne Mitleid wollte ich nicht sein. Das erschien mir unmenschlich. Wenn ich Albert in seinem Unglück vor mir sah, floss mein Herz über vor Mitleid. Der kranke und verzweifelte Mann erbarmte mich, und es war nicht mehr wichtig für mich, ob er das, was er jetzt erlebte, in einem früheren Leben selbst verursacht hatte. Jetzt konnte ich nur sehen, dass ihm etwas geschah, das er nicht verdient hatte, weil er immer ein redlicher Mann gewesen war.
Ich wollte sein Schicksal innerhalb der Grenzen dieses Lebens betrachten. Es hatte mit seiner Geburt begonnen und würde mit seinem Tod enden. In dieser Zeitspanne war Albert Roloff immer ein redlicher Mann gewesen, und ich konnte nur sagen, er hatte es nicht verdient, dass sein Leben zerbrach. Trotz allen Fleißes, trotz all dessen, was er geleistet und aufgebaut hatte, musste er nun in Armut und Einsamkeit enden. Er hätte ein angesehener Seniorchef werden können, bei dem die nachfolgende Generation sich Rat holte.

Stattdessen saß er in seinem Sessel, einem alten Stück, das er schon immer geliebt hatte und das ich noch nie hatte leiden können, und starrte vor sich hin. Er sah nicht, wie alte Menschen es gern tun und wie auch ich es manchmal tat, zum Fenster hinaus, denn er erwartete nicht mehr, dass noch etwas Erfreuliches draußen geschah. Sein Blick erfasste nichts mehr. Max, unser Dackel, der uns durch die letzten Jahre begleitet und uns viel Freude gemacht hatte, lag zu seinen Füßen und gähnte, wenn er einmal nicht schlief. Albert beachtete das Tier nicht, das ihm ein guter Freund und Gefährte war. Der Hund verstand nicht, warum sein Herr ihn nicht mehr zu sehen schien. Er stieß von Zeit zu Zeit einen langgezogenen Jammerlaut aus. Dann schob Albert ihn ungeduldig mit dem Fuß fort.

Weil er das Haus nicht mehr verließ, hatte ich es übernommen, den Hund herauszulassen. Die kleinen Spaziergänge taten mir gut. Zeitweise waren sie die einzige Abwechslung in meinem Leben. Max war sieben Jahre alt und noch sehr vital. Er fing seinen Schwanz und sprang vergnügte Kringel. Ich war viel zu langsam für seinen ungebremsten Bewegungsdrang. Der Hund war das einzige Wesen, das mich noch zum Lachen brachte. Bei Albert gelang das auch ihm nicht mehr. In der letzten Zeit hatte ich das Tier sehr ins Herz geschossen.

*

Was war aus meinem Bemühen, Albert in guten wie in schlechten Zeiten beizustehen, geworden? Alles was wir gemeinsam getan und geleistet hatten, war umsonst gewesen. Jetzt konnte ich ihm nur noch helfen, sein Leben auszuhalten. Ihn aufzuheitern gelang mir nicht mehr, schon deshalb nicht, weil ich selber nicht heiter war.

Immer wieder führte ich mir vor Augen, was ich in meinem Leben alles falsch gemacht hatte, und die Liste der Fehler war lang. Am meisten quälte mich, was ich bei meinen Kindern versäumt hatte. Zuletzt hatte ich noch viel Sorgfalt auf Gabriels Erziehung verwandt. Er war jünger als meine anderen Kinder, und ich war älter und klüger gewesen, als er auf die Welt kam, mein jüngstes Kind, mit dem reizenden Lockenkopf.

Es war etwas Helles um ihn gewesen wie eine Aura. Bei seinem Start ins Leben hatte ich ganz gewiss keine Fehler machen wollen. Ich hätte ihn als ein Geschenk des Himmels erlebt, wenn mein Glaube an karmische Zusammenhänge das zugelassen hätte, ein Geschenk des Himmels in schwerer Zeit. In dem Jahr, in dem er geboren wurde, brach der zweite Weltkrieg aus.

Jetzt, nach all den Jahren, erlaubte ich mir den Gedanken, dass ein gütiger Gott mir dieses Kind geschenkt hatte, um mir Kraft zu geben. Ich glaubte nicht mehr alles, was in den Werken des Herrn geschrieben stand. Mit den Jahren waren meine Zweifel immer lauter geworden, In seinen Worten vermisste ich die Liebe. Jetzt im Alter wusste ich, dass wir ohne sie einsam und unglücklich werden mussten.

Mein jüngster Sohn hatte, so fürchtete ich, ohne Liebe geheiratet. Ich betete zu Gott, dass er es nicht mir zu Gefallen getan hatte. Diese Schuld konnte ich nicht auch noch tragen. Sie war zu schwer für mich. Früher hätte ich gedacht, er hat die Frau geheiratet, die ihm bestimmt war, und wenn sein Karma es notwendig gemacht hatte, dass er ohne Liebe leben musste, dann ist es Recht. Jetzt konnte ich nicht mehr so denken, denn ich empfand tiefes Mitleid mit allen Menschen, die ohne Liebe leben mussten. Ich fühlte mich dafür verantwortlich, dass es in Gabriels Leben keine Liebe gab. Am liebsten hätte ich diesen Gedanken verdrängt. Aber was nützte es, wenn ich mir in die Tasche log?

Was aus dem Baby Elisabeth werden würde, konnte man noch nicht erkennen. Doch der vierjährige Michael war meine Freude und mein Trost. Er war so, wie sein Vater als Kind gewesen war, so blond und irgendwie leuchtend. Für meinen Geschmack war es passend, dass beide die Namen

von Erzengeln trugen, jeder den eines anderen. Immer wenn ich in meinen Gedanken so weit gekommen war, schalt ich mich eine törichte alte Frau und hielt mir vor, dass Engel nicht in Menschenkörpern lebten. Trotzdem beschäftigten sich meine Gedanken immer wieder in dieser Weise mit meinem Lieblingsenkelkind, so oft ich es mir auch verbot.
Ich könnte es nicht ertragen, dachte ich, wenn diesem Kind etwas passieren würde, und betete zu Gott, mir den Kleinen zu lassen. Dann wieder dachte ich, meine angstvollen Gedanken müssten das Unglück anziehen. Im Alter wurde ich richtig abergläubisch. Nachdem ich mich mein Leben lang bemüht hatte, vernünftig zu sein, gerieten meine Gedanken jetzt immer öfter auf Abwege, weil ich zu sehr liebte.

*

Albert ging es immer schlechter. Nur mit Mühe bekam ich ihn morgens noch aus dem Bett. Er hätte sich am liebsten wie ein verängstigtes Tier verkrochen, aber das ließ ich nicht zu. Um ihn zum Aufstehen zu bewegen, vergaß ich eines Morgens alle Grundsätze und setzte ihm den Hund auf die Decke. „Der möchte dich zu einem Spaziergang auffordern“, sagte ich.
Albert antwortete nichts, schaute nur mit stumpfem Blick in sich hinein und schob mit einer gleichgültigen Geste den Hund vom Bett. Max versuchte, seinen Platz zu behaupten und entschloss sich erst im letzten Augenblick zu springen. Dabei verstauchte er sich sein Vorderbein und blieb aufjaulend vor dem Bett sitzen. „Nimm den Hund weg!“ sagte Albert, und es klang ratlos und verzweifelt.
„Komm, Max, komm!“, sagte ich resigniert.
Der Hund stand mühsam auf und hinkte auf drei Beinen zur Tür. Die verstauchte Vorderpfote trug er vorwurfsvoll vor sich her. Ich bekam ein schlechtes Gewissen, weil ich den Hund wie einen Gegenstand benutzt hatte. Dabei hätte ich mir doch denken müssen, dass Albert nicht gerade erfreut

reagieren würde, wenn er plötzlich den Hund im Bett hätte. Zu Scherzen war er schon lange nicht mehr aufgelegt.
Wenn man einen depressiven Menschen im Haus hatte, der auf nichts mehr reagierte, fing man an, die dümmsten Versuche zu machen. Ich probierte alles aus und kam mir oft ein bisschen albern vor. Jetzt aber hatte ich einen Einfall, der nicht dumm war. Er war sogar wirklich gut. Es war die Zeit der Kirschblüte, und Albert hatte es immer geschätzt, unter den blühenden Kirschbäumen spazieren zu gehen. Jedes Jahr hatten wir einen oder mehrere Spaziergänge in die Kirschblüte gemacht, zuerst zu zweit, dann mit der immer größer werdenden Kinderschar. Die Kirschblüte hatte zu unserem Leben gehört. Sie war etwas, das sich jedes Jahr ereignete und uns in guten und in schlechten Zeiten erfreute. Ich schlug Albert also auch in diesem Jahr einen Spaziergang in die Kirschblüte vor, obwohl er schon seit Monaten nicht mehr spazieren gegangen war. Er lehnte natürlich ab, aber ich sagte: „Agnes würde sich auch freuen, wenn du uns begleiten würdest."
„Wieso Agnes? Die ist doch nicht da", bruddelte er.
Ich sagte ihm, dass ich Agnes einladen wollte, unsere neue Wohnung anzusehen. Sie müsse ja schließlich wissen, wo ihre Eltern jetzt zu Hause wären. „Könnte mir nicht denken, wozu sie das wissen muss", bruddelte er.
„Weil sie unsere Tochter ist, basta", antwortete ich.
Albert sagte nichts mehr. Er saß wieder einmal am Frühstückstisch und vergaß zu essen, starrte nur vor sich hin. Während er noch saß und starrte, telefonierte ich mit Agnes. Obwohl er mir zuhören konnte, reagierte er nicht. Nichts interessierte ihn mehr. Ich konnte also in seiner Gegenwart offen sprechen. Dem Gespräch mit Agnes hätte er ruhig zuhören können. Aber er reagierte nicht.
„Es geht ihm leider sehr schlecht", berichtete ich unserer Tochter. „Er interessiert sich für nichts mehr. Ich weiß auch keinen Rat mehr. Du wirst es ja sehen, wenn du kommst. Vielleicht tut dein Besuch ihm gut. Wir bekommen ja sonst

keinen Besuch mehr. Nein, Dietrich und Jutta kümmern sich auch nicht um uns. Dietrich hat wohl ein schlechtes Gewissen. Mit Recht hat er das.“

Es war Albert gleichgültig, was ich mit unserer Tochter sprach. Noch nicht einmal einen Gruß ließ er ihr ausrichten.

Agnes wollte uns am nächsten Wochenende besuchen. Es würde kein leichter Besuch für sie werden. Aber sie war schon immer tapfer gewesen und hatte getan, was getan werden musste. In dieser Zeit war sie die einzige, von der ich Mitgefühl mit ihrem alten unglücklichen Vaters erwarten konnte.

Es war für mich ganz ungewohnt, Beistand von einem meiner Kinder zu erwarten. Bisher war immer ich es gewesen, die versucht hatte, ihnen zu helfen und für sie da zu sein. In unserer neuen Lebenssituation war alles ins Gegenteil umgeschlagen. Nichts war mehr, wie es einmal gewesen war.

*

In dem Bemühen, meinen Mann zu unterstützen, war ich also nicht erfolgreich gewesen. Ich hatte mich stets bemüht und bemühte mich noch immer, aber neuerdings schien sich alles gegen mich verschworen zu haben. Ich konnte tun, was ich wollte. Wer von uns war es, der dieses Karma abzulösen hatte? Wir waren es wohl beide, weil wir beide dieses Schicksal trugen.

Albert traf es allerdings noch härter als mich. Bei mir war es so, dass ich einen ungeliebten Mann geheiratet hatte und gelernt hatte, ihn zu lieben. Unseren Wohlstand hatte ich als eine Art Belohnung dafür betrachtet, und jetzt wurde mir wieder einmal gezeigt, dass es in diesem Leben keine Belohnungen für Wohlverhalten gibt.

Belohnungen setzen einen gütigen, verständnisvollen Gott voraus, einen menschlichen Gott sozusagen. Aber was ich zu glauben gelernt hatte, ließ keinen Raum für einen Gott, der irgendwie menschlich oder liebevoll war. So wie ich es gelernt hatte, wickelten sich die Dinge des Lebens auf eine grausam mechanische Weise ab. Es gab kein denkendes, fühlendes Wesen, das belohnte und strafte oder in irgendeiner Weise an den Menschen interessiert war. In dieser Phase meines Lebens hätte es mir geholfen, an einen Gott zu glauben, statt an das unerbittliche Gesetz.

Ich hatte immer nur dem Herrn und seinen Worten vertraut. Konnte es denn sein, dass ich seit meiner Jugend das Falsche geglaubt hatte? Diese Lehre war etwas für Menschen, denen es gut ging. Wenn man sagen konnte, mir geht es gut, ich habe kein schweres Karma auf mich geladen, ich bin in Ordnung, dann war diese Weltanschauung die richtige. Wenn es einem aber schlecht ging, dann gab es keinen Trost, keinen Rat und keine Liebe, keinen Gott, den man um Gnade bitten konnte.

Hatte ich meine Kinder das Richtige gelehrt, und war es recht gewesen, sie auf den Berg mitzunehmen? Vielleicht wäre es besser gewesen, sie im christlichen Glauben aufwachsen zu lassen, mit einem Gott der Liebe und der Gnade. Dann hätte Dietrich lernen können, demütig und bescheiden zu sein. So aber war er arrogant und anmaßend geworden, hatte mit den Schicksalen der Menschen gespielt. Unsere Weltanschauung hatte ihn nicht gelehrt, seine Grenzen zu erkennen. War denn alles ein verhängnisvoller Irrtum? Für das, was ich an Dietrich versäumt hatte, waren wir beide hart bestraft worden.

Auch Albert konnte seinen Kindern nicht viel mitgeben. Dazu war mein Einfluss zu groß. Mein Einfluss war der Einfluss der Bewegung. Albert hatte sich nie dagegen zur Wehr gesetzt. Das war sein entscheidender Fehler. Wir beide hatten zu verantworten, dass sie so geworden waren, wie sie waren. Wir hatten zu verantworten, dass Dietrich alles, was wir im Leben erarbeitet hatten, verspielt hatte, dass Ursula sich scheiden ließ, dass Agnes, die so liebevoll und so tapfer war, allein geblieben war, dass Barbara einen kranken Mann hatte heiraten müssen und nun in jungen Jahren verwitwet

war. Wie es mit Gabriels Ehe weitergehen würde, wusste man auch noch nicht.
Mit unseren Kindern hatten wir es nicht sehr gut gemacht. Was nützte es ihnen, dass ich für sie gestorben wäre, wenn man es von mir verlangt hätte? Ich hatte sie nicht so geliebt, wie sie es gebraucht hätten, nicht in der richtigen Art. Am Anfang ihres Lebens waren sie zwar gediehen, aber dann waren sie alle an einen Punkt gekommen, an dem sie sich falsch entschieden hatten, weil wir sie nicht darauf vorbereitet hatten, richtige Entscheidungen zu treffen.
Ich hatte meine Aufgabe im Leben nicht erfüllt. Zwar hatte ich mich bemüht, nach den Lehren des Herrn zu leben, so gut ich konnte. Aber es war trotzdem nicht zu einem guten Ende gekommen. Schlecht war das Ende, nichts hatte sich so entwickelt, wie ich es mir für meine Kinder gewünscht hätte. Wieder fragte ich mich, ob ich immer den falschen Glauben gehabt hätte. Dann hätte ich auch meine Kinder nicht das Richtige gelehrt. Im Unglück half mir das, was ich glaubte, nicht. Es hatte mir eigentlich noch nie geholfen. Aber dass ich gemeint hatte, das Richtige zu glauben, hatte mir eine gewisse Sicherheit gegeben. Getröstet hatte es mich nie.

*

Meine Kinder mussten jetzt ihren Weg finden, ihnen konnte ich nicht mehr helfen. Die Zeit, in der das möglich gewesen wäre, war längst vorbei. Ursula schrieb mir, sie wolle ihr Leben neu beginnen, versuchen begangene Fehler wieder gutzumachen. Sie hätte die Scheidung eingereicht. Obwohl ich der Meinung war, dass man den Fehler einer Ehe mit dem falschen Mann nicht wieder gutmachen konnte, indem man sich scheiden ließ, konnte ich sie verstehen. Dass sie es überhaupt so lange mit diesem Mann ausgehalten hatte, war anerkennenswert.

Ihrer Kinder wegen hätte sie es ertragen, sagte sie. Aber die wären inzwischen groß genug. Damit hatte sie Recht. Die Kinder waren keine Kinder mehr, sondern zwanzig und mehr Jahre alt. Eine Tochter war schon aus dem Haus, die andere Tochter und der Sohn würden auch bald gehen. Sie taugten nicht mehr als Alibi für die Erhaltung einer misslungenen Ehe.
Vielleicht war diese Ehescheidung ein Zeichen dafür, dass Ursula stärker geworden war und ein besseres Selbstwertgefühl entwickelt hatte. Eine Therapeutin hätte ihr dabei geholfen. Atemtherapie, wie sie sagte. Ich konnte mir nichts darunter vorstellen. Atmen konnte der Mensch doch von selbst, es sei denn, er hatte Asthma oder Tuberkulose, und da half auch keine Atemtherapie.
Wenn ich sie richtig verstanden hatte, war es in dieser Atemtherapie, was immer das war, um seelische Dinge gegangen. Selbstbewusster wäre sie geworden und mutiger. Nun fühle sie sich stark genug, die Scheidung einzureichen. Später wollte sie auch eine Atemtherapeutin werden, erklärte sie, weil die Therapie ihr selber geholfen hätte. Eine merkwürdige Therapie musste das sein, die den Menschen half, ihre Ehen zu beenden. Sie zerstörte, statt zu heilen. Ich hatte immer gedacht, Therapie wäre etwas Aufbauendes. Wenn Ursula lernen wollte, Ehen zu zerstören, das gefiel mir nicht. Trotzdem musste sie es so machen, wie sie es für richtig hielt, wenn ich mir auch nur schwer vorstellen konnte, dass sie mit dieser Therapie glücklich werden könnte.
Am liebsten hätte ich Albert nichts davon erzählt. Aber dann tat ich es doch. Er reagierte anders, als ich erwartet hatte. Ich erzählte ihm die Neuigkeit so undramatisch wie möglich. Sie machte ihn nicht traurig, sondern wütend. Das gab mir wieder Hoffnung, denn es war das erste Mal, dass er wieder Wut und Ärger zeigte.
Ich dachte mir, wenn er schon eher aggressiv reagiert hätte, wäre er mit allem viel leichter fertig geworden. Er hätte seinen Sohn anschreien, ihn einen Nichtsnutz und ein Tauge-

nichts nennen sollen, der aus Eitelkeit und wegen unausgegorener Ideen die ganze Familie ins Unglück gebracht hatte, das hätte er ihm sagen müssen.

Aber nicht die ganze Familie hatte er unglücklich gemacht, nur uns, seine Eltern. Dietrich selbst fiel immer auf die Füße. Wie eine Katze schien er sich in der Luft zu drehen und am Ende auf allen vier Füßen zu landen. Auch für seine Kinder hatte er gesorgt. Natürlich waren seine Geschwister um den größten Teil ihres Erbes gebracht worden, aber ins Unglück geraten waren sie deshalb nicht. Mein Herr Sohn war schon dabei, ein neues Geschäft zu gründen, mit welchem Geld, wusste ich nicht. Aber er würde schon irgendwie sein Schäfchen ins Trockene gebracht haben. Billig-Textilien aus Indien wollte er jetzt verkaufen.

Ich weiß selbst nicht, wo ich es erfahren hatte. Gesprochen hatte er nicht darüber. Als ich es Albert erzählte, jammerte er um seinen guten Namen, der längst kein guter Name mehr war. Der Name Roloff war schon so lädiert, dass auch der Handel mit Billig-Textilien ihm nichts mehr anhaben konnte. „Aus Baumwolle?" fragte Albert. „Leicht knitternd und nicht farbecht?"

„So wird es wohl sein", sagte ich. „In Indien haben sie ja keine Möglichkeiten, etwas Ordentliches zu produzieren."

„Und mein Herr Sohn, dieser Schlawiner, schlägt noch Kapital aus der Armut der Leute. Der schreckt auch wirklich vor nichts zurück. Was haben wir uns da nur herangezogen, Katharina, waren wir denn von allen guten Geistern verlassen?"

Auch diesmal war Albert nicht wirklich zornig geworden. Nach dem kurzen Aufbegehren, versank er wieder in Grübeleien. Traurig sagte er: „Ich hätte meinen Kindern schon die richtigen Werte vermittelt. Ich hätte sie zu Anstand und Ehrlichkeit erzogen, hätte meinem Sohn eine seriöse Geschäftsführung beigebracht und ein Gefühl für Qualität. Wenn ich gekonnt hätte, wie ich wollte, wäre mein Nachfolger nicht so aus dem Ruder gelaufen."

„Warum konntest du denn nicht, wie du wolltest?“ fragte ich, obwohl ich wusste, was er meinte.
Jetzt zeigte sich seine ganze Verzweiflung, sein lebenslanger Kummer, über den er kaum jemals ein Wort verloren hatte. Vielleicht hatte er es aber auch versucht, und ich hatte ihm nicht zugehört, weil mir nicht in den Kram gepasst hatte, was er sagte. Erst jetzt, wo mich das Schicksal so sehr gegen den Strich gebürstet hatte, war ich bereit, ihm zuzuhören.
Mein Mann hatte immer darunter gelitten, dass ich unsere Kinder auf den Berg mitgenommen hatte. Jetzt hatten die Ereignisse ihm Recht gegeben. Ich konnte niemand die Schuld daran geben, dass Dietrich sich so negativ entwickelt und diese verhängnisvollen Fehler gemacht hatte. Ich selber hatte ihm die Dinge beigebracht, die sich bei ihm so verhängnisvoll ausgewirkt hatten, weil er sie nicht richtig verstanden hatte.
Das Schlimmste war, dass ich ihn seinem Vater entfremdet hatte. Ich konnte nicht behaupten, dass ich es nicht gewollt hätte. Das wäre nicht ehrlich. Etwas in mir hatte es immer gewollt, ohne dass ich es bemerkt oder gewusst hatte. Stolz war ich gewesen, dass meine Ideen für meine Kinder so wichtig gewesen waren und hatte übersehen, dass sie eigentlich ihren Vater mit seinen vernünftigen Ansichten gebraucht hätten. „Wenn du unsere Kinder nicht zu Sektierern gemacht hättest“, sagte er, „dann wäre alles anders gekommen.“
„Ich glaube nicht, dass die Bewegung eine Sekte ist. Und viele gescheite Leute teilen diese Meinung“, verteidigte ich mich.
„Dieser El-Marakesch, oder wie der heißt, der hat sich das alles ausgedacht, dieses ganze absurde Zeug, um sich selber so großartig hinzustellen“, sagte Albert. „Größer als Jesus. Jesus hätte nur vorübergehend einmal eine Bedeutung gehabt, aber dieser Marakesch oder wie der hieß, hätte seine Bedeutung für alle Zeit. Wer kann denn so etwas glauben, Katharina?“

„Woher weißt du das denn alles?“ fragte ich statt einer Antwort.
„Ich habe mich viel damit beschäftigt, immer wieder, wenn du nicht da warst und es nicht gemerkt hast. Nur den Namen kann ich mir nicht merken.“
„Aber warum hast du denn so heimlich gelesen? Wir hätten doch darüber sprechen können. Vernünftige Menschen können doch über alles miteinander sprechen.“
„Vernünftige Menschen schon. Aber wer an eine unvernünftige Sache glaubt, ist nicht vernünftig. Auf diesem Ohr hast du einfach nicht gehört.“
Er hatte Recht. Da half kein Diskutieren. Ich hatte immer geglaubt und vertraut, aber nicht den richtigen Leuten. Warum war diese Sache, warum waren diese Menschen so wichtig für mich geworden? Warum hatte ich so lange keinen Zweifel gehabt und noch nicht einmal Fragen gestellt? Ich sprach immer nur mit Leuten, die meiner Ansicht waren. Wenn jemand eine andere Ansicht vertrat, lehnte ich das Gespräch ab. So konnte ich mein Leben lang glauben, was ich wollte, und hatte mir eine Meinung gebildet, von der ich dachte, sie würde mir helfen, mit allen Schicksalsschlägen fertig zu werden. Weil sie mir Sicherheit gab, durfte ich sie nie ernsthaft in Frage stellen.
Eine Zeit lang hatte es mir geholfen, aber jetzt half es schon lange nicht mehr. Auch die Menschen auf dem Berg konnten mir nicht mehr helfen und wollten es auch nicht. Ich wusste, wie sie über Menschen dachten, die ins Unglück geraten waren. Sie glaubten, wie ich es bisher auch geglaubt hatte, dass jeder sich sein Unglück selber zuzuschreiben hätte. Sie mochten sich fragen, wodurch wir so ein schweres Karma auf uns geladen hatten. Sie würden feststellen, dass Katharina Roloff doch immer ein Vorbild für viele und eine Stütze der Bewegung gewesen wäre, das sie eine besondere Berufung gehabt hätte, und nun das.
Mein Schicksal zeigte mir meine Irrtümer. Sie würden ihre Irrtümer nicht erkennen, weil sie nichts von dem, was sie

glaubten, aufgeben würden. Stattdessen würden sie meinen, mit mir wäre etwas nicht in Ordnung. Damit würden sie zwar Recht haben, aber niemand wusste, was in meinem Leben wirklich nicht in Ordnung war. Dass ich immer etwas Falsches geglaubt hatte, dass ich mein Leben und das meiner Familie auf falschen Grundlagen aufgebaut hatte, sahen sie nicht.

Ich machte meinen Kindern keine Vorwürfe mehr, wenn eins von ihnen sich wieder von dem entfernt hatte, was ich einmal für so wichtig gehalten hatte. Ursula und Barbara waren sowieso durch ihre Männer auf einen anderen Weg geraten. Ursulas Mann, Roland, hatte von Anfang an die Bewegung lächerlich gemacht und Ursula verspottet, wenn ihre Nähe zur Bewegung zur Sprache gekommen war. So war auch sie auf andere Gedanken gekommen. Ursula war keine kämpferische Frau. Sie hatte nie für ihre Überzeugung gekämpft. So war die Überzeugung immer schwächer geworden. Bald hatte Ursula sie ganz vergessen.

Barbaras Gedanken waren von der Krankheit ihres Mannes beherrscht gewesen. So hatten sich zwei meiner Töchter ganz unmerklich von der Bewegung entfernt. Die dritte, Agnes, hatte es anders gemacht, nicht so heimlich und unauffällig. Sie hatte eines Tages einen Brief an den Berg geschrieben, hatte mitgeteilt, sie habe nachgedacht und erkannt, dass es für sie nicht mehr in Ordnung wäre, Mitglied der Bewegung zu sein. Sie wolle deshalb ihr Kreuz zurückgeben. So war Agnes, gerade, ehrlich und wenn sie einmal etwas erkannt hatte, unbestechlich.

Damals war es für mich ein harter Schlag gewesen, dass sie sich so entschieden hatte. Später als auch ich angefangen hatte zu zweifeln, hatte ich Agnes besser verstanden. Ich war stolz auf sie gewesen. Agnes, meine Tochter, war für ehrliche Lösungen. Für sie musste ich mich nicht schämen, nirgends und vor keinem Menschen. Sie ging immer den geraden Weg, anders als ihr älterer Bruder.

Der hatte zwar behauptet, den Weg zu kennen, aber er hatte ihn verlassen, als er ihm keinen Vorteil mehr brachte. Seit es ihm keinen Vorteil mehr brachte, den geraden Weg zu gehen, schlug er Haken wie ein Hase. Entweder hatte er für Recht und Unrecht überhaupt kein Empfinden mehr, oder er hatte es nie gehabt. Einen Sohn erzogen zu haben, der kein Empfinden für Recht und Unrecht hatte, das nahm ich mir am meisten übel.

*

Gabriel und seine Familie hatte ich schon lange nicht mehr gesehen. In früheren Jahren waren sie immer gekommen, wenn ich sie eingeladen hatte. Jetzt lud ich sie nicht mehr ein, weil ich nicht wusste, wo ich sie unterbringen sollte. Wo in unseren zwei Zimmern hätten sie schlafen sollen? Wo hätte ich sie tagsüber unterbringen sollen? In unserem kleinen Wohnzimmer saß der depressive Albert und starrte unbeweglich vor sich hin. Da konnten sie nicht sein.

Gabriels Frau konnte man es nicht zumuten, und den Kindern würde es schaden, auf engem Raum mit dem verwirrten Großvater eingesperrt zu sein. Was sollte ich auf ihre kindlichen Fragen antworten? Michael würde wissen wollen, was mit dem Großvater passiert wäre, und er würde sich nicht mit einer oberflächlichen Bemerkung abspeisen lassen. Er war jetzt fast fünf Jahre alt und ein erstaunliches Kind. Seine grauen Augen schauten einem Menschen bis auf den Grund seiner Seele. Mit diesem Kind zusammen zu sein, war für mich ein Lebenselixier. Ich wünschte mir so sehr, meinen Enkel zu sehen, aber ich wusste nicht, wann sich wieder eine Gelegenheit dazu ergeben würde.

Das war mir umso ärger, als ich mir Sorgen um ihn machte. Er wirkte manchmal, als hätte er einen geheimen Kummer. Was für eine Last konnte so ein kleines Kind auf seiner Seele tragen? Konnte er sich, wenn er Angst hatte, an seinen

Schutzengel wenden, oder hatten sie ihm von dem nichts erzählt? Sie waren so fromm und glaubten so treu an das, was man in der Bewegung zu glauben hatte. Aber von den Schutzengeln der Kinder hatte ich in der Bewegung nie etwas gehört.
Auch ich war ohne den Kontakt zu meinem Schutzengel aufgewachsen. In meiner Kindheit hatte mir niemand von ihm erzählt. Meine Eltern hatten nichts mit der Bewegung zu tun, waren auch sonst nicht besonders fromm. Über geistige Dinge zu reden, war ihnen peinlich. Kinder, die sich nicht an ihren Schutzengel wenden können, haben Angst vor vielen Dingen. Auch meine Kinder waren ohne Engel aufgewachsen. Mit welchem Recht forderte ich etwas für meinen Enkel, das ich meinen eigenen Kindern schuldig geblieben war?
Wenn ich in Michaels Nähe gewohnt hätte, dann wäre es möglich gewesen, ihn zu sehen und mit ihm zu sprechen. Er hätte seinen Blick auf mich gerichtet, und gefragt: „Großmutter, wie ist das mit den Engeln? Kann man sie sehen, und wie sehen sie aus, die Engel?"
Ich konnte ihn nicht sehen und nicht mit ihm sprechen, weil ich nicht in seiner Nähe lebte. Noch nicht einmal einladen konnte ich ihn. Wie das weiter gehen sollte, wusste ich nicht. Würde ich meinen Enkel nie mehr sehen, oder würden die Eltern mich zu sich einladen, die arme Großmutter, um die man sich kümmern musste? Das würde ich nicht gut aushalten können.
Immer hatte ich ein großes Haus gehabt, in dem meine Kinder und Enkel mich besucht hatten. Jetzt lebten wir ein einsames Leben, mein verzweifelter Mann und ich. Manchmal fragte ich mich, wie lange das noch dauern konnte. Ich war schon über siebzig und hatte die Freude am Leben verloren. Früher hatte ich mir gewünscht, im Kreise meiner Kinder und Enkel wenigstens achtzig Jahre alt zu werden.
Jetzt wünschte ich mir nur noch, meinen kleinen Enkel manchmal zu sehen und mich davon zu überzeugen, dass es

ihm gut ging. Im Frühjahr würden sie seinen fünften Geburtstag feiern. Sicher würden sie uns als Großeltern dazu einladen. Dann würde ich keinen Grund haben, die Einladung abzulehnen. Allerdings wusste ich noch nicht, wie ich Albert dazu bringen sollte, mit mir zu fahren. Seit einiger Zeit lehnte er es ab, unter Menschen zu gehen. Schon drei oder vier Personen waren für ihn eine Menschenmenge, besonders dann, wenn sie fröhlich waren.
Vielleicht hätte er sich auf einer Beerdigung noch einigermaßen wohl gefühlt, aber der Geburtstag eines Kindes war ein Freudenfest, und dem fühlte Albert sich nicht mehr gewachsen. Ich musste es auf mich zukommen lassen, abwarten, wenn es mir auch schwer fiel.

*

Agnes wirkte unsicher, als sie kam. Auch ihr fiel es nicht leicht, sich auf die neue Situation einzustellen. Es wunderte mich nicht. Nachdem sie uns begrüßt hatte, stand sie stumm und hilflos im Zimmer herum. Ich erkundigte mich, ob sie die Sprache verloren hätte. Agnes schüttelte den Kopf. „Wie geht es euch?“ fragte sie.
Albert bäffte sie an: „Dumme Frage. Wie soll es uns denn gehen? Denkst du, dass es einem gut geht, wenn einen ein Haderlump von einem Sohn um alles gebracht hat? Denkst du das vielleicht?“
Agnes fuhr zusammen und verstummte erneut. Diesen Ton war sie nicht gewöhnt. Schweigend nagte sie an ihrer Unterlippe. Ich nahm sie mit in die Küche. Während wir den Kaffee kochten und das Tablett mit dem Geschirr und dem Kuchen richteten, konnte Albert sich beruhigen. Das ging bei ihm immer schnell. Wenn er einmal kurz aus seinem brütenden Schweigen auftauchte und seine Wut zeigte, seinen ganzen ohnmächtigen Zorn, sank er immer schnell wieder in sich zusammen und schwieg weiter.
„Wie kommst du damit zurecht, Mutter?“ fragte Agnes.

„Was soll ich dir darauf antworten? Du weißt ja, was hier passiert ist."
„Richtig weiß ich es eigentlich nicht", sagte sie. „Bisher hat mir niemand so richtig etwas gesagt."
Ich sagte ihr, was sie wissen musste.
„Und nun lebt ihr hier in dieser kleinen Wohnung? Wie geht denn das?"
Gegen meine Überzeugung behauptete ich: „Es geht alles, wenn es gehen muss" und fügte hinzu: „Ich will nicht gegen etwas protestieren, das nicht zu ändern ist. Damit verschwendet man seine Kraft."
Agnes widersprach: „Aber manchmal tut es gut, zu protestieren, auch wenn es keinen Sinn hat."
„Es erleichtert, aber nur im Moment. Als ich gemerkt habe, dass ich mich immer mehr hineinsteigerte, habe ich beschlossen, damit aufzuhören."
„Du kannst aber auch krank werden, wenn du deine Wut immer unterdrückst", gab Agnes zu bedenken.
„So schnell wird man nicht krank."
„Hast du es denn nicht kommen sehen? Hast du gar nichts dagegen machen können? Irgendwie hätte man Dietrich doch stoppen müssen." Agnes war jetzt ziemlich aufgebracht.
Ich wusste nicht, was sie sich vorstellte. Dietrich war nicht zu stoppen. Er hatte seine Ideologie und fühlte sich im Recht, was immer er tat. Irgendeinen Zweifel hatte Dietrich nie. Er war stolz auf seine konsequente Haltung. Für uns interessierte er sich nicht mehr, für uns und unsere Gefühle, unsere Bedürfnisse. Das erklärte ich Agnes.
„Deshalb habe ich die Erbverzichtserklärung unterschrieben", sagte sie. „Ich habe mich schuldig gefühlt, aber ich habe doch gesehen, dass alles den Bach runter ging. Klassische Modelle, so etwas kauft doch heute niemand mehr, oder fast niemand. Und dann die Sache mit der Versicherung, da war doch alles klar."

„Da war schon alles zu spät. Ohne den Erbverzichtsvertrag hättest du von deinem Erbe nichts mehr gesehen. Du hast es gut gemacht, bist ein kluges Mädchen. Hör auf, dir Vorwürfe zu machen! Ich mache dir auch keine. Du musst dich nicht entschuldigen."

„Und Vater, sieht der das auch so?" fragte sie zaghaft.

„Er ist froh, dass du etwas von deinem Erbe retten konntest", sagte ich, um sie zu beruhigen.

Als wir ins Zimmer zurückkamen, brütete Albert wieder stumm vor sich hin. Er starrte auf das Muster der Tischdecke. Ich war es schon gewöhnt, ihn so dasitzen zu sehen, ein Häufchen Elend. Agnes, für die es noch neu war, hatte Tränen in den Augen. Sie ging zu ihrem Vater und tat, was sie von mir nicht gelernt haben konnte. Einen Stuhl zog sie sich heran und nahm ihn in den Arm. Als sie ihr Gesicht an seine Wange legte, hörte ich sie schluchzen.

Seit ihrer Kindheit hatte sie ihn nicht mehr umarmt.

Ich sah sie wieder als kleines Mädchen vor mir mit ihren blonden Zöpfen, wie sie an seinem Halse hing und ihm schmeichelte. Albert hatte diese Tochter, die ihm so ähnlich war, immer sehr geliebt. Aber ich hatte die Beziehung zwischen Vater und Tochter nicht unterstützt. Wenn ich ehrlich sein wollte, musste ich mir sogar eingestehen, dass ich versucht hatte, sie zu unterbinden. Ich hatte Agnes ihren Vater fortgenommen, weil er meine Meinung nicht geteilt hatte. Sie hatte sich immer so sehr angestrengt, mir zu gefallen, es mir recht zu machen, dass sie sich von ihm abwenden musste. Jetzt hätte ich das gern ungeschehen gemacht. Wahrscheinlich lag hier auch der Grund dafür, dass sie nicht geheiratet hatte. Mädchen müssen lernen, Männern unbefangen zu begegnen. Dazu brauchen sie den vertrauten Umgang mit ihrem Vater.

Als Agnes klein war, hatte ich noch keine Achtung vor Albert. Agnes konnte als Kind nicht erleben, dass ihre Mutter den Vater respektierte. In ihrem jungen Kopf musste die

Meinung entstanden sein, Männer wären verächtlich und verdienten keinen Respekt.
Als Agnes mit uns am Tisch saß, sah ich, dass sich in ihrem Gesicht die ersten feinen Falten zeigten. Sie bekam die gleichen Falten wie ihr Vater. Im Alter würde sie ihm wahrscheinlich immer ähnlicher werden, Alberts Tochter. Sie hatte seine Falten auf der Stirn und sein glattes Untergesicht. Bei mir blieb die Stirn auch im Alter glatt, während die Haut um den Mund herum schlaff wurde. Diejenigen meiner Kinder, die nach m i r kamen, hatten wie ich leicht vorstehende Zähne. Als Kinder hatten sie wie kleine Hasen ausgesehen. Das hatte ihre Gesichter weich und süß gemacht.
Agnes aber hatte das starke, ebenmäßige Gebiss ihres Vaters. Auch darin war sie seine Tochter. Die beiden ahnten nichts von meinen Gedanken. Sie hätten wohl auch nichts damit anfangen können. Albert starrte trüb vor sich hin. Seine Tochter hatte sich wieder von ihm gelöst und war mit dem Hund beschäftigt. Max stand aufgerichtet, die Vorderpfoten auf ihren Oberschenkel gelegt, und wedelte so heftig, dass sein ganzer Körper in schlangenartige Bewegungen geriet. Dabei gab er vor Erschütterung hohe Jammerlaute von sich. Agnes hatte noch das gleiche liebevolle Verhältnis zu den Tieren, das sie schon als Kind gehabt hatte. Unser alter Max wäre für sie durchs Feuer gegangen.
Es ging ihm nicht gut. Sein Herr kümmerte sich nicht mehr um ihn, und mein Interesse hielt sich in Grenzen. Es gab immer so viel zu denken. Mir blieb keine Zeit, über den Dackel nachzudenken. Langsam beruhigte er sich wieder, hörte auf zu fiepen und sich zu schlängeln. Schließlich rollte er sich vor Agnes Füßen zusammen, die Schnauze auf ihrem linken Schuh. Sie stellte fest: „Er kann sicher auch einen Spaziergang gebrauchen. Wir gehen doch nachher in die Kirschblüte?“
„Natürlich gehen wir. Deshalb bist du doch hergekommen. Du hast Recht, Max braucht auch mal wieder Bewegung. An seinem Herrn hat er ja nicht mehr viel“, sagte ich.

„Mich lasst in Ruhe!" bruddelte Albert.
Jetzt nahm ich die Sache in die Hand, „Du gehst mit. Und ob du mitgehst!" sagte ich. „Du kannst dich nicht immer so gehen lassen. Der Hund kann schließlich nichts dafür und Agnes auch nicht. Zieh deine Jacke an und komm!" Vor Agnes war es mir ein bisschen peinlich, dass ich so mit ihm sprach.
„Agnes hat noch gar nichts über unsere neue Wohnung gesagt, das interessiert sie wohl gar nicht. Die interessiert sich doch auch nicht für uns. Sie hat ihre Erbabfindung und ist zufrieden. Sonst kümmert sie sich um nichts", behauptete er.
„Was versprichst du dir davon, sie zu beleidigen? Du bist wohl nicht mehr ganz recht im Kopf?" fragte ich.
„Ob ich beleidigt bin, fragt auch keiner. Ich bin es, wenn euch das interessiert."
Agnes sagte: „Natürlich interessieren wir uns für dich, du merkst es nur nicht. Ich bin fast zweihundert Kilometer gefahren, um dich zu sehen und mit dir spazieren zu gehen. Und eure neue Wohnung finde ich sehr hübsch, aber natürlich viel zu klein. Ich kann mir gar nicht vorstellen, wie ihr damit zurechtkommt. Wie könnt ihr denn hier leben?"
„Zum Leben ist sie zu klein, aber zum Sterben ist sie groß genug", erklärte Albert.
„Ob man lebt, hängt doch nicht von der Größe der Wohnung ab", sagte Agnes.
„Du musst es ja wissen, Fräulein Neunmalklug", sagte er ironisch.
„Wenn es dir hier zu eng ist, dann solltest du um so mehr spazieren gehen", meinte Agnes.
Albert antwortete nicht. Er machte sein bockiges Gesicht und beachtete seine Tochter nicht mehr. In seiner Verzweiflung benahm er sich wie ein trotziges Kind. Im Laufe unserer Ehe war er zwar ein Mann geworden und hatte sich auch so benommen, aber unserer jetzigen Situation war er nicht gewachsen. Er verhielt sich wieder wie in früheren Jahren,

schmollte und klagte wie ein kleiner Bub, dem man Unrecht getan hat.
Ich fühlte so wie er, aber ich zeigte es nicht. Meine Vernunft nützte zwar keinem Menschen mehr, aber ich war so an sie gewöhnt. Sie hielt mich aufrecht, und so nützte sie wenigstens mir noch eine Weile. Irgendwann würde es auch damit zu Ende sein. „Also, dann gehen wir jetzt, Agnes hat Recht", sagte ich. „Zieh deine Schuhe an und nimm die Hundeleine!"
Zu meinem Erstaunen folgte Albert meinen Anweisungen diesmal ohne Widerspruch. Es versetzte mir jedes Mal einen Stich, wenn ich ihn so herumkommandierte. Aber so hatte ich wenigstens eine Chance, dass er manchmal tat, was für ihn gut war. Diesmal nahm er sogar Max an die Leine und ging als Erster durch die Tür.

*

Wir waren schon oft in der Kirschblüte gewesen, fast jedes Jahr, und jedes Mal hatte ich mich an das erste Mal erinnert. Statt unserer Tochter war damals meine Schwester Maria dabei gewesen. Maria lebte schon lange nicht mehr. Sie war an dieser schmerzhaften Krankheit gestorben, elend zu Grunde gegangen war sie. Ich wollte, wenn es sein sollte, einmal nicht so sterben wie sie. Allzu lange würde es ja nicht mehr dauern. Auch deshalb hatte es keinen Sinn, die Situation zu beklagen. Was machte es aus, wenn wir noch ein paar Jahre in Armut lebten?
Damals bei unserem ersten Ausflug in die Kirschblüte hatte ich noch alles vor mir, wollte Albert nicht heiraten, weil er mir zu unreif war, und hatte mich doch nicht wirklich dagegen gewehrt. Als junges Mädchen war ich verführbar und freute mich, obwohl ich es schon damals für unangebracht hielt, über einen bescheidenen Luxus. Vor allem das Auto hatte mich beeindruckt. Inzwischen konnte mich ein Auto nicht mehr erschüttern. Wir hatten immer eins gehabt. Es

war für mich nur noch ein nützlicher Gegenstand, der mich von einem Ort zum anderen brachte. Seit Ewigkeiten wollte ich niemandem mehr damit imponieren.
Ich erinnerte mich auch, dass ich damals Angst gehabt hatte, Albert könnte mir zu nahe treten, weil er meiner Schwester und mir ein Glas Sekt angeboten hatte. Jetzt hätte ich es ihm gern erzählt und mit ihm darüber gelacht. Aber lachen konnte man mit Albert nicht mehr. Wir hatten eigentlich noch nie miteinander lachen können, weil wir nicht über dieselben Dinge lachten. Albert hatte eine andere Art Humor als ich. Das einzige, worüber wir beide hatten lachen können, waren unsere Kinder, aber auch hier hatten wir nicht über die gleichen Dinge gelacht. Albert hatte sich amüsiert, wenn die kleinen Tollpatsche sich wehgetan hatten.
Er war nicht wirklich herzlos. Für ihn war es immer sehr wichtig, dass es uns gut ging. Wenn alle glücklich waren, war er es auch. Er war stets bemüht, mir und den Kindern eine Freude zu machen. Seine Freundlichkeit hatte oft etwas Rührendes. Ich sah noch sein verschmitztes Grinsen vor mir, wenn er mich oder die Kinder mit etwas überraschen wollte. Das war nun vorbei. Er sah nie mehr verschmitzt aus. Was war aus dem Menschen geworden, den ich geheiratet hatte und mit dem ich mein Leben verbracht hatte?
Damals vor vielen Jahren hatte ich ihn durch die Gegend gescheucht, um ihn müde zu machen, weil ich dummes Ding mir eingebildet hatte, er wollte mir etwas tun. Ich hatte geglaubt, die Männer hätten nichts anderes im Sinn, als unschuldige Mädchen zu verderben. Albert war nie so ein Mann gewesen. Noch heute war er eher schüchtern. Frauen gegenüber verhielt er sich zurückhaltend und ritterlich. Abgesehen von gewissen Episoden in seinem Leben war er Frauen gegenüber nicht gerade draufgängerisch. Er hatte sich sehr überwinden müssen, meine Schwester und mich in die Kirschblüte zu führen.

Seine Mutter hatte ihn, was Frauen anging, das Fürchten gelehrt. So wie sie ihn behandelt hatte, meine Schwiegermutter, hatte er kein selbstbewusster Mann werden können. Auch später hatte er seine Hemmungen nie ganz überwunden. Das hatte ich mir zuzuschreiben. Ich hatte mich nicht genug bemüht, ihn zu ermutigen und sein Selbstgefühl zu stärken. Dazu war ich zu hochmütig gewesen. Ohne es zu wollen hatte ich ihn oft gedemütigt. Ich hatte ihn zu Veranstaltungen geschleppt, die ihm nicht behagten und bei denen er sich unsicher fühlte. Im Theater und im Konzertsaal war er unglücklich. Ich hatte für seine Unsicherheit kein Verständnis.

Bei einer anderen Frau hätte er sich vielleicht anders entwickeln können, bei einer Frau, die ihn verstanden und von Anfang an seine Qualitäten geschätzt hätte. Das ging mir durch den Kopf, als er so verstört neben mir her trottete. Alles was ihm je Sicherheit gegeben hatte, war durch die Unfähigkeit und Dummheit unseres Sohnes verloren.

Heute war ich es, die einen Korb mit einer Flasche und Gläsern mitgenommen hatte, um ihn aufzumuntern. In diesem Leben würde er mir nicht mehr zu nahe treten. Es hätte ihm sicher gut getan, wenn er noch dazu in der Lage gewesen wäre. Aber in unserem Alter war an so etwas nicht mehr zu denken.

Wieder hingen die Kirschblüten wie weiße Wolken über unseren Köpfen. Die Sonne schien und die Vögel sangen. Am liebsten hätte ich ein bisschen geweint, weil es so schön war. Aber das Weinen nützte nichts. Es war mir zwar vergangen, immer vernünftig zu sein, aber wenn ich jetzt angefangen hätte zu weinen, hätte ich nur alles verdorben. Dieser Spaziergang sollte Alberts Stimmung bessern und ihm Kraft geben. Das wäre wohl kaum möglich, wenn er mit einer weinenden Frau unter blühenden Bäumen herumlaufen würde. Dies war sein Tag, und wir wollten versuchen, es ihm schön zu machen. Unsere Mittel waren bescheiden genug.

*

In früheren Zeiten wären wir nach einem solchen Spaziergang in ein hübsches Restaurant gegangen, hätten gegessen und ein Glas Wein getrunken. Albert hatte das immer sehr geschätzt. Jetzt überstieg es unsere finanziellen Möglichkeiten. Es war schon ein Elend, dass ihm auch diese kleine Freude nicht mehr vergönnt war. Ich hoffte nur, dass er keinen Hunger bekam und sich nicht vorstellen musste, jetzt einkehren zu können. Agnes versuchte ein Gespräch mit ihm anzufangen: „Gefällt es dir, Vater? Ist es nicht herrlich."
„Ja, es gefällt mir. Es hat mir immer gefallen. Aber das ändert auch nichts mehr."
„Es soll auch nichts ändern, aber man kann sich doch daran freuen", sagte sie.
„Ich kann mich nicht mehr freuen. Das habe ich verlernt. Man wird ja auch ständig mit der Nase drauf gestoßen, wie sich alles verändert hat."
„Wirst du jetzt auch mit der Nase drauf gestoßen?" fragte sie teilnahmsvoll. „Die Kirschblüte ist doch für alle Menschen schön und kostet nichts."
„Die Kirschblüte kostet nichts, aber wenn ich nach dem Spaziergang meine Frau und meine Tochter zum Essen einladen möchte, dann ist es schon wieder vorbei. Ende. Schluss."
Da hatte ich's. Das Unglück holte uns immer wieder ein. Wie hatte ich nur glauben können, dass es Albert auf so einem schönen Spaziergang nicht einfallen würde einzukehren. Er hatte überhaupt kein eigenes Geld mehr, und was ich von meinem knapp bemessenen Haushaltsgeld übrig hatte, würde höchstens für ein Viertele für ihn und zwei Gläser Wein für Agnes und mich reichen. Das war es nicht, was Albert sich vorstellte. Als ich in meinen Überlegungen so weit gediehen war, sagte Agnes: „Warum denkst du eigentlich, dass nur du einladen kannst? Heute lade ich euch ein. Du hast uns schon oft genug eingeladen. Jetzt kannst du mir doch auch einmal die Freude machen."

Ich erschrak. Das konnte nicht gut gehen. Es musste seinen Stolz empfindlich verletzen. Er hatte sich als großzügiger Gastgeber immer so wohl gefühlt, hatte uns genötigt, bis wirklich niemand mehr einen Bissen herunterbekam. Noch eine Nachspeise, noch ein bisschen Käse, Käse schließt den Magen zu, noch einen Kaffee. Strahlend hatte er in unserer Mitte gesessen und seine Rolle genossen. Wenn er uns alle verwöhnen konnte, war er in seinem Element, und nun sollte er sich von seiner Tochter einladen lassen? Aber er verblüffte uns. „Na gut", sagte er, „Wenn ich schon kein Geld habe, müssen wir ja nicht auch noch Hunger leiden. Dann bedanke ich mich halt, Agnes."
Ich traute meinen Ohren nicht. Seit das Unglück über uns hereingebrochen war, hatten wir kein Restaurant mehr besucht, und mir war auch nicht danach gewesen. Albert schien der Gedanke an einen Restaurantbesuch aufzumuntern. Wie sehr musste er diese Dinge vermisst haben! Er blühte förmlich auf. Sein Gesicht bekam wieder Farbe, und seine Haltung wurde fast so straff wie in früheren Jahren. Wieder einmal zeigte sich, dass mein Mann im Herzen ein Kind geblieben war. So ein Essen ist etwas Kleines, das Kinder freut, dachte ich und lächelte in mich hinein.

*

Wir fuhren mit Agnes zu einem Restaurant, das Albert immer besonders gern gehabt hatte. Man aß dort vorzüglich und konnte besonders gemütlich sitzen. Albert trat zuerst ein und ließ mich und Agnes an sich vorbeigehen. Der Wirt, den wir seit langem kannten, begrüßte Albert mit seinem Namen und führte uns zu einem schönen Tisch. Albert ließ sich mit einem tiefen Seufzer auf der Eckbank nieder. Ich nahm gegenüber Platz, und Agnes setzte sich neben ihren Vater. Auch sie hatte sich verändert. So klug und tapfer sie insgeheim war, so schüchtern war sie immer nach außen gewesen. Jetzt wirkte sie fest und sicher. Ihrem

Vater gab sie Halt. Er richtete sich förmlich an ihr auf. Wir aßen so gepflegt, wie wir in diesem Haus immer gegessen hatten. Auch ich genoss es.
Albert war wie verwandelt. Lächelnd saß er am Tisch. Sein rosiges Gesicht glänzte. So hatte er noch vor einigen Jahren öfter hier gesessen. In diesem Augenblick wirkte er zwanzig Jahre jünger als in der letzten Zeit. Er sprach locker und leicht, wie ich ihn schon lange nicht mehr hatte sprechen hören. Nach ihrem neuen Haus fragte er sie, das er noch nicht gesehen hatte. Agnes sagte, so neu wäre es nicht mehr. Sie wohne jetzt schon fast zwei Jahre darin. „Und glücklich bist du auch?“ fragte er. „Das hast du gut gemacht, dass du von diesem Schlawiner noch etwas verlangt hast. Das wäre jetzt auch verloren. Er hat es gründlich gemacht, mein Sohn Dietrich. So hast wenigstens du eine Sicherheit.“
„Ja“, sagte Agnes, „so habe ich noch etwas von dem, was mein Vater erarbeitet hat. Ich werde es immer in Ehren halten.“
„Du bist ein gutes Kind. Wenn ich dich höre, könnte ich meinen, dass ich doch nicht ganz umsonst gelebt habe“, sagte er und tätschelte ihre Hand.
Agnes schaute ernst und nachdenklich. „Du hast doch nicht nur gelebt, um Geld zu verdienen. Du hast ja auch sonst noch etwas geleistet.“
„So? Und was dann?“ fragte er.
Ich hielt mich heraus. Es war das Beste, dieses Gespräch zwischen Vater und Tochter nicht zu stören. Wer wüsste, was sich noch daraus entwickeln könnte.
„Du warst unser Vater“, sagte Agnes. „ein guter Vater und ein guter Mann für unsere Mutter.“
„So?“
„Und denk nur an deine Enkelkinder! Die lieben dich alle.“
„Bis auf die von Dietrich“, sagte er.
„Die lieben dich auch, Aber sie schämen sich für ihren Vater.“
„Wenn du meinst, sie waren ja auch immer gute Kinder.“

„Und sonst?“ fragte Agnes, „Sonst bist du für niemand wichtig gewesen? Für deine Arbeiter und Angestellten? Für deine Freunde?“
„Aber jetzt bin ich vor allen blamiert. Wie stehe ich denn da? Roloff, der Bankrotteur.“
„Das bist nicht du, Vater. Dein Sohn hat Konkurs angemeldet.“
„Wer weiß denn, wie das gegangen ist, dass man mit dem nicht mehr reden konnte, wegen dieser verdammten Sekte? Wenn ihr nicht alle so ahnungslos wäret in Bezug auf diesen Verein...“
„Das w a r“, sagte ich.
„Das ist lange vorbei“, bestätigte Agnes.
„Habt ihr wirklich eure Meinung geändert, jetzt, wo alles den Bach runter gegangen ist, jetzt wo alles zu spät ist?“ fragte er.
„Nein, nicht jetzt erst“, erklärte Agnes.
„Darüber weiß ich nichts“, sagte er. „Warum weiß ich darüber nichts? Ihr hättet doch wissen müssen, wie wichtig das für mich gewesen wäre. Aber eure Sekte ist mich ja nie etwas angegangen. Ihr habt immer gemacht, was ihr wolltet. Da hat meine Meinung keine Rolle gespielt.“
Jetzt musste ich doch eingreifen. „Ich denke über vieles nach, und mir sind einige Zweifel gekommen. Aber in wesentlichen Punkten hat sich bei mir nichts verändert. Agnes hat ihr Kreuz zurückgegeben und ist ausgetreten. Es hat mir viel Kummer gemacht, hatte aber auch sein Gutes. Wenn Agnes sich nicht von der Bewegung abgewendet hätte, dann hätte sie sich nicht so ein klares Urteil über ihren Bruder und seine Geschäftsführung bilden können und hätte nicht einen Teil ihres Erbes retten können.“
„Aber mit mir spricht keiner darüber“, sagte Albert übellaunig.
„Wir haben uns eine Zeit lang nicht gesehen“, sagte Agnes. „Ich wusste auch über vieles nicht Bescheid, was bei euch passiert ist, und ich wollte nicht über ungelegte Eier spre-

chen. Manchmal muss ich mir erst selber über eine Sache klar werden. Aber jetzt kannst du mich fragen, und ich will dir antworten."

Albert wehrte ab: „Jetzt nicht, ein andermal, heute bin ich schon zu müde."

Ich wusste, dass er nicht mehr darauf zurückkommen würde. Was er erfahren hatte, genügte ihm, und so sehr, dass er Fragen stellen wollte, interessierte ihn die Bewegung auch wieder nicht. Sie hatte ihn immer geärgert, und in Zukunft würde sie ihn ein bisschen weniger ärgern.

*

Nach dem Besuch unserer Tochter hatte Albert noch einmal eine gute Zeit. Die Unternehmung hatte ihn aus seiner Depression herausgeholt. Er grübelte nicht mehr so viel und machte wieder Spaziergänge mit Max. Wenn er zurückkam, erzählte er mir, wen er unterwegs getroffen und worüber sie sich unterhalten hatten. Ein paar Mal sagte er auch, dass er sein Leben noch genießen wolle. Er hätte ja nur das eine. Da war ich allerdings anderer Meinung, aber es war kein Thema, über das wir miteinander reden konnten.

Der nächste Besuch, den wir bekamen, war der unseres jüngsten Sohnes. Gabriel kam allein. Reinhild war mit den Kindern zu Hause geblieben. Sie lebten in einem bäuerlichen Haus in der Schweiz, das Gabriel für seine Familie hatte modernisieren lassen. Ich hatte sie nur einmal dort besucht. Der Sinn stand mir nicht mehr oft nach Vergnügungsreisen.

An einem Tag im Juni klingelte Gabriel an unserer Tür. Er war stundenlang gefahren und sah müde aus. Ich erschrak, denn er hatte sich nicht angemeldet. Lieber hätte ich mich zuerst innerlich darauf vorbereitet, ihn in unserer bescheidenen Behausung zu empfangen. Vor Gabriel schämte ich mich wegen unserer neuen Armut. Vielleicht hatte ihm jemand davon erzählt. Ich jedenfalls hatte es vermieden. Mit Gabriel darüber zu sprechen, fiel mir besonders schwer. Sein

Leben war so geordnet. Er schien mit seiner jungen Familie sorgenfrei zu leben und würde über das, was er bei uns vorfand, sicher schockiert sein.
Ich bemühte mich, ihm nicht zu zeigen, was ich empfand, führte ihn in unser kleines Wohnzimmer und betrachtete ihn. Er wirkte nicht so gesund und glücklich, wie ich es mir vorgestellt hatte. An der Autofahrt konnte es nicht liegen, dass er so erschöpft aussah. Für einen jungen gesunden Mann waren einige Sunden Autofahrt keine große Sache. Konnte es sein, dass er zu Hause Schwierigkeiten hatte? Wieder einmal fragte ich mich, ob es richtig gewesen war, mich in sein Leben einzumischen. Für eine Mutter ist es schwer, sich aus allem herauszuhalten, aber in diesem Fall hätte ich mich besser nicht eingemischt. Ich wollte für meine Kinder immer das Beste, aber oft konnte ich richtig und falsch nicht unterscheiden. Das wurde mir im Alter immer deutlicher, früher hatte ich es anders gesehen.
Man irrte sich oft, wenn das Leben lang war. Schlimm war es, wenn andere Menschen darunter litten. Meine Kinder sollten am wenigsten unter meinen Irrtümern leiden und Gabriel gleich gar nicht. Als ich ihn so müde und enttäuscht vor mir sah, vergaß ich mein eigenes Unglück und hätte jedes Opfer gebracht, um ihm zu helfen.
Er war gekommen, um zu sehen, wie wir mit der neuen Situation fertig wurden, wollte sich erkundigen, ob er uns irgendwie helfen könne. Helfen konnte er nicht, aber er konnte mir von den Kindern, vor allem von Michael, erzählen. Ich erfuhr, dass Gabriels Sohn ein begabtes Kind war, das mit seinen fünf Jahren schon lesen und ein bisschen schreiben konnte. Klavier spielte er auch sehr hübsch. Das fand ich etwas übertrieben. Man musste den Kindern auch Zeit lassen, sich in Ruhe zu entwickeln.
Gabriel erzählte, dass sie Michael in keiner Weise gedrängt oder auch nur besonders gefördert hätten. Er wäre so neugierig und frage den ganzen Tag nach allen möglichen Dingen. Auch nach den Buchstaben und Zahlen habe er sich so

hartnäckig erkundigt, dass er schließlich ganze Wörter gelesen hätte. Auch zum Klavierspielen hätten sie ihn nicht gedrängt. Er hätte von sich aus damit angefangen, aber Reinhild hätte das Klavierspielen unterstützt und schon bald eine Klavierlehrerin besorgt. Sie lege großen Wert auf die musikalische Erziehung der Kinder.

Ich fragte Gabriel auch, wie es denn i h m in seinem Leben erginge. Er erklärte: „Man muss es so nehmen, wie es ist. Was nicht so angenehm ist, muss man als Aufgabe betrachten. Es ist auch eine Chance, wenn sich die Dinge nicht so entwickeln, wie man es sich vorgestellt hat."

Damit sagte er mir nichts Neues, und ich hätte ihn gern gefragt, was es denn wäre, das er als Aufgabe betrachten müsse. Aber das wäre zudringlich gewesen. Wie es seiner Frau ginge, konnte ich ihn fragen. Zu lange hatte ich ihm keine Fragen stellen können, auch nicht die Frage, wie es ihm mit seiner Frau ginge, denn das war es, was ich eigentlich wissen wollte.

Jetzt stand er mit hochgezogenen Schultern vor mir. Seine Arme hingen herab, die Handflächen nach vorn gedreht, und er sah mich an. Das war seine Antwort auf meine Frage. Ich verstand sie. Wieder spürte ich den inneren Vorwurf. Man sollte sich nicht so in das Leben seiner Kinder einmischen, wie ich es getan hatte. Als Mutter hatte man nicht die Möglichkeit, seine Kinder glücklich zu machen.

Sie mussten die Möglichkeit haben, ihr Glück zu finden oder ihr Unglück, wenn es ihnen so bestimmt war. Sich einzumischen war auf jeden Fall verkehrt. Ich hatte das gewusst und hatte es trotzdem getan. Gabriel wollte nicht über seine Situation sprechen. Er wäre nicht gekommen, um über sich zu sprechen, sondern um über uns zu sprechen. In unserer Wohnung sah er sich alles genau an, die beiden Zimmer, die dunkle Küche und den engen Korridor, in dem sich nicht drei Personen gleichzeitig aufhalten konnten.

Im alten Haus hatte es in unserer Wohnung im ersten Stock auch einen Korridor gegeben. Der war doppelt so breit und

fast zehn Meter lang gewesen. Bei Familienfesten hatten sich hier leicht zwanzig Personen versammeln können, ohne sich gegenseitig auf die Füße zu treten.
Gabriel hielt sich schon eine Weile in dem winzigen Räumchen auf. Ich wusste nicht, was er dort tat. Vermutlich kramte er in seiner Reisetasche herum, die er gleich hinter der Korridortür abgestellt hatte. Ein Gastzimmer, in dem er seine Sachen hätte aufbewahren können, gab es nicht mehr. Früher hatte er sein Zimmer im oberen Stockwerk gehabt, das Zimmer, das vor ihm Agnes und noch früher meiner Schwester Maria gehört hatte. Noch drei weitere Zimmer hatte es im zweiten Stock gegeben. Wir hatten sie nur gebraucht, wenn unsere Kinder einen Besuch im Elternhaus gemacht hatten.
Jetzt konnten wir sie nicht mehr beherbergen. Es sei denn, sie wollten auf dem Sofa im Wohnzimmer übernachten, was aber noch nicht vorgekommen war. Agnes hatte nur eine Stunde bis zu ihrem eigenen Haus und übernachtete lieber dort. Ursula hatte uns schon lange nicht mehr besucht, und Dietrich hatte kein Interesse daran, uns zu begegnen.
Wir wohnten seit etwas mehr als einem Jahr in dieser kleinen Wohnung. Nur Agnes und Barbara hatten uns bisher besucht. Barbara hatte sich nach Hermanns Tod an Dietrich und seine Frau angeschlossen. Wenn wir uns trafen, war sie verlegen. Sie dachte wohl, nach allem was vorgefallen war ,dürfte sie eigentlich nichts mehr mit Dietrich zu tun haben.
Gabriel war gekommen, und ich konnte mich nicht darüber freuen. Alles war ungewohnt und schwierig. Obwohl es nicht in Ordnung war, hatte ich, wie die meisten Menschen, die Tendenz, mich zu schämen, wenn es mir schlecht ging. Irgendwie fühlte man sich immer schuldig, wenn man ins Unglück gekommen war. Im Zusammenhang mit dem Karma-Gedanken hatte es immerhin einen Sinn, sich schuldig zu fühlen. Irgendwann musste man das Karma auf sich geladen haben, das man zu tragen hatte. Ich überlegte mir oft, was dem heutigen Zustand vorausgegangen war. Wir mussten in

einem früheren Leben hochmütig, mitleidlos und ohne Liebe gewesen sein. Was wir uns hatten zu Schulden kommen lassen, musste schwerwiegend sein. Im Krieg und nach dem Krieg hatten viele Menschen alles verloren, was sie besaßen. Aber sie hatten dieses Schicksal mit vielen Menschen geteilt und hatten die Schuld nicht bei sich selber gesucht.
Auch unseren untreuen Sohn Dietrich konnte ich für unser Unglück nicht wirklich verantwortlich machen. Er war nur ein Vollzugsgehilfe unseres eigenen Schicksals. So würde es auch zu seiner Ideologie passen. Er dachte vermutlich, dass er uns mit dem Bankrott geholfen hätte, unser Karma abzulösen und fühlte sich nicht im Mindesten schuldig. Damit hatte er Recht. Aber es war trotzdem ein Denkfehler darin, denn durch das, was er uns angetan hatte, war sein Karma auch wieder schwerer geworden.
Manchmal war es mir jetzt so zuwider, dieses Denken. Das Schicksal war keine Rechenaufgabe. Bei dieser Rechnerei gab es weder Liebe, noch Verständnis, noch Mitleid. Das kam mir unmenschlich vor, nicht nur, wenn ich über mich selber nachdachte. Auch wenn ich meinen armen Dietrich als Teil eines Rechenexempels betrachtete, kam es mir lieblos vor. Er hatte doch nicht aus dem Nichts heraus den Charakter entwickelt, den er nun einmal hatte. Wir waren für die Entwicklung unserer Kinder verantwortlich, weil wir sie erzogen hatten und ihre Vorbilder gewesen waren. Ich fürchtete, dass wir keine guten Vorbilder waren.
Gabriel schaute sich in unserem bescheidenen Wohnzimmer um. Der Esstisch stand am Fenster und die Sitzecke an der Rückwand. „Könnt ihr denn hier leben?" fragte er.
„Wir können, weil wir müssen", sagte ich. „Wir sind nicht auf der Welt, um es uns gut gehen zu lassen. Trotzdem wünsche ich mir, dass es dir und deiner Familie gut geht, deinem kleinen Michael."
„Uns geht es schon recht", meinte er. „Wir müssen halt auch für unsere Fehler bezahlen. Jeder muss das."
„Welche Fehler meinst du?"

„Ich habe wohl immer das Falsche gewollt“, sagte er.
„Und wir, haben wir auch das Falsche gewollt?“
„Ich kann es nur für mich sagen, für euch kann ich es nicht“, sagte er.
„Willst du mir sagen, wo du das Falsche gewollt hast?“ Ich bereute meine Frage sofort, aber er antwortete mir.
„Ich habe immer nach Erfolg gestrebt, wollte mir einen Namen machen.“
„Will das nicht jeder Mann?“ fragte ich.
„Natürlich wünscht sich jeder, ein angesehener Mann zu werden. Aber es ist nicht das, worauf es ankommt.“
„Und worauf kommt es an? Weißt du das, Gabriel?“
„Ich weiß es nicht“, gestand er. „Ich habe nur so eine Ahnung, dass es eigentlich auf etwas anderes ankommt. Vielleicht ist es die Liebe oder die Suche nach dem Sinn.“
„Ich glaube, beides ist notwendig“, sagte ich.
„Das Problem ist“, flüsterte er kaum hörbar, „dass ich über diese Dinge mit niemandem reden kann.“
„Versteht ihr euch nicht?“ fragte ich.
„Ich wünschte mir manchmal, Reinhild wäre differenzierter in ihrem Denken.“
„Ist sie das nicht?“ fragte ich ein bisschen zu schnell.
„Sie erklärt alles mit dem Karma, mit Ursache und Wirkung, Lohn und Strafe. Es ist mir zu einfach“, erklärte Gabriel. „Aber das sage ich nur dir, Mutter. Ich spreche sonst nicht darüber.“
Das war es also. Sie war ihm zu einfach strukturiert. Ich hatte das nicht sehen wollen, obwohl es doch offensichtlich gewesen war. Ich hatte es nicht sehen wollen, weil es mir nicht ins Konzept gepasst hätte. Mit den Jahren sah ich die Dinge immer klarer. Gabriel hätte diese Frau niemals heiraten dürfen. Ich hätte es wissen müssen, aber ich war stolz auf eine Schwiegertochter aus einer Adelsfamilie gewesen und hatte mir eingeredet, es wäre auch für Gabriel das Beste. Ich hatte ihm dieses Mädchen nicht aufgeschwatzt, doch hatte er gewusst, dass ich seine Entscheidung billigte. Ent-

schieden hatte er sich selber, aber hatte er wirklich eine Entscheidungsfreiheit gehabt? Hatte man überhaupt eine Entscheidungsfreiheit, wenn es darum ging, einen Partner oder eine Partnerin zu wählen?
Damals als junges Mädchen hatte ich es geglaubt. Ich hatte gemeint, ich hätte mich dafür entschieden, Albert zu heiraten, weil es vernünftig wäre. Ich meinte, wenn ich mich anders entschieden hätte, wäre aus dieser Ehe nichts geworden. Später hatte ich erkannt, dass es mir bestimmt war, Albert zu heiraten, dass es gegen meine Bestimmung gewesen wäre, einen anderen Mann zu wählen.
Bei Gabriel war es nicht anders, obwohl ich versucht hatte, Schicksal zu spielen. Auch er hatte die Frau geheiratet, die ihm bestimmt war. Später würden wir sehen, welches gemeinsame Schicksal für Reinhild und Gabriel vorgesehen war. Es war hybrid zu denken, ich hätte einen Einfluss darauf gehabt. Mein ganzes Leben lang hatte ich mir eingebildet, für die Schicksale meiner Kinder verantwortlich zu sein. Ich hatte mir vorgestellt, ich wäre wie Gott, eine Gestalterin menschlicher Schicksale. Für mich war es höchste Zeit, bescheiden zu werden und meine Kleinheit zu erkennen. Ich hatte keinen Einfluss auf mein eigenes Schicksal. Wie sollte ich die Schicksale meiner Kinder beeinflussen können?
Gabriels Ehe hatte ich gewollt und hatte das auch nicht verborgen. Sie wäre trotzdem niemals zustande gekommen, wenn sie Gabriel und Reinhild nicht bestimmt gewesen wäre. Sie mussten aneinander leiden oder über die Phase des Leidens hinaus wachsen. Das waren die Möglichkeiten, die sie hatten.
Ich nahm zwar nicht an, dass meine jetzige Situation die direkte Folge meines Hochmuts war, die gerechte Strafe dafür, doch sie half mir zu lernen und zu erkennen, was ich wissen sollte.

*

Ich war tief in Gedanken und erschrak, als Gabriel sagte: „Ich wollte Euch zum Essen einladen. Seid ihr einverstanden?"

Albert brummte, das wäre doch nicht nötig. Er wäre immer noch in der Lage, seinen Sohn zum Essen einzuladen. „Schwachsinn", dachte ich. Er kann es doch nicht lassen, zu renommieren. Ich wäre in einige Schwierigkeiten geraten, wenn ich Gabriel ein Essen hätte vorsetzen sollen. Mein Budget war jetzt so angespannt, dass ich mir eine Vorratswirtschaft nicht mehr leisten konnte. Auf unangemeldete Besuche war mein kleiner Haushalt nicht eingestellt. Es wäre unvernünftig gewesen, das zu leugnen. Auch Albert würde noch akzeptieren müssen, dass wir jetzt in anderen Verhältnissen lebten. Es würde ihn aufheitern, schon nach so kurzer Zeit wieder mit einem unserer Kinder essen zu gehen. Als Gabriel fragte, wohin wir gern gehen würden, schlug ich das Restaurant vor, in das Agnes uns kürzlich eingeladen hatte.

Wir kamen auch dieses Mal an den Baumwiesen vorbei. Die Kirschbäume hatten keine Blüten mehr, zwischen den Blättern sah man ganze Büschel von winzigen grünen Früchten. Es würde eine gute Kirschenernte geben. Das Wetter war schon sommerlich warm. Ich trug ein leichtes Kleid, aber Albert war nicht bereit, einen helleren Anzug anzuziehen. Der Sinn stünde ihm nicht nach „Alfanzereien", hatte er gemault. Ich sollte meine Modenschau allein machen, wenn es mir gut täte. Manchmal war er jetzt ziemlich verletzend. Wenn ich keine Notiz davon nahm, hörte es schnell wieder auf.

Ich hatte immer noch Spaß daran, mich schön anzuziehen. Man blieb auch im Alter eine Frau. Früher hatte ich mir Kleider aus wertvollen Stoffen und mit zeitlosen Schnitten arbeiten lassen. Seide liebte ich besonders. Sie hatte leuchtende Farben und wirkte trotzdem dezent. Mit den Kleidern, die ich besaß, würde ich mich noch jahrzehntelang gut anziehen können, vorausgesetzt, ich lebte noch so lange. Um Kleider würde ich mich jedenfalls nicht sorgen müssen.

Auch Albert hatte nie billige Anzüge getragen. Sein Kleiderschrank war gut gefüllt mit Stücken für jede Jahreszeit und jede Gelegenheit. Schade war nur, dass er immer gleichgültiger wurde. Nur selten konnte ich ihn noch bewegen, ein gepflegtes Hemd oder einen guten Anzug anzuziehen.
Als wir schließlich mit Gabriel das Haus verließen, sah Albert so weit ordentlich aus, dass ich mich nicht mit ihm schämen musste. Gabriel, der sich für seinen Vater nicht verantwortlich fühlte, hatte lachend gesagt: „Jeder hat ein Recht auf seine persönliche Note." Er hatte Albert untergehakt und war mit ihm zum Auto gegangen.
Es gefiel ihm, sich im Auto zurückzulehnen und sich von mir durch die Landschaft seiner Kindheit chauffieren zu lassen. Wir hatten darauf verzichtet, mit Gabriels Auto zu fahren. Es war auch geräumig, aber nicht so bequem wie unseres. In dieser Hinsicht war Albert nicht bereit zurückzustecken. „Wozu habe ich denn mein Leben lang gearbeitet", fragte er, „wenn ich im Alter auch noch in einem Scheißpeugottle fahren soll?"
So sprach er über alle Autos, außer über die Stuttgarter Nobelmarke, die er selbst noch immer fuhr. Ich fand seine Ausdrucksweise nicht besonders fein, aber verstehen konnte ich ihn. Ich hatte für unseren Reichtum nicht unmittelbar gearbeitet. Doch ich hatte immer nach bestem Gewissen für die Familie gesorgt. Das hätte ich allerdings genauso getan, wenn wir ein bescheideneres Einkommen gehabt hätten. Deshalb fiel es mir leichter als meinem Mann, auf die Annehmlichkeiten des Lebens zu verzichten. Im Gegensatz zu Albert fühlte ich mich nicht ungerecht vom Schicksal behandelt. Gabriel schien auf der Fahrt zum Restaurant wieder ein kleiner Bub zu werden. Stolz benannte er die drei Kaiserberge und sagte immer wieder: „Schäfchen zur Linken, Freude tut winken."
„Pass nur auf!" widersprach ich. „Da sind Schäfchen zur Rechten, das bedeutet kämpfen und fechten."

Er lachte glücklich. „Es ist doch immer schön, wieder daheim zu sein. Bestimmt sitzen auf den Kirschbäumen Maikäfer. Kirschblätter mögen sie."
Ich war stolz auf meine beiden Männer, als wir das Restaurant betraten. Albert war zwar nicht mehr so präsentabel, wie er es früher einmal gewesen war, aber im Dämmerlicht der Gaststube fiel es nicht auf. Auch diesmal begrüßte ihn der Wirt mit Ehrfurchtsbekundungen. Der Junior sei ein stattlicher Mann, versicherte er, ganz der Vater. Das stimmte überhaupt nicht. Gabriel sah seinem Vater nicht ähnlich, was Albert aber nicht störte. Er ließ sich lächelnd zu einem Tisch führen. Als wir nach dem Essen noch bei einem Glas Wein saßen, fragte ich Gabriel: „Wie geht es dir mit der veränderten Situation in deinem Elternhaus?"
„Nicht sehr gut", sagte er, „euretwegen. Man will doch, dass es seinen Eltern gut geht. Ich frage mich, womit ihr das alles verdient habt."
„Wir bekommen nicht immer postwendend, was wir verdient haben. Das weißt du doch auch", antwortete ich ihm.
„Du meinst das Karma, und dass wir es nicht im gleichen Leben ablösen müssen? Glaubst du noch alles, was man uns beigebracht hat? Manchmal, wenn ich meine Frau so naiv über diese Dinge reden höre, kommen mir doch ganz erhebliche Zweifel."
Ich war erschrocken. Er wollte doch nicht auch aus der Bewegung austreten? Hatte ich mit allem, was ich mir für ihn so schön ausgedacht hatte, das Gegenteil erreicht? „So weit ist es noch nicht", meinte er. „Es ist ein kurzer Weg in die Bewegung hinein, vor allem wenn man schon so früh damit in Berührung gekommen ist, aber es ist ein langer Weg wieder hinaus. Die ersten Zweifel hatte ich schon sehr bald, und dann fielen mir nach und nach immer neue Ungereimtheiten auf. Irgendwann wurde es mir zur Gewissheit, dass es für mich nicht der richtige Weg war. Aber dann wollte ich es dir nicht antun."

„Der Mutter nicht antun, was?“ fuhr Albert aus seinem satten, wohligen Dämmerzustand hoch, in den er gleich wieder zurücksank. Von unserem Gespräch hatte er sonst nichts mitbekommen, und mit dem Wortfetzen konnte er nichts anfangen. Gabriel und ich schwiegen eine Weile. Erst als Albert erneut in Grübeleien versunken war, nahmen wir unser Gespräch wieder auf.

„Und du, hast du nicht auch deine Zweifel?“ fragte Gabriel.

„Ich bin ja nun schon alt, und ewig leben werde ich auch nicht mehr. Manchmal frage ich mich, ob mir das, was wir immer geglaubt haben, in meiner Todesstunde genügend Trost spenden wird. Ich denke, das wird es eher nicht.“

„Kannst du mir sagen, warum?“ fragte Gabriel.

„Ach weißt du, dieses ganze Karma-Denken kommt mir jetzt oft so mechanistisch vor, ohne Leben und ohne Liebe. Was für einen Sinn soll das alles haben? Und dass der Herr jetzt auf einer anderen Ebene sitzt, irgendwo ganz hoch oben, dass hilft mir dann auch nichts mehr.“

„Ich habe mir das auch oft überlegt“, sagte er. „In diesem ganzen System scheint die Liebe zu fehlen. Wem nützt es, wenn ich für meine schlechten Taten bestraft werde?“

„Es nützt keinem“, stimmte ich zu, „nur, dass eben dein eigenes Konto ausgeglichen wird“.

„Genügt dir das?“ fragte er.

„Das überlege ich mir schon lange“, sagte ich. „Aber an dieser Stelle komme ich jedes Mal nicht weiter. Meinst du, da gibt es noch etwas, das der Herr nicht gewusst oder uns nur nicht gesagt hat?“

„Warum sollte er? Aber es gibt noch etwas, das die anderen denken, die Anthroposophen“, erklärte er.

„Was könnte das sein? Ich weiß nur, dass ihre Mediziner ziemlich viel wissen, und in der Kindererziehung sollen sie auch neue Wege gehen. Aber was das entscheidend andere ist, weiß ich auch nicht. Was haben sie, die Anthroposophen, das wir nicht haben?“ wollte ich von Gabriel wissen.

Ich hatte immer gedacht, wir Mitglieder der Bewegung wüssten es besser. Was die anderen dächten, wäre Menschendenken. Menschendenken, hatte ich in der Bewegung gelernt, war etwas Schlechtes, etwas ganz und gar Negatives. Es war egoistisch und führte den Menschen in die Irre. Ich hatte mich schon oft gefragt, was für ein Denken für einen Menschen zuträglich wäre. Wenn ich ein Mensch war, dann konnte ich doch nicht anders denken, als Menschen denken. Das Denken eines Engels oder eines Gottes stand mir nicht zur Verfügung. Ich wollte mir das Denken nicht mehr verbieten lassen. Alle Gedanken, die ich mir bis jetzt verboten hatte, wollte ich endlich denken.

Dass die Bewegung uns einreden wollte, für einen Menschen wäre es nicht in Ordnung, die Gedanken der Menschen zu denken, das war nicht recht. Ich war ein Mensch. Entweder dachte ich wie ein Mensch, oder ich ließ es ganz. Eine andere Möglichkeit gab es nicht. Es traf zu, dass Menschen oft böse Gedanken dachten, aber deshalb war doch nicht das Denken der Menschen im Allgemeinen böse. Wollte der Herr, dass seine Anhänger überhaupt nicht dachten?

Ich konnte mir nicht vorstellen, wie ich im Leben zurechtkommen sollte, ohne meinen Kopf zu gebrauchen. Ohne zu denken, könnte ich nur stumpf und dumm durch meine Tage gehen. Manchmal würde ich zufällig das Richtige tun, aber genauso oft das Falsche. Konnte man sich überhaupt auf eine Bewegung einlassen, die das Denken verbot? Darauf wusste ich keine Antwort. Ob man denken durfte oder nicht, ich wollte es mir nicht verbieten lassen. Auf meine Vernunft war ich immer stolz gewesen. Aber wie sollte ein Mensch vernünftig sein ohne zu denken? In der Bewegung dachten sie auch. Sie glaubten aber, das wäre dann kein Menschendenken. War man vielleicht kein Mensch, wenn man zur Bewegung gehörte? Was war man dann, ein Tier, ein Gott oder einfach unmenschlich?

Wie einfach war mein Leben gewesen, als ich noch nicht über diese Dinge nachgedacht hatte! Wahrscheinlich verteu-

felten sie das Denken der Menschen, weil mit dem Denken die Zweifel kamen, die Möglichkeit, alle Ungereimtheiten in den heiligen Büchern zu erkennen.
Ich wusste ja nicht, ob die Anthroposophen denken durften, aber wenn sie es durften, dann wussten sie sicher mehr als die Anhänger der Bewegung, die es nicht durften. Vielleicht war es gut, nach ihren Gedanken zu fragen, wenn wir schon keine eigenen haben durften. „Was denken die Anthroposophen über das Karma?" fragte ich Gabriel, der sich offenbar schon damit schon beschäftigt hatte. „was haben sie, das wir nicht haben?"
„Sie haben den Christus."
„Den Jesus Christus, den auch die Kirche anbietet?" Ich hatte wirklich bald genug von all den Leuten, die einem vorschreiben wollten, was man zu glauben hatte.
„Denselben Christus und doch einen anderen", sagte Gabriel, „Christus als den Herrn des Karmas."
„Was soll das denn nun wieder?"
„Sie meinen, dass in unserer Zeit Christus der Herr des Karmas geworden ist und dass dadurch einiges anders wird."
„In der Bewegung sagen sie, Christus wäre wieder in Gott zurückgekehrt. Demnach gibt es ihn gar nicht mehr. Sie beten auch nicht zu ihm."
„Ich glaube, die Anthroposophen tun es."
„Breit aus die Flügel beide, o Jesu, meine Freude?" Bei dieser Frage kam ich mir selbst etwas albern vor. Ich war einfach durcheinander, so richtig aus dem Gleichgewicht war ich. „Ich weiß nicht, ob sie das beten", antwortete Gabriel ernsthaft, „ihre Kinder beten es vielleicht".
„Und den Herrn des Karmas, wie habe ich mir den vorzustellen?"
Viel wisse er auch nicht darüber, meinte er. „Was ich weiß, will ich dir gerne sagen. In ihrer Sichtweise ist das Karma auch eine Frage von Ursache und Wirkung, und jeder muss das Karma ablösen, das er auf sich geladen hat. Aber der Christus bestimmt die Art der Auflösung. Er richtet es so

ein, dass jede Auflösung eines Karma der Menschheitsentwicklung dient."
„Dann ist es ja wenigstens zu etwas nütze". Der Gedanke gefiel mir.
„Nur nichts verschwenden!" lachte Gabriel. „Du bist schon immer eine praktische Frau gewesen."

*

Der Kalender zeigte den dreißigsten Mai. In sechzehn Tagen, am fünfzehnten Juni war Michaels Geburtstag. Gabriel hätte uns am liebsten gleich mitgenommen. Aber Albert weigerte sich. Er fragte bockig, was er denn da tun sollte, in der Schweiz. Er brauche seine gewohnte Umgebung und seine Bequemlichkeit.
Ich ließ ihm die Illusion, dass er es nach allen Veränderungen in der gewohnten Umgebung noch so bequem hatte, und wir einigten uns darauf, eine Woche später hinter Gabriel her zu fahren. Am Tag unserer Abreise versuchte er noch einmal, mit mir zu verhandeln. Als ich ihm nicht den Gefallen tat, die Abreise zu verschieben, trödelte er endlos herum, bis er schließlich übellaunig neben mir im Auto saß.
Bei strahlendem Sonnenschein fuhren wir durch herrliche Landschaften, zuerst durch das vertraute Oberschwaben, dann mit der Fähre über den Bodensee. In der Schweiz war das Autofahren wie immer sehr angenehm. Die Menschen waren gelassener als bei uns. Niemand hupte oder drängelte. Wir fuhren mit einer angenehmen Geschwindigkeit und betrachteten die Gegend. Albert lehnte sich jetzt entspannt zurück. Von Zeit zu Zeit stellte er mir eine Frage, die mir zeigte, wie unsicher und ängstlich er war.
Wir sollten bei Frau Trulsky im Schloss wohnen. Dort gab es mehr Platz als in dem bescheidenen Haus der jungen Leute. Albert würde hier die Bequemlichkeit haben, die er zu Hause jetzt so schmerzlich vermisste. Wir waren nun schon weit über siebzig, und bei Albert machte sich das Alter noch

mehr bemerkbar als bei mir. Sein schwaches Herz hatte ihn kurzatmig gemacht, der Kreislauf schlug Kapriolen, und das Rheuma plagte ihn. Frau Trulsky in ihrer raschen Art machte ihn unsicher. Mit dem Grafen, der zwanzig Jahre älter als Albert, und wie ich zugeben musste, schon recht senil war, wusste er nichts anzufangen. So kam er sich im Schloss ziemlich verloren vor.

Nach Gabriels und Reinhilds Hochzeit hatte er geschworen, nie mehr bei den Trulskys Quartier zu nehmen. Dabei wusste er noch nicht einmal, dass an allen normalen Werktagen Besuchergruppen durch die Räume geführt wurden, denen er öfter begegnen würde.

Als wir ankamen, wurde uns ein Tee angeboten. Albert mochte keinen Tee. Zu Hause trank er um diese Zeit meistens ein Bier. Er behauptete, das helfe ihm, die Zeit bis zum Abendessen zu überbrücken. Er rutschte unbehaglich auf den Plastikbezügen der Stühle herum, die wir schon kannten.

Ich war froh, als wir uns für eine halbe Stunde auf unser Zimmer zurückziehen konnten. Eine Wendeltreppe führte in den ersten Stock hinauf. Albert duckte sich unter einem Dutzend rostiger Hellebarden, die an der gekalkten Wand befestigt waren. Auf einer steinernen Stufe rutschte er aus, und ich musste ihn stützen, damit er nicht das Gleichgewicht verlor. Die restlichen Stufen brachte er leise schimpfend hinter sich.

Wir bekamen ein schönes Zimmer. Durch vier tief herabreichende Fenster sah man die Berge. Die Sonne schien noch immer. Sie verbreitete jetzt goldenes Abendlicht. In der Ferne hörte ich das tiefe Brummen einer Dreschmaschine. Ich liebte dieses Geräusch. Es klang so friedlich und gab mir das Gefühl, von allem was mich bedrückte, weit entfernt zu sein. Ich hoffte, auch Albert würde hier zur Ruhe kommen. In diesen Tagen wollte ich versuchen, mir einmal keine Gedanken darüber zu machen, wie alles gekommen war. Gedanken über das Karma, über Ursache und Wirkung, wollte ich mir verbieten. Sie nützen nun auch nichts mehr. Ich war müde vom Denken und wollte meinen armen Kopf ausruhen.

*

Am nächsten Vormittag kam Reinhild mit den Kindern. Sie hatte sich nicht zu ihrem Vorteil verändert. Breiter in den Hüften war sie geworden, aber nicht nur dort. Auch ihr Gesicht wirkte breiter und ihr Wesen derber. Nachdem sie mich umarmt hatte, forderte sie die Kinder in barschem Ton auf, mich zu begrüßen. Elisabeth, die Dreijährige, streckte mir das Händchen hin und plapperte fröhlich drauflos. Michael blieb in einiger Entfernung stehen. Er schaute verlegen auf seine Füße. Gern hätte ich ihm die Zeit gegeben, die er offensichtlich brauchte, aber seine Mutter ermahnte ihn, sich ordentlich zu benehmen und endlich seine Großeltern zu begrüßen. Gehorsam trat er drei Schritte näher und schlug seine grauen Augen zu mir auf. Das wäre mir Begrüßung genug gewesen, aber Reinhild, ohne eine Spur von Einfühlungsvermögen, sagte: „Du sollst deine Großeltern begrüßen, habe ich gesagt!"
Seine Augen verdunkelten sich, seine Unterlippe begann zu zittern. Tapfer sagte er: „Guten Tag, Großmutter, guten Tag, Großvater."
„So ist's recht", lobte Reinhild.
Sie trug wie immer ein Dirndlkleid. Es stand ihr noch weniger als früher. Ich hatte mir diese Heirat so sehr gewünscht, warum musste ich meine Schwiegertochter jetzt ablehnen? Wie sie mit dem Jungen umging, konnte ich schwer ertragen. Sie sagte grade in strengem Ton: „Du wirst den Großeltern jetzt vorspielen. Sie wissen noch gar nicht, dass du Klavier spielen kannst."
Das log sie. Natürlich wussten wir es, und er wusste, dass wir es wussten. „Später", sagte ich. „Das hat Zeit. Wir haben uns doch so lange nicht gesehen. Man muss den Kindern Zeit geben."

Mit meinen eigenen Kindern war ich nicht so geduldig gewesen. Jetzt tat es mir leid. Vieles tat mir leid. Als Großmutter war man eben klüger. „Nicht nötig“, behauptete das Dirndlkleid. „Die brauchen sowieso immer viel zu lange. Da muss man streng sein.“

Darauf wusste ich nichts zu antworten. Reinhild ergriff Michaels Hand und stieg mit ihm die Treppe hinauf. Albert nahm die kleine Elisabeth auf den Arm und folgte ihr. Mir blieb nichts anderes übrig, als hinter ihnen her zu gehen. Reinhild öffnete die Tür zu einem großen Raum, fast einem Saal. Es gab einen Flügel darin und einige Stühle, die scheinbar zufällig auf dem alten Dielenboden verteilt waren. Durch eins der Fenster fiel ein breiter Sonnenstrahl. Eine Katze räkelte sich darin, ein großes Tier mit einer besonderen Fellzeichnung. Um den schwarzen Körper zogen sich mehrere rotbraune Ringe. Der buschige Schwanz ließ an Perserkatzen-Vorfahren denken. Das Tier schaute uns aus bernsteinfarbenen Augen entgegen. Michael stürzte mit einem Aufschrei zu ihm, nahm es in die Arme und verharrte reglos. Nach ein paar Sekunden sagte Reinhild ungeduldig: „Nun lass den Kater und setz dich endlich hin!“

Michael drehte sich zu uns um, und ich sah, dass sein Gesicht tränenüberströmt war. „Er ist wieder da“, schluchzte er. „Moritz ist zurückgekommen.“

Von seiner Mutter erfuhren wir, dass der Kater sich zehn Tage lang nicht gezeigt hatte. Michael hatte geglaubt, es wäre ihm etwas zugestoßen und hatte sehr um ihn getrauert. Er stecke dauernd mit dem Kater zusammen und lasse sich von ihm trösten, berichtete Reinhild. Ich sagte: „Ja. Kinder brauchen manchmal einen Tröster“ und dachte an Agnes und unseren alten Arco.

„Michael braucht ein bisschen zu oft einen Tröster“, teilte seine Mutter mit.

Ich hätte mich gern zu dem Kind auf den Boden gesetzt, mit ihm gesprochen und die Katze gestreichelt. Aber dazu war ich zu steif geworden. Mein alter Körper machte das nicht

mehr mit. Doch er sollte mich nicht daran hindern, meinem Enkelkind meine Gefühle zu zeigen. Später, wenn Michael nicht mehr auf dem Fußboden sitzen würde, wollte ich mit ihm sprechen. Ich wollte herausfinden, was sie mit ihm gemacht hatten, dass er so trostbedürftig war. Aber jetzt wollte seine Mutter ihn zuerst am Klavier vorführen.
Michael war kein Mozart, aber er spielte sehr hübsch. Musikalisch schien er zu sein, doch im Augenblick spielte er ohne Freude. Er war noch zu erschüttert, den verloren geglaubten Kater wiederzuhaben. „Armer Kleiner“, dachte ich, als er mit blassem Gesichtchen sein Menuett spielte. Fast waren seine Finger noch zu kurz für das Vorhaben, aber er traf die Töne mit großer Sicherheit. Gabriel würde dafür sorgen, dass er nicht zum Wunderkind gemacht wurde, zu einem dressierten Äffchen. Ich wollte ihn bei passender Gelegenheit danach fragen.

*

Den ganzen Tag beobachtete ich Reinhild so kritisch, wie nur eine Mutter die Frau ihres Sohnes beobachtet. Trotzdem bemühte ich mich, ihr gerecht zu werden. Ich hatte schon vor der Hochzeit geahnt, was aus Reinhild Trulsky einmal werden würde. Damals hatte ich es nicht wahrhaben wollen. Sie war ein naives, etwas derbes und nicht sehr gescheites Mädchen gewesen. Aber frisch war sie gewesen und jung. Jetzt war sie älter und noch derber geworden. Statt mit den Jahren klüger zu werden, hatte sie sich Meinungen in großer Zahl und für jede Gelegenheit zu Eigen gemacht. So wenig sie wusste, so rechthaberisch war sie geworden.
Trotz meines fortgeschrittenen Alters war ich so unreif gewesen, dass ich gedacht hatte, ein Mädchen von Adel wäre für meinen Jüngsten gerade gut genug. Gabriel war ein spätgeborenes Kind. Sechsunddreißig Jahre alt war ich gewesen, als ich noch einmal schwanger geworden war. Gabriel hatte

erst mit dreißig geheiratet, als ich schon siebenundsechzig und noch gar nicht gescheit gewesen war.
Ich hätte diese Verbindung gar nicht hintertreiben müssen, was mir auch nicht zugestanden hätte, aber sie wäre wahrscheinlich nicht zustande gekommen, wenn ich mich herausgehalten hätte. Nun blieb mir nur noch, zu beobachten, wie sich die Sache weiterentwickelte. Reinhild glich in vielen Punkten ihrer Mutter. Frau Trulsky war mir allerdings immer recht intelligent vorgekommen.
Abends nach der Arbeit kam Gabriel, um uns zu begrüßen und später mit seiner Familie nach Hause zu fahren. Ich erfuhr, dass Reinhild die Tage mit ihrer Mutter verbrachte. Ihr eigenes Haus war deshalb nie zu einem Heim geworden. Reinhild hielt es sauber, hatte aber weiter kein Interesse daran. Auch die Kinder betrachteten das Schloss als ihr Zuhause. Reinhild begleitete ihren Mann am Abend pflichtgemäß nach Hause. Glücklich waren sie dort beide nicht. Gabriel hatte einmal gestanden, er fühle sich in seinem eigenen Haus ungefähr so wohl wie in einem Wartesaal.
Aber sie mussten selber sehen, was sie aus ihrem Leben machten. Ich durfte dafür keine Verantwortung mehr übernehmen, nachdem ich mich eingemischt und Schuld auf mich geladen hatte. Damit wollte ich jetzt entgültig aufhören, wollte meine Schuld annehmen und keine Fehler mehr machen.
Wenn zwei denselben Glauben hätten, hatte ich gedacht, wäre es nicht so wichtig, ob sie auch im Wesen zusammenpassten. Es war merkwürdig, was man alles glaubte, wenn einem jemand sagte, es wäre gottgefällig. Und das was niemand gesagt hatte, bildete man sich ein. So wurde das Leben immer enger, begrenzt durch fremde und eigene Einbildungen. Sie aber sollten leben wie sie es für richtig hielten, Gabriel und die Frau, die ich mir für ihn eingebildet hatte. Bei mir hatte es auch nicht gut angefangen, und dann war doch eine gute Ehe daraus geworden, weil ich mich immer bemüht hatte, meinem Mann Achtung entgegenzubringen. Im

Laufe der Zeit hatte er sich mehr und mehr bemüht, meine Achtung und meinen Respekt zu verdienen. Jetzt hatte er nur noch einige Marotten, die ich mit Humor nahm. So schadeten sie meiner Achtung nichts, auch wenn sie sich mit den Jahren so rasch vermehrten wie die Karnickel.
Bei Gabriel und Reinhild schien es anders zu sein. Zwar achtete er sie, aber ob sie sich seine Achtung mit den Jahren immer mehr verdienen würde, blieb abzuwarten, und das wollte ich tun. Nur wenn sie ihren Sohn nicht gut behandelten, fiel es mir schwer, mich nicht mehr einzumischen. Dieser Junge war ein besonderes Kind. Ich hoffte, dass sie es merken würden. Sagen würde ich es ihnen nicht. Möglicherweise war er nur für mich besonders.
Es kam mir so vor, als würden wir uns schon sehr lange kennen, der kleine Bub und ich. In der Bewegung sagten sie von einem solchen Kind, es hätte eine sehr alte Seele. Die eigenen Eltern merkten das meistens nicht, weil sie zu nah an ihrem Kind dran waren. Eine alte Seele war eine, die schon viele Inkarnationen erlebt hatte. Wenn man von einem Menschen sagte, er wäre eine alte Seele, dann war das ein Kompliment. Man durfte aber nicht zeigen, dass es einem gefiel.

*

Obwohl sich Albert ständig beschwerte, blieben wir fast drei Wochen in der Schweiz und lebten im Schloss bei den Trulskys. Albert kam auf andere Gedanken, und das tat ihm gut. Dietrich war weit fort, und Albert schien einmal nicht an ihn zu denken und daran, was er uns angetan hatte. Wenn er mit Frau Trulsky sprach, war er fast wieder der Alte mit seinem altväterlichen Charme. Es gefiel mir, ihn zu beobachten, wie er lachte und erzählte.
Auch Gabriel tat unsere Anwesenheit gut. Er war entspannt und fröhlich. Jeden Tag sah er ein bisschen besser aus. Michael hielt sich, wann immer seine Mutter es erlaubte, in

meiner Nähe auf. Er stellte viele Fragen. Der geringelte Kater regte seine Neugier in besonderem Maße an. Er war das erste Tier, zu dem das Kind näheren Kontakt hatte.
Oft schaute es lange in die bernsteinfarbenen Augen, als könnte es die Antwort auf alle Fragen in ihnen lesen. Wenn ich es ihm nachmachte, konnte ich es verstehen. In den geheimnisvollen Blick des Katers konnte man vieles hineindeuten. Wenn ich das konnte, wie viel mehr musste es das Kind können, das den Märchen und Träumen so viel näher war?
„Denken Katzen auch an den lieben Gott?" fragte er.
„Ob sie denken können, weiß ich nicht", antwortete ich, „aber sie wissen bestimmt, dass es ihn gibt und dass er auf sie aufpasst."
„Und du, weißt du das auch?" forschte er weiter.
„Ich versuche gerade, es herauszufinden."
„Aber du bist doch schon so alt", wunderte er sich, „braucht man so lange dafür?"
„Man braucht ein ganzes Leben dafür."
„So lange? Meine Mutter weiß es aber schon, und die ist nicht so alt wie du."
Das sah Reinhild ähnlich, aber sie hatte schon immer alles gewusst, das meiste besser als andere Leute. Vielleicht war ich ungerecht, aber diese junge Person gefiel mir umso weniger, je länger ich mit ihr zusammen war. Ich fühlte mich auch in dieser Umgebung nicht zu Hause. Hier lernte ich unser bürgerliches Milieu erst so richtig schätzen. Die Zeit der adeligen Familien war vorbei. Diese hier wirkte in der Schweiz wie ein Fremdkörper. Es passte alles nicht so recht zusammen. Die Gobelinstühle mit den Plastikfolien waren nur ein Beispiel dafür, dass für einen adeligen Lebensstil in einer bürgerlichen Welt eigentlich kein Platz mehr war. Unsere stabilen Stühle mit ihren Ledersitzen waren solide, und ich hatte das Gefühl, sicherer darauf zu sitzen.
Hoffentlich würden sie dem Kind einen schönen Geburtstag richten, seinem Alter entsprechend und ohne adelige Allüren! Ich würde nicht viel dazu beitragen können. Das nahm

ich Dietrich übel, dass mir nicht genug geblieben war, um für mein Enkelkind einen schönen Geburtstag vorzubereiten. Schon seit Tagen überlegte ich, was ich ihm schenken könnte. Es durfte kein teures Geschenk sein, weil das meine Möglichkeiten überstiegen hätte. Aber es sollte etwas sein, das eine Bedeutung für Michael bekommen würde. Jetzt waren es nur noch zwei Tage, und ich fuhr noch einmal in die Stadt.

Suchend und ziemlich ratlos sah ich in die Schaufenster. Als ich die Hoffnung schon fast aufgegeben hatte, schlenderte ich über den Marktplatz. Obwohl ich nicht zum ersten Mal hier war, fielen mir erst jetzt die beiden Schaufenster eines kleinen Ladens auf, in dem afrikanisches Kunsthandwerk angeboten wurde. Ich trat in den Laden ein, wo mich eine junge Frau begrüßte, die eine rotbraune Mähne trug. Sie bot mir an, alles anzusehen. Ich bat sie, mir zu helfen, weil ich ein Geschenk für meinen kleinen Enkel suche. Es solle etwas Besonderes sein, eine Kleinigkeit, die für ihn Bedeutung bekommen könne.

Sie legte mir verschiedene Dinge vor, wobei sie immer wieder ihre rote Mähne in den Nacken warf. Zuerst dachte ich, dass ich auch hier nicht finden würde, was ich suchte, umso mehr, als ich gar nicht wusste, was ich suchte. Fruchtbarkeitspüppchen wurden mir gezeigt. Die passten nicht für einen Buben. Ein Löwe mit einer sonnenartigen Mähne wirkte irgendwie abweisend, war nichts zum Liebhaben. Die hölzernen Schlangen sahen zu gefährlich aus. Michael sollte sich nicht vor dem Geschenk fürchten.

Dann sah ich es, mein Geschenk. Es war eine steinerne Katze, kaum höher als die Breite meiner Hand. Hoch aufgerichtet saß sie auf dem Tisch. Sie wirkte trotz ihrer Kleinheit hoheitsvoll. Diese Darstellung einer Katze musste dem afrikanischen Verständnis entsprechen. Bei uns wurden die Katzen meistens drollig dargestellt. Aber diese hier war mein Geschenk für Michael. Sie hatte die Eigenschaften, die ich mir für ihn wünschte, Einfachheit und Stolz. So schlicht und ehrlich sollte er sein wie dieses kleine Kunstwerk. Ich zahlte den bescheidenen Betrag, den die Rotmähnige forderte und verließ den Laden zufrieden und glücklicher, als ich gekommen war.

*

Die Kinder waren an diesem Tag – Michaels Geburtstag fiel auf einen Mittwoch – sehr herausgeputzt, als ihre Mutter sie hereinführte. Beide trugen blauen Samt, die kleine Elisabeth ein Kleidchen mit einem großen Stickereikragen, Michael einen Matrosenanzug. Ich war nicht mehr sehr auf dem Laufenden, aber ich hatte den Eindruck, dass diese Aufmachung nicht grade der letzten Mode entsprach. Das war aber nicht wichtig, und die kleine Elisabeth sah auch sehr niedlich aus. Dass sie Michael so zurechtgemacht hatten, störte mich. Für einen Buben fand ich es unpassend. Der Matrosenanzug wirkte manieriert, und in Samt hatte ich meine Buben aus gutem Grund nie gekleidet.

Frau Trulsky schien jedoch sehr angetan. Sie betrachtete die Kinder und nickte ihrer Tochter anerkennend zu. Es gab keinen Geburtstagstisch und kein Geburtstagslied. Auch am Morgen hatte es, wie ich erfuhr, nichts dergleichen gegeben. Dass sie auf den Blumenstrauß verzichtet hatten, fand ich nicht so schlimm. Fünfjährige interessierten sich nicht so sehr für Blumensträuße. Sie gaben dem Kind ein paar Geschenke in die Hand, teils verpackt, teils unverpackt. Michael schien sich zu freuen. Ich konnte mich über diese Mischung aus adeligem Lebensstil und frommer Kargheit nicht genug wundern.

Später am Vormittag übergab ich mein kleines Geschenk. Ich hatte ein hübsches Päckchen daraus gemacht, weil ich wusste, dass alle Kinder gern Päckchen auspacken. Sie lieben die Spannung und lassen sich gern überraschen. Michael strahlte: „Ein richtiges Päckchen und nur für mich.“ Päck-

chen sprach er mit dem kehligen ch seiner Schweizer Heimat.
Reinhild wollte nicht, dass ihre Kinder Schwyzerdütsch sprachen und redete mit ihnen nur in einem prononcierten Hochdeutsch. Die zärtlichen Laute, die Mütter für ihre Kinder haben, fehlten ihr. Hochdeutsch lassen sie sich nur schwer ausdrücken, und in der Sprache, die Reinhild mit ihren Kindern sprach, schien mir das vollends unmöglich zu sein. Bei Michaels verbotenem Akzent wurde mir warm ums Herz. Das kluge Kind unterdrückte ihn, wenn andere Erwachsene in der Nähe waren, und auch ich hörte ihn zum ersten Mal. Es schien mir ein Zeichen von Vertrauen zu sein.
In der Bewegung hatte ich gelernt, dass es nicht wünschenswert wäre, eine Mundart zu sprechen. Dialekte bänden den Menschen an seine Mutter und an viele irdische Gegebenheiten, an die Heimat, die Kindheit, die Menschen der Kindheit. Diese Bindungen waren unerwünscht, weil sie den Menschen auf seinem geistigen Weg aufhielten, ebenso wie das vertraute Du, wenn es außerhalb der Familie gebraucht wurde.
Ich hatte alle diese Dinge geglaubt und eifrig verfochten. Nur einige äußere Kleinigkeiten hatte ich, ohne groß darüber zu sprechen, missachtet. Undurchsichtige Strümpfe hätte ich tragen sollen. Ich hatte mir jedoch vorgestellt, wie auffallend es gewesen wäre, wenn ich zum eleganten Kleid selbstgestrickte Strümpfe getragen hätte, wie ich zum Beispiel in einem Konzert alle Blicke auf mich gezogen hätte. Da hatte ich mich anders entschieden.
Gerade das musste ich als Frau vermeiden, alle Blicke auf mich zu ziehen. Wo hätte ich mit meinen Kindern im Sommer schwimmen gehen sollen, wenn nicht im Familienbad? Dass eine Frau ein Familienbad aufsuchte und sich Männern im Badeanzug zeigte, war nicht erwünscht. Hätte ich meine Söhne in ein Damenbad führen sollen, und wo gab es Damenbäder?

Michael hatte das Päckchen ausgepackt und betrachtete das Kätzchen. „Für mich?“ fragte er. „Das ist lieb. Ich bekomme nie etwas zum Liebhaben, immer Bücher und so Sachen. Ein Notenheft habe ich wieder bekommen, aber ich habe doch schon eins, aus dem ich spiele. Und lesen kann ich auch noch nicht richtig.“
Natürlich konnte er das noch nicht. Sie waren schon sehr ahnungslos. Kinder brauchten etwas zum Liebhaben. Aber ein Kätzchen aus Stein? „Hast du keinen Teddybären oder einen Plüschhund?“ fragte ich.
„Meine Mutter mag das nicht“, gestand er. „Sie sagt, dass Plüschtiere Staubfänger sind und dass man davon krank wird.“
Darauf antwortete ich lieber nichts, weil ich das Kind nicht verwirren wollte. Reinhild hatte das sicher von ihrer Mutter. Auch Frau Trulsky schien überordentlich zu sein. Ich wusste nur nicht, ob Reinhild es geerbt hatte oder ob es ihr anerzogen worden war. Ein übertriebener Ordnungssinn ging meistens auf Kosten des Gefühls. Teddybären wären Staubfänger, so etwas konnte nur eine gefühlskalte Frau sagen. Reinhild und ihre Mutter, dachte ich, da könnte man doch die Eine mit der Anderen verschlagen. Das war nicht fein, aber ich dachte es manchmal, wenn ich mich aufregte. Doch ich sprach es niemals aus.

*

Als wir wieder zu Hause waren, hatte ich viel zu denken. Mit Albert sprach ich kaum darüber. Er hatte das alles vorausgesehen und vor dieser Heirat gewarnt. Ich hatte seine Einwände vom Tisch gefegt: „Einen Tod muss man leiden. Entweder heiratet er ein Mädchen, das nicht zur Bewegung gehört und nichts taugt, oder er heiratet ein Mädchen, das zur Bewegung gehört und dir nicht passt.“
„Willst du behaupten, dass nur Mädchen, die zu deiner Bewegung gehören, etwas wert sind?“ hatte er gefragt.

Darauf hatte ich nichts geantwortet, und damit war das Gespräch zu Ende gewesen. Nach unserer Reise in die Schweiz musste ich ihm in einigen Punkten Abbitte leisten. Mein Mann war in seinem Leben oft ziemlich ahnungslos gewesen, aber in diesem Punkt hatte er sich nicht geirrt, ob es mir passte oder nicht. Es passte mir gleich in doppelter Hinsicht nicht, Gabriels wegen und weil ich in dieser Angelegenheit eine unrühmliche Rolle gespielt hatte.

Albert ging es nicht gut. Die Reise war vielleicht doch zu anstrengend für ihn gewesen. In der Schweiz war er immer ruhiger geworden. Zuerst hatte ich gedacht, es läge daran, dass er sich unsicher fühlte, dann hatte ich mir eingeredet, er wäre beleidigt und bockig, und erst in den letzten Tagen hatte ich angefangen, mir Sorgen zu machen.

In der Nacht vor unserer Abreise hatte er einen Herzanfall. Morgens um drei saß er neben mir im Bett und bekam keine Luft. Ich wollte Frau Trulsky wecken, wollte sie bitten, einen Arzt zu rufen, aber Albert wehrte sich heftig dagegen. Er habe seine Tabletten mitgenommen, das genüge. Man könne doch nicht fremde Leute mitten in der Nacht aufwecken. „Fremde Leute?“ hatte ich gefragt

Ich konnte mir schon vorstellen, dass die Eltern unserer Schwiegertochter ihm fremd geblieben waren. Wir waren zwar jetzt mit ihnen verwandt, aber wir lebten in verschiedenen Welten. „Gegenschwieger“, das war ein Ausdruck, den sonst nur einfache Leute gebrauchten, aber in diesem Fall benutzte ich ihn, wie ich ihn auch für die Seibolds benutzte, weil mir für unsere merkwürdige Beziehung kein anderes Wort einfiel.

Zu Hause erholte Albert sich wieder einigermaßen, aber es stimmte etwas nicht mit ihm. Er wurde schnell müde und sprach nur noch das Nötigste. Ich wusste nun noch weniger als vor unserer Reise, was ich mit ihm anfangen sollte. Am besten war es wohl, ihn in Ruhe zu lassen. Allerdings überredete ich ihn, mit mir unseren langjährigen Arzt in Stuttgart

aufzusuchen. Doktor Salzmann war in Alberts Alter, und Albert vertraute ihm.
Der Arzt verordnete homöopathische Mittel, kleine zylinderförmige Pappdosen mit je zehn Gramm Zuckerkügelchen, die Albert vor den Mahlzeiten einnahm. Ich stellte sie neben seine Serviette, sooft ich den Tisch deckte, und er gewöhnte sich daran, dreimal am Tag gewissenhaft seine Kügelchen zu zählen. Das beruhigte mich ein wenig.
In dieser Zeit entwickelte ich die Gewohnheit, morgens beim Frühstück die Todesanzeigen zu studieren. Albert bemerkte es, fragte mich aber nicht danach. Ihm schien auch das gleichgültig zu sein. In früheren Jahren hatte ich nie verstanden, warum alte Leute immer Todesanzeigen lesen mussten. Jetzt wusste ich es. Das Interesse an Todesanzeigen war die Frage nach dem eigenen Ende. Je mehr Todesanzeigen ich las von Leuten, die uralt geworden waren, in desto größere Ferne schien mein eigener Tod zu rücken. Unser Leben war wirklich nicht mehr schön, aber sterben wollte ich auch nicht, nicht jetzt, sondern erst viel später. Wenn andere Menschen fast hundert Jahre alt geworden waren, warum sollte ich dann jünger sterben?
Natürlich starben auch junge Leute. Sie starben durch Unglücksfälle oder an schrecklichen Krankheiten. Eigentlich hätte ich dankbar dafür sein müssen, dass ich schon sechsundsiebzig Jahre alt werden durfte, und Albert ebenso. Der war noch älter als ich. Männer haben eine geringere Lebenserwartung. Wenn wir morgen sterben würden, dann wären wir beide nicht jung gestorben. Es war wohl einfach die Angst, die Angst vor dem Sterben, die mich umtrieb.
Für ein Mitglied der Bewegung gehörte es sich eigentlich nicht, Angst vor dem Tod zu haben. Man wusste schließlich, dass er nur ein Übergang war. Aber wenn ich es mir überlegte, dann musste ich mir eingestehen, dass ich eigentlich gar nichts wusste. Die anderen wussten wahrscheinlich auch nicht mehr. Niemand wusste etwas, weil kein Mensch hinter

den Vorhang sehen konnte. Eine Zeit lang glaubte man, was sie einem sagten, weil man es glauben wollte.
So lange man noch jünger war und die Chance hatte, noch eine Weile zu leben, fiel es einem leicht, an Reinkarnation und Wiedergeburt zu glauben. Man hatte ein Bild von der Welt, in dem alles zusammenpasste, im Diesseits und im Jenseits. Aber jetzt rückte das Ende meines Lebens näher, und ich konnte mich nicht mehr auf das verlassen, was ich immer geglaubt hatte.
Als wir unsere ganze Habe verloren hatten, war mir der Glaube auch kein Trost gewesen. Ich hatte mir zwar vorgehalten, woran ich immer geglaubt hatte, aber es hatte nur wenig geholfen. Jetzt fragte ich mich, ob vielleicht in dem Denksystem des Mannes, den ich immer den Herrn genannt hatte, einiges nicht stimmte.
Ich konnte mir nicht vorstellen, dass es mir in meiner Todesstunde helfen würde, zur Bewegung gehört zu haben. Auch überlegte ich mir, was ein Mensch, wie der Herr einer gewesen war, selber glaubte. War er wirklich von dem, was er gesagt und geschrieben hatte, selber überzeugt gewesen? Oder hatte er sich nur überlegt, mit welchen Behauptungen er am leichtesten Anhänger gewinnen könnte? Es war ein schrecklicher, ein streng verbotener Gedanke. Aber ich konnte ihn nicht unterdrücken und wollte es auch nicht.

*

Einmal, als ich beim Frühstück die Todesanzeigen las, stieß ich auf einen bekannten Namen. Frau Römer war gestorben, Susanne Römer, geboren neunzehnhundertfünf. Wir hatten jetzt neunzehnhundertsechsundsiebzig. Einundsiebzig Jahre alt war sie geworden. Ich war jetzt schon fünf Jahre älter. In vier Jahren würde ich achtzig sein. Wenn ich so alt wie Frau Römer geworden und dann gestorben wäre, dann wäre ich schon seit fünf Jahren tot. Frau Römer gehörte zu meiner Generation, und meine Generation hatte

schon vor einer Weile angefangen, zu sterben. Man würde sehen, wann ich an die Reihe kam. Bis dahin musste ich mir noch über einiges klar werden.
Die Kinder von Frau Römer, Robert und Lea, teilten mit, dass ihre Mutter in Frieden heimgegangen wäre. Über die Anzeige hatten sie, klein gedruckt, ein Gedicht von Rilke gestellt:

*Ich lebe mein Leben in wachsenden Ringen,*
*die sich über die Dinge ziehn,*
*ich werde den letzten vielleicht nicht vollbringen,*
*aber versuchen will ich ihn.*

Schön war das. Mit den wechselnden Ringen, das hatte ich auch schon manchmal so gefühlt. Aber was meinte er mit dem letzten? Meinte er damit, dass man früher sterben konnte, als es einem bestimmt war, oder dass man nicht alles erkannt hatte, was man erkennen sollte? Ich würde bestimmt einmal nicht alles erkannt haben, was ich erkennen sollte. Zu lange hatte ich geglaubt, schon alles zu wissen. Wenn man von irgendwoher eine fix und fertige Weltanschauung übernahm, dann bestand immer die Gefahr, dass man aufhörte zu denken und dass das, woran man glaubte, auch noch falsch war. Auch diese Gedanken waren verboten. Zuerst hatten mich keine Zweifel geplagt, dann hatte ich lange dagegen gekämpft, und nun war ich alt und die Bedingungen waren anders geworden. Alles hatte sich verändert. Und Frau Römer, hatte sie ihn vollbracht, den letzten Ring?
Lea Römer hatte einen anderen Namen. Sie hatte schon vor Jahren geheiratet und hieß jetzt Lea Fingerle. Als sie geheiratet hatte, waren wir noch in Kontakt gewesen, und sie hatte mir ihren Verlobten vorgestellt. Zur Hochzeit hatte ich ihnen ein schönes Geschenk gemacht. Heute wäre das auch nicht mehr möglich.
Ihre Kinder waren schon fast erwachsen. In der Anzeige hieß es, „mit Raffael, Tobias und Sarah“. Sie hatten allen

Kindern jüdische Namen gegeben. Ich wusste nicht, ob Herr Fingerle trotz seines schwäbischen Namens Jude war. Es konnte auch sein, dass Lea auf diese Weise die Erlebnisse der Hitlerzeit hatte verarbeiten wollen. Sie hatte schon als Kind so viel Verantwortung übernommen, dass sie im Erwachsenenalter mit Sicherheit nicht gedankenlos handelte.
Die Fingerles waren rechte Leute, aber mit den Jahren hatten wir uns von einander entfernt. Auch zu Frau Römer hatte ich schon seit langem keinen Kontakt mehr. Als sie aufgehört hatte, für mich zu arbeiten, hatte ich sie noch ein paar Mal eingeladen. Aber bald war es auseinander gegangen. In der Not waren wir eng zusammen gerückt. Der Hass auf Hitler und seine Anhänger hatte uns verbunden. Später hatte Frau Römer andere Probleme gehabt als ich.
Obwohl ich nicht mehr viel unter die Leute ging, vor allem in der Stadt nicht, wo jeder uns und unsere Geschichte kannte, wollte ich doch zu dieser Beerdigung gehen. Frau Römer und ich hatten eine wichtige Zeit in unserem Leben gemeinsam verbracht. Ich verbot mir auszurechnen, wie viele Monate, wie viele Wochen, wie viele Tage ich schon älter geworden war als Frau Römer. Ich würde auch nicht mehr lange leben, nur noch eine kurze Zeit.
Wenn ich eine Krankheit hätte, würde es mir leichter fallen, mich auf den Tod vorzubereiten. So lange ich gesund blieb, würde ich noch zu sehr am Leben hängen, und der Gedanke an den Tod machte mir Angst. Alle alten Leute wollten gesund sein, machten sich viele Gedanken über ihre Gesundheit, obwohl eine Krankheit zum Tode eher eine Gnade war. Sie machte einem den Abschied leichter.
Ich versuchte, mir vorzustellen, wie Susanne Römer in ihren letzten Jahren ausgesehen hatte. Als ich sie gekannt hatte, war sie jung gewesen, eine Frau in den besten Jahren, sehr hübsch mit ihren dunklen, krausen Haaren und den strahlenden Augen. Waren ihre Haare voll geblieben oder waren sie schütter geworden? Hatten sie ein mattes Grau bekommen oder ein schönes Weiß? Sicher hatten viele Falten ihr

ebenmäßiges Gesicht durchzogen. Es war schwer, mir eine Frau meines Alters vorzustellen, die ich nur mit einem jungen, frischen Gesicht gekannt hatte. Ich wusste nicht, ob sie ihre jugendliche Figur behalten hatte oder mit den Jahren dick geworden war. Das alles würde ich auch bei ihrer Beerdigung nicht erfahren.

*

Ich hatte mir schon lange nicht mehr den Kopf darüber zerbrochen, wie ich mich kleiden sollte. Also wollte ich auch jetzt nicht damit anfangen. Ich bevorzugte seit langem die dunklen, aber leuchtenden Farben, besaß auch ein graues Kleid, das für eine Beerdigung geeignet war. Ich musste mich an diesem Tag in meiner Aufmachung wohlfühlen, denn ich hatte nicht vor, mich bescheiden im Hintergrund zu halten. Wenn ich mich schon unter Menschen begab, wollte ich es erhobenen Hauptes tun. Ich hatte keinen Grund, mich zu schämen oder mich zu verstecken. Das wurde mir allerdings jetzt erst klar. Seit dem Konkurs hatte ich mich von der Welt zurückgezogen und wenig Wert darauf gelegt, mit Menschen zusammenzukommen.

Beerdigungen sind die gesellschaftlichen Ereignisse der alten Menschen. Sie setzen dem eintönigen Alltag Glanzlichter auf. Das gehörte auch zu den Dingen, über die ich mich in jungen Jahren mokiert hatte, und die sich nun zwangsläufig in meinem eigenen Leben ereigneten. Schon am Tag vor der Beerdigung war ich so aufgeregt wie seit langem nicht mehr. Auch Angst hatte ich. Wenn ich ganz ehrlich zu mir war, musste ich es mir eingestehen. Die Trauerfeier sollte mittags um zwei Uhr stattfinden. Wir aßen früh, und ich machte noch einen Mittagsschlaf.

Normalerweise konnte ich mittags nicht einschlafen, aber an diesem Tag war ich in einen kurzen tiefen Schlaf gesunken, aus dem ich erfrischt erwachte. Einerseits hätte ich die Beerdigung gern verschlafen, doch andererseits wollte ich mich nicht davon abhalten lassen, nachdem ich mich einmal

nicht davon abhalten lassen, nachdem ich mich einmal dafür entschieden hatte, hinzugehen.
Viele Trauergäste gab es nicht, nur ungefähr zwanzig. Sie hatten sich über alle Bänke der Aussegnungshalle verteilt. Die Familie der Toten nahm fast zwei Bänke ein. Lea mit ihrem Mann und den drei Kindern, schönen jungen Menschen, saß in der ersten Reihe. Außerdem erkannte ich Frau Römers Sohn. Momentan konnte ich mich nicht an seinen Namen erinnern. Dann fiel er mir wieder ein. Robert hatte der Bub geheißen. Auch er war verheiratet, wie ich aus der Todesanzeige wusste, und hatte zwei Töchter, nette junge Mädchen. Eins von ihnen trug einen schwarzen Hosenanzug. Das war ungewohnt. Sonst sah ich niemand, den ich kannte. Den Sohn und seine Familie kannte ich streng genommen auch nicht. Als ich Robert zum letzten Mal gesehen hatte, war er Abiturient gewesen und hatte sich auf ein Studium vorbereitet.
Auch der Pfarrer, der die Trauerfeier hielt, war mir unbekannt. Er hieß, wie ich später erfuhr, Tögel, Pfarrer Tögel, ein stattlicher Mann in den Fünfzigern. In seinem Talar sah er eindrucksvoll aus. Ich fühlte mich an das berühmte Portrait von Martin Luther erinnert. Pfarrer Tögel trug seine silbernen Haare unmodern lang, was die Ähnlichkeit noch verstärkte. Er sprach mit einer sanften Stimme, die in einem merkwürdigen Gegensatz zu seiner eindrucksvollen Gestalt stand. Was er sagte, ließ mich aufhorchen. Es unterschied sich deutlich von dem üblichen routinierten Gerede seiner Amtsbrüder, das ich mir allerdings schon lange nicht mehr angehört hatte.
Nach den ersten Worten fragte ich mich schon, ob dieser Mann mir helfen könnte, mein inneres Durcheinander zu ordnen. Vielleicht würde er sogar Albert helfen können. Albert war immer dagegen gewesen, dass ich aus der Kirche austrat. In den ersten Jahren nach dem Krieg hätte ich es als überzeugte Anhängerin der Bewegung getan, hatte es aber aus Rücksicht auf ihn unterlassen. Es war mir immer ein

Dorn im Auge gewesen, denn es war nicht meine Art, anders zu handeln, als ich fühlte.
Albert hatte vor langer Zeit gesagt: „Es ist nicht gut, keine Wurzeln mehr zu haben. Im Alter wirst du noch einmal froh sein, wenn du das Tischtuch nicht zerschnitten hast. Und außerdem, wer soll dich einmal beerdigen, wenn du eines Tages stirbst? Wer soll die Hinterbliebenen trösten?"
Damals hatte ich ihm geantwortet: „Du hast Nerven. Ich kann doch nicht dreißig Jahre lang eine Einrichtung unterstützen, die ich nicht billige", heute wusste ich, dass er Recht hatte. In dieser Hinsicht war er klüger gewesen als ich. Ich war so verblendet gewesen. Es geht nicht an, dass man nicht mehr selber denkt, weil irgendjemand einem das Denken verbietet. Albert hatte niemals aufgehört zu denken.
Er hatte jahrzehntelang gewissenhaft seine Kirchensteuer bezahlt, und so lange er ein reicher Mann gewesen war, hatte er einen stattlichen Betrag gezahlt. Ich hatte es mir niemals eingestanden, aber er hatte Recht behalten. An diesem Tag spürte ich es. Dieser Pfarrer fand Worte, die an mein Herz rührten. Das war es, was mir helfen konnte, deutliche Worte, die mich bewegten. An eine solche Sprache war ich nicht gewöhnt. Der Herr hatte immer komplizierte Gedankengebäude vor uns errichtet. Ich hatte meinen Kopf anstrengen müssen, um sie zu verstehen und gleichzeitig meine Zweifel zu unterdrücken. Mein Gefühl hatten sie nur selten angesprochen.
Der Mann im schwarzen Talar sprach von dem Kampf der Verstorbenen. Diesen Kampf hätte vor Jahrtausenden schon ein anderer gekämpft, der Jakob des alten Testaments: „Ich lasse dich nicht, du segnest mich denn", hatte er gesagt. Eine ganze Nacht lang hatte er mit einem Engel gekämpft. Segnete dieser Gott oder Engel oder wer immer es war, diejenigen die den Kampf nicht aufgaben? Ich hatte ihn nicht aufgegeben, niemals oder doch fast niemals. War ich nun gesegnet? Noch spürte ich nichts davon, war unglücklich und innerlich

zerrissen. Aber in diesem Augenblick richtete ich mich innerlich auf und atmete ein paar Mal tief.
Sollte ich versuchen, zu diesem Pfarrer Tögel Kontakt aufzunehmen? Ich hatte schon lange zu niemand mehr Kontakt aufgenommen. Aber dieser Mann konnte vielleicht auch Albert helfen, uns beiden helfen. Ich wusste nicht, wie die Gepflogenheiten in der evangelischen Kirche waren. Zu lange hatte ich mit dem allen nichts mehr zu tun gehabt. Konnte man einen evangelischen Pfarrer einfach zum Kaffee einladen? Den Herrn hatte niemand einfach einladen können. Aber Jesus hatte man einladen können, und dieser Mann war sein Diener. Als ich wieder zu Hause war, hatte ich viel zu denken. Mit Albert sprach ich nicht darüber. Er hatte das alles vorausgesehen. Es fiel mir nicht schwer, es ihm einzugestehen. Rechthaberisch war ich schon lange nicht mehr.

*

Zwei Entschlüsse hatte ich während der Beerdigung gefasst. Ich wollte Lea Fingerle treffen und mit ihr sprechen, und ich wollte Pfarrer Tögel anrufen. Vielleicht konnten wir, Albert und ich, hier die innere Heimat finden, die uns fehlte. Ich wollte mit diesem Pfarrer reden. Worüber ich mit ihm reden wollte, wusste ich noch nicht, aber ich hatte die Hoffnung, dass er mir etwas Hilfreiches sagen könnte, was auch immer es sein würde.
Lea anzurufen, fiel mir leichter. Früher war sie mir wie eine Tochter gewesen, ein hübsches, gescheites Mädchen. Dann hatten sich unsere Wege getrennt. In den ersten Jahren hatte ich noch oft an sie und auch an ihren Bruder gedacht. Aber im Laufe der Zeit waren sie dann doch aus meinem Bewusstsein verschwunden. Jetzt wusste ich nicht, was ich nach so langer Zeit mit Lea anfangen sollte. Es war wohl ein allgemeines Bedürfnis, mich um Dinge zu kümmern, die in meinem Leben unerledigt geblieben waren. Die ungelösten

Aufgaben gingen mir nicht mehr aus dem Sinn. Es gab einige davon.
Lea gehörte insofern zu den ungelösten Aufgaben, als die Verbindung eines Tages abgebrochen war und ich niemals nachgefragt hatte, warum sie abgebrochen war. Bei der Beerdigung hatten wir nicht miteinander gesprochen. Ich hatte Lea am Grab die Hand gegeben und förmliche Worte gesagt. In ihren Augen hatte ein kurzes Erkennen aufgeleuchtet. Das gab mir den Mut, sie anzurufen und mich mit ihr zu verabreden. Einladen konnte ich sie nicht, weil ich niemals jemand in unsere jetzige Wohnung einlud. In ihrem Haus wollte ich sie auch nicht besuchen, das wäre mir zu nah gewesen. In meiner Wohnung wäre es natürlich genau so nah gewesen, aber die Frage stellte sich nicht. Wir verabredeten also ein Treffen an einem neutralen Ort.
Von der Stadt und dem Ort, in dem wir jetzt lebten, gleich weit entfernt gab es einen Höhengasthof mit einer Café-Terrasse. Ich hatte nicht genug Geld, um jemanden zum Essen einzuladen, aber für eine Tasse Kaffee und ein Stück Kuchen würde es reichen.
Früher hatte ich diesen Platz immer sehr gern gehabt. Man konnte in der Sonne sitzen und hatte einen schönen Blick über die Schwäbische Alb. Ich war vor Lea dort und setzte mich an einen Tisch am äußeren Rand der Terrasse. Von dort aus hatte ich einen besonders weiten Blick. Unter mir lag die Ebene mit ihren Ortschaften. Die grauen Bänder der Landstraßen verbanden Haufen roter Dächer miteinander. In der Ferne sah ich eine Schafherde einen Hang hinaufziehen. Ich atmete tief. Es war, als würde die ganze Enge meines jetzigen Lebens von mir abfallen. Am Horizont lag die Hügelkette der Alb im blauen Dunst. In der Ferne wurde das Blau immer blasser und durchsichtiger.
Die Straßen im Tal waren so weit entfernt, dass ich kein Autogeräusch hörte. Auch sonst war kein Laut zu hören, außer einem gelegentlichen Klappern von Geschirr. In einem Baum am Ende der Terrasse rief ein Eichelhäher. Ich

mochte diese schönen Vögel nicht besonders, weil sie die Singvögel bedrohten und ihre Nester plünderten. Abgesehen von einigen Sperlingen, die unter einem Tisch Kuchenkrümel pickten, war ich allein auf der Terrasse. Das gab mir die Möglichkeit, einmal zur Ruhe zu kommen. Auch meine Gedanken hörten auf, sich im Kreis zu bewegen.
Nach einer Viertelstunde erschien Lea. Sie sah erschöpft aus, als sie auf meinen Tisch zukam, und fing sofort an, sich zu entschuldigen, weil sie mich hatte warten lassen. Als sie mir gegenüber Patz genommen hatte, atmete sie noch eine Zeit lang heftig und ließ ihre Blicke unruhig schweifen. Wir schwiegen beide, weil niemand etwas zu sagen wusste. Was hatte ich mit Lea besprechen wollen?
Ich hatte sie fragen wollen, wie es ihr ginge, wie es ihrer Mutter ergangen war in den Jahrzehnten, in denen wir uns nicht gesehen hatten. Nach kurzem Zögern fing Lea an zu sprechen. Ihre Mutter hatte, nachdem wir uns getrennt hatten, kein leichtes Leben gehabt. Ich wusste nicht, warum wir uns nicht mehr gesehen hatten. Vielleicht konnte das Treffen mit Lea mir diese Frage beantworten.

*

Frau Römer hatte, so erfuhr ich, bevor Hitler an die Macht gekommen war, ein paar Jahre als Lehrerin gearbeitet und war, als Frau eines Juden, aus dem Schuldienst entlassen worden. Wir hatten darüber nie gesprochen, wahrscheinlich weil wir so sehr mit den aktuellen Ereignissen beschäftigt waren.
Nach dem Krieg konnte Frau Römer wieder in ihrem Beruf arbeiten. In einem kleinen Dorf auf der Alb hatte sie die vier unteren Klassen unterrichtet. An der Zwergschule hatte es zwei Klassenzimmer gegeben, eins für die Jahrgänge eins bis vier, eins für die Jahrgänge fünf bis acht. Weil sie nach allem, was sie erlebt hatte, die neue politische Entwicklung mit wacher Neugier verfolgte, war sie in der Kreisstadt in eine

politische Partei eingetreten, um zusammen mit ihren neuen Freunden die Erlebnisse der Vergangenheit zu verarbeiten.
Sie hatte zu denen gehört, die wachsam sein wollten, damit sich die verhängnisvolle Entwicklung nicht wiederholte. Erschrocken hatte sie festgestellt, dass die Menschen, die im Hitlerstaat das Sagen gehabt hatten, wieder zu Macht und Ansehen kamen. „Sie hätte sich denken müssen, dass die niemals aussterben", sagte Lea.
Frau Römer hatte, entsetzt und enttäuscht, in ihrem fünfundvierzigsten Jahr beschlossen, in den neuen Staat überzusiedeln, der gerade im Nordosten Deutschlands entstanden war. Hier waren endlich Antifaschisten an die Macht gekommen und gelobten dafür zu sorgen, dass in Deutschland nie mehr Faschisten ans Ruder kommen könnten. Mit ihnen hatte Frau Römer zusammenarbeiten wollen und hatte in der Nähe von Leipzig eine Stelle gefunden.
In dem neuen Staat herrschte Lehrermangel, deshalb war Frau Römer hoch willkommen. Ein großer Teil der Lehrer war im Krieg geblieben, und ein ebenso großer Teil war wegen seiner politischen Vergangenheit von der neuen Regierung aus dem Schuldienst entlassen worden. An den Schulen unterrichteten fast nur noch Frauen. Sie konnten den Schulbetrieb nur mit Mühe aufrechterhalten. Sie waren viel zu wenige, und so wurde Frau Römer gebraucht. Sie hatte eine Aufgabe an einer Vorstadtschule übernommen. Begeistert hatte sie helfen wollen, den neuen Staat, den antifaschistischen, aufzubauen.
Als Frau Römer ihre Koffer gepackt hatte, waren ihre Kinder fast erwachsen gewesen. Der zwanzigjährige Robert studierte in Tübingen und wollte bleiben, wo er war. Lea, inzwischen achtzehn Jahre alt, begleitete ihre Mutter in den Osten. Einige Jahre lang war alles gut gegangen. Lea und ihre Mutter hatten eine neue Heimat gefunden, neue Freundschaften. Einen Mann hatte es im Leben von Frau Römer nicht mehr gegeben. Sie und ihre Tochter waren eine

verschworene Gemeinschaft. Frau Römer war zum zweiten Mal in ihrem Leben in eine Partei eingetreten.
„Doch nicht in die SED?“ fragte ich erschrocken.
„In die SED“, sagte Lea. „Sie wollte helfen, den neuen Staat aufzubauen und die Faschisten in der Welt zu bekämpfen.“
„Ist es ihr gelungen?“ fragte ich und versuchte, ein spöttisches Lächeln zu unterdrücken.
„Es ist ihr nicht gelungen“, berichtete Lea.
Frau Römer hatte schon bald erkannt, dass ihre Genossen nicht das waren, was sie zu sein behaupteten. Es hatte Menschen in dem neuen Staat gegeben, die ehrlich versucht hatten, den ganz anderen Staat aufzubauen. Frau Römer hatte sie getroffen, und sie waren Freunde geworden. Der Kreis der Aufrechten war aber immer kleiner geworden.
Solange es in dem neuen Staat keine Wirtschaftsgüter zu verteilen gab, war der Idealismus groß gewesen. Dann aber, als sich die Lage gebessert hatte, hatten die Antifaschisten, die Opfer des Nationalsozialismus, angefangen, Entschädigung für vergangenes Leid zu fordern. Nun gut, hatte Frau Römer gedacht, Entschädigungen für vergangenes Leid sind rechtens. Auch Frau Römer war ein Opfer des Nationalsozialismus. Sie hatte ihren Mann verloren, das Liebste, was sie auf der Welt besessen hatte. Also hatte sie auch eine Entschädigung beantragt und bekommen.
Doch dann war das Fordern von Entschädigungen so sehr in Mode gekommen, dass die Opfer des Nationalsozialismus schließlich die Macht im Staat und den Reichtum des ganzen Volkes übernommen hatten. Diejenigen, die keine Opfer gewesen waren, hatten kaum noch das Nötigste zum Leben gehabt.
Frau Römer hatte angefangen, zu zweifeln. Vor allem, dass sich auch Menschen als Opfer bezeichneten, die niemals welche gewesen waren und bei denen von vergangenem Leid gar nicht die Rede sein konnte, hatte sie gestört. Im Lehrerkollegium hatte sie erlebt, dass die Mitglieder der Partei, ob sie nun Antifaschisten waren oder nicht, die Macht über-

nahmen. Nicht die Tüchtigsten hatten zu bestimmen gehabt, sondern die Frechsten, diejenigen, die sich am lautesten als Opfer des Faschismus gebärdet hatten. Dass sie behaupteten, den Kommunismus aufbauen zu wollen, verstand sich von selbst.

*

Unter den Lehrern hatte es solche gegeben, die solides Wissen durch Zugehörigkeit zur Partei ersetzt hatten. Sie hatten vor allem die Fächer Russisch, Geschichte und Gegenwartskunde unterrichtet, Fächer, die man früher an keiner Universität studieren konnte. Die Fachrichtung Slawistik hatte es zwar auch vor dieser Zeit gegeben, doch die Bereitschaft ihrer Absolventen, Schulkindern russische Redewendungen und Verschen beizubringen, war mäßig gewesen. Das Fach Gegenwartskunde samt seinem Lehrstoff war gerade erst entstanden, und die Geschichte war umgeschrieben worden.

Für ein fundiertes Wissen gab es in diesen Fächern keine Verwendung. Die Kinder, deren Eltern nicht zu den sogenannten Opfern des Nationalsozialismus gehörten und damit der Mehrheit angehörten, hatten in der Schule gelernt, zu lügen, dass sich die Balken bogen. Frau Römer hatte beobachtet und überlegt. Im Kommunismus, hatte sie gedacht, gehörte alles allen. In diesem Staat aber, auf den sie ihre Hoffnung gesetzt hatte, gehörte alles wenigen. Es war nicht anders als irgendwo auf der Welt.

Anders war nur, dass es in diesem Staat die Parteifunktionäre waren, die alle Reichtümer an sich rissen und die Mehrheit für sich arbeiten ließen. Wieder gehörte alles einer Minderheit, von Kommunismus keine Spur. Die Wenigen waren nun andere, aber besser als ihre Vorgänger waren sie nicht.

Frau Römer hatte gewusst, dass sie ihre Gedanken nicht aussprechen durfte. Die Funktionäre duldeten nicht, dass man an ihrem guten Willen zweifelte. Aber das konnte nicht

sein, hatte Frau Römer gedacht, das durfte nicht sein. In Hitlers Staat hatte man nicht sagen können, was man dachte. Aber in diesem Staat, dem sozialistischen, in dem es allen Menschen gut gehen sollte, in diesem Staat musste man sagen, was man erkannt hatte, dachte Frau Römer.
Sie müsse warnen, hatte sie gemeint, um sich nicht mitschuldig zu machen. Zuerst hatte sie in ihrem Freundeskreis das Gespräch gesucht. Dann war sie unvorsichtig geworden, hatte auch unter den Kollegen ein offenes Wort gesprochen und war aus dem Schuldienst entlasssen worden.
Von nun an hatte sie in einer Fabrik für ihren Lebensunterhalt gearbeitet. Lea, die zu dieser Zeit noch nicht viel begriffen hatte, war in Sippenhaftung genommen worden. Sie hatte ihre Stelle verloren und war ebenfalls als ungelernte Arbeiterin, als Hilfsarbeiterin in eine Fabrik versetzt worden, weil ihre Mutter zwar das richtige Parteibuch, aber die falsche Meinung hatte. Die schöne Wohnung hatten sie aufgeben müssen. Sie hatten gerade noch das Nötigste zum Leben gehabt und waren in die Barackensiedlung vor der Stadt gezogen. Lange hatten sie nicht dort gewohnt, weil Frau Römer verhaftet worden war und Lea nur noch ein möbliertes Zimmer zugestanden wurde.

*

Am frühen Morgen waren sie gekommen, und hatten Frau Römer mitgenommen. Lea hatte in ihrem Bett die verzagte Stimme ihrer Mutter und die brutalen Stimmen der Männer vom Staatssicherheitsdienst gehört. Sie war erschrocken in die Wohnküche hinübergerannt und hatte ihren Mantel vom Haken gerissen. Eben hatten sie ihre Mutter zur Tür hinausgeführt.
Frau Römer war zwei Jahre in einem berüchtigten Gefängnis festgehalten und dann in die Bundesrepublik abgeschoben worden. Lea vermutete, dass die Regierung, unter der Frau Römer verhaftet und in ein Gefängnis gesperrt worden war,

für ihre Freigabe eine hübsche Summe kassiert hatte. „So wird auf unserer Welt immer noch das Unrecht belohnt“, stellte sie abschließend fest.
Sie waren in den Westen zurückgekehrt. Frau Römer, die zum zweiten Mal zum Opfer geworden war, hatte eine Rente bekommen, und Lea hatte wieder Arbeit als Erzieherin gefunden. Robert hatte bis zu seiner Heirat allein gelebt. Als auch Lea geheiratet hatte, war Frau Römer in ihrer kleinen Wohnung allein zurückgeblieben.

*

Ich wollte von Lea wissen, wie es ihrer Mutter in den Jahren nach dem traurigen Zwischenspiel in der DDR ergangen war. Frau Römer hatte ganz in meiner Nähe gelebt. Wahrscheinlich waren wir uns manchmal in der Stadt begegnet und hatten uns nicht erkannt. Es waren so viele Jahre vergangen, und wir hatten uns sicher beide verändert.
Frau Römer war fünfzig Jahre alt gewesen, als sie aus der DDR abgeschoben worden war. Ihr Gastspiel im anderen Teil Deutschlands hatte fünf Jahre gedauert. Sie war immer noch eine Antifaschistin gewesen und hatte auch nicht aufgehört, ein Opfer des Nationalsozialismus zu sein, aber gekämpft hatte sie nicht mehr. Nach ihren Erlebnissen in der DDR, nach Verhaftung, Gefängnis und Abschiebung, war sie nie mehr geworden, was sie einmal gewesen war: eine kämpferische Frau voll Mut und Zuversicht.
Frau Römer hatte ihr Auskommen gehabt, hatte nicht mehr arbeiten müssen. Sie hätte auch nicht mehr gewusst, was sie Schulkinder hätte lehren sollen. Was sie ihnen hätte sagen wollen, hätte sagen müssen, entsprach nicht der öffentlichen Meinung.
Sie war jahrelang in einem Gefängnis misshandelt worden, weil sie die Wahrheit gesagt hatte. Nicht den Kindern hatte sie die Wahrheit gesagt, sondern den Erwachsenen. Die Kinder hätte es zu sehr verwirrt, zu erfahren, dass alles, wor-

an sie glaubten, Lüge war. Was also sollte sie lehren, wenn nicht das, was sie wusste? hatte sie immer wieder ihre Tochter gefragt. Frau Römer hatte oft geweint in dieser Zeit nach ihrer Rückkehr. Sie war unsanft aus ihrem Traum von einem antifaschistischen Staat geweckt worden, war aus dem vermeintlichen Himmel auf die Erde zurückgestürzt und hart aufgeschlagen.

Nach einiger Zeit hatte sie aufgehört zu weinen. Die Menschen, die ihren geliebten Mann und Millionen anderer Menschen ermordet hatten, drängten wieder an die Macht, und Frau Römer durfte nicht dagegen protestieren. So war sie verstummt, hatte sich immer mehr in sich zurückgezogen. Weil sie ihren ohnmächtigen Zorn hatte unterdrücken müssen, war er schließlich ihr eigener Gegner geworden und hatte ihre Seele verwundet.

Frau Römer hatte um ihren Mann geweint, aber sie war nicht depressiv geworden. Jetzt wurde sie es. Ihre Erlebnisse in der DDR hatten ihren verzweifelten Wunsch, für eine bessere Welt zu kämpfen, besiegt. Ihre Seele wurde krank. Nur ein einziges Mal hatte sie über ihre Erlebnisse im berüchtigten Gefängnis gesprochen. Lea hatte gedacht, ihre Seele müsste zu Eis erstarren, als ihre Mutter berichtete, wie der Mensch des Menschen ärgster Feind gewesen war. Frauen waren es gewesen, von denen Susanne Römer am meisten gequält worden war. „Frauen“, Lea, „Frauen, die ihren Geist nicht entwickelt haben, können zu schrecklichen Monstren werden, viel schrecklicher, als Männer es je werden können.“ Dann hatte sie nichts mehr gesagt. Eine Zeit lang war sie morgens nicht mehr aus ihrem Bett aufgestanden. Sie hatte das Haus nicht mehr verlassen und mit keinem Menschen gesprochen. Nur ihrer Tochter und ihrem Arzt hatte sie noch die Tür geöffnet. Lea hatte die kleine Wohnung in Ordnung gehalten und ihrer Mutter zu essen gegeben.

Erst als der Arzt Frau Römer überredet hatte, die Tabletten zu nehmen, die ihr halfen, ihre Düsternis zu überwinden, war sie in dem Tunnel, durch den ihr Lebensweg sie gerade führte, wieder vorwärts gegangen und hatte schließlich das andere Ende erreicht. Ihr Blick hatte wieder Bilder festgehalten, und schließlich hatte sie wieder Leas Blick und Lächeln erwidert. Zwanzig Jahre hatte die gebrochene Frau noch ein kleines Leben gelebt. Sie hatte ihren Haushalt versehen und eingekauft. Zu Leas Hochzeit war sie gekommen und hatte sich in den folgenden Jahren an ihren Enkeln gefreut.

Ich hatte Lea schweigend zugehört und sie nur selten durch Fragen unterbrochen. Erschüttert erfuhr ich, welches Drama sich in meiner nächsten Nähe abgespielt hatte. Als Frau Römer depressiv und einsam in ihrer kleinen Wohnung gesessen hatte, war ich mit meinen eigenen Dingen beschäftigt gewesen.

Meine Kinder waren herangewachsen und hatten sich nicht immer so entwickelt, wie ich es mir gewünscht hatte. Gabriel, der Jüngste, hatte mir, abgesehen von seiner unglücklichen Heirat, immer Freude gemacht, was mich in schwerer Zeit getröstet hatte. Was hatte Annemarie Römer getröstet?

Langsam war es mit Alberts Firma wieder bergauf gegangen. Schon bald hatten wir wieder das Nötigste gehabt und waren sogar wieder zu bescheidenem Wohlstand gelangt. Trotz mancher Enttäuschungen musste ich sagen, dass es das Leben gut mit mir gemeint hatte. Ich war so mit meiner Familie beschäftigt gewesen, dass ich manchmal zu wenig danach gefragt hatte, was außerdem noch in der Welt passiert war.

Auch nach Frau Römer hatte ich nicht mehr gefragt, seit wir uns am dem Ende der Hitlerzeit getrennt hatten, weil sie in ihren Beruf zurückgehen wollte. Ich hatte geglaubt, dass es ihr gut ginge und mich nicht weiter um sie gekümmert. Sie war mir eine Freundin gewesen, und ich hatte dieser Freundschaft keine Chance gegeben.

In meinem Leben hatte es selten Freundinnen gegeben. Eine Zeit lang hatte ich gedacht, Frau Trulsky könnte eine Freundin werden. Nach Frau Römer hatte ich nicht mehr gefragt. Auch sie hatte nach mir nicht mehr gefragt. Aber wenn ich mich dafür interessiert hätte, dann hätte ich erfahren, dass sie nicht nach mir fragen konnte.

*

Von meinem Treffen mit Lea Fingerle kehrte ich sehr nachdenklich nach Hause zurück. Mein Versuch Albert von Frau Römer zu erzählen scheiterte. Auch er war so sehr mit seinem eigenen Schicksal beschäftigt, dass ihn andere Menschen nicht mehr interessierten. Dabei war er es doch gewesen, der mich damals zu den Römers geschickt hatte. Er war einmal ein guter, fürsorglicher Firmenchef gewesen.
Jetzt sah er nur noch sich selbst, Albert Roloff, dessen Sohn sein Erbe veruntreut und seine Eltern ins Elend gestürzt hatte. Es war nicht leicht, mit ihm zusammenzuleben. In unserer jetzigen Situation hätte ich mehr denn je einen Partner gebraucht, mit dem ich hätte reden können. Aber ich wollte ihm keinen Vorwurf machen. Das Schicksal hatte ihm übel genug mitgespielt.
Wohl oder übel musste ich mir andere Gesprächspartner suchen. Mit Lea hatte ich einen Anfang gemacht. Nach Frau Römers Beerdigung hatte ich mir vorgenommen, mich an diesen Pfarrer Tögel zu wenden. Sonst gab es nur noch Gabriel, und der war weit fort. Auch Agnes sah ich nicht oft. Sie waren beide gute Kinder, und ich musste dankbar sein, sie zu haben.
Unser Dackel kam als Gesprächspartner wohl auch nicht in Frage. In letzter Zeit wurde er mir immer lieber. Vielleicht lag es am Alter, dass mir die Biesterchen, wie ich sie liebevoll nannte, so ans Herz wuchsen. Eine Katze wäre auch schön. Eine schnurrende Katze auf dem Schoß würde mir Kraft geben.

*

Ein Gesprächspartner würde auch ein Kätzchen nicht sein. Da musste ich mir schon etwas Anderes überlegen. Das heißt, ich hatte mir schon etwas überlegt. An diesen Pfarrer Tögel wollte ich mich nun endlich wenden. „Ich lasse dich nicht, du segnest mich denn."

Dieser Mann sah nicht nur aus wie Martin Luther, er redete auch wie er. Ein kämpferischer Mann, der sich nicht unterkriegen ließ, das war es, was ich brauchte, jemand, der mir Mut gab. Manchmal sagte ich mir, dass ich jetzt alt wäre und nicht mehr viel Mut brauchen würde. Nicht mehr viel und nicht mehr lange. Sich das einzugestehen, erforderte Mut. Die Dinge so zu sehen, wie sie nun einmal waren und keine Illusionen zu haben, das erforderte mehr Mut, als ich in meinem Leben je gebraucht hatte.

Manchmal musste ich mit jemandem darüber sprechen. Immer nur im eigenen Saft zu schmoren, tat nicht gut. Bisher hatte ich nie Hilfe von anderen Menschen erwartet, ich hatte immer anderen geholfen. Aber was früher gewesen war, das galt jetzt nicht mehr. Nichts galt mehr. Alles war anders geworden. Jetzt brauchte ich jemanden, mit dem ich sprechen konnte. Einige Wochen schob ich diesen Gedanken in meinem Kopf herum, schalt mich jämmerlich und wehleidig, weinte auch manchmal ein bisschen.

Es war meine ganz persönliche Bankrotterklärung. Sie betraf mich mehr als die Bankrotterklärung von Dietrich. Die hatte sich nur auf materielle Dinge bezogen. Jetzt war es anders. Es war der Bankrott meiner Person. Alles was in meinem Leben wichtig gewesen war, war es jetzt nicht mehr. War mein Leben deshalb umsonst gewesen? Dazu musste ich eine andere Meinung hören. Wen sollte ich fragen, wenn nicht diesen Pfarrer Tögel? Der war anders als die Menschen, die ich kannte, was nicht viel hieß, weil ich nicht mehr viele Menschen kannte.

Zwar hatte ich gerade erst Lea Römer wiedergetroffen und wollte sie auch noch öfter sehen. Sie schien eine vernünftige Frau zu sein, und ich würde über mache Sachen mit ihr sprechen können, über die man mit den eigenen Kindern nicht so gern sprach. Aber sie gehörte einer anderen Generation an. Für Probleme des Alters und des immer näher kommenden Lebensendes war sie nicht zuständig. Auch über Schwierigkeiten, die ich mit der Bewegung und durch sie hatte, konnte ich nicht mit Lea Römer sprechen und mit den wenigen Leuten aus der Bewegung, zu denen ich noch Kontakt hatte, erst recht nicht.

Ich musste diesen Pfarrer Tögel anrufen, aber wie sollte ich ihm klarmachen, was ich von ihm wollte? Ich wusste es ja selber kaum, und er kannte mich doch gar nicht. Aber so außergewöhnlich war es schließlich nicht, dass jemand einen Pfarrer anrief und ihn um ein Gespräch bat. Das hatte er sicher schon hundert Mal erlebt, oder wenigstens ein Dutzend Mal. Wenn ich ihn anrief, würde ich schon sehen, wie er reagierte. Gleich morgen früh wollte ich es tun. Auf dem Hundespaziergang würde ich mich auf das Gespräch vorbereiten, und dann wollte ich ihn anrufen. Es wäre mir peinlich gewesen, wenn Albert mitgehört hätte. Ich war schon unsicher genug. Wenn ich nach dem Hundespaziergang noch einmal das Haus verlassen würde, um ein paar Sachen einzukaufen, könnte ich von einer Telefonzelle aus telefonieren.

In dieser Nacht schlief ich unruhig. Immer wieder musste ich mir überlegen, was ich sagen wollte. Wenn ich mich mit meinem Namen meldete, würde er sich erst einmal nichts darunter vorstellen können und würde mich fragen, ob ich zu seiner Gemeinde gehörte. Das tat ich nicht, natürlich nicht. Ich hatte schon seit fünfzig Jahren zu keiner Gemeinde mehr gehört. Zu einer Bewegung hatte ich gehört, aber das interessierte hier erst einmal nicht. Wenigstens war ich nicht aus der Kirche ausgetreten. Albert hatte gesagt, im Alter würde ich noch einmal froh darüber sein. Nun hatte er doch Recht behalten. Das musste ich mir eingestehen, wenn es auch schwer fiel.

Obwohl ich es selber für verrückt hielt, machte ich am nächsten Morgen noch sorgfältiger Toilette, als ich es sonst

immer tat. Ich wusste, dass es kindisch war. Er würde mich kaum am Telefon fragen, ob ich mir auch ordentlich die Zähne geputzt hätte. Trotzdem gab meine Sorgfalt mir Sicherheit. Sogar einen Spritzer englisch Lavendel tat ich noch auf meine Handgelenke. Dabei kam ich mir wie ein schüchterner Backfisch vor.
Von der Telefonzelle aus wollte ich anrufen. Das war leichter gesagt als getan. Ein junger Mann stand darin. Er schien mit seiner Freundin zu sprechen und konnte kein Ende finden. Nach ungefähr zehn Minuten hörte ich durch die Scheibe eine jener Formeln, die diese Generation beim Abschied gebrauchte. Ich machte einen Schritt auf die Telefonzelle zu und blieb wieder stehen. Der Jüngling drehte erneut die Wählscheibe. Er bekam Anschluss und fing wieder an zu reden. Manchmal hörte er auch längere Zeit schweigend zu. Ärgerlich dachte ich, das kommt davon, dass ihr keine Briefe mehr schreibt. Jetzt müsst ihr euch stundenlang in diesen gläsernen Behältern die Beine in den Bauch stehen und reden.
Zum ersten Mal konnte ich die Leute verstehen, die rüpelhaft an die Scheibe schlugen, wenn jemand telefonierte. Diesmal hätte ich es selbst gern getan. Ein paar Mal begegnete mein Blick dem des jungen Mannes. Er sah durch mich hindurch und atmete ein, um für eine neue Tirade genügend Luft zu haben. Ich ärgerte mich, und das war gut so. Hätte ich mich nicht so geärgert, dann hätte ich vielleicht Angst bekommen und mir noch einmal überlegt, ob ich denn wirklich diesen Pfarrer anrufen wollte. Noch nie in meinem Leben hatte ich einen Pfarrer um ein Gespräch gebeten, und wenn ich ganz ehrlich war, musste ich mir eingestehen, dass es mir unheimlich war. Ich hatte Angst, dass meine Stimme zitterte.
Wann hatte mir zum letzten Mal die Stimme gezittert? Es war lange her, ein halbes Leben. Damals hatte meine Stimme vor Wut gezittert, weil Albert mich mit seiner Sekretärin betrogen hatte, vor Wut und vor Verzweiflung. Dass sie mir

einmal vor Angst oder Unsicherheit gezittert hätte, daran konnte ich mich nicht erinnern. Als der Jüngling plötzlich die Tür der Telefonzelle aufstieß, erschrak ich. Nun gab es keinen Grund mehr, länger zu warten. Noch ein paar Sekunden stand ich zögernd in der Telefonzelle. Dann faltete ich den Zettel mit der Telefonnummer auseinander und fragte mich, warum ich mir das eigentlich antat, wenn ich mich so davor fürchtete. Niemand zwang mich, in meinem sechsundsiebzigsten Jahr zum ersten Mal einen Pfarrer, den ich gar nicht kannte, um ein Gespräch zu bitten. Aber ich wollte nicht kindisch sein. Unbewusst nahm ich Haltung an und wählte die Nummer, die ich mir schon vor ein paar Tagen herausgeschrieben hatte. Wie in allen Telefonzellen gab es auch in dieser ein öffentliches Telefonbuch, dessen kleine Schrift ich aber im Stehen nicht mehr lesen konnte.

Pfarrer Tögel hatte wohl an seinem Schreibtisch gesessen. Er meldete sich sofort. Ich nannte meinen Namen, erwähnte seine Ansprache bei Frau Römers Beerdigung und bat um ein Gespräch. Es war überhaupt kein Problem. Ob ein Termin am nächsten Donnerstag, nachmittags, mir recht wäre. Natürlich war er das. Sonst hatte ich ja keine Esel mehr zu kämmen. Früher wäre das etwas anderes gewesen. Aber jetzt hatte ich immer Zeit, keine Verabredungen, keine Termine mehr. Ich sagte, ein Termin am Donnerstag wäre mir sehr recht.

„Um sechzehn Uhr dreißig?“ schlug er vor.

„Gern“, sagte ich, „um halb fünf Uhr.“

Ich wollte nicht mehr viel daran herumdenken. Der Termin war ausgemacht, und ich würde hingehen, um halb fünf Uhr am Donnerstag. Das war alles. Wie es gehen würde, das würde ich schon sehen. Albert sagte ich, dass ich am Donnerstag einen Besuch machen wollte. Ich beherrschte mich gerade noch und log nicht, dass ich eine Freundin treffen wollte. Es war wirklich nicht nötig zu lügen. Albert fragte, etwas irritiert: „Einen Besuch?“

„Ja“, sagte ich. „Du wirst in deinem Alter ja nicht mehr eifersüchtig sein.“
Schade eigentlich, dachte ich. Nie hätte ich es zugegeben, aber manchmal bedauerte ich, keine glatte Haut und keine straffe Gestalt mehr zu haben. Obwohl ich mich immer bemüht hatte, nicht eitel sein, hatte ich es insgeheim genossen, ein schönes Gesicht zu haben und dass mich die Menschen deshalb mochten. Ich war noch immer eine gut aussehende Frau, recht ansehnlich für mein Alter. Heute durfte ich sogar ein bisschen eitel sein. Bei einer Frau von sechsundsiebzig Jahren machte es nichts mehr aus, aber vielleicht würde es mir ein bisschen Sicherheit geben.

*

Am Donnerstag hatte, ich wie an jedem Tag, einen kurzen Mittagsschlaf gemacht und stand nun vor meinem Kleiderschrank. Meistens war es mir jetzt nicht mehr so wichtig, was ich trug, aber heute wollte ich gut angezogen sein. Sollte ich das silbergraue Kleid mit dem Schalkragen oder das flaschengrüne Seidenkleid mit der Schluppel am Hals tragen? Ich entschied mich für das silbergraue, das ich auch bei der Beerdigung getragen hatte. Es war elegant und so seriös, wie ich heute aussehen wollte. Seit meiner Verlobung mit Albert hatte ich mich nie mehr mit einem Mann verabredet, also seit mehr als fünfzig Jahren. Diese Verabredung nach so langer Zeit war kein Grund, ängstlich zu sein. Sie war nur ein bisschen ungewohnt.
Kirche und Pfarrhaus gehörten zu einem der neuen Wohngebiete am Stadtrand. Ich war noch nie hier gewesen, obwohl es nicht weit von unserer alten Wohnung entfernt war. Unsere Stadt war nicht sehr groß, aber in diesen Neubaugebieten hatte man selten oder nie etwas zu tun. Schlafstadt nannte man das heute, Ein- und Mehrfamilienhäuser, kaum Geschäfte und außer der Kirche, der Schule und dem Kindergarten keine öffentlichen Einrichtungen.

Die Kirche sah modern und etwas ungewohnt aus. Der Grundriss war quadratisch. Unter dem hohen, mit grauen Ziegeln bedeckten Dach sah ich ein breites verglastes Fensterband. Es war farbig, wie man das von Kirchenfenstern gewöhnt war, nur dass es sich hier nicht um hohe senkrechte Fenster handelte, sondern um ein horizontales, das sich über alle vier Wände des Kirchenraumes zog. Gut dass das Dach nicht überstand, es würde sonst den Fenstern das Licht nehmen, dachte ich.
Eine eigenartige Architektur war es trotzdem. Der Architekt hatte einfach die flache Pyramide des Daches auf den Würfel des Kirchenraumes gesetzt. Der Turm, ebenfalls mit quadratischer Grundfläche, stand einige Meter vom Kirchengebäude entfernt und hatte als Dach eine höhere Pyramide. Diese Kirche, so fremd sie mir auch war, hätte ich mir gern einmal von innen angesehen, vor allem das farbige Fensterband rundherum. Aber sie würde, wie alle evangelischen Kirchen, außerhalb der Gottesdienstzeiten verschlossen sein. Das hatte mich schon oft gestört. Ich konnte mir schwer vorstellen, dass die Kirchenoberen das Recht hatten, einen Menschen daran zu hindern, auch unter der Woche seine Andacht in einer Kirche zu verrichten.
Sie würden wissen, was sie taten, oder auch nicht. Mir jedenfalls hätte es an diesem Tag gut getan, mich noch ein paar Minuten in der Kirche sammeln zu können. Statt dessen blieb ich in meinem Auto sitzen und beobachtete die Ziffern meiner Armbanduhr, die sich langsam auf dreißig zu bewegten. Auch so ein Unfug, dass die Uhren keine Zeiger mehr hatten. Digital nannte man das heute.
Als sich die Neun sich in eine Null und gleichzeitig die Zwei in eine Drei verwandelte – ich vermutete, dass sich im Inneren der Uhr zwei schmale Walzen mit den Ziffern null bis neun im Rhythmus der fortschreitenden Zeit bewegten und dass das dann das Digitale war - als die beiden Walzen mit einem unhörbaren Klick die Zahl dreißig bildeten, stieg ich aus dem Auto aus.

Ich ging zur Haustür und klingelte. Diese Klingel hatte keinen Knopf, auf den ich hätte drücken können, sondern einen Bügel, den man anheben musste. Als ich das tat, ertönte im Inneren des Hauses kein Klingelton, sondern eine Art elektrischer Gong: „Üb immer Treu und Redlichkeit!“.
Treu und redlich war der Mann, der mir die Tür öffnete, ja nun ohne Zweifel, aber dass man es schon bevor man das Haus betrat, auf diese aufdringliche Art mitgeteilt bekam, fand ich geschmacklos. Vermutlich hatte er sich diesen Gong nicht selber ausgesucht, aber er war ihm nicht wichtig genug gewesen, um ihn entfernen lassen. Ich kannte keine kirchlichen Bürokraten, aber ich konnte mir schon vorstellen, dass sie Spaß an solchen Albernheiten hatten.

*

Als ich dem Pfarrer in seinem Arbeitszimmer gegenübersaß, schwieg ich. Obwohl ich eine Zeit lang nichts sagen konnte, spürte ich, dass alles von mir abfiel. Es war, als ob ich die Verantwortung für mich und für alles, was mich betraf, abgeben könnte. Auch mein Gastgeber sagte nichts. Minutenlang schwiegen wir beide, und es war ein gutes, ein entspanntes Schweigen. So etwas hatte ich noch nie erlebt. Man hatte mir beigebracht, es wäre unhöflich, in Gegenwart eines anderen Menschen nichts zur Unterhaltung beizutragen. Wenn man wie ich gehemmt sei, müsse man wenigstens den guten Willen zeigen.
Für dieses Schweigen schien das nicht zu gelten. Es hatte eine andere Qualität, war nicht leer, sondern erfüllt von dem, was sich zwischen uns ereignete. In diesem Augenblick konnte ich aufhören zu kämpfen. Dabei war ich hergekommen, weil dieser Mann gesagt hatte, man dürfe den Kampf nicht aufgeben. Während wir einander schweigend gegenübersaßen, fragte ich mich, ob ich seine Ansprache richtig verstanden hatte. Bisher hatte ich geglaubt, ich würde untergehen, wenn ich zu kämpfen aufhörte. In diesen Minuten

des Schweigens kämpfte ich nicht, und war trotzdem nicht verloren. Ich hatte vielmehr das Gefühl, aufgefangen zu werden. So ließ ich mich fallen, ohne das Netz zu kennen, das mich auffing.

Ich sah mich im Zimmer um. Es gab einen großen Schreibtisch, aber mein Gastgeber saß nicht hinter ihm. Er saß mir gegenüber und sah mich an. Zwischen uns stand nur ein kleiner Tisch auf drei dünnen Beinen. Ein Bücherstapel lag darauf. In einer Vase gab es einen bescheidenen Blumenstrauß. Nichts in diesem Zimmer war großartig, Es gab nichts Einschüchterndes.

Als Pfarrer Tögel die Kerze auf dem Tisch anzündete, sah ich ihn an. Er spürte meinen Blick und erwiderte ihn. Dabei verbrannte er sich die Finger und stieß einen leisen Schmerzenslaut aus. Ich lächelte und spürte dabei Tränen auf meinem Gesicht. „Gibt es etwas, worüber Sie mit mir sprechen möchten?“ fragte er.

„Da war irgendwas“, sagte ich. „Aber jetzt habe ich es vergessen oder besser gesagt, es ist nicht mehr wichtig. Es spielt keine Rolle mehr.“

„Darf ich wenigstens erfahren, was keine Rolle mehr spielt?“

„Ich weiß es auch nicht. Ich glaube, nach Ihrem Gott wollte ich Sie fragen.“

„Nach meinem Gott? Ist er nicht auch der Ihre?“

„Wohl nicht“, überlegte ich und fuhr zögernd fort: „So lange ich erwachsen bin, habe ich immer zu dieser Bewegung gehört und etwas ganz anderes gelernt.“

„Eine Bewegung? Und jetzt gehören Sie nicht mehr dazu?“ fragte er.

„Doch, schon.“

„Aber?“

„Aber es fehlt mir etwas.“

„Wissen Sie, was es ist, das fehlt?“

„Nicht genau. Als mein Leben komplizierter geworden war, da hat mir die Bewegung keinen Trost gegeben, weil etwas gefehlt hat.“

„Keinen Trost, sagen Sie? Könnte es daran liegen, dass die Liebe fehlt?“

„Ja, die Liebe, die fehlt. Es ist immer nur von Reinkarnation und Karma die Rede. Wenn du dies tust, dann geschieht dir das. Es ist eine Rechenaufgabe, ohne Gnade, ohne Liebe. Ja, es ist die Liebe, die fehlt. Sie hat mir in der Bewegung immer gefehlt.“

„Dann habe ich wirklich einen anderen Gott, mein Gott ist ein Gott der Liebe.“

„Das muss schön sein, ein Gott der Liebe“, sagte ich. „Ich kämpfe seit langem nur noch ums Überleben. Sie haben bei der Beerdigung gesagt: ‚Ich lasse dich nicht, du segnest mich denn‘, und ich habe gedacht, es geht darum, immer weiterzukämpfen und nicht aufzugeben. Ich habe gedacht, man muss das Schicksal zwingen, einem zu geben, was man für recht und billig hält.“

„Recht und billig?“ fragte er.

„Darum geht es wohl nicht, ob das, was einem das Schicksal gibt, recht und billig ist. Aber worum geht es dann? In Ihrer Trauerrede haben Sie doch auch von einem gesprochen, der nicht aufgehört hat zu kämpfen.“

„Sie meinen Jakob, der eine Nacht lang mit einem Engel gekämpft hat?“

„Ja, den“, sagte ich.

„Aber der hat um etwas anderes gekämpft als wir.“

„Gesegnet wollte er werden. Woran merkt man, dass man gesegnet ist, außer daran, dass das Leben einigermaßen in Ordnung kommt?“

„Ihr Leben ist nicht in Ordnung?“

„Überhaupt nicht“, gestand ich.

„Und nun wollen Sie, dass Gott Ihr Leben in Ordnung bringt und Ihnen zeigt, dass sie gesegnet sind?“

„Das Problem ist, dass ich gar nicht weiß, woran ich das erkennen kann“, gestand ich.

„Irgendwann werden Sie es wissen.“

Meine nächste Frage fand ich selbst kindisch: „Wann wird denn das sein? So viel Zeit habe ich auch nicht mehr."
Er sah mich mitleidig an. In mir war kein Protest gegen sein Mitleid. Es kränkte mich nicht. An diesem Nachmittag spürte ich selbst, dass ich ein armer Tropf war, mit meiner Bewegung und meinen Büchern.
Er machte sich ernsthaft daran, meine kindische Frage zu beantworten: „Wenn Sie eines Tages nicht mehr kämpfen müssen, nicht mehr ‚Ich lasse dich nicht, du segnest mich denn', dann sind Sie gesegnet. Vielleicht finden Sie dann ein anderes Bibelwort, das Ihren Gemütszustand beschreibt."
„Was für ein Wort könnte das sein?"
„Fürchte dich nicht', könnte es sein, ‚denn ich habe dich erlöst, ich habe dich bei deinem Namen gerufen, du bist mein. Du wirst durch das Feuer gehen und nicht verbrennen, du wirst durch das Wasser gehen und nicht ersaufen.' Oder klingt Ihnen das ein bisschen zu grob? "
„Es klingt gut, aber fühlen kann ich es nicht."
„Vielleicht werden Sie es eines Tages fühlen."
„Wenn ich dann noch lebe."
„Das werden Sie, wenn auch vielleicht nicht mehr hier."
„Nicht mehr hier?" fragte ich. „Ach so!"

In der nächsten Zeit fragte ich mich manchmal, ob es nun viel oder wenig war, was der Pfarrer mir gesagt hatte. Eher wenig, dachte ich. Aber im Laufe der Zeit wurde es immer mehr. Das war wohl einer von den Fällen, in denen es nicht viele Worte brauchte.
Der Herr hätte niemals gesagt oder geschrieben: „Du sollst nicht ersaufen." Dazu war er zu distanziert, zu kühl. In seinen Worten hatte ich oft Kälte gespürt, besonders wenn ich unglücklich gewesen war. Dann hatte ich in seinen Büchern vergeblich nach einem Trost gesucht.
Diese Bücher konnten nicht trösten. Sie konnten nur drohen und verurteilen. Wärmer wurde es mir dabei nicht, wenn mir kalt war. Das wäre Menschendenken, hätte er gesagt. Ich war

eben ein Mensch und er, war er etwa keiner? Was war er dann, ein Gott? Oder war er ganz einfach unmenschlich?
Das führte zu nichts. Ich wollte nicht urteilen und nicht werten. Das stand mir nicht zu. Ich wusste nur, was mir gut bekam und was weniger gut. Was Pfarrer Tögel mir gesagt hatte und was er mir aus der Bibel zitiert hatte, das hatte mir geholfen. Und obwohl ich nie so besonders gefühlvoll gewesen war, passte diese Sprache besser zu mir, denn sie rührte mein Gefühl an.

*

Im Winter, an einem Nachmittag im Januar, bekam Albert einen Herzanfall, der schlimmer als alle vorangegangenen war. Und die waren auch kein Zuckerschlecken gewesen. Wir waren immer zu unserem Arzt in Stuttgart gegangen, und es gab in unserer Stadt niemand, an den ich mich wenden konnte. Also rief ich den Notarzt an. Er stand binnen zehn Minuten vor der Tür. Nach einer kurzen Untersuchung teilte er mit, dass Albert sofort ins Krankenhaus müsse. Es wäre aber nicht nötig, dass ich mitführe, weil ich meinen Mann auch am nächsten Tag besuchen könnte.
Das konnte ich schon, aber ob ich meinen kranken Mann begleitete, wollte ich schon selber entscheiden. Das sagte ich dem jungen Mann. Er machte ein betretenes Gesicht.
Im Krankenhaus teilte mir ein Arzt mit, dass der Zustand meines Mannes sehr kritisch wäre, wenn ich wollte, könnte ich die Nacht bei ihm verbringen. Ich fragte ihn, ob Albert die Nacht überleben werde, aber diese Frage konnte er mir nicht beantworten.
Nachdem er medizinisch versorgt worden war, lag Albert schwer atmend in seinem Bett. Dann wurde sein Atem ruhiger und er schlief ein. In der Nacht schlug er irgendwann die Augen auf, versuchte ein Lächeln und sagte: „Dann ist es wohl jetzt zu Ende.“

Ich nahm seine Hand, was ich seit einer Ewigkeit nicht mehr getan hatte, und sagte: „Das weiß man noch nicht. Die Ärzte werden nicht so leicht aufgeben.“
„Ist mir auch egal“, sagte er. „Sie sollen nur nicht zu viel mit mir machen, ich will meine Ruhe haben.“
„Möchtest du jetzt gehen?“ fragte ich.
„Wenn du meinst, dass ich sterben will, dann ja.“
Das Reden fiel ihm schwer. Seine Stimme klang heiser, und er sprach undeutlich, aber er suchte weiter nach Worten.
„Schlechter“, sagte er, „schlechter kann es nicht werden.“
Ich hätte ihm gern gesagt, dass er mir immer ein guter Mann gewesen wäre. Ich wollte ihm dafür danken, aber ich fand nicht die richtigen Worte. Auch meinem Impuls, ihn in meine Arme zu nehmen, konnte ich nicht folgen. Stattdessen legte ich wieder die Hand auf seine unruhige Faust, die sich unter meiner Berührung öffnete.
„Tut gut“, flüsterte er. „Wir müssen doch zusammenhalten, wenn unser Sohn...“
Ich konnte ihn nicht mehr verstehen. Er hatte wohl etwas über Dietrich sagen wollen. Konnte er ihm verzeihen, oder musste er seinen Hass und seine Verbitterung mitnehmen?
Er hatte die Augen wieder geschlossen und atmete jetzt etwas leichter. Lange saß ich bei ihm und hütete seinen Schlaf. Vor langer Zeit hatte ich oft den Schlaf eines kranken Kindes gehütet. Albert war zwar ein alter Mann, aber wie er da vor mir in den Kissen lag, kam es mir so vor, als wäre er wieder ein Kind geworden. Sein Gesicht wirkte klein. Eine Strähne des schütter gewordenen Haares fiel ihm in die Stirn. Eine Turmuhr schlug jede Viertelstunde. Gegen Morgen öffnete Albert wieder die Augen.
Es fiel ihm jetzt noch schwerer zu sprechen. „Dann muss ich ihm wohl verzeihen, dem Lumpen, dem donnerschlächtigen. Sag ihm, ich trage ihm nichts nach, wenn ich da drüben bin. Geld ist nicht alles. Ich hab es auch nicht richtig gemacht, hätte mit ihm sprechen sollen.“

Nach einer langen Pause sagte er: „Aber um dich ist es mir leid. Du hättest eine reiche Witwe werden sollen.“
Ich nahm wieder seine Hand und streichelte sie. Das sah ihm ähnlich, über seinen eigenen Tod zu scherzen. Er hatte nie darüber sprechen wollen, dass einer von uns sterben könnte. Dabei wussten wir doch beide, dass es uns früher oder später treffen würde. Nur darüber zu sprechen, war uns nicht möglich gewesen, obwohl es uns sicher manchmal gut getan hätte. Es gab auch praktische Dinge, die wir nicht besprochen oder geregelt hatten. Albert würde sicher einige Geheimnisse mit ins Grab nehmen, weil es ihm peinlich gewesen war, darüber zu sprechen.
In dieser Nacht redete er über seinen Tod, heiter und ohne Scham. Dann schlief er wieder ein. In der Stille der Nacht hörte ich das leise Knistern der Leuchtstoffröhre an der Decke. Die Geräusche des Krankenhauses waren weit entfernt.
Einmal trat ich ans Fenster und sah, dass ein großer Baum davor stand. So weit ich im Dunkeln erkennen konnte, war es eine Akazie. Das wunderte mich. Vor kurzem hatte ich in der Zeitung gelesen, dass in unserer Stadt Bäume gefällt werden mussten. Es waren Akazien und sie machten, wie die Hausbesitzer behaupteten, zu viel Dreck. Was für einen Dreck hatten sie wohl gemeint? Waren es die weißen Blüten oder die Samenfäden oder die abgeworfenen Blätter, die gestört hatten?
Alles hatte seine Zeit. Menschen konnten nicht immer, aber viel zu oft bestimmen, wann die Zeit eines Lebewesens, eines Baumes oder eines Tieres zu Ende war. Dass sie oft auch über die Lebenszeit anderer Menschen bestimmen wollten, war unglaublich. Aber was half es, dass ich es unglaublich fand?
Als ich diesen Gedanken noch kaum zu Ende gedacht hatte, widerfuhr es mir selber, dass ich über Leben und Tod entscheiden sollte. Alberts Atem wurde in den Morgenstunden immer leiser. Am Ende hätte er nicht mehr die kleinste Feder von seinen Lippen blasen können.

Der Arzt, der den Nachtdienst hatte, kam, gerufen von der jungen Krankenschwester. Er fühlte Alberts Puls. Am Handgelenk versuchte er es vergebens. Alberts Puls hatte wohl nur noch die Kraft von Schmetterlingsflügeln und konnte die dünne Schicht seiner Haut nicht mehr durchdringen. Aber am Hals fing ihn der Arzt ein. Seine Lippen bewegten sich stumm beim Zählen. Er schüttelte den Kopf.
„Wir könnten es ihm leichter machen, wenn wir ihn beatmen würden", sagte der Mann. „Was halten Sie davon?"
„Nichts", sagte ich.
Er war irritiert. „Nichts?"
„Würde es sein Leben verlängern?" erkundigte ich mich.
Der Arzt sagte: „Nicht wesentlich. Aber er würde es leichter haben."
Was meinte er mit leichter? Sie würden Albert, der eigentlich sterben wollte, ein stählernes Rohr in die Luftröhre rammen und mit einer Maschine Luft in ihn hinein pumpen. Wenn es ihnen gelingen würde, Albert noch eine Weile am Leben zu halten, würden sie noch mehr von den Nadeln, die an dünnen Schläuchen hingen, in seine armen zerbrechlichen Venen stechen. So würden sie, ohne dass er es merkte oder wollte, Medikamente in seinen Körper fließen lassen, Gift, das seinen Todeskampf verlängern würde. „Junger Mann", sagte ich, „ich bin dem Tod schon näher als Sie. Ich halte das für keine gute Idee. Mein Mann ist bereit zu sterben, und wir wollen ihn nicht daran hindern."
Er sah mich mit großen erschrockenen Augen an. Fast tat er mir leid, aber es konnte doch nicht angehen, dass ich am Totenbett meines Mannes den Arzt tröstete. Er hatte so etwas wohl noch nicht erlebt, aber dann war es Zeit, dass er auch diese Erfahrung machte. „Und jetzt lassen Sie mich, bitte, mit meinem Mann allein!" forderte ich.
„Wie Sie meinen", er machte die Tür so leise zu, wie er es gelernt hatte, und entfernte sich eilig.
Als ich mit Albert wieder allein war, strich ich über sein Haar. Ich war nicht sehr geschickt, weil so etwas zwischen

uns nicht üblich war. Er atmete tiefer, und es klang wie ein Seufzer. Seine Augenlider flatterten, als hätten sie nicht die Kraft, sich zu heben. Würde ich seine grauen Augen noch einmal sehen, würden unsere Blicke sich noch einmal begegnen? Ich wollte ihn gehen lassen. In diesem Augenblick wünschte ich ihm, er könnte ganz leise hinübergehen.
Plötzlich wurde ich unsicher, ob ich nicht noch jemand von der Verwandtschaft hätte rufen müssen, Dietrich oder seine Kinder. Die anderen waren zu weit weg. Dass Agnes mitten in der Nacht über die Autobahn hergekommen wäre, hätte ich nicht gewollt. Sonst wollte ich niemand hier haben. Albert hatte seinem Ältesten zwar verziehen, aber es wäre trotzdem nicht richtig gewesen, ihn zu rufen. Das wusste ich.
Der Kranke hatte seit einigen Minuten wieder kräftiger geatmet. Jetzt öffnete er die Augen noch einmal. Ich hörte wieder seine leise Stimme. Er flüsterte jetzt nicht. „Katharina“, sagte er, „Kätterle, komm bald nach! Es ist schön, wirst sehen, So leicht und so hell.“
„Ja“, sagte ich und strich über seine Wangen. Aber ich dachte, ich will doch nicht. Ich will noch nicht sterben. Albert lächelte, als er seinen letzten Atemzug tat.

*

Ich war so müde, dass ich mich am liebsten in einen stillen Winkel verkrochen hätte. Die Tage bis zur Beerdigung musste ich noch hinter mich bringen. Mit unserem friedlichen Leben zu zweit war es vorbei. Jetzt würde die ganze Familie hereindrängen. Zuerst mussten einmal unsere Kinder verständigt werden. Die Frage war, ob ich das selbst tun oder Dietrich darum bitten sollte. Ich entschied mich dafür, es selbst zu tun.
Meinen Kindern zu sagen, dass ihr Vater gestorben war, das war meine Sache. Zuerst rief ich Dietrich an. Von seiner Frau erfuhr ich die Nummer seines neuen Büros. Ich hatte

erfahren, dass er mit dem Verkauf billiger Textilien aus südlichen Ländern ganz erfolgreich war. Seine Stimme klang fremd, als er sich meldete. Ich hörte zuerst einen Firmennamen, den ich nicht verstand, und dann meldete er sich mit seinem Namen. Eine Sekretärin oder Empfangsdame schien er nicht mehr zu beschäftigen. Wie er das machte, wusste ich nicht.

„Dietrich, dein Vater ist heute nacht gestorben“, sagte ich.

„Wieso denn das?“ fragte er albern. Er war wohl ganz verwirrt.

Darauf musste ich nicht antworten. Dass Albert herzkrank gewesen war, wusste er.

„War er noch sehr böse auf mich?“ wollte er wissen. „Hat er noch etwas gesagt?“

„Das hat er. Es war ihm sogar ziemlich wichtig. Er trägt dir nichts mehr nach.“

„Du meinst, er hat mir nichts mehr nachgetragen“, berichtigte er mich.

Ich wollte mich auf keine Diskussion einlassen und sagte deshalb: „Wie du willst.“

Nach der schlaflosen Nacht hatte ich mich zwar kurz hingelegt, aber ich hatte mich noch nicht entspannen können. Dazu war ich zu aufgewühlt. Aber meine Gedanken waren ganz klar. Dietrichs Bemerkung hatte mich erschreckt. Es konnte doch nicht sein, dass er wegen seiner Ideologie uns alle ins Unglück gestürzt hatte, um sie dann einfach fallen zu lassen wie eine heiße Kartoffel. Wenn er nicht daran glaubte, dass sein Vater weiterlebte, dann glaubte er überhaupt nichts mehr. Dann hatte er für nichts und wieder nichts alles zerstört. Jetzt konnte ich noch nicht einmal mehr annehmen, dass er im besten Glauben gehandelt hatte. Mit dem Glauben konnte es nicht so weit her gewesen sein. Aber das war ja nun auch vollends egal. „Kann ich dir etwas helfen?“ fragte er.

Dumme Frage, natürlich konnte er das. Er hatte doch wohl nicht geglaubt, dass er mich mit allen Formalitäten allein

lassen konnte. Obwohl es mir nicht leicht fiel, bat ich ihn, mich zum Beerdigungsinstitut zu begleiten. Er kam am Nachmittag und holte mich ab. Gleich nach unserem Telefongespräch hatte er einen Termin vereinbart.
Eine Dame empfing uns. Sie trug zwar das ihrem Beruf angemessene schwarze Kleid, aber ein feuerrotes Halstuch, passend zu ihren lackierten Fingernägeln. Sie reichte mir die Hand und sagte: „Mein herzliches Beileid!"
Das war wohl so üblich, kam mir aber trotzdem unpassend vor. Sie litt ja nun wirklich nicht mit mir, sondern war insgeheim vergnügt darüber, dass wir ihr einen Auftrag erteilen wollten. Schließlich war der Mensch, den sie unter die Erde bringen sollte, ein angesehener Mann in unserer Stadt gewesen. Wahrscheinlich wusste sie, dass wir keine Reichtümer mehr hatten, aber sie konnte damit rechnen, dass alles bezahlt werden würde.
Ich hatte mir schon öfter überlegt, was das wohl sein sollte, ein Beileid. Was Leid war, hatte ich erfahren. Auch Mitleid kannte ich. Aber Beileid war doch eine dumme und sinnlose Floskel. In den nächsten Tagen würde ich sie noch oft hören.
Die Dame besprach mit uns, was Albert nach seinem Tod alles brauchte. Sie empfahl einen dunklen Eichensarg. Eiche halte länger, und das sei doch ein gutes Gefühl. Ich wusste nun zwar nicht, ob es wirklich ein gutes Gefühl war, Alberts abgelegten Körper möglichst lange zu erhalten, aber mit dem Eichensarg war ich einverstanden. „Nicht Eiche natur, sondern Eiche antik", empfahl die Dame.
„Warum nicht Eiche natur?" fragte ich.
„Eiche antik ist seriöser als Eiche natur", wurde ich belehrt.
Doch ich sagte eigensinnig: „Eiche natur ist ehrlicher als Eiche antik angemalt."
Ich wählte den hellen Eichensarg. Der hätte Albert auch besser gefallen, aber das spielte nun keine Rolle mehr. Ob wir ein Totenhemd wollten, wurden wir gefragt. Es gebe da sehr schöne Garnituren. „Was meinen Sie mit Garnituren?"

fragte ich verwirrt. Die Dame erklärte es uns. Eine Garnitur bestand aus einem Kopfkissen, einer Decke und einem Totenhemd, das nur eine Vorderseite hatte. Alles aus Polyester.
„Warum nur eine Vorderseite?“ fragte ich.
Dietrich sagte: „Aber Mutter!“
Er schien meine Fragerei unpassend zu finden. Trotzdem musste ich noch eine Frage stellen. Außerdem wollte ich die Ansichten meines Sohnes Dietrich nicht zum Maßstab meines Handelns machen. Ich fragte also: „Und welchen Sinn hat das, so eine Garnitur?“
Die Antwort verblüffte mich dann doch: „Es könnte doch sein, dass Sie über die wertvollen Anzüge ihres Gatten anders verfügen möchten.“
Darauf ging ich lieber nicht ein, stattdessen erkundigte ich mich: „Welche Kleidungsstücke sollten wir Ihnen bringen, und bis wann müssten Sie die Sachen haben?“
Sie brauchte Alberts schwarzen Anzug, ein weißes Hemd und eine silbergraue Krawatte. Diese Dinge sollten wir noch heute im Beerdigungsinstitut abgeben. Dietrich konnte das tun. Auf die attraktive Hemdbrust aus glänzendem Polyester konnten wir verzichten, weil wir auch über das weiße Hemd nicht anderweitig verfügen wollten.
Damit war dieses Kapitel abgeschlossen und wir konnten uns dem Blumenschmuck zuwenden. Die Dame empfahl uns eine Gärtnerei, die wir später auch mit der Grabpflege beauftragen könnten. Ob ich eine Gärtnerei mit der Grabpflege beauftragen würde, wollte ich später entscheiden. Jetzt ging es erst einmal um den Blumenschmuck für den Sarg und die Aussegnungshalle. Über das Wort Aussegnungshalle wollte ich lieber nicht nachdenken. Das war jetzt nicht passend.
Wir hinterließen die notwendigen Papiere, und der Termin sollte uns vom Beerdigungsinstitut mitgeteilt werden. „Den Pfarrer haben Sie sicher als Ersten verständigt“, vermutete die Dame. Das hatte ich keineswegs getan, was ich aber lieber für mich behielt.

Die Gärtnerei war wirklich ganz in der Nähe. Ein junger Mann in grüner Gärtnerschürze wurde aus dem Gewächshaus gerufen, um uns zu beraten. Die Farbe rosa lehnten wir für diesen Anlass ab, obwohl sie, wie der Gärtner und erklärte, immer gern genommen wurde. Rosa passte nicht zu Albert. Wir entschieden uns für weiße Chrysanthemen in verschiedenen Größen und diese geschwungenen Zweige mit den kleinen korallenroten Blüten. Euphorbien hießen sie, erfuhr ich. Dann wurden wir noch gefragt, ob wir zum Schmuck der Aussegnungshalle Lorbeerbäumchen ausleihen wollten. Lorbeerbäume gefielen mir, der Gärtner sollte ruhig welche aufstellen. Sie sahen so feierlich aus. „Vier oder sechs?“ fragte er. „So viel sie wollen“, sagte ich und Dietrich zog hörbar den Atem ein.
Es war doch gut gewesen, dass er mich begleitet hatte. Eine große Hilfe war er mir zwar nicht gewesen, aber ohne Begleitung wäre ich mir doch sehr verloren vorgekommen. Gemeinsam setzten wir noch die Todesanzeige auf, damit Dietrich sie bei der Zeitung in Auftrag geben konnte.
„Mein lieber Mann, unser guter Vater, Schwiegervater und Großvater hat uns für immer verlassen.“
Du warst mir ein guter Mann, dachte ich, ein guter Vater für unsere Kinder warst du auch, und das alles ist jetzt vorbei.
„Klingt das nicht ein bisschen zu kühl“, fragte Dietrich.
So, wie es klang, war es in Ordnung. Ich hatte nicht das Bedürfnis, in die Zeitung zu setzen, was ich fühlte.
Mein Sohn half mir, für die Todesanzeige alle Angehörigen in die richtige Reihenfolge zu bringen. In der gleichen Reihenfolge wollte ich sie am anderen Morgen anrufen. Heute Abend war ich zu müde dazu. Ich ging bald zu Bett, konnte aber stundenlang nicht einschlafen.

*

Früh am Morgen erwachte ich wie gerädert. Aber es half nichts, ich musste telefonieren, musste den Kindern sagen, dass Albert uns verlassen hatte. Ich konnte kaum sprechen. Meine Stimme war so rau, als ob ich die halbe Nacht Zigaretten geraucht und Alkohol getrunken hätte. Dabei hatte mir ganz gewiss nicht der Sinn nach solchen Dingen gestanden. Das hatte er in meinem ganzen Leben noch nicht getan. Albert hatte mich deshalb oft genug verspottet.

Eine Zeit lang versuchte ich, meine Stimme frei zu räuspern und trank eine Tasse heißen Kaffee. Langsam kehrten die Lebensgeister zurück. Ich stellte das Telefon auf den kleinen Rauchtisch meines Mannes und setzte mich in den zerschlissenen Sessel. Der Dackel legte seine Schnauze auf meinen Schuh und sah mich mit großen dunklen Augen an.

Er fiepte leise und in langgezogenen Tönen. Seit ich seinen Herrn ins Krankenhaus begleitet hatte, war er nicht mehr hinausgekommen Armer Kerl dachte ich. Er musste dringend spazieren gehen. Als ich am Morgen aus dem Krankenhaus gekommen war, hatte er mich schwanzwedelnd begrüßt, und weil ich ihn nicht beachtet hatte, sich wieder auf seinem Kissen zusammengerollt. Nach einer Weile hatte ich leises Schnarchen aus seiner Ecke gehört.

Ich wusste nicht, wie er die vergangenen vierundzwanzig Stunden überlebt hatte. Vielleicht hatte er gejammert, und die Hausfrau hatte ihn, weil er gar nicht mehr aufgehört hatte, herausgelassen. Schmutzig gemacht hatte er jedenfalls nichts, das gute Tier. Ich nahm meinen Mantel und ging mit ihm.

Weil ich es nicht übers Herz brachte, ihn nur kurz sein Geschäft erledigen zu lassen, ging ich mit ihm hinaus vor den Ort. Er sprang Kringel vor Freude. Seine Fröhlichkeit griff mir ans Herz.

Während ich mich mit großen Schritten vorwärts bewegte, atmete ich tief, und mein Kopf wurde zum ersten Mal wieder frei. Max konnte gar nicht genug bekommen. An diesem Wintertag hatten wir nasskaltes Sudelwetter. Der Hund mit

seinen kurzen Beinen war bald völlig durchnässt und dreckig.
Wenn ich nicht bald mit ihm nach Hause ging und ihn abtrocknete, würde er krank werden. Einen kranken Hund konnte ich jetzt nicht auch noch gebrauchen. Mir stand jetzt überhaupt nicht der Sinn danach, viel Aufhebens um den Hund zu machen. Aber wir hatten ihn angeschafft, und das war auch eine Verpflichtung. Wenn ich mich ein bisschen erholt hätte, würde ich sicher froh sein, dass er noch da war. Er war so ein drolliges kleines Tier.
Als ich wieder in meinem warmen Zimmer angekommen war, wollte ich aber wirklich telefonieren. Albert war jetzt schon einen ganzen Tag tot, und außer Dietrich wusste es noch keins seiner Kinder. Agnes wollte ich als Erste anrufen. Albert hatte sie immer besonders gern gehabt, weil sie ihm so ähnlich war. Doch, als ich gerade ihre Nummer wählen wollte, rief mich die Dame mit dem roten Halstuch an, um den Beerdigungstermin zu besprechen.
Sie schlug vor, „die Sache vor dem Wochenende über die Bühne zu bringen".
Ich hatte aber kein Interesse daran, etwas schnell über die Bühne zu bringen. Albert sollte sich in aller Ruhe von seinem Körper und von der Welt verabschieden können. Vor dem Wochenende, das hieß am Freitag. Albert war in der Nacht von Dienstag auf Mittwoch gestorben. Die musste sich ja fürchterlich ins Zeug gelegt haben. Ich dachte, das wäre gar nicht erlaubt, einen Verstorbenen so schnell zu begraben. Ich wollte es jedenfalls nicht.
„Dann aber Montag", ordnete sie an. „Das ist schon reichlich spät."
Ich wusste nicht, warum diese Frau es so eilig hatte. Es interessierte mich auch nicht besonders. Die Hauptsache war, dass i c h wusste, was ich wollte. Am Montag also. Jetzt fiel mir ein, dass wir vielleicht den Termin in die Todesanzeige hätten setzen müssen. Ich wusste gerade auch nicht, ob das üblich war. Sollten die Leute sich doch nach dem Termin für

Alberts Beerdigung erkundigen, beim Friedhofsamt oder wo sie wollten. Vielleicht beim Pfarrer. Bei welchem Pfarrer? Ich erschrak, weil ich mir noch gar nicht überlegt hatte, welcher Pfarrer Albert beerdigen sollte.

Jetzt wollte ich aber zuerst Agnes anrufen. Es würde mir gut tun, ihre Stimme zu hören. Aber auch diesmal kam ich nicht dazu, ihre Nummer, die ich im Telefonbüchle aufgeschlagen hatte, zu wählen. Wieder klingelte das Telefon bevor ich dazu kam.

*

Diesmal war es Barbara, die sich meldete. Auch sie hatte ich schon lange nicht mehr gesehen. Meine Tochter war wohl in einen Loyalitätskonflikt zwischen Dietrich und ihren Eltern geraten. Als ich wieder ihre Stimme hörte, wusste ich selbst nicht, warum ich das solange mitgemacht hatte. Ich hatte nicht nur zu Barbara, sondern auch zu unseren Enkelkindern den Kontakt verloren.

In unserer Familie war einiges geschehen, das für einen normalen Menschen unverständlich gewesen wäre. Waren wir nicht auch normale Menschen? Ich hätte mich doch, was Barbara und ihre Töchter betraf, nicht so sehr aus dem Konzept bringen lassen müssen. War ich einfach gekränkt gewesen? Das passte doch wirklich nicht zu mir. Es sah so aus, als hätte Albert erst sterben müssen, um mich und unsere Kinder und Enkelkinder wieder zusammenzubringen?

So niedergeschlagen ich nach dem Tod meines Mannes war, konnte ich doch meine Freude nicht verbergen, als ich endlich wieder mit meiner kleinen Barbara sprach. Sie blieb immer meine kleine Barbara, obwohl sie es ja nun wirklich nicht mehr war, verwitwet und Mutter von drei großen Töchtern. Dorothea, die Älteste, war siebzehn Jahre alt. Sie kam ganz nach ihrem Vater, ein schönes, zartes Mädchen, das mir ein bisschen fremd geblieben war. Die Kinder, die nach meinen Schwiegersöhnen kamen, hatten mir nie so

nahe gestanden. Das war ungerecht, und ich schämte mich dafür.
Barbara sprach leise, sie stotterte und versprach sich. Wir hatten lange nicht miteinander telefoniert. Aber ich war immer noch ihre Mutter. So unsicher hätte sie nicht sein müssen. Ich musste ihr nicht sagen, dass der Vater gestorben war. Sie wusste es schon von Dietrich. „Aber was denn, wieso ist er denn gestorben?“ fragte sie nicht sehr intelligent.
„Weil er alt und müde war“, sagte ich.
„Er war doch nicht älter als du“, widersprach Barbara.
Damit hatte sie Recht: „Nur ein Jahr älter war er, aber sehr verletzt. Ich glaube, er wollte nicht mehr leben, weil er keine Kraft mehr hatte."
„Hat er sich etwa…?“ fragte Barbara. Sie konnte ihren Gedanken nicht aussprechen.
„Nein, er hat sich nicht umgebracht. Er hat einfach dem Tod keinen Widerstand mehr entgegengesetzt.“
„Gott sei Dank!“ sagte sie. „Ich fühle mich auch schuldig“.
„Du fühlst dich nicht schuldig, Barbara, du bist es.“
„Wie meinst du das? Ja, ach so. Es war ja nur, weil...“
„Es war, weil du dich so allein gefühlt hast nach dem Tod deines Mannes. Deshalb hast du dir von deinem Bruder helfen lassen. Das verstehe ich doch. Aber warum hast du dich denn nie mehr bei uns gemeldet?“
„Das hab ich nicht gewagt, weil ich zu Dietrich gehalten habe, ihr wart doch sicher sehr böse auf ihn.“
„Das waren wir“, sagte ich, „aber darüber sprechen wir ein anderes Mal. Jetzt müssen wir erst einmal euren Vater unter die Erde bringen. Das kostet mich genug Kraft.“
„Darf ich dich besuchen, Mutter?“. fragte sie mit einer ganz kleinen, dünnen Stimme.

*

Als ich aufgelegt hatte, wollte ich endlich Agnes anrufen. Diesmal gelang es mir. Agnes war nicht schwer zu erreichen, weil sie ihre Werkstatt im Haus hatte. Ich berichtete ihr, was geschehen war. „Arme Mutter, bist du ganz allein?“, fragte sie.

Ich sagte ihr, dass Barbara mich am Nachmittag besuchen würde.

„Wie schön, dass ihr wieder zusammen kommt! Aber erzähl mir von Vater! Ist er leicht gestorben oder hat er es noch schwer gehabt, der arme Vater?“

„Er hat es leicht gehabt, richtig heiter ist er in seinen letzten Stunden gewesen.“

„Das ist gut“, sagte Agnes. „Es ist wie ein Wunder, nachdem er in den letzten Jahren so bitter geworden ist. Er war doch gar nicht fromm. In der Familie warst du doch immer die Fromme.“

Es klang bedrückt, wie sie das sagte.

Ich unterdrückte eine Antwort und sagte nur: „Sicher hat er gewusst, zu welcher Quelle er gehen muss.“

Agnes hatte mich verstanden. „Irgendwann wenn Vater dort ist, wo er jetzt hingehen soll“, meinte Agnes, „möchte ich einmal mit dir darüber sprechen.“

„Das wird auch nötig sein“, hörte ich mich antworten. Warum ich das sagte, wusste ich nicht, in diesem Augenblick nicht.

*

Barbara kam am Nachmittag. Es war trotz allem sehr schön, sie wieder bei mir zu haben, meine Barbara. Wir sprachen nicht über den Konkurs und seine Folgen. Sie fragte, wie Albert gestorben wäre, wollte etwas über seine letzte Zeit wissen und vor allem über die Nacht, in der er gestorben war. Darüber konnte ich noch nicht viel sagen, weil die Tränen mir den Hals zuschnürten. Wir sprachen über sein Herzleiden, und ich sagte ihr, dass er seinen Frieden mit Dietrich gemacht hatte und ruhig eingeschlafen war.

Ich wollte nicht viel reden. Die längste Zeit saßen wir schweigend einander gegenüber und tranken Tee. Dann setzte Barbara sich neben mich auf das Sofa. Ich blieb ruhig sitzen, die Hände im Schoß gefaltet. Barbara rückte immer näher zu mir und drückte sich schließlich an mich. Wir waren es nicht gewöhnt, so nah beieinander zu sein. Sie steuberte sich an mich wie ein Pferdle. Ein paar Sekunden kämpfte ich noch mit mir, dann nahm ich sie in den Arm und zog sie fest an mich.
„Lass es wieder gut sein Mutter! Bitte!“ sagte sie flehentlich.
Sie trug ein Trauerkleid, schwarz und hochgeschlossen, ohne eine Spur von Farbe. Das hatte sie wohl nach dem Tod ihres Mannes aufgehoben. Es stand ihr gut zu ihrem blonden lockigen Haar. Barbara war blass, aber sie sah schön aus. Es war einer der Augenblicke, in denen mir Barbara sehr nahe stand. Lieb gehabt hatte ich sie immer, aber es war mir nur selten so schmerzlich bewusst gewesen, wie an diesem Tag. Das letzte Mal, an das ich mich erinnerte, lag weit zurück. Barbara war damals zwölf Jahre alt gewesen.
Als ich sie so fest hielt, spürte ich ihren Arm um meinen Hals wie eine Klammer. Ich musste ihr viel schuldig geblieben sein, meiner jüngsten Tochter. Nicht nur, weil sie ihren Vater verloren hatte, war sie so erschüttert. Mir fielen nicht die richtigen Worte ein, deshalb sagte ich lieber gar nichts, sondern forderte sie auf, von den Kindern zu erzählen. Obwohl es ihr schwer fiel, sich von mir zu lösen, fing sie doch an.
Es wäre für die Kinder sehr schwer gewesen, ihren Vater zu verlieren. Sie seien ja auch noch jung. Dorothea sei damals vierzehn gewesen, jetzt sei sie siebzehn. Die beiden anderen wären jetzt fünfzehn und dreizehn, richtige Backfische alle drei. Die Älteste sei sehr sensibel. Man müsse vorsichtig mit ihr umgehen. Die Mittlere war, wie Barbara berichtete, träge und bequem, neigte dazu, dick zu werden, und über die Jüngste war noch nicht viel zu sagen, ein nettes Kind, ohne besondere Schwierigkeiten. Ich hatte die Mädchen jedes Jahr

ein paar Mal gesehen, in den letzten drei Jahren, nach dem Ende der Firma, nicht mehr, obwohl sie jetzt am Ort wohnten, also viel näher bei uns als früher.
Es tat mir gut, wieder mit Barbara zu reden und festzustellen, dass doch eine rechte Frau aus ihr geworden war, die sich tapfer durchschlug. Seit der Nacht, in der Albert gestorben war, hatte ich das Bedürfnis, eine Weile mit mir allein zu sein, wusste aber, dass nicht der Zeitpunkt dafür war.
Jetzt musste ich mich zusammennehmen und tun, was notwendig war. Wieder einmal ermahnte ich mich, vernünftig zu bleiben. Mich einzusperren, wäre unvernünftig gewesen. In den nächsten Tagen würde ich meine Kinder und ihre Familien sehen. Ich musste für sie da sein und durfte ihnen diese traurige Situation nicht noch schwerer machen. Es war schön, sie alle wiederzusehen, wenn ich mir dafür auch einen anderen Anlass gewünscht hätte.
Dass Agnes morgen kommen würde, war keine Sensation. Wir hatten uns die ganze Zeit über in kurzen Abständen gesehen. Seit es uns schlecht ging, war sie näher zu uns gerückt, hatte sich wohl irgendwie verantwortlich für uns gefühlt, wenn mir diese Vorstellung auch nicht gefiel. Ich wollte noch lange Herrin meiner Sinne bleiben und meine Entscheidungen selber treffen. Ich hatte mich zwar immer gefreut, Agnes zu sehen, aber sie hätte sich nicht für uns verantwortlich fühlen sollen. Albert hatte sich in der letzten Zeit zwar manchmal so verhalten, als wäre er nicht recht gescheit, aber das war nach allem, was er hatte erleben müssen, verständlich. Ich hatte mich immer bemüht, für ihn dazusein und den Schaden zu begrenzen, wie man in der Geschäftswelt sagte.
Nun würden unsere Söhne und Töchter kommen, um sich von ihrem Vater zu verabschieden, ihm die letzte Ehre zu erweisen, wie man das nannte. Nun ja, sollten sie ihren Vater ehren, er hatte es verdient. Ich war noch weit davon entfernt, mich zurückziehen und allein sein zu können. Als

Nächstes musste ich mir nun endlich überlegen, wer Albert beerdigen sollte. Einen Pfarrer brauchte ich.

*

Den Pfarrer der Kirchengemeinde, zu der wir gehörten, kannte ich nicht, hatte ihn noch nie gesehen. Er war wohl zuständig und musste gefragt werden. Aber was sollte ich machen, wenn er mir ganz und gar unsympathisch wäre? Ich musste vermutlich ein langes Gespräch mit ihm führen, ob er mir nun sympathisch wäre oder nicht.
Oder sollte ich Pfarrer Tögel fragen? Lieber nicht, eine Beerdigung war etwas anderes als ein Gespräch. Die bedeutete eine ganze Menge Arbeit, zusätzliche Arbeit, wenn es sich um eine Beerdigung außerhalb der eigenen Pfarrgemeinde handelte. Ich musste wohl doch in den sauren Apfel beißen und mich an den zuständigen Pfarrer wenden.
Im Telefonbuch suchte ich Kirchen, evangelische Kirchen. Bonifatius-Gemeinde, das musste es sein. In unserem Ort gab es nur die eine evangelische Gemeinde. Die andere Gemeinde war katholisch und für uns nicht zuständig. Weil ich schon genug Zeit versäumt hatte, wählte ich gleich die angegebene Nummer. Die Stimme einer jungen Frau meldete sich: "Bonifatius-Gemeinde“.
Ich versuchte meiner Stimme einen offiziellen Klang zu geben: „Könnte ich, bitte, den Herrn Pfarrer sprechen?“ mit einer Pfarramtssekretärin wollte ich nicht über den Tod meines Mannes sprechen. „Am Apparat“, sagte die junge Stimme, „Frau Pfarrer Trautmann“.
Ich entschuldigte mich und gestand, dass ich nicht damit gerechnet hatte, einer Pfarrerin zu begegnen. „Das ist ungewöhnlich.“
„Nicht mehr“, sagte die Stimme. „Womit kann ich Ihnen helfen?“
Wahrscheinlich hatte sie Recht und ich war einfach hinter der Zeit zurück. Eine Diskussion darüber war nicht ange-

bracht. Ich wollte einfach mein Anliegen vortragen, aber es war mir peinlich, dass ich mich in den kirchlichen Gepflogenheiten so wenig auskannte. Ich hatte sofort verraten, wie fern ich der Kirche stand. Wir lebten auf einem Zweitausend-Seelen-Dorf, und ich hätte wissen können, dass es eine Pfarrerin im Ort gab. Als ich mich wieder gefasst hatte, sagte ich: „Ich wollte um eine Beerdigung bitten."

„Sie haben einen Verlust erlitten?" fragte die Stimme, die jetzt mitfühlend klang.

„Mein Mann ist vor zwei Tagen gestorben", sagte ich. Meine Stimme zitterte etwas, weil ihr Mitgefühl mich verwirrte.

„Ist es Ihnen recht, wenn ich Ihnen heute noch einen Besuch mache? Es ist schon viel Zeit vergangen. Der Weg ist ja nicht weit, es sind nur ein paar Minuten. Hier im Ort ist man überall in ein paar Minuten."

Ich hatte schon befürchtet, dass sie mehr über mich wüsste als ich über sie, aber das war nicht der Fall. Es hätte für mich die Sache noch peinlicher gemacht.

Schon eine Viertelstunde später klingelte es an der Tür. Die Frau, die davor stand, war noch jünger als ihre Stimme. Ich bat sie herein. Ob sie wohl so wenig zu tun hatte, dass sie sofort hatte kommen können? Das konnte nicht sein, dachte ich. Wahrscheinlich hatten Beerdigungen Vorrang. Leichen halten sich nicht, ging mir durch den Kopf. Die müssen bald unter die Erde.

„Frau Roloff?" sagte sie fragend. „Jetzt fällt es mir ein. Die Dame vom Beerdigungsinstitut hat angerufen. Es gab eine Notiz darüber. Ich habe schon mit Ihrem Anruf gerechnet."

Sie hatte auch den Beerdigungstermin mit dem Verwaltungsbeamten vereinbart. Ein Garten- und Friedhofsamt gab es nicht bei uns, dafür waren wir eine zu kleine Gemeinde. Der Termin, den sie mir nannte, war Montag, vierzehn Uhr. Ich hatte gedacht, dass ich etwas versäumt hätte, aber bis ich meine fünf Sinne wieder beisammen gehabt hatte, war schon alles von selbst in Ordnung gekommen. Zum ersten Mal seit Alberts Tod hatte ich das Gefühl, nicht allein zu sein.

Die Frau, die mir gegenüber saß, war noch keine fünfunddreißig Jahre alt. Ihr glattes, hellblondes Haar war zu einem Zopf geflochten, der über ihren Rücken herunterhing. Sie trug einen schlichten Pullover zu Jeanshosen. Alles an ihr war schlicht, bis auf einen silbernen Mond, den sie an ihrem rechten Ohrläppchen trug. Die hellblauen Augen blickten durch eine Brille mit einem unauffälligen Drahtgestell.

Sie fragte mich nach Albert und seinem Leben. Ich schilderte ihn ihr als einen mittelständischen Unternehmer der alten Art, berichtete, wie er mit großem Einsatz seine Firma aufgebaut und über Jahrzehnte durch alle politischen Wirren geleitet hatte. Ich erzählte ihr auch von dem Zusammenbruch und den Umständen, die dazu geführt hatten. Zuletzt beschrieb ich ihr Albert als einen liebevollen Vater und warmherzigen Arbeitgeber. „Wie viele Kinder haben Sie?“ fragte sie schließlich. „Erzählen Sie mir bitte von ihnen! Ich will sehen, was ich davon in meiner Ansprache verwenden werde.“

Ich erzählte ihr von unseren Söhnen und Töchtern und beantwortete ihr noch einige Fragen. Nein, über ein Bibelwort hätte ich mir noch keine Gedanken gemacht, gestand ich. Sie hatte es sich während unseres Gesprächs schon überlegt und wollte mir etwas vorschlagen: „Herr, wohin sollen wir gehen? Du hast Worte des ewigen Lebens; und wir haben geglaubt und erkannt, dass du bist Christus, der Sohn des lebendigen Gottes.“

Ich nickte. Darüber sollte sie sprechen. Herr, wohin sollen wir gehen? Ich hatte immer geglaubt, dass ich es wüsste und hatte am Ende festgestellt, dass ich doch keinen Weg und kein Ziel hatte. Was mich dazu bewog, mit dieser jungen Frau darüber zu sprechen, wusste ich nicht. Es war wie ein innerer Zwang und lag nicht nur daran, dass ich in Not war. Es hatte auch etwas mit ihr zu tun.

„Wohin sollen wir gehen, das ist wirklich die Frage: Wohin sollen wir gehen, wohin soll ich gehen?“ sagte ich. „Wie konnten Sie das wissen?

Ihre Antwort verblüffte mich: „Ich weiß es auch oft nicht, nur in manchen Augenblicken ahne ich, wohin der Weg führt. Wollen Sie mir mehr von sich sagen?“
Ich erzählte ihr von meinem Leben in der Bewegung. Sie hörte mir zu, und in ihren hellen Augen sah ich ein Erschrecken.
„Und nun, nach einem ganzen Leben in dieser Bewegung wissen Sie den Weg nicht mehr? Sicher haben Sie lange Zeit gedacht, dass Sie ihn wüssten, und jetzt, am Ende Ihres Lebens wissen Sie ihn nicht mehr? Das ist schlimm. Sie müssen sehr enttäuscht sein von der Bewegung, was immer das ist.“
„Ja, ich bin enttäuscht, ich bin von mir enttäuscht, weil ich immer auf dem falschen Weg war.“
„Und jetzt haben Sie auch noch Ihren Mann verloren. War er auch bei der Bewegung?“
„Eigentlich nicht.“
„Und ihre Kinder?“ fragte sie.
„Zum Teil. Dietrich hat sich eine Ideologie daraus gemacht und uns alle ins Unglück gestürzt. Ursula kommt schon lange nicht mehr auf den Berg, Dass Agnes sich von der Bewegung losgesagt hat, das hat mir viel Kummer gemacht, aber heute glaube ich, dass sie Recht hatte. Sie war immer so ehrlich und unbestechlich.“
„Das waren drei, und die anderen beiden?“
„Barbara hatte einen kranken Mann, der inzwischen gestorben ist und muss jetzt ihre drei Töchter allein erziehen. Ich hatte immer den Eindruck, dass sie sich nicht so viel Gedanken über die Bewegung gemacht hat. Und Gabriel, der Jüngste, ist ein kritischer Mann. Er gehört noch dazu, aber vielleicht führt auch ihn sein Weg von der Bewegung fort. Allerdings sind seine Frau und seine Schwiegermutter hundertfünfzigprozentig, wenn man das so sagen kann.“
„Und Sie? Wie geht es Ihnen mit Ihren Kindern?“ wollte die wissen.
„Ich mache mir viele Vorwürfe.“

Als ich mich von ihr verabschiedete, sagte sie, dass sie mich gern manchmal besuchen würde, wenn es mir recht wäre. Es war mir recht. Sogar sehr recht, ich freute mich darauf. Irgendetwas war an dieser Frau, die fast ein halbes Jahrhundert jünger war als ich.
Auch Pfarrer Tögel würde ich wiedersehen. So war es besprochen. Dann würde ich mit zwei Pfarrern im Gespräch sein. Wer hätte das je gedacht, dass ich im Alter zu den Pfarrern gehen würde? Jetzt musste ich erst einmal die Beerdigung hinter mich bringen. Ich war jetzt wirklich sehr müde, und es würde mich anstrengen, die vielen Menschen zu sehen. Meine Kinder waren mir wirklich lieb, aber nicht gerade alle auf einmal. Sie würden alle mit ihren Familien zur Beerdigung ihres Vaters kommen, Gott sei Dank! Wenn sie es nicht täten, wäre es mir arg genug. Also würden sie alle gleichzeitig kommen, und ich würde es schon recht machen.

*

Agnes fiel mir um den Hals, als ich ihr die Tür öffnete. Das tat sie sonst nicht. Sie war so zurückhaltend wie ich. Es war noch nicht lange her, dass wir uns gesehen hatten. Heute sah sie müde aus. Der Tod ihres Vaters hatte sie wohl mitgenommen. Sie hatte einen Hund an der Leine, ein kleines braunes Tier, das sie erst seit kurzem besaß. Weil sie bis nach der Beerdigung bleiben wollte, hatte sie es mitgebracht.
In dem Gasthof an der Hauptstraße hatte sie sich ein Zimmer genommen, wo der Hund auch während der Beerdigung allein bleiben konnte. Agnes wollte nicht, dass ich für sie kochte. Sie wollte mich lieber zum Essen in den Gasthof einladen. Es wäre ja noch schöner, wenn sie mir jetzt auch noch eine Last wäre, statt mir beizustehen, sagte sie.
In diesen Tagen half sie mir viel, ich musste mich kaum noch um etwas kümmern. Noch nie hatte ich so deutlich gespürt, dass ich eine alte Frau geworden war: Auch Agnes

war mit ihren fünfzig Jahren nicht mehr die Jüngste und konnte sich in meine kleinen Gebrechen gut einfühlen. Zum ersten Mal betrachtete ich sie ausführlich. Sie hatte noch immer die zierliche, mädchenhafte Figur, aber ihre blonden Haare waren silbern geworden. Die aufgesteckte Frisur stand ihr noch besser zu Gesicht als früher. Jetzt wirkte sie reif und vornehm.

Als Agnes jung gewesen war, hatte ich diese Haartracht manchmal zu streng gefunden, aber unter dem Einfluss der Bewegung hatte ich nichts dagegen gesagt. Der, den wir den Herrn nannten, verachtete Bubiköpfe. Lange Locken hätte er wohl auch abgelehnt. So hatte ich meine Töchter immer dazu angehalten, wie die Betschwestern herumzulaufen. Inzwischen tat es mir Leid, vor allem in bezug auf Agnes, die immer so schöne Locken gehabt hatte. Ihre Schwestern hatten auch schöne Haare gehabt, aber keine so schöne wie Agnes.

Vielleicht wäre ihr Leben auch anders verlaufen, wenn ich ihr erlaubt hätte, ihre Schönheit zur Geltung zu bringen. Jetzt durchzogen feine Falten ihr Gesicht. Sie wirkte immer ein bisschen angestrengt. Es mochte auch daran liegen, dass sie in ihrem Beruf hart arbeiten musste.

Der Töpferberuf war kein leichter Beruf, sondern einer, der viel körperliche Kraft forderte. Darüber hatte ich mir früher oft Sorgen gemacht. Heute arbeitete Agnes nicht mehr so viel in ihrer Werkstatt. Ich war froh, dass ich sie in dieser schweren Zeit ein paar Tage bei mir haben konnte. Das würde mir sicher helfen.

Wir hatten noch nie so viel Zeit gehabt, miteinander zu sprechen. Alles, was ich mir in den letzten Jahren über die Erziehung meiner Töchter gedacht hatte, alle Zweifel konnte ich jetzt einmal aussprechen. Agnes versuchte nicht, mich zu beschwichtigen. Sie verstand meine Sorgen, aber sie sagte auch, dass ich mir meine Fehler verzeihen müsse. Keine ihrer Schwestern werfe mir etwas vor, so wenig wie sie selbst. Wir hatten diese Dinge totgeschwiegen, solange ich

mich zurückerinnern konnte. Meine Töchter allerdings schienen miteinander darüber gesprochen zu haben, dass ich ihnen in ihrer weiblichen Entwicklung nicht viel hatte helfen können.
Ich musste Agnes auch von Albert erzählen. Es gab viele Dinge, die sie über ihn nicht wusste. Vor allen Dingen nach den Ereignissen der letzten Jahre fragte sie. Ich erzählte ihr, was sie wissen wollte. Sie sorgte sich, dass es mir zu viel werden könnte, aber das Gegenteil war der Fall. Es erleichterte mich, mit meiner Tochter über alles reden zu können, was so schwer für Albert und mich gewesen war.
Sie fragte, warum wir den Dietrich auf seinem unheilvollen Weg nicht aufgehalten hätten. Ich versuchte, es ihr zu erklären. Albert hatte schon damals nicht mehr viel Kraft gehabt und war froh gewesen, alles aus der Hand geben zu können. Danach hatte es keinen Weg zurück mehr gegeben. „Und du konntest wohl nichts verhindern?“ fragte Agnes ungläubig.
„Als Frau hatte ich nur wenige Möglichkeiten. Du weißt ja, dass wir noch vom alten Schlag waren“, verteidigte ich mich. „Albert hätte sich vielleicht ein Mitspracherecht ausbedungen, wenn ich mit ihm geredet hätte, wenn ich ihn ermutigt hätte. Aber ich habe das alles auch nicht so richtig verstanden, diese rechtlichen Dinge. Ich habe mich oft gefragt, ob ich etwas versäumt habe, ob ich eurem Vater mehr hätte beistehen müssen. Als Ehefrau wäre es in so einem Fall vielleicht meine Pflicht gewesen. Was meinst du?“
Sie umarmte mich, und ich spürte ihre Wärme, wie ich sie seit ihrer Kindheit nicht mehr gespürt hatte. „Mutterle“, sagte sie, „armes“.
Als sie mich mit dem vertrauten Namen ansprach, fühlte ich mich wieder vierzig Jahre jünger, aber ich war es nicht, und auch Agnes war nicht mehr mein kleines Mädchen.

*

Am Tag der Beerdigung wachte ich früh auf. Auch Agnes hatte nicht viel geschlafen. Sie war schon vor dem Frühstück in der Gärtnerei gewesen und hatte Blumen für uns beide besorgt.
Ursula wollte mit ihren Kindern im Laufe des Vormittags kommen. Schon dann würde mein kleines Wohnzimmer aus allen Nähten platzen. Wenn noch Gabriel mit seiner Familie hier sein würde, könnte ich meine Kinder nur noch umschichtig hereinlassen. Agnes, mit der ich über meine Sorgen sprach, meinte, dass es auf die Größe der Wohnung nicht ankäme. Damit hatte sie ja eigentlich Recht. Ich machte mir viel zu viel Sorgen um diese Dinge. Wenn es unseren Kindern nicht gefiel, wie wir wohnten, konnten sie sich ein Zimmer im Gasthof nehmen. Ihrer Liebe zu mir würde das sicher keinen Abbruch tun.
Ich hatte die widersprüchlichsten Gefühle. Die Beerdigung kam mir wie ein endgültiger Abschied von meinem Mann vor. Solange sie Alberts Körper noch nicht begraben hatten, spürte ich seine Nähe. Wenn ich mir vorstellte, dass auch das jetzt zu Ende sein würde, war das sicher zu materiell gedacht. Es war nicht mehr Alberts Köper, dessen Nähe ich spürte, und seine Seele würden sie, wenn ich wenigstens das richtig gelernt hatte, nicht begraben. Trotzdem hatte die Beerdigung etwas Endgültiges. Ich konnte es mir auch nicht erklären.
Früher hatten die Menschen ihre Toten tagelang zu Hause aufgebahrt. Sie hatten Kerzen angezündet, um der Seele des Verstorbenen auf ihrem Weg zu leuchten. Jeder hatte genug Zeit, sich von dem Verstorbenen zu verabschieden. Jetzt war das anders. Es wurde einem alles aus der Hand genommen. Ich wusste überhaupt nicht, was mit Alberts Leichnam in den vergangenen Tagen geschehen war. Wohin hatten sie ihn gebracht?
Ich wusste auch nicht, wie es der Seele ergangen war, ob die hinterhergekommen war, als sie Alberts Körper fortgetragen hatten. Die Seele sollte noch eine Weile an den Körper ge-

bunden bleiben, sagten sie. Wenn der Körper auf eine Bahre gelegt und fortgetragen wurde, musste sich die Verbindung doch ausdehnen. Ich stellte es mir wie eine Nabelschnur vor. Weh tat es ja vielleicht nicht mehr, aber das wusste ich nicht genau. Ich vermutete, dass sie den Leichnam mit einem Auto in das Beerdigungsinstitut transportiert hatten. Die Vorstellung, wie die Seele sich vergeblich bemüht hatte, mit in das Auto hineinzukommen, trieb mir die Tränen in die Augen. Aber das war ja vielleicht ganz anders. Alberts Seele brauchte jetzt wohl kein Auto mehr, um sich im Raum zu bewegen.

Ob ich Albert überhaupt mit nach Hause bekommen hätte, um ihn hier aufzubahren, wusste ich nicht. Wahrscheinlich war das gar nicht mehr erlaubt, wegen der Hygiene. Aber ich hatte gar nicht erst danach gefragt. Wenn ich es getan hätte, würde ich mich wahrscheinlich besser fühlen. Wo wir ihn hätten aufbahren sollen, wusste ich nicht. In einem Schlafzimmer von zehn Quadratmetern hätte noch nicht einmal ich auf einem bequemen Stuhl bei ihm sitzen können. Für eine Nachtwache hätte ich sowieso nicht mehr genug Kraft gehabt.

Merkwürdige Gedanken gingen mir am Tag von Alberts Beerdigung durch den Kopf. Es kam mir so vor, als ob ich mich überhaupt nicht richtig von ihm verabschiedet hätte. Das war aber ein Irrtum. Ich hatte mich von ihm verabschiedet, wenn der Abschied auch kurz gewesen war. Wir hatten uns schon voneinander verabschiedet, als Albert sich zum Sterben angeschickt hatte. Doch jetzt wollte ich mich nicht noch länger mit der Art unseres Abschieds beschäftigen. Der würde sowieso noch länger dauern. Auch die Zeit der Trauer war ein Abschied. Und vergessen würde ich Albert nicht, solange ich lebte. Dazu hatten wir zu viel miteinander erlebt. Unsere Kinder würden mich immer an ihn erinnern.

Ich wollte nicht mehr grübeln. Grübeleien bewegten sich immer im Kreis und kamen an kein Ziel. An diesem Tag

würde ich auch ohne unnütze Gedanken meine ganze Kraft brauchen. Dass ich weinend am offenen Grab zusammenbrechen würde, damit war nicht zu rechnen. Das war nicht meine Art. Aber jede Minute des Tages würde ein Stück von meiner Kraft wegnehmen. Am Ende würde ich immer noch Haltung bewahren, doch ich würde innerlich ganz ausgehöhlt sein.
Wie eine Puppe, aus der ein Schmetterling ausgeschlüpft ist, würde ich mich fühlen, so leer. Dass meine Seele schmetterlingsgleich davonfliegen würde, in einen schönen sonnigen Tag voller Blumen, damit war nicht zu rechnen. Sie würde verbraucht sein. Die Ameisen würden den Schmetterling in der Puppe aufgefressen haben.
Auch diese Gedanken waren wenig aufbauend. Ich hätte mir besser überlegt, was ich tun könnte, um die Ameisen zu vertreiben und den Schmetterling vor ihnen zu beschützen. Die Anwesenheit meiner Kinder müsste mir doch eigentlich Kraft geben. Agnes hatte mir schon seit Tagen beigestanden. Auch Dietrich und Barbara hatte ich endlich wieder gesehen. Das Wiedersehen mit Dietrich war keine reine Freude gewesen, aber er war immer noch mein Sohn. Albert hatte ihm verziehen, und ich wollte es auch tun.
Wir hatten uns vor der Aussegnungshalle verabredet, meine fünf Kinder, drei Schwiegerkinder, dreizehn Enkel und ich. Während ich wartete, bis alle versammelt waren, strömten ununterbrochen Menschen in die Halle. Ich hatte Michael an der Hand, und Gabriel trug die kleine Elisabeth auf dem Arm.
Ich hätte es besser gefunden, die Kinder zu Hause zu lassen, weil sie doch noch zu klein für so einen Anlass waren. Aber Gabriel hatte gesagt, so wäre es besser für sie. Sie würden sonst nicht verstehen, dass sie ihren Großvater plötzlich nicht mehr sehen könnten. Auch sollten sie erleben, dass sich die vielen Menschen von ihm verabschiedeten, und stolz auf ihn sein. Den Sarg und die vielen Blumen sollten

sie sehen und wissen, dass der Körper ihres Großvaters in die Erde gelegt wurde.
Nun ja, das sah ich anders. Ich hätte den Kleinen lieber das traurige Erlebnis erspart. Es hätte doch genügt, ihnen zu sagen, dass der Großvater jetzt im Himmel wäre. Sie konnten noch nicht verstehen, dass er einerseits in der Erde vergraben wurde und andererseits im Himmel war. Das konnte ich ja kaum verstehen, und ich versuchte es schon mein ganzes Leben lang. Aber ich hatte nicht lange widersprochen. Gabriel tat so etwas nicht leichtsinnig. Er hatte es sich sicher gut überlegt.
Mir tat es jedenfalls gut, Michael an diesem schweren Tag in meiner Nähe zu wissen. Was mich störte, war nur die Zahl der Enkelkinder: dreizehn, Michaels Schwester war das dreizehnte. Ich wollte nicht abergläubisch sein. Seit meiner Mädchenzeit hatte ich diese abergläubische Furcht nicht mehr gehabt. Es war wie eine dunkle Ahnung, gegen die ich mich nicht wehren konnte.
Am liebsten hätte ich mit dieser jungen Pfarrerin darüber gesprochen. Mit ihr zusammen zu sein, hatte mich ruhig gemacht. Ich hatte so etwas noch nie erlebt und konnte es mir auch nicht erklären. Das Gespräch mit dieser Frau war wie ein kleines tröstliches Licht in dieser dunklen Woche gewesen. Nicht was sie gesagt hatte, auch nicht wie sie es gesagt hatte... ach ich wusste nicht, was es war. Jetzt würde ich sie gleich zum zweiten Mal sehen, und ich war gespannt, ob sich die Erfahrung, die ich mit ihr gemacht hatte, wiederholen würde.
Über meine dunklen Ahnungen mit ihr zu sprechen, hätte mir bestimmt geholfen. Sie sollte auch kleine Kinder haben, wie man hörte. Was war ich nur für eine dumme alte Frau! Als ob ich an diesem Tag keine anderen Probleme hätte, als dunkle Ahnungen und eine junge Mutter, die meinen Mann beerdigen sollte. Man sagte, dass die Pfarrer Beerdigungen nicht besonders schätzten. Nun bei uns gab es wenigstens keine verzweifelten Hinterbliebenen zu trösten. Ich war trau-

rig, aber verzweifelt war ich nicht. Albert war ein alter Mann gewesen, und ich war eine alte Frau. Einer von uns musste allein zurückbleiben. Das war der Lauf der Welt. Nun war ich diejenige, die allein zurückblieb. Ich wusste schon lange, dass es eines Tages so kommen würde, warum sollte ich jetzt am Grab meines Mannes verzweifeln?
Ursula und ihre Kinder kamen zuletzt. Nun konnten wir alle zusammen hineingehen. Dietrich reichte mir seinen Arm, und wir gingen voran. In welcher Reihenfolge die anderen folgten, wusste ich nicht. Wozu hätte ich es auch wissen sollen? Als wir an den Bankreihen entlang gingen, wunderte ich mich über die vielen Menschen, die gekommen waren. Später würde man sagen, es wäre eine große Beerdigung gewesen.
Ich hatte mir überlegt, einen Schleier zu tragen, damit mir nicht alle Leute ins Gesicht sehen könnten, hatte mich dann aber dagegen entschieden. Die tragischen Auftritte lagen mir nicht. Die ersten beiden Bänke hatte man für uns freigehalten. Ich saß zwischen Dietrich und Agnes. Michael war bei seiner Mutter in der zweiten Reihe. Hoffentlich machten sie es gut mit ihm, wenn sie ihn schon unbedingt hatten mitbringen müssen! Die kleine Elisabeth würde sowieso noch nicht viel mitkriegen, und alle anderen waren groß genug.
Es war eine von diesen modernen, sachlichen Aussegnungshallen, helles Holz und weiß verputzte Wände. Ein Kreuz mit einem befremdlich verzerrten Jesus auf dem steinernen Altar war der einzige Schmuck, wenn man hier von einem Schmuck sprechen konnte. Vor dem Altar stand der blumengeschmückte Sarg, und etwas weiter rechts stand ein Rednerpult mit einem aufgeschlagenen Buch.
Die Dame vom Beerdigungsinstitut hatte mich gefragt, ob ich meinen Mann noch einmal sehen wollte, wenn „alles fertig“ wäre. Ich verstand, dass sie die geleistete Arbeit zeigen wollte, lehnte aber trotzdem ab. Auf diese Dinge konnte ich jetzt keine Rücksicht nehmen. Sollten andere die Dame vom Beerdigungsinstitut loben, wenn sie wollten. Ich wollte

meinen Mann so in Erinnerung behalten, wie er gelebt hatte und gestorben war. Seinen Körper, der schon fast eine Woche tot war, wollte ich nicht mehr ansehen. Ich hatte gehört, dass sie die Verstorbenen schminkten und frisierten. Viele mussten nach dieser Behandlung ziemlich grotesk aussehen. So sah ich nur noch den blumengeschmückten Sarg. Daran war nichts Erschreckendes. Nicht nur der Sarg war mit Blumen geschmückt. Auch das Rednerpult trug eine Girlande aus weißen und roten Blüten. Die vielen weißen Chrysanthemen und die biegsamen Zweige mit den kleinen korallenfarbigen Blüten sahen sehr schön aus. Die Farben erinnerten mich in Verbindung mit dem dunklen Grün der Lorbeerbäumchen an Weihnachten. Die sechs Lorbeerbäumchen standen im Halbkreis hinter dem Sarg und dem Rednerpult.
Unser letztes Weihnachtsfest lag noch nicht lange zurück. Es war kein frohes Fest gewesen, eigentlich überhaupt kein Fest. Wenn wir nicht gewusst hätten, dass der Kalender den vierundzwanzigsten Dezember zeigte, hätte keiner von uns gemerkt, dass Weihnachten war. Es hatte kein Tannengrün gegeben, keine Kerzen, auch keine Weihnachtslieder, keine Geschenke, kein festliches Essen. Nein, es war kein Weihnachtsfest gewesen. Wenigstens Alberts Beerdigung schien festlich zu werden.
Wenn ich gewusst hätte, dass es Alberts letztes Weihnachtsfest sein würde, hätte ich doch etwas dergleichen getan, hätte Tannenzweige im Zimmer verteilt und Kerzen angezündet. Wir hatten auch noch einen Plattenspieler, auf dem ich Schallplatten mit Weihnachtsliedern hätte spielen können. Wir hatten alte Aufnahmen von den Thomanern und von den Regensburger Domspatzen. In früheren Jahren hatte ich zu Weihnachten immer auf dem Klavier gespielt. Wenn die Kinder um das Instrument herum gestanden und gesungen hatten, das war für mich das Schönste am Weihnachtsfest gewesen. Auch Albert hatte es immer sehr genossen.
In unsere kleine Wohnung hatten wir das Klavier nicht mitnehmen können. Ich hatte auch nicht darum gekämpft, weil

es wirklich nicht lebensnotwendig war. Außerdem hätte es, damit ich einmal im Jahr Weihnachtslieder darauf spielen könnte, zu viel Platz beansprucht. Einmal in der Adventszeit hatte ich versucht, eine Schallplatte mit Weihnachtsliedern aufzulegen. Albert hatte mit einer unwirschen Handbewegung gesagt: „Lass das!"

Wenn ich gewusst hätte, dass er so bald sterben würde, hätte ich mich nicht einschüchtern lassen und hätte darauf bestanden, dass wir miteinander noch einmal eine richtig schöne Adventszeit gehabt hätten. Ich hätte noch einmal alle Sorten Gutsle gebacken, Zimtsterne, Zedernbrot, Hägenmakrönle und all die anderen. Das wäre natürlich eine große Ausgabe gewesen, aber nur für uns wäre es auch nicht so schlimm gewesen. Früher hatte ich immer für die ganze Familie gebacken, für jedes der Kinder mehrere große Dosen gefüllt.

Dieses Mal hätte ich nur für Albert und mich gebacken. Es hätte mir gefallen, das noch einmal zu tun. Auch ein richtiges Weihnachtsessen hätte ich ihm ein letztes Mal kochen, und eine Butterbrezel zum Weihnachtsfrühstück backen wollen. Wir hatten immer ein schönes Leben gehabt miteinander. In diesem Augenblick wurde es mir so richtig klar. Mit der Zeit hatte es immer mehr lieb gewordene Traditionen gegeben.

Albert war gegangen und hatte mich mit allen Traditionen, den kleinen und den größeren, allein gelassen. Nie mehr würde ich im Frühjahr mit ihm die Kirschen blühen sehen. Bei diesem Gedanken kamen mir die Tränen. Ich hatte noch nicht viel um Albert geweint.

*

Aus der schmalen Tür links neben dem Rednerpult trat jetzt Frau Trautmann, heute ganz in schwarz. Hinter meinem Rücken knarrte die große Eingangstür. Ein verspäteter Trauergast war noch gekommen. Die Pfarrerin wartete

einen Augenblick, bis wieder Ruhe eingekehrt war. Zuerst sprach sie über Alberts Leben. Sie schilderte ihn als einen angesehenen Mann, der vielen Menschen Brot und Arbeit gegeben und im öffentlichen Leben eine wichtige Rolle gespielt hätte, und so weiter, und so weiter. Na ja.
Dann war von dem Unglück die Rede, das am Ende seines Lebens über ihn gekommen wäre. Wie sie das wohl aus ihrer christlichen Sicht erklären würde? Das Karma stand ihr ja zum Verständnis nicht zur Verfügung. Würde sie sagen: „Wen Gott lieb hat, den züchtigt er"?
Das sagte sie nicht, sie sprach vom Kreuz Christi und von der Möglichkeit, es ihm tragen zu helfen, damit es ihm leichter würde. Wenn es so war, dann hatte Albert ziemlich schwer an dem Kreuz Christi getragen. Nur hatte er nicht gewusst, was er trug. Ich erinnerte mich an ein Märchen, in dem jemand ein kleines Kind aufhob und später feststellte, dass er das Leid der Welt auf seinen Schultern getragen hatte.
Das war nun allerdings eine ganz andere Betrachtungsweise. Auf die Idee wäre ich gewiss nie gekommen. Mein Albert, der die Dinge oft so locker genommen hatte, der sollte dem Jesus, den sie hingerichtet hatten, und das vor zweitausend Jahren, sein Kreuz leichter gemacht haben? Ausgerechnet Albert, der doch so etwas bestimmt nicht im Sinn gehabt hatte! Trotzdem gefiel mir die Vorstellung, mein Mann, der in seinem Anzug aus grauem Wollstoff unter lauter weiß Gewandeten mit einem anderen zusammen ein Kreuz trug und fürchterlich schwitzte.
Es war wirklich keine respektlose Vorstellung. Ich musste wieder weinen, als ich mir Albert so vorstellte. Dann sprach sie wie vorgesehen über den Weg, den einer zu gehen hatte. Der Weg mit dem Kreuz den Berg hinauf, das wäre ein schwerer Weg, aber er führe immer zum Ziel.
Wie sie das sagte, musste ich es ihr einfach glauben. Sie war so jung. Fast wirkte sie unschuldig. Doch ihre Stimme klang fest, manchmal scharf. Es war ein merkwürdiger Kontrast,

denn, was sie sagte, war voller Liebe. Zuletzt bat sie Gott, den Verstorbenen in sein Reich aufzunehmen und bat die Engel, ihn dort hin zu begleiten. „Amen“, schloss sie.
Unbekannte Männer in dunklen Anzügen setzten den geschmückten Sarg, der auf einem Gestell mit vier Rädern stand, in Bewegung. Sie rollten ihn aus der Halle hinaus. Frau Trautmann folgte dem Sarg. Gabriel, der hinter mir gesessen hatte, half mir aufzustehen und reichte mir den Arm. Wir gingen hinter Frau Trautmann. Uns folgten die restliche Familie und die ganze Trauergesellschaft.
Ich überließ mich dem Rhythmus der Schritte und wurde müde, fast ein bisschen schläfrig. Der Weg zum Grab war nicht weit, aber er kam mir endlos vor. Der Sarg schwankte zwischen den Reihen der Gräber vorwärts. Ich wusste, dass wir eine lange Menschenschlange anführten. Wenn wir abbogen, taten es auch alle, die hinter uns kamen. Zuletzt bogen wir rechts ab und gleich darauf noch einmal links.
Das Familiengrab der Roloffs hatte ich bisher zweimal gesehen. Bei der Beerdigung des alten Roloff war ich noch eine junge Frau und sehr traurig gewesen. Als Jahre später Wally Roloff gestorben war, da war ich schon älter und nicht mehr traurig. Wally hatte mir, solange sie lebte, Schwierigkeiten gemacht. Wir waren in unseren Anschauungen zu verschieden gewesen. Heute war ich weit entfernt davon, ihr Vorwürfe zu machen, obwohl ich als die Jüngere die schwierigere Position gehabt hatte. Aber was spielte das jetzt noch für eine Rolle, nach so vielen Jahren? Ich hatte mich lange bemüht, Wally zu verzeihen, was sie mir angetan hatte, und am Ende war es mir gelungen.
Als Alberts Eltern gestorben und begraben worden waren, hatte ich mir keine Gedanken über die Grabplatten aus schwarzem poliertem Granit gemacht. Dass nun aber auch Albert unter dem schweren Stein begraben werden sollte, war mir unheimlich. Ich hätte als Ehefrau etwas dagegen tun können. Alberts Eltern hätten nichts mehr dagegen gehabt, aber wir beide, Albert und ich, wären uns wie Leichenfledde-

rer vorgekommen, wenn wir die schwere Granitplatte hätten entfernen lassen.
Es wäre mir ein Trost gewesen, wenn nach unserem Tod unsere Körper wieder zu Erde geworden wären, wenn Pflanzen darin hätten wachsen können, Blumen und später vielleicht auch Bäume. Aber unter einer Granitplatte konnte nach allen mir bekannten Naturgesetzen nichts mehr wachsen.
Jetzt fehlte eine der Platten. Der Steinmetz hatte sie abtransportiert. Albert und eines Tages auch ich, sollten darunter liegen. Auch unsere Namen würden in den schwarzen Stein gemeißelt sein, zuerst der von Albert und bald auch meiner. Dann würde es mir nichts mehr ausmachen, Seite an Seite mit den Schwiegereltern zu liegen, Wally auf dem alten Roloff und ich auf Albert.
So waren die Sitten bei uns nun einmal. Ich konnte nicht sagen, dass sie mir gefielen. Die Grube, in die sie den Sarg hinabsenkten, war sehr tief, tiefer als ein normales Grab. Zweischläfrig, nannte man das in der bei solchen Gelegenheiten üblichen Verkennung der Tatsachen. Schlafen würden wir nicht in dem zweischläfrigen Grab. Für Wally Roloff war es immer ein Trost gewesen, zu wissen, wo sie einmal liegen würde und das nicht allein, sondern in Gesellschaft ihres Gatten.
Mir war es, ehrlich gesagt, egal, wo und mit wem ich einmal liegen würde. Nur diese Granitplatte war mir unangenehm, heute schon. Auch für Albert schien sie mir zu schwer. Das hätte eigentlich nicht sein müssen. Es fehlte nicht viel und ich hätte mich wegen der Steinplatte, die auf Albert liegen würde, schuldig gefühlt. Er hatte immer so viel frische Luft gebraucht. Allein die junge blonde Frau vor mir, die sich jetzt zu mir umdrehte und mich durch ihre ovalen Brillengläser prüfend ansah, gab mir ein bisschen Sicherheit.
Es gab Menschen, deren Anwesenheit einem wohl tat. Diese Pfarrerin gehörte zu ihnen. Ihre Nähe gab mir den Trost, den ich an diesem regnerischen Januartag am Grab meines

Mannes nötig hatte. Meines geliebten Mannes, dachte ich, und dass ich ihn am Ende unseres Lebens so nennen konnte, dafür war ich Gott dankbar. Schließlich hatte das alles einmal ganz ohne Liebe angefangen. „Von Erde bist du gekommen und zu Erde sollst du wieder werden“, sagte die junge, energische Stimme vor mir.
„Und eine Granitplatte wird auf dir liegen“, dachte ich. „Nicht das bescheidenste Blümchen wird aus der Erde wachsen, zu der du werden wirst.“
Als sie den Sarg hinunterließen, hatte ich plötzlich Angst, dass eines der Seile reißen und der Sarg mit Alberts Körper unsanft unten aufprallen würde. Es passierte nichts. Der Sarg senkte sich langsam hinab und kam unbeschadet unten an. Dann warfen wir die mitgebrachten Blumen und ein Schäufele Erde auf den Sarg. Es gab ein leises Geräusch, wenn die Erde auf den Sarg fiel. Ich warf einen letzten Blick hinunter. Hell Eiche, wie gut, dass ich Albert keine Eiche antik angetan hatte. Das war so etwas Unehrliches, Eichenholz, das man so angemalt hatte, als ob es sehr alt wäre. Das passte nicht zu Albert. „Machs gut“, dachte ich, „machs so gut du kannst!“
Dann standen wir mit dem Rücken zum Grab. Mir war es kalt im Rücken. Dass aus dem Grab ein kühler Hauch kam, war natürlich Einbildung. Als die Pfarrerin hinter mich trat, was ich aus den Augenwinkeln sah, wurde mir wärmer.
Es kam mir vor, als ob Hunderte von Leuten an uns vorbei defilierten und uns die Hand gaben. Meine fünf Kinder standen in einer Reihe neben mir und die Pfarrerin hinter mir. Es muss wohl eine halbe Stunde gedauert haben. Ich dachte, dass Frau Trautmann sich nach getaner Arbeit verabschieden würde, um bald nach Hause zu ihren Kindern zu kommen. Ich wusste, dass die Kasualien für die Pfarrer eine Belastung und Beerdigungen unter den Kasualien nicht die angenehmsten waren. Deshalb hätte ich sie jetzt gut gehen lassen können, aber sie blieb neben mir. Als ich mich auf den Weg zum Ausgang machte, nahm sie meinen Arm:

„Damit Sie jetzt nicht reden müssen", sagte sie. Erst an Dietrichs Auto verabschiedete sie sich.

Dietrich hatte gemeint, wir müssten für die Familie und für alle, die Albert näher gekannt hatten, einen Leichenschmaus veranstalten. Er vermied das Wort und sagte nur, man müsse noch irgendwo zusammensitzen. Ich hätte nicht mehr zusammensitzen müssen, mit niemand. Wozu auch? Aber wenn es sich, wie Dietrich behauptete, nun einmal so gehörte, dann wollte ich Albert nicht jetzt noch blamieren. Ich konnte ganz gut noch eine Stunde oder zwei aufrecht bleiben. So lange ich mich nicht ausruhen konnte, spürte ich nicht, wie erschöpft ich war.

Zu dem Leichenschmaus erschienen ungefähr achtzig Personen Zum Glück wurde ich kaum angesprochen. Ich konnte den Sinn dieser Veranstaltung nicht sehen, aber ich wusste, dass sie Albert gefallen hätte, früher bevor er so depressiv wurde. Dann konnte ich mich endlich von Agnes zurück in meine Wohnung bringen lassen. Mit meinen Söhnen wollte ich jetzt nicht mehr zusammen sein. Agnes war die einzige, die ich an diesem Tag noch gebrauchen konnte. Aber auch mit ihr wollte ich nicht mehr viel reden. Mit Michael würden sie hoffentlich über alles sprechen, damit er das Erlebte gut verarbeiten konnte.

Jetzt wollte ich nur noch allein sein und endlich die Flügel hängen lassen können. Agnes merkte es und ging auch. Es war ein langer Tag gewesen. Morgen würden sie alle noch einmal kommen. Nur der Abend und die Nacht gehörten mir.

*